Vendidos numa segunda-feira

KRISTINA McMORRIS

Vendidos numa segunda-feira

Tradução
Patrícia Nina Rasmussen

Principis

Esta é uma publicação Principis, selo exclusivo da Ciranda Cultural
© 2023 Ciranda Cultural Editora e Distribuidora Ltda.

Traduzido do original em inglês
Sold on a monday

Texto
Kristina McMorris

Editora
Michele de Souza Barbosa

Tradução
Patrícia Nina Rasmussen

Preparação
Tereza Gouveia

Produção editorial
Ciranda Cultural

Diagramação
Linea Editora

Revisão
Fernanda R. Braga Simon

Design de capa
Ana Dobón

Imagens
Ann in the uk/shutterstock.com
Ammak – stock.adobe.com

Dados Internacionais de Catalogação na Publicação (CIP) de acordo com ISBD

M167v	McMorris, Kristina.
	Vendidos numa segunda-feira / Kristina McMorris ; traduzido por Patrícia N. Rasmussen. - Jandira, SP : Principis, 2023.
	384 p. ; 15,50cm x 22,60cm. - (Kristina McMorris).
	Título original: Sold on a monday
	ISBN: 978-65-5552-867-1
	1. Literatura americana. 2. Literatura estrangeira. 3. Caminhos. 4. Economia. 5. Honra. 6. Estados Unidos. 7. Histórias de vida. I. Rasmussen, Patrícia N. II. Título. III. Série.
2023-1115	CDD 810
	CDU 821.111(73)

Elaborado por Lucio Feitosa - CRB-8/8803

Índice para catálogo sistemático:
1. Literatura americana : 810
2. Literatura americana : 821.111(73)

1ª edição em 2023
www.cirandacultural.com.br
Todos os direitos reservados.
Nenhuma parte desta publicação pode ser reproduzida, arquivada em sistema de busca ou transmitida por qualquer meio, seja ele eletrônico, fotocópia, gravação ou outros, sem prévia autorização do detentor dos direitos, e não pode circular encadernada ou encapada de maneira distinta daquela em que foi publicada, ou sem que as mesmas condições sejam impostas aos compradores subsequentes.

Para as crianças na foto

"Mil palavras não causam uma impressão tão profunda quanto uma ação."

– Henrik Ibsen

Prólogo

Do lado de fora da entrada vigiada por seguranças, os repórteres circulavam como uma matilha de lobos. Queriam nomes, lugares, qualquer coisa relacionada à Máfia, qualquer detalhe que valesse a pena para a notícia de primeira página no dia seguinte.

A ironia não me passou despercebida.

Na área de espera do hospital, sentada na mesma cadeira havia horas, ergui a cabeça quando um médico apareceu. Com voz abafada, ele disse algo para uma enfermeira. Seu bigode farto, com fios grisalhos assim como nas têmporas, vibrava com suas palavras. Meus ombros se encolheram enquanto eu procurava por algum sinal, alguma sugestão do pior. A tensão cresceu à minha volta, conforme os outros temiam o mesmo. O súbito silêncio era ensurdecedor. Mas então o médico se afastou, o som de seus passos desapareceu quando ele virou no corredor, e eu voltei a me recostar no assento.

O ar recendia a desinfetante, alvejante e fumaça de cigarro dos fumantes nervosos. Um ruído estridente no piso de ladrilhos me assustou, e vi que era uma cadeira que alguém arrastava em minha direção. Os pelos em minha nuca se arrepiaram, porque, ao saber do meu envolvimento no caso, um policial havia me avisado que em breve um investigador viria conversar comigo.

O homem se sentou a meu lado e virou-se para mim.

– Boa tarde.

Ele tirou o chapéu e colocou-o sobre as pernas, em um gesto descontraído. Do terno de risca de giz ao corte de cabelo impecável e os dentes brancos e perfeitos, ele parecia um modelo de cartaz de recrutamento para J. Edgar Hoover[1].

Não ouvi o nome dele nem as formalidades de sua apresentação – minha mente estava nublada por ondas de preocupação e falta de sono. Mas consegui entender que tipo de informação ele queria. Não era muito diferente dos jornalistas que se aglomeravam na rua, ávidos para bisbilhotar. Estava ansioso por respostas que eu mesma não sabia direito.

Se ao menos eu pudesse escapar... daquele lugar e daquele momento. Como seria bom poder pular para uma semana, um mês à frente! Os rumores inconvenientes já estariam enterrados, as poças de sangue limpas, o resultado daquele dia superado. Imaginei-me em um canto isolado de uma cafeteria, sendo entrevistada por um jovem repórter enquanto tomávamos café. Sua expressão de zelo juvenil me lembraria da pessoa que eu era quando me mudei para a cidade, convencida de que os sonhos e o sucesso encobririam meu passado sombrio; e o senso de não ser digna.

"Que alívio", ele diria, "que tudo tenha acabado bem."

Para alguns, claro. Não para todos.

Então ouvi:

– Pode me contar como tudo começou?

A repórter dentro de mim se confundiu com o investigador à minha frente. Eu não tinha certeza absoluta de quem havia perguntado. E, no entanto, como se através de uma lente, de repente enxerguei o último ano

---

[1] John Edgar Hoover (1895-1972) foi diretor do FBI de 1924 a 1972. (N.T.)

com uma clareza impressionante, vi os caminhos entrelaçados que haviam levado cada um de nós até aquele ponto; cada passo como uma peça de dominó, essencial para derrubar a próxima.

Não sem pesar, acenei lentamente para ele com a cabeça, assentindo, relembrando ao responder:

– Começou com uma fotografia.

Parte um

"A fotografia é a arte da observação. Tem pouco a ver com o que se vê e tudo a ver com o modo como se vê."

– Elliott Erwitt

1

Agosto de 1931
Laurel Township, Pensilvânia

Foram os olhos deles que atraíram a atenção de Ellis, em primeiro lugar. Sentados no alpendre de uma casa de fazenda de paredes cinzentas castigadas pelo tempo, entre as poucas casas que margeavam a estrada cercada por campos de feno, dois meninos jogavam pedrinhas em uma lata. Com seis e oito anos, não mais que isso, estavam descalços e sem camisa; usavam apenas macacões remendados que expunham grande parte da pele clara encardida e bronzeada pelo sol de verão. Só podiam ser irmãos. Com seus corpinhos esguios e cabelos cor de cobre desgrenhados, pareciam a mesma criança em diferentes fases da vida.

E os olhos... Mesmo a uma distância de mais de cinco metros, chamaram a atenção de Ellis Reed. Eram azuis, como os dele próprio, mas de uma tonalidade tão clara que pareciam lapidados em cristal. Um contraste impressionante com todo o cenário insosso, como se não pertencessem a ele.

Outra gota de suor escorreu sob o chapéu de Ellis e desceu pelo pescoço até seu colarinho engomado. Mesmo sem o paletó, a camisa grudava em sua pele por causa da umidade. Ele deu alguns passos em direção à câmera, para ajustá-la. Fotos cênicas naturais eram seu hobby habitual, mas ele ajustou as lentes para colocar as crianças no foco. E com elas apareceu uma placa. Uma ripa de madeira crua com bordas irregulares curvava-se ligeiramente contra a parede do alpendre, como que se entortando sob o calor da tarde. Ellis não assimilou inteiramente a oferta, escrita em giz, até tirar a foto.

A respiração ficou presa em sua garganta.

Ele baixou a câmera e leu novamente as palavras.

Na verdade, elas não deveriam chocá-lo tanto. Não com tantas pessoas ainda enfrentando dificuldades desde o colapso do mercado em 1929. Todos os dias, crianças eram enviadas para a casa de familiares, ou deixadas em igrejas, em orfanatos e outras instituições, na esperança de serem acolhidas, aquecidas e alimentadas. Mas vendidas… isso concedia uma aura ainda mais sombria aos tempos difíceis.

E os outros irmãos, estariam sendo poupados? Os dois irmãos seriam separados? Será que sequer conseguiam ler a placa? A mente de Ellis estava em torvelinho com inúmeras dúvidas e perguntas sem resposta.

Mesmo, digamos, seis anos antes, com vinte anos recém-completados, morando em Allentown, com os pais… ele poderia ter sido mais rápido em fazer julgamentos. Mas as ruas da Filadélfia haviam lhe ensinado desde então que poucas coisas deixavam uma pessoa mais desesperada do que a fome. Se alguém quisesse uma prova, bastava observar os socos na fila do pão quando o último prato do dia era oferecido.

– O que é isso na sua mão, senhor? – O menino mais velho apontou para o equipamento que Ellis segurava.

– Isto? É minha máquina fotográfica.

Não era de todo verdade. A câmera pertencia ao *Philadelphia Examiner*, mas naquela situação esse esclarecimento era irrelevante.

O menino menor sussurrou algo para o mais velho, que se dirigiu a Ellis como se fosse intérprete do irmão.

– Esse é o seu trabalho? Tirar fotografias?

A verdade era que o trabalho de Ellis de cobrir banalidades para a seção de entretenimento não consistia em muito mais que isso. Não exatamente o trabalho que ele esperava para sua carreira. Não era necessária uma especialização para fazer aquilo.

– Por enquanto.

O menino mais velho assentiu com a cabeça e jogou outra pedrinha na lata. O menorzinho mordiscou o lábio inferior com um ar de inocência que combinava com seu olhar. Nenhum dos dois parecia ter noção do que a vida lhes reservava, o que por um lado talvez fosse bom.

Embora crianças adotadas quando bebês fossem em sua maioria criadas como sendo da família, não era segredo que aquelas que eram adotadas já crescidas não eram valorizadas. As meninas serviam para ajudar no trabalho de casa, cuidar das crianças menores, costurar etc. Os meninos eram vistos como futuros ajudantes na lavoura, trabalhadores de fábricas e minas. Talvez, no entanto, não fosse tarde demais para aqueles dois. Não, pelo menos, com alguma intervenção.

Ellis espiou pelas janelas da frente da casa, procurando detectar algum movimento lá dentro. Tentou ouvir o tilintar de panelas ou sentir o aroma de comida sendo preparada, qualquer sinal de que havia uma mãe dentro de casa. Mas somente o ruído distante de um trator e o cheiro de capim pairavam no ar. E, com isso, pensamentos atordoantes.

O que ele poderia fazer por aqueles meninos? Convencer a família de que havia uma alternativa melhor? Contribuir com dinheiro, sendo que ele mal conseguia arcar com o próprio aluguel?

Os dois meninos olhavam para ele, como se esperassem que dissesse algo.

Ellis desviou a atenção da placa. Tentou pensar nas palavras certas a dizer, mas no final soaram vazias.

– Cuidem-se, meninos.

Diante do silêncio dos garotos, ele se virou com relutância. O som das pedras na lata enferrujada recomeçou e em seguida foi desaparecendo à medida que ele retornava para a estradinha rural.

Cinquenta metros à frente, o Modelo T que ele havia resgatado de um ferro-velho aguardava com os vidros baixados. O radiador já não chiava e fumegava. De alguma forma, os arredores também haviam mudado. As extensas pradarias e as cercas tortas que pouco antes Ellis achara interessantes e pensara em fotografar para sua coleção pessoal – uma maneira proveitosa de passar o tempo enquanto o motor do carro arrefecia do calor de agosto – agora pareciam mero cenário de fundo para outra tragédia além de seu controle.

Assim que ele se aproximou do velho automóvel, jogou a câmera no banco, com mais força que o necessário, e pegou o garrafão de água. Reabasteceu o radiador e preparou o motor ajustando as alavancas e girando a chave. De volta ao capô, ele segurou o paralama para alavancar e deu um forte puxão na manivela. Felizmente, na segunda tentativa o motor do sedã voltou à vida.

Depois de se sentar ao volante, Ellis tirou o chapéu e se pôs a caminho, mais ansioso que nunca para voltar para a cidade. Em menos de uma hora ele estaria em um mundo completamente diferente. Laurel Township seria apenas um fragmento de lembrança.

Aberto sobre o paletó no banco a seu lado, o mapa farfalhava com a brisa que entrava pelas janelas abertas do carro. Naquela mesma manhã, aquela folha amassada, marcada com anotações e destinos circulados, o havia guiado até sua mais recente e empolgante tarefa: uma exposição de acolchoados feitos pelas senhoras colaboradoras da Legião Americana, organizada pela irmã do prefeito da Filadélfia. Sem dúvida o trabalho delas era impressionante, mas a paciência de Ellis era colocada à prova em cada clique. O fato de ser domingo azedava ainda mais seu humor, e ele ainda precisava revelar as fotos e redigir o artigo até a manhã seguinte. Era demais para um dia de folga. No entanto, agora, sentia-se humilhado depois do episódio dos meninos e envergonhado por reclamar de um trabalho que muitos invejariam.

Por mais que Ellis tentasse tirar os meninos do pensamento, eles voltavam a todo instante enquanto ele percorria a estrada e saía do município de Chester. Apesar disso, foi somente depois que chegou ao edifício do *Examiner* que ele se deu conta do verdadeiro motivo pelo qual ficara tão tocado.

Se seu irmão tivesse sobrevivido, será que seriam tão parecidos como aqueles dois garotos? Será que ambos teriam sido desejados?

2

Quando chegou à sua mesa, ainda com o chapéu cloche e a bolsa na mão, Lily se encolheu ao se lembrar do que havia feito.

Ou melhor, do que não havia feito.

Na tarde de sexta-feira, um repórter trabalhista estava esperando que suas fotos secassem, apesar de estar parecendo péssimo por causa de um resfriado. O chefe de Lily, Howard Trimble, um editor-executivo que administrava o jornal com a rigidez de um comandante preparando um pelotão para uma batalha, tinha exigido rever as imagens logo cedo na segunda-feira. Como o repórter estaria fora cobrindo uma matéria, Lily se oferecera para ajudar. *Eu revelo as fotos*, ela havia prometido. *Vá para casa e descanse.*

Ela não era do tipo que fazia promessas levianas; no entanto, em meio a tantas outras tarefas a cumprir, havia se esquecido. Agora era manhã de segunda-feira e faltavam quinze minutos para as oito. Quinze minutos até o chefe chegar.

Lily jogou a bolsa na mesa e atravessou apressada a sala de redação, ocupada pela metade. Conversas abafadas corriam de mesa em mesa, todas muito próximas umas das outras. Na troca regular de turno, a equipe diurna do *Examiner* estava aos poucos substituindo a da noite.

Ao lado do elevador, ela abriu a porta das escadas, um caminho mais rápido para subir um único andar, e chegou à sala de composição no quarto andar.

– Bom dia, senhorita Palmer – cumprimentou um rapaz à sua direita, que carregava uma pilha de pastas. O nome do novo funcionário lhe escapou.

Lily respondeu com um sorriso, diminuindo o passo somente quando ele continuou a falar.

– Parece que teremos outra semana agitada, não?

– Tudo indica que sim.

– Fez alguma coisa no fim de semana?

Ela tinha feito a viagem de duas horas para o norte de Delaware, como de costume, para sua verdadeira casa. Não a pensão de moças ali perto onde morava durante a semana. A finalidade dessas viagens, no entanto, bem como tantas outras coisas em sua vida, não era algo que ela compartilharia com alguém.

– Desculpe, estou com pressa no momento, mas tenha um bom dia.

Com outro sorriso, ela passou pelo rapaz e alcançou a porta na curva do corredor. Por sorte não estava trancada, e ela entrou. Na segunda porta, a placa de *Não entrar* estava virada ao contrário, indicando que o quarto escuro não estava sendo usado.

Lá dentro, um fio fino pendia de uma lâmpada no alto. Ela deu um puxão, iluminando o pequeno cômodo retangular com um sinistro brilho avermelhado. O ar recendia a soluções de revelação que se encontravam em bandejas, entre outros suprimentos, sobre a bancada que ocupava uma das paredes.

Mais de uma dúzia de fotografias estavam penduradas em um cordão estendido de um lado a outro do cômodo. Lily viu fotos de mulheres exibindo orgulhosamente seus trabalhos de acolchoados e, a seguir, as três fotografias que lhe interessavam. Cenas de uma reunião do sindicato dos metalúrgicos.

Rapidamente, ela pegou uma pasta vazia na bancada e retirou as três fotos do cordão. Tinha acabado de guardá-las quando algo atraiu seu olhar. Era uma foto simples de uma árvore – até examinar com mais atenção. O antigo carvalho ficava em um campo, isolado, quase triste. Seus galhos se estendiam para a frente, como que ansiando por algo invisível.

Ela examinou a foto seguinte, de iniciais esculpidas em uma cerca quebrada.

K.T. + A.\

A última letra estava incompleta, deixando a conclusão para a imaginação do observador. E, mais que isso, o significado. Ela olhou outra foto, e mais outra. Uma tampa de garrafa descartada na rua; uma flor solitária crescendo no meio do mato. Pelo modo como cada foto transmitia uma história, ela sabia quem havia capturado as imagens.

Desde que começara a ocupar o cargo de secretária do chefe na primavera retrasada, Lily havia se deparado com fotografias pessoais de Ellis Reed em outras duas ocasiões. Cada imagem continha uma perspectiva intrigante, uma profundidade de detalhe que passaria despercebida à maioria das pessoas.

Embora poucos homens no ramo estivessem dispostos a escrever para as páginas femininas, ou se contentassem com o pagamento, Ellis persistia com diligência. Como Lily, ele fora claramente relegado a uma função que não estava à altura de seu verdadeiro talento. Ela nunca mencionara isso, claro, pois o contato entre ambos raramente ia além da cordialidade básica...

O pensamento se desvaneceu quando ela se virou.

Em meio à claridade vermelha, estava uma foto de uma placa. Duas crianças em um alpendre sendo oferecidas para venda. Como cabeças de gado no mercado.

De repente, uma onda de emoção a dominou, trazendo à tona antigos sedimentos que ela se esforçara para soterrar. Medo, dor, ressentimentos. Apesar disso, ela não conseguia desviar o olhar da foto. Na verdade, com os olhos marejados de lágrimas, ela puxou a foto do pregador para observá--la melhor.

Então, um clarão de luz a sobressaltou.

A porta tinha sido aberta e imediatamente fechada.

– Perdão! – exclamou um homem do lado de fora. – A porta não estava trancada, e a placa está virada.

Lily se lembrou do motivo pelo qual estava ali. "Saia agora!"

Ela se recompôs o melhor que pôde e se encaminhou para a porta. Quando levou a mão à maçaneta, deu-se conta de que a fotografia de Ellis ainda estava em sua mão.

Tudo que uma parte dela queria era rasgar e queimar a foto, junto com o negativo. Mas uma vozinha interior lhe soprou outra ideia. Ela poderia fazer algo bom a partir daquele horror; poderia trazer para o primeiro plano crianças facilmente esquecidas, reforçando um lembrete de que cada uma importava. Uma lição de seu passado duramente aprendida.

Sem hesitar por nem mais um segundo, ela guardou a foto na pasta e abriu a porta.

3

Através do colchão cheio de grumos, as molas da cama rangeram.

Ellis afastou o travesseiro da cabeça e apertou os olhos contra a claridade que inundava o quarto. Tinha deixado a janela aberta por causa do calor, apesar do incômodo dos ruídos da cidade e do cheiro de fumaça e de esgoto. Virou-se na direção da mesa ao lado da cama que servia de escrivaninha e também de criado-mudo, piscando para clarear a visão.

O relógio marcava dez e quinze. Quinze minutos além do prazo final.

Droga. Devia ter desligado o despertador sem perceber. Não era de admirar, com o casal briguento no andar de cima discutindo a noite inteira e impedindo-o de dormir.

Ele se sentou na cama e jogou o lençol para o piso de madeira, amaldiçoando a vontade de urinar, que exigia um tempo que ele não tinha. Em poucos passos, alcançou a porta, único benefício de um quarto do tamanho de uma despensa, e foi para a fila do banheiro no corredor. Mais uma desvantagem do desemprego maciço no país. Dois anos antes, àquela hora em um dia de semana, praticamente só mães, bebês e idosos estariam em casa.

– Vamos lá, gente – ele murmurou.

Mas um camundongo furtivo foi a única coisa viva que se mexeu.

Na frente de Ellis, um trio de mulheres de meia-idade parou de falar. Os olhares de reprimenda revelaram uma constatação: ele estava só de cueca e mais nada.

– Jesus. Perdoem-me.

Em um gesto reflexivo, ele cruzou as mãos na frente do corpo, cobrindo-se. Embora sua compleição mediana tivesse adquirido músculos ao longo dos anos, naquele momento ele se sentiu como o garoto franzino que havia sido na puberdade; um rebatedor medíocre de *stickball* sem esperança de obter o título principal, cuja confiança, e portanto velocidade, sempre o deixavam a alguns passos do troféu.

O lado bom era que a necessidade de se aliviar tinha diminuído, pelo menos o suficiente para esperar. Recuou de volta para o quarto, os queixumes das mulheres sobre sua falta de decência e sua linguagem ecoaram no corredor. Na pia, ele molhou o cabelo e o corpo, depois puxou a roupa lavada da corda que dividia o quarto ao meio. Enfiou o artigo na pasta de couro puído sem alça e saiu apressado. Algum dia se locomoveria com estilo, sem se preocupar com o preço da gasolina. Até esse dia chegar, teria de correr para pegar o bonde lotado.

No bonde, os passageiros se abanavam com jornais dobrados ou com a aba dos chapéus. Ellis percebeu que não só tinha esquecido seu chapéu como também de passar tônico no cabelo para assentar as ondas cor de ébano, que eram curtas porém rebeldes. Mais um motivo para evitar uma entrada grandiosa no escritório naquele dia.

As rodas rangiam nos trilhos, e o sino tocava conforme o bonde avançava, com lentidão suficiente para que se ouvissem as manchetes das notícias anunciadas pelos vendedores de jornais.

"Lindbergh pousa no Japão!"
"Jovem bandido morto, policial baleado!"
"Noiva fugitiva volta para noivo!"

Através da neblina persistente formada pela fumaça das chaminés das usinas e fábricas, que cuspiam e tossiam, pelejando para continuar em atividade, o majestoso edifício de calcário e granito da prefeitura apareceu. No topo da torre do relógio, um William Penn de bronze olhava para a hora com uma carranca.

Ellis saltou do bonde quando chegou ao ponto, escapando por pouco de uma carroça puxada por cavalos. Percorreu a Market Street, abrindo caminho entre vendedores ambulantes e engraxates. Não diminuiu o passo até entrar no edifício de pedra de cinco andares do *Examiner*. Não era o *Evening Bulletin*, mas, depois de mais de vinte anos no mercado, ainda era um concorrente respeitável para o público noturno.

Depois de entrar rapidamente no banheiro mais próximo, ele pegou o elevador, junto com dois revisores do jornal.

– Terceiro andar – disse ao ascensorista.

O homem curvado bocejou longamente antes de iniciar a subida, e os revisores comentaram em voz baixa sobre as moças que haviam conhecido na noite anterior, duas balconistas da Wanamaker's. O ascensorista abriu a porta do elevador trinta centímetros acima do nível do terceiro andar, na maioria das vezes eram trinta centímetros abaixo, misteriosamente nunca no nível do piso, abarcando os aromas de café, tinta de impressão e fumaça de cigarro.

Ellis pulou para o andar que era o centro nervoso do jornal. No meio do labirinto de mesas, os editores dos quatro departamentos principais trabalhavam com diligência. Felizmente não havia sinal de seu chefe direto, o editor Lou Baylor. A cabeça calva do homem corpulento, muitas vezes corada pelo estresse, se destacava em meio às demais. Sempre que um prazo final estava próximo, a cabeça dele ficava parecendo uma bola vermelha.

Ellis adentrou aquele tumulto matinal. As vozes crescentes, tanto da equipe quanto dos rádios portáteis, competiam com os telefones tocando e com o ruído metálico incessante das máquinas de escrever. Os auxiliares de escritório andavam de um lado para outro, tirando o atraso do fim de semana. Era uma corrida perpétua sem linha de chegada.

A poucos passos de sua mesa, Ellis sentiu alguém cutucar seu cotovelo. Virou-se para deparar com Lily Palmer, segurando uma xícara de café.

– Meu Deus, senhor Reed... onde o senhor estava?

– Eu... meu despertador não tocou.

Lily era uma moça bonita; não a beleza típica de uma estrela de cinema, mas era atraente, com os cabelos ruivos presos, o nariz delicado salpicado de sardas, a boca bem-feita. Naquele dia, entretanto, ele reparou principalmente nos olhos dela; não por causa da coloração castanho-esverdeada, mas por causa do brilho de urgência neles.

– O chefe perguntou pelo senhor. É melhor o senhor ir lá logo.

Ellis examinou os relógios na parede que mostravam quatro fusos horários diferentes. A hora local era 10h42. Será que a notícia de sua gafe já tinha chegado aos ouvidos de Trimble?

Na maioria dos jornais daquele porte, o editor-executivo deixava que o gerente se encarregasse de resolver os contratempos diários. Mas, como filho mais velho do fundador aposentado, Howard Trimble raramente considerava que um problema fosse insignificante a ponto de não merecer sua atenção pessoal, especialmente quando implicava reprimenda.

Naquele momento, Ellis temia um desses habituais discursos inflamados.

– Claro. Só preciso de um instante para organizar minhas...

Da sala do chefe no canto do departamento soou uma voz em tom alto e irritado.

– Será que alguém pode me trazer um café aqui, ou tenho que fazer *tudo* sozinho? E onde Reed se meteu que não apareceu até agora?

A porta da sala de Trimble estava semiaberta, mas sua voz podia ser ouvida em outros andares do edifício, inclusive no subsolo, onde até as impressoras em seu constante clique-claque seriam desafiadas a abafá-la.

Lily suspirou e arqueou uma sobrancelha.

– Vamos?

Ellis assentiu com a cabeça, como se tivesse escolha.

Juntos, eles atravessaram a sala, passando por fileiras de mesas cobertas por papeladas e pilhas de jornais. Com seus sapatos de salto baixo e saia preta reta, Lily ia em silêncio. Sempre graciosa, embora mais para o lado altivo, ela não era muito falante, mas naquele momento seu silêncio parecia assustador.

E, então, por um segundo ela o fitou, e a expressão de seu olhar era estranha. Talvez ela soubesse de algo que ele não sabia.

– O que foi?

– Hum? Ah... nada.

– Senhorita Palmer... – Ellis a deteve a poucos metros da porta, e ela hesitou.

– É que o senhor... parece que não dormiu bem à noite, só isso.

Subitamente, Ellis se deu conta de como sua aparência devia estar péssima... barba por fazer, cabelo despenteado, terno mal-ajambrado. Tão asseado quanto um morador de rua.

Mas pelo menos estava vestido, e não só de cueca. Ele deu de ombros.

– Estou disfarçado – disse.

Lily deu um sorriso triste diante da óbvia brincadeira. Em seguida ficou séria antes de entrar na sala do chefe. Ellis penteou o cabelo com os dedos, os fios ainda úmidos e espetados, e seguiu-a.

Sobre o armário baixo junto à janela, as pás de um ventilador rangiam a cada rotação.

– Boa tarde! – exclamou Trimble com ironia. – Já não era sem tempo!

Com o abdome protuberante, ele raramente era visto sem gravata-borboleta e os óculos na ponta do nariz. Com sobrancelhas tão espessas quanto a barba, lembrava um avozinho bondoso... até o momento em que abria a boca.

Ellis sentou-se na beirada da cadeira em frente à mesa que parecia ter sido atingida por um tornado: uma bagunça de cartas, pastas, lembretes, folhas de papel espalhadas por toda parte, uma pilha que poderia esconder um cadáver. De um ex-redator, por exemplo.

– Não se esqueça de seu compromisso às onze horas – disse Lily, entregando ao chefe uma caneca de café. – Ah, sua esposa ligou. Ela quer saber onde vão jantar na sexta-feira.

O chefe interrompeu o primeiro gole de café.

– Cristo... me esqueci de fazer a reserva no restaurante.

– Nesse caso direi à senhora Trimble que é no Carriage House. Eles podem recebê-los às sete da noite. – Lily não deixava nada escapar. – Avisarei ao *maître* que é seu aniversário de casamento, para que ele providencie flores e... algo mais, especial para a ocasião.

A referência a bebida alcoólica foi apenas velada, pois não era incomum trocar uma gorjeta generosa por vinho ou champanhe, mesmo nos restaurantes de primeira linha. Apesar das boas intenções, a Lei Seca havia aumentado não só o desejo do público de beber como também a corrupção dos mafiosos que agora viviam de maneira nobre. Não se passava uma semana sem uma manchete sobre Max "Boo Boo" Hoff, ou Mickey Duffy, ou a gangue de Nig Rosen.

– Bem, então... ótimo. – O tom de voz empregado pelo chefe chegou a beirar a simpatia.

Mas no momento seguinte ele dispensou Lily e fulminou Ellis com o olhar.

– Pois bem, Reed – disse.

Ellis se empertigou na cadeira.

– Sim, chefe.

Quando Lily passou por ele, seus olhos pareciam dizer "boa sorte". Então ela fechou a porta atrás de si, fazendo o painel de vidro sacudir de leve, e o chefe colocou a caneca de café na mesa sem muita delicadeza.

– Parece que você andou tirando algumas fotos *interessantes*.

Perplexo, Ellis tentou assimilar a insinuação.

– Senhor?

– Que tal explicar isto...

Trimble tirou uma fotografia de uma pasta e jogou-a em cima da papelada espalhada sobre a mesa. Era dos meninos no alpendre, com a angustiante placa pendurada em segundo plano. O chefe devia ter visto as outras fotos também. Conforme compreendia a situação, Ellis ia sentindo um peso na boca do estômago.

– Chefe, isso foi só... Eu estava matando tempo depois do evento. Estava muito quente lá, e o motor do meu...

Não havia motivo para continuar. Nada justificaria usar a câmera e o filme que pertenciam ao jornal para tirar fotos pessoais e ainda por cima revelá-las usando o equipamento da empresa.

O chefe se recostou e tamborilou no braço da cadeira, pensativo. Ellis achou melhor ficar em silêncio.

– Você trabalha aqui há... o quê, quatro anos?
– Cinco.

Ellis estremeceu depois de corrigir o chefe automaticamente. Que imprudência de sua parte! Mas então a resposta penetrou sua consciência.

Cinco anos não era uma eternidade, mas era um período considerável. Depois de trabalhar por um tempo no necrotério, um apelido apropriado para a sala de arquivos empoeirada e sem janelas, ironicamente seguido por um período de publicação de obituários, Ellis havia pedido uma promoção. "Eu cubro qualquer coisa", ele dissera. A iniciativa se deu na hora certa, porque um dos dois redatores da seção de entretenimento tinha acabado de se demitir após se casar.

Ellis teve de deixar seu ego de lado. O trabalho era uma "ponte". Além disso, ele soube que teria de se reportar diretamente ao senhor Baylor, que estava cobrindo a licença do editor-chefe para cuidar da mãe. Howard Trimble era grande fã da eficiência, ainda mais quando lhe garantia uma redução de gastos.

Isso havia sido dois anos antes. Apesar das subsequentes solicitações por uma oportunidade de trabalhar com notícias reais, Ellis não estava no topo da cadeia. Felizmente, a maioria das incumbências que implicavam descrições de bolos, bordados, etc. ficava a cargo de sua colega de seção matrona. Isso, porém, ainda deixava Ellis com uma interminável série de exposições em galerias e eventos de gala frequentados por pessoas arrogantes, encontros ocasionais com celebridades e eventos beneficentes, seus preferidos, organizados por elites que ignoravam diariamente os pedintes nas ruas enquanto iam às compras na Gimbels.

Se alguém merecia se queixar, era Ellis.

Ele empinou o queixo, orgulhoso.

– Sim, senhor, cinco anos. E todo esse tempo eu me doei cem por cento. Trabalho quase todos os fins de semana, em qualquer evento para o qual eu seja designado, sem reclamar. Mas, se o senhor acha que mereço uma reprimenda ou ser demitido por causa de meia dúzia de fotos fora do padrão, tudo bem.

Ellis tinha consciência do risco que estava correndo, mas as palavras saíram de sua boca contra todo o bom-senso. Não era um bom momento para ficar desempregado, e Deus sabia que ele jamais rastejaria diante do pai com a finalidade de que este o ajudasse a pagar o aluguel. Que tudo fosse para o inferno.

O semblante do chefe não demonstrou emoção.

– Terminou?

Ellis ignorou uma ponta de arrependimento e assentiu com a cabeça.

– Ótimo! – O tom de voz do homem era controlado, porém tenso, como um fio que reverberasse a cada sílaba. – Porque o motivo pelo qual chamei você aqui foi para escrever uma matéria. Descrever o perfil da família para acompanhar esta foto que tirou. Se não for muito incômodo.

O ventilador barulhento pareceu sugar todo o ar da sala. Ellis engoliu em seco e resistiu ao impulso de afrouxar o colarinho. Sentiu-se encolher com uma sensação de humilhação. Mudando de tática, tentou agir com naturalidade e não parecer tão idiota.

– Claro, senhor. Boa ideia. Vou começar agora mesmo.

O chefe não disse nada.

Ellis se levantou, pegou a pasta que havia deixado no chão, junto ao pé da cadeira, quase se esquecendo da fotografia, e virou-se para sair antes que o chefe mudasse de ideia sobre a tarefa. Abriu a porta com um sorriso no rosto. Todas as incumbências banais e eventos vazios, os anos de paciência e persistência, tudo finalmente tinha valido a pena. Ou melhor, poderiam valer.

Ellis atravessou o departamento movimentado em direção à sua mesa, contendo o entusiasmo. Nada estava garantido ainda. A publicação da matéria estaria sujeita a aprovação. Ele precisava fazer um trabalho esplêndido, com citações fortes, observações consistentes, tudo apoiado em fatos. Já estava planejando sua viagem até a casa na zona rural quando examinou o retrato, os dois irmãos, indefesos e mal-arrumados, fitando-o com olhos cristalinos.

Ellis diminuiu o passo enquanto relembrava a cena.

A ideia de entrevistar aqueles meninos, ou até os pais deles... Alguma coisa a respeito disso não parecia certa.

Ele tentou afastar a sensação. Repórteres como Clayton Brauer não hesitariam em cobrar depois de um furo de reportagem, mas Ellis tinha noção da verdade: naquele caso não se tratava de políticos ou astros de cinema que atraíssem os holofotes, pessoas preparadas para a exposição e julgamentos. E esse julgamento poderia ser terrível se uma verdade mesquinha fosse descoberta e desmentisse a situação precária da família. Por exemplo, se o pai fosse alcoólatra e tivesse gastado o dinheiro do aluguel no jogo, ou se a mãe simplesmente tivesse se cansado de seus fardos. Dependendo da história, seriam as crianças que mais sofreriam.

Ellis preferia não arriscar. Ele só precisava de uma tática alternativa, livre de detalhes prejudiciais, mas precisava disso logo. Se demorasse muito, o chefe poderia perder o interesse e retirar a oferta.

Ele consultou o relógio. Ainda faltava algum tempo para o próximo compromisso do chefe, embora não muito. Antes que pudesse mudar de ideia, voltou para a sala no canto do departamento. Foi ensaiando mentalmente um apelo, bem consciente dos riscos.

A atenção do chefe estava agora focada em uma pilha de papéis. Ele lançou um rápido olhar para Ellis, que pediu licença e se aproximou da mesa.

– Chefe, eu estava pensando, só tem uma questão na tarefa que me atribuiu... Não tenho certeza se a família veria com bons olhos o fato de eu os bombardear com perguntas. – Ele não teve tempo de acrescentar mais nada antes de o chefe dardejar uma resposta.

– Então anote o endereço da casa. Vou passar a tarefa para outro redator.

– Como? Não... não era isso que...

Uma batida discreta soou à porta, e Lily a abriu apenas o suficiente para enfiar a cabeça no vão.

– Desculpe interromper, chefe, mas o comissário já está aqui para a reunião.

Trimble consultou o relógio de pulso.

– Ah, sim. Mande-o entrar.

Lily assentiu e fechou a porta.

Uma sensação de pânico começou a crescer dentro de Ellis. Sua grande chance estava lhe escorregando por entre os dedos.

– Eu só estava tentando dizer que... bem... a fotografia diz respeito a mais de uma única família. – Por cima do ombro, Ellis pôde ver Lily e o comissário se aproximando da sala. Ele persistiu, apesar da expressão de crescente irritação no semblante do chefe. – Afinal, há pessoas sofrendo em toda parte. A questão maior é por que tudo isso está acontecendo. Além do colapso na economia, quero dizer.

Uma batida mais firme à porta se seguiu, e Ellis segurou sua pasta com força debaixo do braço, ainda segurando a fotografia, esperando.

Por fim o chefe meneou a cabeça, como se desaprovasse seu próprio julgamento.

– Está certo. Escreva a matéria.

Ellis suspirou aliviado, mas tinha noção de que não podia demonstrar euforia.

– Obrigado, chefe, muito obrigado.

Deu um passo para trás, quase trombando com Lily, que acabara de entrar com o comissário. Ellis afastou-se para dar-lhes passagem antes de voltar para sua mesa.

Com a mente a mil, ele quase se esquecera de seu artigo sobre a exposição de acolchoados. Pegou o artigo na pasta e foi buscar uma foto no quarto escuro para anexar. Depois de entregar tudo, felizmente sem nenhuma reação negativa, ele afundou em sua cadeira.

A duas mesas de distância, Clayton Brauer datilografava velozmente em sua máquina de escrever. Fiel à sua ascendência, o rapaz tinha cabelos claros, ombros largos e a precisão de uma máquina alemã. Como sempre, um cigarro fumado pela metade pendia do canto de sua boca, que insinuava uma expressão levemente arrogante.

No mundo das notícias, na grande maioria das matérias, mesmo as de grande repercussão, não aparecia o crédito do jornalista, uma prática padrão em qualquer jornal de prestígio. Entretanto, graças a reportagens sobre crimes e corrupção, o crédito de *Clayton Brauer* tinha aparecido no *Examiner,* com destaque até mesmo de primeira página, com mais frequência do que Ellis gostaria. Obviamente, a matéria de Ellis não apareceria na primeira página, mas ele já estava bem mais perto de receber crédito pela reportagem. Mais que isso, de finalmente escrever uma matéria importante.

Ellis colocou uma folha em branco em sua máquina Royal. Buscando inspiração, estudou mais uma vez a fotografia. Havia uma série de ângulos a considerar. Seus dedos pairaram sobre as teclas, esperando que as palavras lhe ocorressem. Algo provocativo. Algo interessante.

Talvez até... criativo.

4

Na pensão, na semana seguinte, enquanto voltava do banho certa noite, Lily tinha ouvido seu nome. Atrás de uma porta de banheiro semiaberta, duas garotas recém-chegadas a estavam observando.

Ela é um pouco esnobe, não acha?
Ah, não sei... Ela só me parece um pouco altiva e toda certinha.

Se ao menos elas soubessem!

Lily fingiu não perceber, mas também não se ofendeu. Aos vinte e dois anos, não era velha nem antiquada, apenas suas prioridades eram diferentes daquelas das outras jovens pensionistas. À noite, elas comentavam as fofocas sobre celebridades, sobre os últimos filmes falados, ou sobre quais rapazes lhes tinham interessado no baile mais recente. No início, algumas das meninas a tinham convidado para sair, mas ela sempre recusava, e elas acabaram desistindo. Agora, sentada em um banco na sombra em Franklin Square, ela se lembrava de quais eram seus reais interesses. À sua volta, casais enamorados e famílias alegres tagarelavam e passeavam na hora do almoço. Lily respirou fundo e levou a mão ao medalhão oval no pescoço. Relembrou o último beijo de despedida de Samuel, a tristeza no rosto dele espelhando a sua própria. *Não será assim por muito tempo mais*, ela havia dito, uma frase repetida com tanta frequência que ela começava a duvidar de sua própria promessa.

A lembrança acabou com seu apetite.

Ela guardou o lanche pela metade na marmita. Pegou seu livro, levantou-se e voltou para a redação do jornal. A transpiração e a umidade faziam as meias de seda grudar na pele. Embora ainda tivesse algum tempo livre, ela atravessou a praça em vez de contorná-la. Estava passando em frente à fonte central quando ouviu buzinas e uma gritaria. Um taxista e o motorista de caminhão de gelo estavam brigando no trânsito pelo direito de passagem. Após observar a cena por um momento, boquiaberta com o palavreado vulgar dos dois homens, Lily avistou uma figura familiar debaixo de um bordo frondoso.

Segurando uma caderneta, Ellis Reed parecia estar escrevendo e desenhando alguma coisa. Havia páginas arrancadas e amassadas na grama a seu lado, e a expressão dele era de profunda concentração.

Durante a semana, desde que soubera da oportunidade de Ellis, Lily ficara tentada a perguntar sobre seu progresso, a foto das duas crianças ainda a assombrava, mas a agitação dele lhe fornecia a resposta. Era evidente que a situação não estava progredindo, pois naquele exato instante ele rasgou mais uma folha, amassou-a e a jogou raivosamente no chão. Assustado com o movimento brusco, um marreco solitário grasnou e bateu as asas, antes de se afastar bamboleando.

Ellis reclinou-se contra o tronco da árvore, abraçando os joelhos. Seu chapéu caiu no chão, junto com a caneta e caderneta. Era uma cena de rendição à derrota; até os suspensórios da calça escura estavam caídos, e as mangas da camisa estavam arregaçadas de maneira desigual uma da outra.

O bom senso a advertiu para não se envolver... mas tarde demais. Afinal, ela era em grande parte responsável por aquela situação. O mínimo que poderia fazer era oferecer apoio e incentivo.

Lily se aproximou da árvore, esquivando-se das folhas amassadas.

– Sabe que se estiver querendo matar o pobre marreco uma espingarda seria mais eficaz, não sabe?

O semblante de Ellis se suavizou ao erguer o rosto. Olhou para a ave e murmurou:

– Só se ele for feito de gelatina.

Lily inclinou a cabeça, sem entender. Ellis pareceu que ia explicar, mas balançou a cabeça.

– Assunto para outra história. – Um leve brilho cintilou nos olhos azuis. Após um breve silêncio, ele perguntou: – Não quer se sentar?

Lily não tinha intenção de se demorar, mas era estranho ficar olhando para ele do alto enquanto conversavam. Quando ela aceitou o convite, Ellis pegou seu paletó amarrotado e o estendeu sobre a relva. Lily sentou-se com as pernas dobradas para o lado, já que estava de saia; ah, como sentia falta de suas roupas soltas de fim de semana, e colocou sua bolsa e sacola na grama. Ellis estava fazendo uma fraca tentativa de endireitar a gravata preta quando seu estômago roncou alto. Lily não conseguiu disfarçar um risinho divertido.

– Acho que perdi a hora do almoço – disse ele, um pouco envergonhado.

Lily abriu a marmita e estendeu para ele a metade que sobrara de seu sanduíche.

– Pão de centeio com pastrami e queijo suíço.

Ellis hesitou só por um segundo antes de aceitar.

– Obrigado.

O sorriso dele formava duas linhas curvas, como parênteses, no rosto. Faziam Lily lembrar-se das covinhas de Samuel, que tinham o mesmo charme. Até o tom de pele moreno de Ellis lembrava o de Samuel.

Ela retomou o assunto que a levara até ali.

– Presumo que o artigo não esteja se desenvolvendo como você gostaria.

Ellis mordeu o sanduíche e limpou as migalhas de pão com as costas da mão, com ar desanimado.

– Eu simplesmente não sei o que o chefe quer. Ele não gostou do meu primeiro texto. Tudo bem, mas eu coloquei tudo o que tinha no segundo. Passei quase uma semana debruçado em cima de cada bendita palavra...

Lily não tinha lido nenhum dos rascunhos, mas ouvira o suficiente das respostas do chefe para entender o que se passava. Era desnecessário dizer que o artigo não sobreviveria a uma terceira tentativa.

– Sobre o que era? – perguntou.

– O último rascunho?

Lily assentiu, genuinamente interessada.

– Bem... era principalmente uma crítica à lei tarifária Smoot-Hawley.

A perplexidade de Lily devia ter ficado evidente, porque Ellis endireitou os ombros e começou a explicar.

– Veja, um bando de legisladores do distrito de Colúmbia... eles juraram de pés juntos que a tarifa seria benéfica para todos os americanos, porque para os ingleses funcionou maravilhosamente.

Lily não discordava, mas não conseguia ver a associação com o assunto original.

– Mas... e a fotografia que o senhor tirou?

– Não percebe? É uma prova flagrante de como estavam errados!

A correlação estava a uma longa distância do efeito que a foto havia causado em Lily. Quando ela demorou para responder, o semblante de Ellis se anuviou, mas ele conseguiu sorrir.

– Imagino que você também não aprove.

Ela não deveria ter parado e tentado ajudar. Seus esforços só estavam piorando a situação.

– Tenho certeza de que alguma ideia surgirá – disse, reconhecendo que o comentário era fraco. – Não desista.

Ellis olhou para ela, surpreso.

– Desistir? Disto aqui? Sem chance.

Por um instante Lily se preocupou de tê-lo ofendido, mas logo em seguida percebeu que ele estava apenas decidido a alcançar sua meta. Talvez por esse motivo, sentiu que poderia levar o assunto adiante, algo que normalmente evitaria fazer, e expor a crua relevância daquela dolorosa imagem. Não para ela, é claro, mas para os outros.

– Se não se incomoda que eu pergunte, senhor Reed, o que a fotografia de fato significa para o senhor?

Ele franziu as sobrancelhas diante da pergunta inesperada.

– Eu pergunto – ela arriscou – porque tenho a impressão de que, quando tirou aquela foto, não estava pensando na lei tarifária ou nos legisladores do distrito de Colúmbia. Quando viu aquelas crianças, o que lhe passou pela cabeça?

Ellis abriu a boca, mas fechou-a em seguida. Lily achou que ele não responderia, ou que daria algum outro pretexto relativo à economia. Em vez disso, no entanto, ele falou com voz áspera:

– Pensei em meu irmão mais novo. Como ele seria.

Lily assentiu, tentando disfarçar a surpresa. Era evidente que o irmão dele havia falecido, e ela compreendeu que ele estava habituado a não expor essa parte de sua vida. Uma relíquia em um sótão empoeirado.

– Na verdade, eu não me dei conta imediatamente – continuou Ellis –, mas foi isso que me atraiu até aquela casa. E depois eu vi a placa – ele balançou a cabeça. – Claro que eu poderia ter ficado chocado com a ideia de como um pai ou uma mãe seriam capazes de fazer tal coisa. Vender os filhos como se fossem mercadorias. Mas não fiquei.

– Não?

– Conforme eu me distanciava, dirigindo na estrada, ia pensando naqueles meninos. Nós, adultos, estamos tão ocupados reclamando dos nossos problemas, enquanto crianças como aquelas... a vida delas pode mudar de um segundo para outro, e a gente mal fica sabendo. Elas são incrivelmente resilientes, porque... bem, acho que porque não conhecem outra realidade. É como se só compreendessem como a vida delas é injusta se alguém lhes explicar. E, mesmo assim, tudo o que precisam é de um fiozinho de esperança para fazerem qualquer coisa que se proponham a fazer...

A voz de Ellis foi sumindo, como se ele tivesse falado mais do que pretendia.

Lily não pôde deixar de sorrir. Havia tanto sentimento e espontaneidade nas palavras dele... Como nas fotos, ele havia capturado uma perspectiva, uma profundidade de detalhes que em geral passavam despercebidos. Era uma visão que precisava ser compartilhada.

– Eu penso, senhor Reed, que já encontrou a sua história.

Ele estreitou os olhos. À medida que seu ponto de vista mudava, seu rosto se iluminava. O sorriso dele era contagiante e caloroso, a ponto de afetar Lily.

– Bem, preciso ir – ela disse e recolheu seus pertences enquanto se punha em pé. Quando Ellis, como bom cavalheiro que era, fez menção de se levantar também, ela gesticulou para que ficasse sentado. – Afinal, o senhor tem muito trabalho pela frente.

– Tem razão – ele riu baixinho. – Muito obrigado, senhorita Palmer, estou em dívida com a senhorita.

– Bobagem. Fico feliz.

Com isso ela se afastou, deixando-o só para refletir e escrever.

A verdade era que ela não tinha sido sincera sobre sua própria reação à fotografia... sobre o que a impelira a mostrá-la ao chefe, ciente de que era algo digno de ser publicado. Talvez, no fundo, mais do que tudo, fosse um anseio de sentir-se menos sozinha com as escolhas que havia feito um dia.

Fosse qual fosse a causa, no entanto, não havia por que pensar muito a respeito. Ela havia dito o suficiente para ajudar.

5

O veredicto foi positivo. Finalmente o artigo foi aprovado pelo senhor Baylor. Ellis se sentia tão leve que estranhou não flutuar até o teto do departamento de redação.

Claro que teria sido bom receber aprovação de seu chefe direto, mas ele é que não iria reclamar. Se tudo corresse bem, em breve poderia ser designado para o caderno Cidades e teria o caminho aberto para notícias da área política ou policial.

Não era mais um sonho distante, em face do último progresso: ele agora era bem-vindo para apresentar fotografias semelhantes, descritas como "humanas", como um "soco no estômago", e artigos correspondentes.

Sem perder tempo, ele se sentou à sua mesa e folheou o arquivo pessoal de fotos.

Não encontrou nada de útil.

Havia outras fotos em seu apartamento, mas nenhuma que se destacasse. Dali por diante ele vasculharia ruas e becos, docas e currais, com olhar atento e uma câmera com filme sempre à mão.

– Ei, Reed! – exclamou um repórter político conhecido como Stick. O rapaz magro com olhos ligeiramente saltados estava se servindo de café na copa. Não estava a mais de três metros de distância, mas sua ingestão de cafeína o tornava tão espalhafatoso quanto um locutor de quermesse. – Fiquei sabendo do seu artigo. Parabéns!

Vários repórteres se viraram na direção de Ellis. Em poucos segundos, no entanto, o interesse deles retornou às tarefas de terça-feira, telefonemas e checagem de fatos. Mesmo assim foi um momento de orgulho para Ellis.

Ele limitou sua resposta a um simples "obrigado", não querendo parecer ansioso demais.

– Aliás – disse Stick –, os rapazes estão combinando de almoçar em Ludlow. Que tal ir também, se estiver livre?

– Claro. Por que não? – Outra resposta em estudado tom de displicência.

Stick sorriu e tomou um longo gole de café, provavelmente sua quinta xícara naquela manhã, antes de voltar para sua mesa.

As saídas para almoçar eram eventos frequentes, que estreitavam os vínculos de amizade e companheirismo entre os principais jornalistas. Cerca de um ano antes, por coincidência, Ellis estava almoçando no mesmo restaurante que outro grupo e foi convidado a juntar-se a eles. Em dado momento, no meio da conversa, surgiram brincadeiras sobre Ellis ser uma "irmã chorosa", uma referência a repórteres do sexo feminino, já que a maioria delas era relegada a escrever sobre assuntos sentimentais. Depois de uma série de piadas internas, que ele não conseguiu entender, e de histórias dos tempos de faculdade, que ele não tinha vivido, ele se retirara da mesa com uma desculpa na qual mal prestaram atenção.

Agora, porém, com um convite explícito e um artigo respeitável em andamento, as coisas estavam mudando...

Seu pensamento foi interrompido por um vislumbre de grená. Era a blusa de Lily, e Ellis se animou ao vê-la sozinha. A poucas mesas de distância, ela tinha parado para fazer anotações em um bloco. Se sua boa sorte naquele dia fosse um sinal, Ellis tinha todos os motivos para se sentir confiante. De qualquer forma, precisava agir.

Ele foi até lá, tentando parecer natural. Ela já estava se afastando.

– Senhorita Palmer...

– Sim? – respondeu Lily, olhando para trás.

– Eu... só queria lhe contar, caso ainda não saiba, que o meu artigo será publicado na quinta-feira.

– Ah, que maravilha, senhor Reed! Parabéns!

O semblante dela se iluminou, o que era um bom sinal, e teria acalmado os nervos de Ellis se ele não estivesse tão perto da mesa de Clayton, onde o jornalista datilografava com afinco, como sempre. Mas o ritmo diminuiu perceptivelmente enquanto Ellis programava suas próximas palavras.

– E... mais alguma novidade?

Havia na voz de Lily, embora cordial, um leve traço de impaciência. Sem dúvida o chefe a havia sobrecarregado de incumbências.

– Na verdade, sim. – Apesar de preferir não dar muito destaque às suas tarefas na seção de entretenimento, ele arriscou: – Hoje à noite, no museu de arte, vou cobrir uma nova exposição. Antiguidades da China. Deve ser bem interessante.

Lily assentiu com a cabeça, esperando que ele continuasse.

Sem dúvida, uma mulher como Lily merecia ser cortejada da maneira mais adequada possível, com passeios de carruagem, teatros, concertos, um jantar no Ritz. Ellis não tinha condição de pagar por nada disso, o que era o motivo principal pelo qual ele vinha mantendo distância. Mas, depois da conversa na praça, quando ela se empenhara em ajudá-lo, a sensação reconfortante de ouvi-la, o modo como ela enrubescera quando ele sorrira para ela, Ellis se sentira encorajado, ainda que fosse para uma visita ao museu.

– De qualquer forma, haverá uma recepção para estrelas e jornalistas. Um coquetel, música e, claro, as obras de arte. Eu pensei se você gostaria de ir... comigo.

Os olhos de Lily se alargaram um pouco.

– Oh... bem...

A pausa que se seguiu durou poucos segundos, mas pareceu interminável. Preocupado que pudesse ter interpretado erroneamente os sinais, Ellis tentou deixar Lily à vontade.

– Eu sei que está em cima da hora, por isso não se preocupe se não puder ir. É que eu achei que seria uma maneira de lhe agradecer, entende, por sua ajuda...

– Ah, não precisa agradecer... – Lily segurou o bloco contra o peito, como se o abraçasse. Novamente seu rosto adquiriu um leve tom corado, que Ellis suspeitava que não fosse apenas por causa do calor que estava fazendo. – Na verdade, já tenho compromisso para esta noite. Mas agradeço muito a gentileza.

– Quem sabe em uma próxima oportunidade?

Pela quantidade de garotas que ele havia namorado durante o colégio e desde então, Ellis sabia que a próxima reação de Lily seria reveladora. O tom de voz, acima de tudo, seria um sinal de como ela se sentia e se posicionava. Mas, antes que ela pudesse responder, o senhor Baylor se materializou ao lado deles. A tonalidade da cabeça calva rivalizava com a blusa de Lily.

– Reed, precisamos conversar.

Com isso, Lily se afastou.

Ellis tentou disfarçar a irritação. Demorou um instante para ele se concentrar na questão que o senhor Baylor estava relatando. Algo havia acontecido... com a fotografia... dos meninos... o negativo.

De repente a atenção de Ellis se aguçou.

– Como assim?

O senhor Baylor bufou. Não tinha paciência para se repetir.

– Estou dizendo que a coisa está arruinada.

– Arruinada?

– Um novato idiota estava limpando um derramamento de tinta e acabou derrubando o frasco de alvejante. A sua pasta foi uma das atingidas.

Eu tenho uma cópia do artigo, mas a foto e o negativo foram destruídos. Vamos precisar de outra.

Ellis olhou para o chefe, sentindo uma pressão ao redor do abdome conforme o impacto da situação tomava forma.

– Mas... eu não tenho outra.

– Não precisa ser a mesma. Pode ser algo parecido, para ilustrar a matéria.

Quando Ellis se deparara com aquelas crianças, a última coisa que tinha em mente era trabalho. Ele nem mesmo tinha se dado conta do que estava escrito na tabuleta antes de tirar a fotografia. Se o chefe precisasse de fotos extras de eventos beneficentes ou outros que ele cobrira ao longo dos últimos dois anos, ele tinha pilhas delas. Mas uma foto dos dois meninos?...

Ele havia tirado apenas uma. Não imaginara que teria alguma repercussão.

De sua sala no canto da seção, o chefe chamou o senhor Baylor quase gritando. Este ergueu a mão em resposta e, voltando-se para Ellis, acrescentou:

– Vou precisar até o final do expediente, entendeu? – E virou-se sem esperar por uma resposta.

Ainda bem, porque Ellis não tinha resposta. Na verdade achava que nem teria voz para responder.

Uma espessa lufada de fumaça soprou em seus olhos, fazendo-os arder. Clayton havia feito uma pausa e acendera um cigarro.

– Não se preocupe, amigo. Não é o fim do mundo.

Não havia sarcasmo em seu tom de voz. Mas, quando ele retomou o trabalho, com o cigarro pendurado no canto da boca, como de costume, seus lábios se curvaram no canto, com aquela insinuação de sorriso.

Ellis não tinha como saber se era malicioso ou não, mas, àquela altura, que importância tinha aquilo?

Ele voltou para sua mesa, lutando contra uma onda de pânico. Na fileira de relógios na parede, os ponteiros dos segundos pareciam apostar corrida. A hora local era 11h08.

Ele podia esquecer os planos para o almoço. Precisava se acalmar e se concentrar. Ainda havia tempo para salvar a situação. Poderia apelar para o senhor Baylor e pedir que publicasse o artigo sem foto. No entanto, levando em conta o temperamento do chefe, esse era, decididamente, o último recurso.

Ellis procurou pensar em outras soluções, o tempo inteiro ciente de que estava evitando a mais óbvia. Embora longe de ser a ideal, que outra escolha ele tinha?

* * *

Dessa vez não havia sinal de vida em parte alguma, nem dentro nem fora da casa. O silêncio era sepulcral.

Ellis caminhou sobre os seixos, chegando mais perto. A viagem de uma hora tinha propiciado dúvidas e ideias. Ele precisara ter em mente a mensagem que seu artigo transmitia, de esperança e determinação para pessoas carentes.

Claro que seria mentira dizer que ele fora até Laurel Township unicamente pelo bem de terceiros. Criado em um lar assombrado por um fantasma, ele aprendera desde cedo que é importante ser visto. Mas, afinal, não era o que no fundo todo mundo queria? Saber que sua vida realmente fazia diferença? Deixar uma marca. Ser lembrado.

Agora, contudo, sem a tabuleta de venda à vista, o pensamento de Ellis voltou-se para aqueles meninos. Apenas poucas semanas haviam se passado desde a tarde em que estivera ali. Ele supunha que os meninos estivessem em casa. A estradinha que passava por ali não era movimentada, nem era caminho para lugar algum.

Ellis repetia isso para si mesmo enquanto subia os degraus do alpendre, levando no bolso duas notas de um dólar. Em seu quarto, antes de pegar o carro, ele havia tirado as cédulas de sua reserva para o aluguel. Pretendia oferecer o dinheiro antes de tirar novas fotos. *Uma retribuição por algumas fotografias*, explicaria ao pai se este fosse do tipo orgulhoso. Para comprar leite para as crianças, pão e manteiga. Até carne e batatas para um ensopado.

Apegando-se a essa esperança, Ellis puxou a porta de vaivém, bateu na porta interna e esperou.

Após alguns segundo bateu novamente. Não houve resposta.

Foi quando ele avistou a ripa de madeira. Estava em um canto do alpendre, em cima de uma pilha de lenha. Ele soltou a porta de vaivém, que chacoalhou ao fechar-se, e pegou a tabuleta. Virou-a de um lado e de outro, tomando cuidado com as arestas.

À sua volta não havia bolinhas de gude nem outros brinquedos ou sapatos de criança. Nenhuma pista que indicasse que os meninos não haviam sido leiloados pelo lance mais alto. Ou, mais provavelmente, de que tivesse sequer havido alguma oferta.

– Eles se mudaram.

Ellis virou-se, sobressaltado no primeiro instante com a voz e em seguida com a informação. No pé dos degraus estava uma menina de cerca de sete anos de idade, segurando um feixe de dentes-de-leão. A jardineira que ela usava, sem blusa, cobria o peito esguio, mas estava curta, bem acima dos pés descalços e dos tornozelos.

Ellis ficou tenso.

– Está falando dos dois meninos que moram aqui?

A menina assentiu com a cabeça, balançando o rabo de cavalo loiro.

– A família toda. Minha mãe disse que o pai deles teve sorte de conseguir um emprego na fábrica em Bedford County, e bem na hora. O senhor Klausen estava ameaçando... o senhor conhece o senhor Klausen?

Ellis balançou a cabeça, e a menina suspirou.

– Não perdeu nada, isso é certeza. O senhor Klausen é dono de uma porção de casas por aqui e parece uma batata. Sabe aquelas esburacadas, com brotos espetados para todo lado? E quando alguém atrasa o aluguel ele vira uma onça!

A expressão de empatia da menina dizia que ela já havia presenciado a cena. E, pelo que Ellis pôde deduzir, a família que morava ali, também.

– Que boa notícia, então. Sobre o emprego.

Ele sentia alívio pela família. De verdade. Só desejava ter tirado mais fotos.

– Quer um ramalhete? – A menina estendeu as flores para Ellis. – É só um centavo. Eu que fiz.

Ellis viu que os dentes-de-leão estavam amarrados em vários feixes de uma dúzia. Alguns estavam murchos por causa do calor.

– É só regar que eles abrem de novo. Pode confiar. – Ela meneou a cabeça várias vezes para enfatizar suas palavras.

A verdade era que Ellis precisava economizar cada centavo que pudesse, agora mais do que nunca. Mas, observando o rostinho magro e corado, o nariz arredondado, o brilho de esperança nos olhos da criança, ele não conseguiu recusar.

Suspirando, desceu os degraus.

– Vamos ver o que temos aqui...

A menina sorriu em antecipação, enquanto ele enfiava a mão no bolso e tirava de lá três centavos. Seu primeiro instinto foi dizer que compraria apenas um, mas as lições aprendidas em anos de escola dominical e assistindo aos cultos com sua mãe, e com o pai também, ainda que somente no sentido físico, o compeliram a ser caridoso. Afinal, apenas minutos antes estava disposto a dar dois dólares para uma família que nem conhecia.

– Veja quanto dá isso.

Quando ele colocou as moedas na mão da menina, ela olhou boquiaberta, como se estivesse recebendo uma coleção de joias raras. Logo em seguida, porém, disfarçou seu deslumbramento com uma postura firme e profissional.

– Dá três ramalhetes! – Ela entregou a Ellis os feixes de flores, e ficou com apenas um.

Ele não pôde deixar de pensar que era perfeito para o funeral de sua carreira.

– Obrigada, senhor – disse a menina, com apenas a sombra de um sorriso, embora o brilho nos olhos denunciasse sua alegria.

Para evitar que ele se arrependesse, ela deu meia-volta e se afastou apressada. Em um piscar de olhos atravessou a estrada e seguiu por um longo caminho de terra que levava a outra casa.

Uma gota de suor escorreu pelo rosto de Ellis. O sol da tarde batia em cheio em suas costas e ombros. Um peso se acumulava sobre ele, tanto pelo ar abafado quanto pela pressão daquele dia.

Não desista. As palavras de Lily ecoaram em sua mente.

Ao olhar para baixo ele se deu conta de que ainda segurava a placa de madeira. Claro que poderia fotografar as palavras escritas com giz e a casa ao fundo. Não seria tão impactante como a imagem original, mas seria melhor que nada.

Ele abriu o carro, colocou a placa e as flores no banco e tirou a máquina fotográfica de dentro da sacola. Endireitou-se com um movimento brusco e bateu a cabeça no teto do carro. O veículo rangeu, e ele cerrou os dentes, praguejando.

Estava esfregando o ponto dolorido sob o chapéu de feltro quando avistou a menina, sentada em um galho de uma macieira frondosa ao lado da casa do outro lado da estrada e acenando para um menininho menor, provavelmente anunciando sua lucrativa venda.

Apesar da dor latejante na cabeça, uma ideia começou a tomar forma na mente de Ellis, como gotas de suor embebendo uma camisa, como gotas de chuva se acumulando em uma vidraça.

Ele tinha a placa e tinha o cenário. Tudo o que precisava era de uma dupla de meninos. Talvez houvesse outro brincando dentro de casa, um irmão, um primo, ou um amigo. Senão poderia ser a menina mesmo! Com aquela roupa e o cabelo puxado para trás, quem notaria? Poucas pessoas tinham visto a fotografia original, e ninguém tinha prestado tanta atenção nos detalhes.

Não era uma tática que Ellis teria escolhido, mas muitas vezes o sucesso de um repórter dependia de sua engenhosidade.

Além disso, se três centavos tinham deixado a menina tão animada, era bem provável que os pais dela também se entusiasmassem com duas notas de um dólar. Não era diferente de pagar modelos para posar para um anúncio chique no *Ladies' Home Journal*.

Ellis consultou o relógio de bolso. Meio-dia e meia. Não havia muito tempo para pensar.

Debruçando-se outra vez para dentro do carro, ele pegou a placa e em seguida atravessou a estrada.

6

De sua mesa, Lily examinou a sala da redação, certificando-se de que ninguém estava prestando atenção, antes de tirar o telefone do gancho.

Desde que recusara o convite de Ellis naquela manhã, a ideia de reconsiderar não saía de seu pensamento. O que não era de admirar, levando em conta a refeição das terças-feiras na pensão. Toda terça, sem falta, o jantar era pudim de bife e rim acebolado, um prato de que somente a dona inglesa da pensão gostava.

Com toda a sinceridade, a tentação de sair não era tanto pela comida como pela companhia, já que o restante da noite ela passaria lendo um livro em seu quarto espartano. Ainda assim, ela não conseguia pensar em um encontro romântico com alguém que não fosse Samuel. Lembrar-se dele fazia a saudade aumentar, encorajando-a a fazer uma ligação rápida.

A telefonista atendeu.

– Alô... – Lily respondeu. – Eu gostaria de fazer um interurbano, por favor.

– Pode falar, senhora.

A comoção na sala zumbia ao redor de Lily, crescendo com a proximidade dos prazos de entrega. Ela aproximou o bocal do rosto e cobriu com a mão em concha.

– Eu gostaria de fazer uma ligação – repetiu.

– Qual é o número?

Nesse instante, um homem surgiu em sua visão periférica. Lily girou rapidamente na cadeira e se deparou com Clayton Brauer com uma folha de papel na mão. Ela segurou o telefone com mais força, vendo a chance de falar com Samuel desaparecer.

– Senhora? – insistiu a telefonista.

Um cigarro estava pendurado no canto da boca de Clayton. Ele acenou com a cabeça em saudação. Os olhos castanho-claros, do mesmo tom dos cabelos cortados rente, exibiam uma expressão de autoconfiança como tudo o mais nele, desde a estatura e a voz suave até o terno elegante e os sapatos lustrosos.

– Eu ligo depois, senhorita. Obrigada.

Lily recolocou o fone no gancho, e Clayton tirou o cigarro da boca e suspirou.

– Não era minha intenção interromper, senhorita Palmer.

– Ah, não, não foi o senhor. – Lily fingiu procurar alguma coisa entre a papelada em sua mesa. – Eu jurava que tinha o número anotado aqui em algum lugar, mas não estou encontrando...

Na pausa desconfortável que se seguiu, ela imaginou o olhar curioso do repórter estudando cada movimento seu. No entanto, quando ergueu o rosto, viu que a atenção dele estava focada na porta fechada da sala do chefe. O painel de vidro propiciava uma visão clara da reunião que se desenrolava lá dentro. Por que ele estava sendo tão bisbilhoteiro?

– *Senhor Brauer?* – O tom de voz de Lily soou mais agudo do que ela pretendia.

Não que isso o incomodasse. Sem desviar o olhar da porta, ele inclinou a cabeça.

– Parece que o velho Schiller está empacotando as coisas dele – disse ele.

– Está se aposentando? – Confusa, Lily virou-se na direção da sala do chefe e esticou o pescoço para ver. Mas a cabeça branca do senhor Schiller, sentado de costas, bloqueava a visão do rosto do chefe. – Por que pensa isso?

– Não tem lido a coluna dele ultimamente? – Clayton olhou para ela com ar divertido. – Só fala de viagens, de conhecer o mundo, safaris, pescarias... Ele está se despedindo, sou capaz de apostar.

Os temas não eram incomuns, já que o senhor Schiller essencialmente comandava a própria coluna, sendo talvez o funcionário mais antigo do *Examiner*, trabalhando lá desde o início da fundação do jornal. E justamente por isso pouco era chamado à presença do chefe.

– Bem, enfim... aqui está. – Clayton colocou a folha de papel na mesa de Lily. – As fontes que o chefe pediu.

Se ele disse algo mais antes de se afastar, Lily não ouviu. Estava absorta demais por aquela revelação, pelas possibilidades que se assomavam em sua mente.

Ela abriu a última gaveta da mesa. Pegou sua pasta verde, que estava debaixo do sortimento de lápis, selos e grampos. Os cantos estavam dobrados, as bordas estavam desgastadas pelos anos em que guardara ali as redações e as colunas que havia escrito no colégio. Não guardara todas, apenas as melhores.

Quando chegara pela primeira vez à cidade grande, viera munida desses escritos e de grandes aspirações, porém após algumas entrevistas reconhecera que eram poucas as suas chances, como a maioria das outras moças, de se tornar a próxima Nellie Bly[2]. As aventuras ousadas da falecida colunista, de sua corrida recorde ao redor do mundo até sua deliberada prisão por causa de uma reportagem sobre as condições das prisões, eram admiradas, embora com contrariedade, até pelos jornalistas mais exigentes, como uma exceção rara. Quando entrara na redação do *Examiner*, Lily tivera o bom

---

[2] Nellie Bly (1864-1922), pseudônimo da famosa jornalista americana Elizabeth Cochrane, pioneira em reportagens investigativas. (N.T.)

senso de não recusar o cargo de secretária. A realidade de um salário fixo havia falado mais alto que seu orgulho.

No entanto, se o palpite de Clayton estivesse certo, uma nova oportunidade despontava. E na hora certa! Ela tinha acabado de impulsionar a carreira de Ellis Reed. Talvez, finalmente, pudesse realizar seus planos e, com isso, cumprir uma promessa feita havia muito tempo, e não só para si mesma.

7

A menina ficou visivelmente animada quando viu Ellis se aproximando. A casa era semelhante à do outro lado da estrada, com alpendre e porta de tela, só que com as paredes caiadas e encardidas.

– Quer comprar *mais* flores, senhor? – ela perguntou, pulando para o chão.

– Na verdade eu queria falar com o seu pai. Ele está em casa?

– Não... – disse ela.

O menino ruivo, descalço e com uma jardineira igual à da irmã, deu um passo para mais perto dela.

– Ele está trabalhando?

– Não. Ele foi para o céu.

A naturalidade com que ela deu a informação indicava a Ellis que não era um acontecimento recente, mas mesmo assim ele disse:

– Eu sinto muito saber disso.

O menino puxou o braço dela, como se receoso de confiar em um desconhecido.

– Ah, para... Foi esse senhor que me deu as moedas. – Ela revirou os olhos exageradamente, como se transmitisse a mensagem de que o garoto era muito novo para entender.

Ellis sorriu.

– Esse pequeno é seu irmãozinho?

– É, sim. Calvin só tem cinco anos.

– Eu *não é* pequeno! – exclamou e franziu a testa, contrariado.

– O meu nome é Ruby – disse a menina. – Ruby Dillard. Tenho oito anos e meio. Quase nove.

– Bem, Ruby, por acaso você tem outros irmãos?

– Eu não! – Ela colocou as mãos na cintura. – Eu quase não dou conta de ter este aqui... – Ruby disfarçou um sorriso quando Calvin a fulminou com os olhos emoldurados por cílios espessos.

– Mamãaee! – Ele correu para dentro de casa, o que propiciou a Ruby um aviso oportuno.

– Senhor, sabe... – Ela se inclinou para a frente e acrescentou em um sussurro: – Tem uma senhora na igreja que parece um gato morrendo quando canta... ela chama minha mãe de "Geri". É apelido de Geraldine, mas minha mãe odeia.

– Entendi... não é para chamá-la de Geri.

Ruby assentiu com a cabeça e uma sobrancelha arqueada, como se dissesse "Vai por mim".

Nesse instante a mãe saiu da casa, esfregando as mãos no avental listrado desbotado que usava por cima de um vestido simples de algodão. Calvin vinha grudado atrás dela com o pescoço esticado, espiando. O sol iluminava os cabelos loiros da mulher, amarrados em um coque frouxo.

– Posso ajudar? – O tom de voz dela era tão inexpressivo quanto o olhar.

– Senhora Dillard, boa tarde. Eu trabalho para o *Philadelphia Examiner*. Peço desculpas por incomodá-la.

– Eu não vou assinar.

– Não... não é disso que quero falar.

– O que é, então?

Ellis sentiu que deveria ir direto ao ponto.

– É que eu escrevi um artigo para o jornal e preciso de algumas fotos de crianças. É coisa rápida...

– Não tenho interesse. Ruby, entre, vá fazer suas tarefas.

– Mas, mamãe... a senhora ouviu? Eu quero aparecer no jornal!

– Mocinha, não estou com disposição hoje para repetir ordens – a mulher de fato parecia cansada. Ela tossiu e abanou a poeira no ar, mas parecia bem capaz de dar umas palmadas no traseiro da filha.

Ruby encolheu os ombros, desconsolada. Enquanto a mãe subia os degraus para o alpendre, Ellis deu um passo à frente.

– Por favor, senhora Dillard... – Mais alguns segundos e aquelas crianças, como os dois meninos, estariam fora do seu alcance. Ele enfiou a mão no bolso e pegou as notas. – Eu lhe pago pelas fotos.

Ruby girou nos calcanhares. Ao ver o dinheiro, ficou boquiaberta, e Calvin arregalou os olhos a um ponto que Ellis julgaria ser impossível. Geraldine não se deixava convencer com facilidade, mas estava claramente balançada.

Aproveitando o momento de indecisão, Ellis apressou-se a explicar o assunto do artigo e como seriam as fotografias. Não haveria uma correlação específica com as crianças. Não seriam citados nomes nem outros detalhes, somente a localidade onde moravam. As fotos seriam apenas uma ilustração das dificuldades enfrentadas por tantas famílias americanas.

Quando Ellis terminou de explicar, Geraldine cruzou os braços e o estudou, pensativa. Seus olhos grandes eram iguais aos dos filhos, com a diferença de que eram rodeados por olheiras fundas na pele pálida do rosto.

– Tenho de estender roupa nos fundos. Pode tirar as fotos enquanto isso. Depois as crianças têm que me ajudar com outras tarefas.

Com isso, ela entrou na casa, deixando Ellis com Ruby e Calvin.

Ellis não tinha certeza de quanto tempo tinha, mas supunha que não era muito. Rapidamente posicionou as crianças nos degraus do alpendre, sentadas lado a lado, com a tabuleta ao fundo, a máquina fotográfica a postos.

Através da lente, ele capturou várias imagens dos rostinhos magros e encardidos, notando como as boquinhas eram bem-feitas e as orelhas eram delicadas. Graças ao incentivo de Ruby, a seriedade de Calvin nas primeiras fotos se transformou em um sorriso caloroso nas últimas.

Ellis estava tirando mais uma foto, Ruby tinha acabado de passar o braço sobre os ombros do irmão, quando Geraldine voltou. Ela ergueu a mão e desviou o rosto da câmera.

– Já chega. O senhor já tem o que precisa.

A sessão estava encerrada.

Com seguramente uma dúzia de fotos no filme, Ellis agradeceu às crianças antes que Geraldine as levasse para dentro. Ele estendeu as notas para ela, notando o desespero sutil em seu semblante.

– Muito obrigado, senhora Dillard. A senhora me ajudou imensamente.

Ela acenou com a cabeça e entrou em casa sem dizer uma palavra.

Na janela da frente, forrada com cortinas de tecido rústico azul, Ruby apareceu de repente. Como que em uma mesura final em um palco, ela acenou e então sumiu de vista.

* * *

No minuto seguinte, Ellis estava de volta à estrada.

Enquanto percorria o caminho de volta para Filadélfia, ele refletia sobre as novas fotos. Quanto mais perto chegava da cidade, mais crescia sua ansiedade quanto à natureza da substituição. No entanto, quando chegou ao centro, uma dose de realidade o atingiu em cheio, sobrepondo-se às incertezas. Em frente ao Independence Hall, um grupo de homens com expressões aflitas circulava na calçada, de terno e chapéu, carregando cartazes escritos à mão.

PROCURO TRABALHO DECENTE. CONHEÇO 3 OFÍCIOS.

ACEITO QUALQUER TRABALHO. NÃO QUERO CARIDADE.

PAI DE FAMÍLIA. VETERANO DE GUERRA. CURSO SUPERIOR. PRECISANDO DE EMPREGO.

Coletivamente, eles enviavam uma mensagem dura para Ellis: se ele perdesse de vista suas metas, em breve estaria ali também, pedindo emprego. Se o questionassem, ele certamente admitiria a verdade; não tinha intenção de enganar ninguém. Na esquina, ele virou e acelerou. Pela primeira vez sentia-se grato pelo motor barulhento de seu carro velho. Qualquer coisa para abafar a voz de sua consciência.

8

Uma semana havia se passado desde que o artigo fora publicado, mas as cartas e telefonemas não paravam. Os leitores queriam saber sobre aquelas pobres e doces crianças. Como era de esperar, havia aqueles que se mostravam revoltados com a mãe por considerar vender os próprios filhos, mas a grande maioria expressava compaixão pela situação da família.

Como prova, Lily só precisava olhar para a mesa de Ellis. Entre as mais recentes doações estavam ursinhos de pelúcia, roupas, um macaco de pelúcia, compotas, conservas e um acolchoado colorido. Comentava-se que algumas cartas até ofereciam emprego e dinheiro.

Tudo aquilo seria entregue pessoalmente por Ellis, mantendo a promessa de privacidade. Isso não era surpresa, em vista da fotografia que no final havia sido escolhida para ilustrar a matéria. Aparentemente, um acidente com a foto original havia resultado na necessidade de um segundo rolo de filme. O chefe estava ditando um memorando para Lily naquele dia quando o senhor Baylor o interrompera ao levar uma pasta com alternativas. Pelo painel de vidro da porta do escritório, Lily tinha visto Ellis observando a cena de longe, parecendo inquieto demais para se sentar. Mais uma vez, como acontecera na praça, ela sentira o impulso de tranquilizá-lo. Mas como saber o que seu chefe, tão inconstante, decidiria?

Depois de examinar rapidamente as fotografias, o chefe escolhera a última, que mostrava a mãe no alpendre com o braço estendido e a mão escondendo o rosto virado de lado, as duas crianças abraçadas e a placa com o anúncio perturbador.

Era uma imagem de pobreza que causava um sentimento de vergonha e, embora a foto tivesse esse efeito também em Lily, ela conseguiu menear a cabeça para Ellis, para que ele soubesse que o chefe havia aprovado. O semblante dele se iluminou com um sorriso tão largo e genuíno que ela se viu sorrindo também. Então a voz rabugenta do chefe chamando seu nome desviou sua atenção para o bloco de taquigrafia, o que de certa forma a deixou contente. Não precisava de mais distrações na vida.

Isso nunca tinha sido mais verdadeiro do que naquele dia. Em vista da proposta que estava prestes a fazer, uma demonstração de diligência era fundamental. De manhã, na copa, ela estava antecipadamente preparando o café do chefe para quando ele chegasse. Mas, enquanto ensaiava mentalmente o discurso, sua mão estremeceu e o café fervente derramou. Ela tinha enchido demais a caneca de cerâmica, quase a derrubando no piso de linóleo.

Mantenha o foco, Lily.

Ela correu para o banheiro e pegou uma toalha para enxugar o café derramado. Ainda estava ajoelhada quando ouviu as saudações de bom-dia dos repórteres, ansiosos para causar boa impressão.

O chefe tinha chegado! Vinte minutos mais cedo.

Lily gemeu. Ainda nem tinha começado a arrumar a bagunça na mesa do chefe, como fazia todas as manhãs antes de levar o café e deixar esfriando, já que ele gostava do café morno, nem tinha esvaziado e lavado o cinzeiro dele.

– Senhorita Palmer! – ele gritou, como de costume, ao entrar em sua sala.

– Sim, senhor, estou indo!

Lily atravessou o departamento de redação até o escritório dele com passos rápidos. Dessa vez, em lugar de lápis e bloco de taquigrafia, ela pegou a pasta verde em sua mesa, ao passar.

Depois de confirmar a suspeita de Clayton, o senhor Schiller estava de fato se aposentando, embora ainda não tivesse feito o comunicado formal. Ela passara todas as noites desde então, incluindo as viagens de ônibus de ida e volta para Delaware no fim de semana, se preparando. Tinha revisado, passado a limpo e editado vários artigos antigos e tinha até redigido outros. Embora não fossem perfeitos, eram o melhor que ela podia fazer.

– *Senhorita Palmer!* – A impaciência do chefe só aumentava.

Respirando fundo, ela entrou na sala. O sol da manhã se infiltrava pela janela, aquecendo a sala, mas Lily fechou a porta mesmo assim.

O chapéu do chefe estava equilibrado em cima do paletó que ele tinha jogado sobre a cadeira de visitante. Era função de Lily pendurar tudo em um cabide no canto, mas, em vez de fazer isso, ela ficou em pé diante da mesa, que continuava bagunçada.

– Bom dia, chefe.

Sentado em sua cadeira, ele espiou por cima do aro dos óculos, parecendo mais confuso do que zangado.

– Onde está meu café?

O café! Oh, Senhor... Ela tinha esquecido. Mas foi em frente mesmo assim.

– Claro, senhor, mas antes... – ela falou como se estivesse tudo planejado, como se pretendesse desde o início abordar o assunto com ele antes de servir o café – ...eu gostaria de falar com o senhor em particular, antes de iniciar o expediente.

Ele começou a vasculhar a papelada sobre a mesa, mas resmungou algo, concordando.

Aquele era o momento crucial.

– Senhor... em vista da decisão do senhor Schiller de se aposentar, eu pensei em propor uma ideia. Imagino que o senhor vá precisar de um colunista até o final do mês que vem.

– Se conhece alguém, anote o nome para mim. Agora quero meu café – ele apontou na direção da porta como se ela precisasse de orientação para chegar a um destino aonde saberia chegar andando de costas e no escuro.

Atrás de Lily, um burburinho de vozes abafadas indicava que o departamento de redação estava ganhando vida. Em poucos minutos aquilo viraria um turbilhão, e ela não teria mais chance alguma de conversar com o chefe.

Trimble ergueu os olhos quando sua ordem foi ignorada.

Lily deu um sorriso persuasivo.

– Desculpe-me por incomodá-lo, chefe, mas se puder tirar um minutinho para examinar alguns escritos meus, ficarei imensamente grata.

Aquela insistência não era o comportamento habitual de Lily, e o chefe sabia disso. Ela viu isso nos olhos dele antes de ele suspirar.

– Está bem – Trimble murmurou e aceitou a pasta.

Enquanto ele folheava as páginas, Lily se conteve para não manusear o medalhão pendurado na corrente em seu pescoço. Lembrou-se de Ellis e sua inquietação e desejou que ele estivesse ali para retribuir um olhar tranquilizador.

O chefe, então, meneou a cabeça. Era um bom sinal, embora não fosse uma garantia.

– Quem escreveu isto? – ele perguntou, ainda folheando os artigos.

Um nó se formou na garganta de Lily. Citar um pseudônimo poderia ser uma opção se o chefe não fosse tão exigente com os fatos. Em seu mundo, não havia meias-verdades.

Ela engoliu em seco.

– Fui eu, senhor.

Ele ergueu a cabeça. Lentamente, recostou-se na cadeira, com uma ruga na testa.

– Não está satisfeita com seu trabalho?

– Ah, não, chefe, não é isso! Eu gosto muito. – E gostava mesmo, mas não era o que queria fazer para sempre. – É que eu achei que poderia escrever uma coluna, além da minha função habitual.

No que aliás ela se desincumbia muito bem. Com exceção daquele dia, que ela torcia para que o chefe desconsiderasse.

Lily tentou manter o foco no discurso que havia ensaiado.

– Não sei se se recorda, eu era editora do jornal da escola, no colégio. E várias cartas que escrevi para editores foram publicadas em jornais nestes últimos anos.

Trimble tirou os óculos e esfregou o nariz. Lily interpretou o gesto como outro bom sinal, o que a encorajou a continuar.

– Já tenho uma lista de possibilidades, veja bem... a maioria oferece uma visão em primeira mão das diferentes esferas da vida. Estou até disposta a me infiltrar para mostrar como é a rotina de um artista, ou de uma camareira em um hotel de luxo. Se o senhor tiver interesse, também posso...

O chefe ergueu a mão.

– Tudo bem, já entendi.

Lily assentiu, receando ter falado demais e esperando ter falado apenas o suficiente.

– Eu sou capaz, chefe, sei que sou.

Ele suspirou alto.

– Não tenho dúvida disso. – A sutileza no tom de voz de Trimble fez Lily sorrir. Mas quando ele recolocou os óculos e inclinou-se para a frente, apoiando os cotovelos na mesa, ela se retraiu, sem ter ideia do que viria pela frente. – Mesmo assim... nossos leitores esperam um certo tipo de coluna, senhorita Palmer. Querem alguém que escreva sobre a vida como... bem, como Ed Schiller.

Lily prosseguiu com seu argumento.

– Entendo o que está dizendo, senhor. Mas isso realmente poderia ajudar a preencher a lacuna entre nossos leitores e nossas leitoras, de várias maneiras.

– O que me diz de receitas?

A pergunta peculiar pegou Lily de surpresa.

– Como?...

— A sua família em Delaware tem uma delicatéssen, não é? Vocês devem ter algumas receitas boas que poderiam ser publicadas no jornal de domingo.

E então Lily entendeu. Ele estava se referindo ao caderno feminino do jornal de domingo, que trazia novidades sobre assuntos domésticos, dicas de etiqueta e de como ser a dona de casa perfeita. Era o tipo de tópicos que a jovem Nellie Bly havia sido limitada a cobrir no *Pittsburgh Dispatch* antes de procurar novos horizontes, melhores oportunidades e um salário mais justo.

Metas à parte, um níquel ou dez centavos por receita não valiam o custo da dignidade de Lily.

Nesse instante a porta se abriu, e Clayton apareceu.

— Chefe! Consegui o furo sobre Duffy.

A tensão devia estar pairando no ar como uma teia enredante, porque Clayton deu apenas um passo para dentro e parou, tirando o cigarro da boca.

— Oh... perdão, eu volto depois.

— Não, não... já terminamos — disse o chefe, e Lily se sentiu na obrigação de sorrir em concordância. — Descobriu mais alguma coisa?

Clayton assentiu.

— Ele foi assassinado no quarto de hotel. No Ambassador.

— Algum suspeito?

Os dois homens mal prestaram atenção em Lily entre eles, recolhendo as folhas de artigos e a pasta.

— Os policiais estão interrogando Hoff. E alguns de seus capangas também. Mas parece mais que foram os membros da máfia irlandesa que se voltaram contra ele. A polícia calcula que milhares de pessoas comparecerão ao funeral. Se o senhor quiser, posso partir para Atlantic City dentro de uma hora.

O entusiasmo de Clayton era tanto que se poderia pensar que Orville Wright[3] tinha acabado de revelar uma aeronave capaz de ir até a Lua e voltar.

---

[3] Orville Wright (1871-1948) e o irmão Wilbur Wright (1867-1912) foram pioneiros da aviação nos Estados Unidos, no início do século XX. (N.T.)

Lily achou por bem deixar os dois a sós para comemorarem.

Sem uma palavra, saiu da sala e fechou a porta com mais força do que seria prudente. Mas, afinal, quem iria notar? O departamento inteiro estava agitado com as últimas notícias veiculadas. Ninguém menos do que o mafioso da Filadélfia Mickey Duffy, contrabandista, mulherengo notório e Mr. Big da Lei Seca, tinha sido oficialmente assassinado na noite anterior. Não era de admirar que o chefe tivesse chegado mais cedo.

Na verdade, a rejeição dele à sua proposta podia se dar em grande parte ao momento inoportuno. Talvez fosse o caso de conversar com ele em outra ocasião.

Ah, mas a quem ela estava querendo enganar? Se voltasse a tocar no assunto, a resposta seria a mesma. E se insistisse muito, corria o risco de perder o emprego.

Do outro lado da sala Ellis estava ocupado falando animadamente com o senhor Baylor, certamente sobre mais algum artigo. Embora o sucesso do anterior a tivesse encorajado e inspirado, agora ela sentia uma pontinha de inveja.

Nesse instante, Ellis olhou na direção dela. Lily assumiu sua postura profissional e seguiu em frente. Afinal, tinha tarefas importantes para fazer. Como levar café para o chefe.

9

Ninguém poderia ter previsto a repercussão que o artigo teria. Foi como fogo em folhas secas, espalhando-se de um jornal para outro. Primeiro em Jersey, depois Maryland, Rhode Island e Illinois. Até o Texas ao sul e Wyoming a oeste. Os jornais que repetiam o artigo de Ellis totalizavam nove, dez contando com o original no *Examiner*.

Era intrigante, de certa forma, e um pouco triste, porque a notícia de desconhecidos em dificuldades havia se tornado algo tão corriqueiro que era invisível para muitos. Mas, ao mostrar os membros de uma mesma família, uma dupla de crianças abraçadas, uma mãe aflita escondendo o rosto, eles se tornavam humanos. Pessoas que mereciam compaixão.

O fato é que nunca fora intenção de Ellis expor a foto de Geraldine. Ele não se dera conta de que o senhor Baylor a tinha mostrado ao chefe até saber que tinha sido aprovada. Mesmo agora, já entrando no mês de outubro, o retrato da família ainda perturbava Ellis.

Na verdade, tudo na foto o perturbava. Quanto mais elogios ele recebia e quanto mais sucesso o artigo alcançava, pior ele se sentia. Tanta coisa havia acontecido sem planejamento e em tão curto período! Fazia apenas dois meses que ele conseguira convencer o chefe a lhe dar sua grande chance.

Às vezes Ellis se perguntava o que mais ele vendera naquela segunda-feira. Seus princípios? Sua integridade?

Pelo menos a reação dos leitores ajudava um pouco a amenizar a culpa que o consumia. Cartas carinhosas chegavam todos os dias, juntamente com doações. Ele já tinha feito três viagens até a casa dos Dillards, deixando caixas no alpendre tarde da noite. Tornara-se um ladrão ao contrário, aproximando-se furtivamente, no escuro, evitando ser visto, relutante em entregar as doações diretamente e em ter de explicar o alcance da reportagem. Embora Ruby, e provavelmente o irmão também, fossem se empolgar com a notícia, a reação da mãe seria oposta.

De qualquer forma, tudo que Ellis podia fazer era seguir em frente. Até então tudo estava correndo razoavelmente bem, tanto em termos de pagamento como de oportunidade. Ele já escrevera outros dois artigos, um sobre gêmeos siameses nascidos na Filadélfia que haviam surpreendido os médicos, desafiando todas as previsões, e um sobre um ator local de filmes mudos, agora doente e vivendo em uma comunidade chamada Hooverville.

Os relatos desses casos haviam impressionado os leitores, mas era a próxima matéria em que Ellis estava trabalhando que o deixava particularmente orgulhoso. A ideia de dar destaque aos trabalhadores de uma mina de carvão em Pittston lhe ocorrera uma semana antes. Estava andando de bonde quando a visão de um menino engraxate com o rosto sujo de graxa trouxera à tona uma lembrança.

Ellis tinha mais ou menos a mesma idade daquele menino, sete ou oito anos, quando fora visitar uma mina perto da cidade de Hazelton, onde crescera. Fora uma das raras ocasiões em que o pai o levara para seu trabalho. Como supervisor de máquinas da Huss Coal Company, seu pai estava conversando com um operador de perfuratriz quando Ellis se deparou com um grupo de meninos que almoçavam em suas marmitas. Da cabeça aos pés, os garotos estavam tão cobertos de carvão que o branco dos olhos quase brilhava.

A voz grave do pai soara às suas costas. Semelhante a um rugido, fez Ellis se sobressaltar.

"Eu disse para você ficar na caminhonete."

Era um homem tão firme e forte; aquela foi a primeira vez que Ellis teve consciência da solidez e imponência de seu pai.

O pai se sentou ao volante. Suas mãos tremiam tanto que Ellis teve certeza de que levaria uma surra de cinto quando chegassem em casa, como punição por ter desobedecido.

À medida que seguiam pela estrada, porém, o pai foi se acalmando. Por fim ele disse para Ellis:

– Essas minas não são lugar para ficar passeando.

Então desviou o olhar como se fosse dizer mais alguma coisa, mas acabou ficando em silêncio, como era seu hábito quando dirigia.

Ellis sabia muito bem que deveria ficar quieto, mas a curiosidade venceu.

– Papai, quem são aqueles meninos?

Com o olhar fixo na estrada, o pai respondeu em tom austero e quase inaudível.

– São meninos selecionadores – disse, colocando um fim na conversa.

Posteriormente, Ellis aprendera mais sobre aqueles meninos, tão novinhos, com menos de seis anos, usados para separar as impurezas do carvão. Trabalhavam dez horas por dia em calhas e esteiras transportadoras, sofrendo cortes de ardósia e queimaduras de ácido; perdendo dedos e membros nas engrenagens; desenvolvendo asma e lesões pulmonares; alguns chegavam a se asfixiar com o pó de carvão.

Atualmente, os meninos selecionadores são coisa do passado. Há máquinas para fazer a triagem, além de leis que regulam o trabalho infantil. Leis que nunca teriam sido oficializadas, muito menos aplicadas, sem forte apoio público, o que em grande parte se deveu aos jornalistas.

A revelação tinha atingido Ellis pouco tempo depois daquele dia na mina. Ele estava bebendo malte no balcão do empório enquanto sua mãe fazia compras. Uma cliente estava falando com o proprietário, indignada com um artigo que noticiava que mais um menino selecionador havia sido mutilado. Ela exaltava os "corajosos jornalistas" por denunciar tais acontecimentos, atrocidades, segundo ela, que as grandes companhias de carvão desejavam acobertar.

Como típico filho único, Ellis sempre fora um leitor ávido. Mas daquele dia em diante os jornais se tornaram sua leitura predileta. Quando a mãe tentou convencê-lo a ler obras clássicas da literatura, preocupada que os relatos locais de crimes e corrupção fossem inadequados para uma criança, ele passou a ler essas reportagens escondido, debaixo das cobertas.

Foi nessa ocasião que ele decidiu que um dia se tornaria um jornalista corajoso também. Faria exatamente o oposto daquilo que faziam os que seu pai chamava de "abutres". No mundo de Jim Reed, um homem valoroso criava algo tangível e útil para a sociedade, itens práticos, que podiam durar. E isso não incluía escândalos, fofocas e notícias fúteis que nada agregavam e eram descartadas no dia seguinte. Não, ele faria mais que isso. Suas histórias atrairiam a atenção dos leitores, transmitiriam informações importantes e conhecimento que fariam diferença. No entanto, ninguém acreditava que ele conseguiria realizar esse grande sonho, com exceção da mãe. Em Allentown, onde sua família se estabelecera anos antes, depois que seu pai foi contratado pela Bethlehem Steel, a pessoa tirava o diploma, depois trabalhava em uma fábrica de automóveis ou em um estaleiro. Faculdade, nem pensar. Essas instituições gananciosas eram destinadas a jovens ricos e mimados que nunca tinham trabalhado e que tampouco davam valor a coisa alguma. Pelo menos era essa a opinião geral.

Por algum tempo, Ellis pensava da mesma forma. Chegou a ter algumas namoradas, até se dar conta de que não era justo com as moças, cujo objetivo era ter um marido e uma família. Não podia se arriscar a ser amarrado por medo de nunca ir embora. Todas as semanas, durante mais de um ano, ele simplesmente calçava as botas e luvas e ia trabalhar em uma fábrica de baterias. Mas ele só fazia isso para guardar dinheiro para mudar-se para a Filadélfia e para comprar peças de motor para seu achado no ferro-velho. Para ir atrás de boas histórias, um repórter precisava se locomover.

Sua mãe compreendia isso, mesmo quando ele largou o emprego na fábrica por um salário menor, arquivando jornais só para poder escrever para os cadernos femininos. Ellis nunca precisou explicar para a mãe como cada passo o levava para mais perto de seu objetivo.

O pai, no entanto, não enxergava dessa forma e não fazia cerimônia em deixar clara a sua opinião, o que tornaria o jantar em sua casa naquela noite muito gratificante.

Embora Ellis tivesse enviado à mãe recortes de seus três primeiros artigos e tivesse sido elogiado por ela pelo telefone, aquela seria a primeira vez que veria os pais desde que as matérias haviam sido publicadas. Finalmente seu pai teria de admitir que a escolha de carreira do filho não era tão tola afinal. Ele compreenderia que era um trabalho com significado, se não antes, pelo menos quando lesse o próximo artigo de Ellis sobre a mina.

Era apenas uma questão de escolher o momento certo.

* * *

– Quer mais carne assada, querido? – perguntou a mãe de Ellis, sentada à direita dele à mesa. Sua cadeira era sempre a mais próxima da cozinha.

– Não, obrigado, mãe. Já comi bastante.

– E mais um pãozinho?

Ela pegou a terrina de porcelana branca que Ellis conhecia desde que nascera, cheia de pequenos croissants. Era uma peça simples, porém prática e imutável, assim como o bangalô de dois andares de seus pais.

– Não diga que está satisfeito – acrescentou ela – ou serei obrigada a repetir que você está muito magrinho.

De fato o estômago de Ellis estava diminuindo de tamanho, seu orçamento semanal raramente permitia pagar por uma refeição decente, mas o sorriso da mãe era tão encorajador que ele não conseguiu recusar.

– Sim. Só mais um – ele pegou um pãozinho, o terceiro naquela noite.

O aroma de pão quente o fazia lembrar da infância e era tão acolhedor! Ele deu uma mordida, e a mãe se empertigou em seu vestido de estampa floral. Os olhos azuis dela brilhavam. Eram um querido lembrete dos traços que ele herdara, como o sorriso, o queixo arredondado, os cabelos escuros e ondulados, os dela invariavelmente na altura dos ombros. Ellis tinha até a mesma constituição esbelta.

Pensando nisso, Ellis se lembrou de que, na adolescência, desejara ter herdado do pai somente a compleição mais robusta. Além do tom moreno de pele, que refletia a distante ancestralidade portuguesa, os dois não se pareciam em nada. Ainda mais agora que o cabelo do pai estava se tornando grisalho e escasso e que ele não tirava mais os óculos, por diligente insistência da esposa.

– E você, meu bem? – ela perguntou ao marido. – Mais um pãozinho?

Ele estava sentado à cabeceira da mesa, embora fosse fácil esquecer sua presença.

– Estou satisfeito – ele acenou, recusando, com a mão calejada e as unhas levemente manchadas de preto. A mesma graxa pontilhava sua habitual camisa xadrez.

Ele se voltou para o creme de milho em seu prato.

A quietude que se seguiu não durou meio minuto. A mãe de Ellis tinha o dom de preencher o silêncio como quem cobria depressões em uma estrada esburacada. Era mestre em aliviar a tensão com comentários sobre programas de rádio, sobre seus trabalhos de tricô, com atualizações sobre a saúde dos avós de Ellis, os pais dela, que tinham ido morar no Arizona por causa do clima (os avós paternos de Ellis já tinham falecido), e as últimas novidades sobre vizinhos e amigos, incluindo os antigos, dos tempos de escola de Ellis.

Seus laços com os velhos amigos haviam se desfeito com o tempo, mas ele assentiu. E esse tipo de assunto costumava despertar o interesse do pai para participar da conversa.

Claro que havia um único assunto que eles nunca abordavam, apesar de sua presença na cadeira vazia do outro lado da mesa.

Ao pensar nisso, Ellis quase pôde sentir o aroma de maçãs com canela em sua antiga casa em Hazelton. Ele estava sentado do lado de fora, cutucando o gesso no braço depois de uma queda da bicicleta mais cedo naquele mesmo dia. Dentro de casa, sua mãe estava assando uma torta. Ele não se deu conta de que os gritos eram dela, nunca ouvira aquele som antes, até que a mãe saiu correndo de dentro de casa carregando nos braços o bebê embrulhado em uma manta, com o pai de Ellis logo atrás. O rosto dela estava transtornado de medo quando os dois entraram na caminhonete. Ele devia estar com cerca de cinco anos. Idade suficiente para esperar em casa sozinho; suficientemente sabido para tirar a torta do forno, tendo comido metade quando sentiu fome.

Naquela noite, sua mãe se sentou na beirada de sua cama e falou com aspereza na voz:

"Às vezes os bebês simplesmente param de respirar, sem motivo".

Ellis se lembrava das lágrimas no rosto dela e de tentar compreender como seu irmãozinho havia ido morar com os anjos. Mais tarde ele acordou com o som do ranger das tábuas do assoalho sob os passos pesados do pai, andando de um lado para outro, um hábito noturno que ele adquiriu naquela ocasião e que continuou ao longo dos anos seguintes, como se tivesse perdido algo que nunca poderia ser encontrado.

Se seu pai dera risada alguma vez depois daquele dia, ou, se dissera alguma palavra sobre a morte de Henry, Ellis não sabia. Mas supunha que a possibilidade não fosse maior do que a mãe tornar a fazer torta de maçã outra vez na vida.

– Ellis? – ela chamou, trazendo-o de volta ao momento presente. – Quer doce de pêssego?

Ele sorriu.

– Sim, adoraria.

Ela estava prestes a se levantar, deixando Ellis sozinho com o pai.

– Mãe, deixe. Fique sentada, eu vou buscar.

Naturalmente ela protestou, mas eles chegaram a um acordo: enquanto ele tirava os pratos da mesa, ela serviu a sobremesa e o café.

– Espero que não tenha noz-moscada demais – disse ela, quando Ellis e o pai levaram a primeira colherada à boca. – É uma receita nova que eu experimentei de *A boa dona de casa*.

– Está perfeito – garantiu Ellis, cobrindo a boca com a mão.

O pai concordou.

– Está gostoso, Myrna. Muito bom.

Ela sorriu, com mais orgulho do que alívio. Em seguida retomou a conversa que acompanharia o restante da refeição, e Ellis percebeu que sua chance estava diminuindo.

Quando eles tinham se sentado à mesa para comer, a mãe perguntara como ia o trabalho dele no jornal. A pergunta genérica pedia uma resposta genérica.

– Está tudo bem – ele respondera, certo de que ela voltaria a abordar o assunto com perguntas mais detalhadas.

Só que isso não aconteceu. Agora ela estava perguntando ao marido sobre uma nova máquina na siderúrgica onde ele trabalhava como supervisor. O semblante de seu pai se iluminou enquanto ele descrevia a eficácia e os benefícios da aquisição que vinha defendendo fazia um ano.

Ellis achou o assunto revigorante, tanto para o astral de seu pai como para a sequência natural, já que combinava perfeitamente com a fotografia no bolso de sua camisa. Finalmente, ele decidiu falar, no instante em que seu pai disse:

– Que tal eu dar uma olhada no radiador antes de você ir?

Era o tipo de frase que sinalizava a uma visita que estava na hora de ir embora.

– Ah... claro. Sim, obrigado.

Com um único gole, seu pai terminou de tomar o café. No entanto, como se lesse os pensamentos de Ellis, a mãe interveio:

– Ah, ainda tem bastante claridade lá fora, não tem pressa. – Ela conseguiu controlar o marido de um jeito que só ela era capaz. – Conte para nós, Ellis, qual é a nova história em que você está trabalhando?

Ellis teve vontade de abraçar a mãe naquele momento e erguê-la nos braços.

– Na verdade será publicada no jornal de amanhã.

– Sério? Já? E na edição de domingo, que maravilha! – Os olhos dela brilharam. – Não é, Jim?

Em resposta, ele assentiu com um aceno de cabeça, mas suas sobrancelhas se arquearam como se ele não pudesse deixar de se sentir impressionado.

Encorajado, Ellis se empertigou na cadeira.

– Então, eu estava tentando pensar em um assunto interessante e ilustrar com uma fotografia que tivesse um significado importante para a população local. Foi quando me lembrei das minas. Eu trouxe a foto para vocês verem. – Ele pegou a foto e colocou sobre a mesa. – Estes dois rapazes aqui eram meninos selecionadores. Hoje eles operam máquinas que fazem o serviço. É mais eficiente e mais seguro também, como a sua nova aquisição na fábrica, papai. Pode imaginar quantas crianças estão vivas e bem, atualmente, graças a essas selecionadoras mecânicas? E graças também às leis trabalhistas e à imprensa, que não permitiram que aquilo continuasse.

Ellis não pretendia dizer a última frase, que saiu espontaneamente.

No entanto, alguma coisa mudou na atmosfera. Ellis soube pelo jeito do pai, pelo olhar, agora sem a leveza de segundos antes. Teria ele percebido seu esforço de provar que ele estava errado, para descontar antigas dúvidas sobre sua carreira, desmitificar a visão dele dos jornalistas como vilões? Ou... era alguma outra coisa?

Seu pai sempre tivera um talento especial para identificar os pontos fortes e fracos de qualquer engenhoca. Como supervisor, aplicava a mesma habilidade com seus operários. Era possível que ele detectasse algum fragmento de inverdade, como uma engrenagem com defeito, na história de sucesso de Ellis.

Qualquer que fosse a causa, a mãe de Ellis parecia perplexa com o silêncio e a inquietação.

Quando o pai de Ellis se levantou, sua voz soou áspera e baixa.

– É melhor eu dar uma olhada no carro antes que fique muito tarde.

Com isso, foi buscar sua caixa de ferramentas. Assim que ele se afastou, a mãe de Ellis sorriu e devolveu a fotografia.

– Parece ser um artigo maravilhoso! – exclamou. – Nós vamos adorar ler!

10

Lily estava mentindo repetidamente. Não era a maneira ideal de passar uma quarta-feira, mas em quatro ocasiões diferentes algum colega perguntou se ela estava se sentindo bem. Ela insistiu que estava ótima, o que não era verdade. Não desde a noite anterior, quando ela secretamente fizera uma ligação da pensão. Em uma residência de mulheres solteiras do mais alto nível moral, esses telefonemas tinham de ser feitos escondido. Informada sobre o estado de Samuel, ela começou a se preocupar a ponto de se sentir nauseada.

"Vou pegar um ônibus amanhã logo cedo", ela dissera.

Mas foi aconselhada a não ir, que não era necessário, que era ridículo; afinal ela o veria novamente na sexta-feira. Mas para isso faltavam ainda dois dias; dois dias que pareceriam anos.

Assim, ela ia se arrastando pelas horas da melhor forma que conseguia. Ocupou-se em arquivar documentos, fazer ligações telefônicas, anotar ditados e lembrar a si mesma que não tinha autonomia para ir e vir conforme lhe aprouvesse, não com um chefe como Howard Trimble. A menos que estivesse disposta a perder o emprego. Ela até evitou ligar de novo para saber de Samuel, com exceção de uma vez, na hora do almoço. Mas agora o chefe tinha saído para uma reunião às quatro da tarde e não voltaria naquele dia. Com boa parte da sala vazia e os poucos que estavam lá concentrados no trabalho, Lily finalmente teve um pouco de privacidade.

Ligou para a telefonista, que completou a ligação para a delicatéssen da família de Lily. Como a linha tinha uma extensão no apartamento onde eles moravam, na sobreloja, a chance de ela se atualizar era maior. Como poderia ficar tranquila sem ter certeza se ele estava bem?

Samuel era o centro do seu mundo e do seu coração. Era seu primeiro pensamento ao acordar e o último antes de dormir.

Seu amado filho de quatro anos.

Uma série de toques cessou quando sua mãe atendeu, e Lily perguntou sem preâmbulos:

– Como ele está?

– Ah, querida, ele está bem.

– Está sem febre?

– Eu já disse, não precisa se preocupar.

A tentativa de se esquivar da pergunta fez com que Lily segurasse o telefone com mais força.

– Ele *está* com febre? – Depois de uma pausa, ela insistiu: – Quanto?

Um longo e exasperado suspiro soou do outro lado da linha.

– Trinta e oito ponto três.

– Eu vou para casa.

– Mas, Lily, você tem que trabalhar amanhã... vai chegar e ter de ir embora em seguida.

A mãe tinha razão, considerando que cada percurso era de duas horas.

– Então eu durmo aí.

– O primeiro ônibus sai às oito da manhã, você sabe.

– Sim, sei. Não se preocupe, eu chego um pouco mais tarde. O chefe vai ter que entender.

– Minha filha...

Lily já estava se levantando da cadeira, pronta para pegar a bolsa e ir direto para a rodoviária. Deixaria um bilhete para o chefe, mencionando uma emergência familiar, mas sem entrar em detalhes.

– Lillian Harper! – O tom de voz da mãe mudou, tornando-se autoritário e fazendo-a se sentir como quando era criança. – Eu entendo que esteja preocupada. Mas lembra-se da última vez que você veio correndo desse jeito? Tudo por causa de uma dor de barriga... Até o médico disse que não faz bem você ficar tão transtornada. E também não é bom para Samuel.

Pela lógica, Lily sabia que a mãe estava certa, assim como o médico. Mas a lógica não tinha nada a ver com o verdadeiro motivo por trás do medo de Lily com relação ao bem-estar de seu filho.

Ela se sentiu tentada a explicar de uma vez por todas. Sua mãe entenderia... Afinal, durante as fases mais difíceis, o apoio dela nunca faltara. Até mesmo quando o pai de Lily, em um momento de indignação e desespero, ameaçara repudiar sua única filha. Mas também, quem poderia condená-lo? Lily havia sido o "bebê milagroso", destinado à grandeza, uma recompensa após dez anos de tentativas de engravidar. Aos dezessete anos, era uma menina promissora, a primeira da família com planos de cursar uma faculdade, e tinha jogado tudo para o alto por uma noite com um rapaz que mal conhecia.

No entanto, esse erro se tornara uma bênção. Não apenas na forma de Samuel mas também no amor duradouro de sua família, que ficara ao lado dela quando tantos outros a ridicularizaram. O fato é que aqueles olhares de desaprovação a fortaleceram e lhe deram a coragem de se separar de seu filho toda semana. Fazia tempo que ela havia aprendido a tolerar e até minimizar o julgamento dos outros, mas não aceitaria isso para Samuel, cuja inocência servia de escudo temporário. Ao contrário das crianças pobres da primeira reportagem de Ellis, ele nunca teria dúvidas se era desejado ou não. Pelo menos não no que dependesse de Lily. Quando ele chegasse à idade de ir para a escola, ela teria condições de começar uma vida nova em outra cidade e em um apartamento próprio. Poderia até se fazer passar por uma jovem viúva de vinte e dois anos, dessa forma não teria necessidade de esconder a coisa mais preciosa de sua vida.

Mas enquanto esse dia não chegasse ela se preocuparia, sim, mais do que seria necessário. E, embora tivesse seus motivos, sabia que nunca os confessaria em voz alta. Principalmente para a mãe.

– Eu posso levar você.

A voz fez Lily se sobressaltar. Ela se virou para deparar com Clayton Brauer, com as mãos nos bolsos da calça.

– C... como? – Ela abafou o som encostando o telefone ao peito.

Seu coração acelerou ao assimilar as palavras do colega.

– Você precisa de uma carona, e minha entrevista foi cancelada. – Ele ergueu um ombro em seu estilo típico. – De carro você chegará na metade do tempo. Assim, se quiser, poderá voltar hoje à noite.

– Eu... não sei até que ponto você ouviu...

– Senhorita Palmer, se seu filho está doente, precisa ir vê-lo.

Lily congelou e se esqueceu de respirar, até que a voz abafada da mãe a lembrou de que estava no meio da ligação.

– Mamãe, eu ligo daqui a pouco – disse e desligou.

Sendo o principal repórter de assuntos policiais do *Examiner* nos últimos quatro anos, Clayton recebia a atenção do chefe mais que qualquer outro da equipe. A última coisa de que ela precisava era que o chefe, e também sua senhoria, descobrissem que ela havia mentido descaradamente. Lembrou-se da entrevista de emprego com o senhor Baylor.

– É casada? – ele havia perguntado.

– Não, senhor.

– Tem planos de se casar em breve?

– Não, senhor, definitivamente não.

Ele olhara para ela, agradavelmente surpreso.

– Ótimo – ele dissera e fizera uma anotação.

– Por que pergunta, senhor?

— A última secretária do chefe era recém-casada quando foi contratada. Pediu demissão quando descobriu que estava grávida. O chefe decidiu que é melhor evitar dores de cabeça com funcionários que têm de lidar com questões familiares, entende?

Visando ao seu objetivo, Lily conseguira acenar com a cabeça, assentindo.

— Não tenho questões familiares, senhor.

Ele sorrira ao ouvir isso. A próxima coisa de que ela se lembrava era de ter sido levada em um tour pelas dependências do jornal, depois conduzida até uma mesa e apresentada ao chefe, bem como ao publisher, um homem rabugento cuja presença felizmente era rara. Ela até recebera uma indicação pessoal de uma pensão não muito longe do escritório do jornal. Em ambos os locais, seu acolhimento e tratamento como moça virtuosa foram inegavelmente revigorantes, embora não os principais motivos para manter em segredo a existência de Samuel.

Lily riu para parecer divertida com a suposição de Clayton, mas seu coração estava disparado dentro do peito.

— Acho que entendeu mal, senhor Brauer. É meu sobrinho que não está bem.

Clayton consultou o relógio com indiferença, como se as palavras de Lily fossem partículas de poeira flutuando no ar.

— Só preciso descer para verificar uma coisa antes que o jornal vá para o prelo. Depois podemos ir para Maryville, se estiver pronta. Tudo bem?

Ele sabia... sabia sobre seu filho, sobre sua cidade... aparentemente já sabia, mesmo antes do telefonema.

Então Lily compreendeu. Claro que ele sabia. Uma pessoa não se tornava um repórter conceituado sem perceber os detalhes, as pistas sutis.

— Há quanto tempo?...

— Não se preocupe, seu segredo está seguro.

Com uma simplicidade marcante, ele trouxera à tona outras duas questões ainda mais críticas: alguém mais sabia? Ele contaria ao chefe?

Lily acenou com a cabeça, desconcertada, porém grata. Como a maioria dos funcionários do jornal, Clayton morava na Filadélfia. Delaware não era caminho para a casa dele.

— Eu volto aqui quando terminar — disse ele. — E, olhe, se você decidir voltar hoje à noite, terei prazer em trazê-la de volta, assim você economiza a passagem de ônibus.

Embora isso obviamente evitaria irritar o chefe por causa de seu atraso no dia seguinte, ela ainda estava relutante em aceitar.

— É muito gentil da sua parte, mas de jeito nenhum eu o faria esperar por mim. Já está me ajudando imensamente.

— O favor é para mim, senhorita Palmer. Como terei de fazer a viagem de volta de qualquer maneira, é sempre melhor ter companhia do que vir sozinho.

Lily sorriu, incapaz de argumentar, e Clayton abriu um de seus sorrisos antes de se afastar.

* * *

Em menos de dois minutos, Lily estava pronta para partir. Os quinze minutos seguintes ela passou olhando repetidamente para os relógios na parede. Tinha colocado o chapéu, calçado as luvas, vestido o casaquinho e estava segurando a bolsa, ansiosa.

Decidindo poupar Clayton de ir até ali, foi até a mesa dele, mas encontrou-a vazia. Ele ainda não voltara.

Ela disse a si mesma para ter calma, para não se torturar com a febre de Samuel, e então viu Ellis sentado à sua mesa. Mesmo de perfil, percebeu que a expressão dele estava carregada enquanto ele contemplava a máquina de escrever com o olhar perdido.

Lily pensou sobre o encontro deles naquela manhã. Duas pessoas haviam lhe perguntado se ela estava bem. Quando Ellis se aproximara de sua mesa, ela insistira que estava bem, antes que ele tivesse chance de falar. Depois soube que na verdade ele tinha ido convidá-la novamente para sair depois do expediente, para ir a um bar chamado Cove, um lugar onde a Lei Seca geralmente não era observada. Um grupo do *Examiner* costumava frequentar o lugar no meio da semana. Pensando agora, em retrospectiva, Lily reconhecia que tinha recusado o convite de uma maneira horrivelmente rude.

Desde a conversa deles em Franklin Square, ela se esforçava para manter uma distância confortável de Ellis, mas não por causa de nada que ele tivesse feito.

– Com licença, senhor Reed...

Ele ergueu o rosto, saindo do transe em que parecia estar.

– Hoje, mais cedo, fui indelicada com o senhor. Espero que me perdoe.

A tensão no rosto dele suavizou, o suficiente para ele curvar os lábios em um meio-sorriso.

– Obrigado, mas não foi nada. Não se preocupe.

Lily retribuiu o sorriso antes que ele voltasse a atenção para seu caderno.

Ele parecia estar apenas passando o tempo.

A seriedade de Ellis não podia ser somente por causa do comportamento dela. Tinha de haver algo mais.

– Tem... alguma coisa aborrecendo o senhor?

Ele pareceu refletir se respondia ou não, aumentando a preocupação de Lily.

No fundo da sala, uma dupla de datilógrafas trabalhava em um ritmo irregular, enquanto um repórter desejava boa-noite a outro. Lily, porém, manteve o foco em Ellis. Embora não tivesse tempo para uma conversa muito longa, tinha alguns minutos.

Sentou-se na mesa ao lado, com a bolsa no colo, e viu a gratidão nos olhos dele.

– Recebi uma proposta – ele respondeu antes de baixar a voz. – Para trabalhar no caderno Cidades.

Uma promoção. Lily se sentia genuinamente feliz por ele, sem nenhum resquício da vergonhosa inveja anterior.

– Que maravilha! Deve estar orgulhoso – então, lembrando-se do aparente desânimo dele, acrescentou: – Mas não parece muito contente.

– É no *New York Herald Tribune*.

– Perdão?

– O editor me ligou ontem. A mulher dele tem uma amiga na área metropolitana da Filadélfia e recomendou meus artigos. Ainda está difícil acreditar.

Lily deveria ter previsto algo assim. Os artigos dele, assim como as fotografias, transmitiam uma empatia e uma sinceridade que cativavam os leitores. No pequeno mundo das notícias, era esperado que um editor atento estivesse de olho em Ellis.

– Para falar a verdade, senhorita Palmer, foi por isso que a convidei para ir ao Cove. Acho que preciso bastante de uma boa orientação novamente – ele riu baixinho, insinuando vergonha por ter de pedir.

– Quer dizer que ainda não decidiu?

– Devo ter perdido o juízo, não é? É o emprego dos sonhos de qualquer jornalista.

Somente nesse momento foi que Lily se deu conta de como esperava que fosse ela, acima de tudo, a causa da relutância de Ellis. Um pensamento tolo, que ela afastou com firmeza.

– Então, qual é o problema?

Ele umedeceu os lábios, como para facilitar o fluxo das palavras.

– O que acontece é que, quando o chefe me incumbiu de escrever aquele primeiro artigo, com a foto das crianças, eu vi ali a minha grande chance. E uma chance também de provar à minha família que realmente sou capaz.

– E agora?

– Agora, com todas essas coisas boas acontecendo... é ótimo, claro, mas... quando penso naquela foto...

A questão foi se tornando clara para Lily, que completou a frase quando ele hesitou:

– Você se sente culpado. De ganhar dinheiro com o sofrimento deles.

Era uma reação compreensível.

– Não. Quer dizer, também, lógico, mas... é que... bem...

Ellis a fitou nesse momento, e novamente Lily sentiu que havia uma verdade que ele estava escondendo, um segredo importante. Talvez tivesse a ver com o irmão que ele havia perdido, ou com uma associação pessoal com a fotografia. Acontecia o mesmo com ela, a imagem evocava lembranças de um passado sombrio.

– Pode me contar – disse. – Prometo que meus lábios estão selados. – Lily podia ver mais uma vez que ele confiava nela, apesar de ter poucos motivos para isso.

Com expressão melancólica, Ellis inclinou-se para a frente, seu rosto ficou a poucos centímetros do de Lily. Ela sentiu o perfume de sabonete na pele dele, o calor de sua respiração. Não teve vontade de se afastar, sentindo-se mais confortável do que deveria. Mas, quando ele ia começar a falar, sua atenção se desviou para algo atrás dela. Ele recuou abruptamente, e Lily logo descobriu o motivo.

– Desculpe-me por interromper – disse Clayton. Ele segurava sua pasta de couro em uma das mãos e o chapéu na outra. – Só queria avisar que estou pronto, quando você estiver.

Lily rapidamente se recompôs e se levantou. Do jeito como se sentia nervosa, até parecia que tinha sido flagrada em um ato amoroso, o que, obviamente, não era verdade.

– Posso esperar lá fora – acrescentou Clayton –, se bem que seria bom pegar a estrada logo.

Em um segundo a preocupação com Samuel retornou. Como podia ter se esquecido, mesmo que por um minuto?

– Sim, tem razão. – Ela se virou para Ellis, mas evitando o contato visual. – Desculpe, senhor Reed, eu preciso ir.

– Tudo bem. Eu que peço desculpas por fazê-la se atrasar – disse ele em tom frio, endireitando-se na cadeira. – A senhorita já tinha dito que tinha compromisso para esta noite. Eu deveria ter me lembrado.

O Cove. Quando ele a convidara para ir lá, ela dera a desculpa de sempre. Agora gostaria desesperadamente de poder desfazer a óbvia impressão dele, de que ela e Clayton de alguma forma estavam juntos como um casal, mas não havia uma maneira fácil de fazer isso.

– Bem, então... até amanhã.

Ela se virou para Clayton, que lhe ofereceu o braço, piorando ainda mais a situação. Tinham dado alguns passos quando Ellis respondeu.

– Na verdade, não é certo que eu venha amanhã. – O tom de voz dele adquiriu mais densidade, uma franqueza que a fez virar o pescoço abruptamente. – Tenho muita coisa para arrumar para... a mudança.

Lily ficou olhando para ele, perplexa, e Clayton mordeu a isca.

– Mudança? – perguntou. – Para onde?

– Recebi uma proposta para ir para Nova York. Para o *Herald Tribune*.

Ellis pareceu esperar uma reação, qualquer repórter do *Examiner* ficaria com inveja, mas surpreendentemente os lábios de Clayton se curvaram em um sorriso.

– É mesmo? Que ótimo saber disso! – Ele cumprimentou Ellis com um vigoroso aperto de mão.

Lily precisou fazer um esforço consciente para espelhar a alegria deles. Lamentava a escolha de Ellis e sentia desconforto com sua própria reação a isso; embora a apenas poucas horas de distância, New York City, apelidada de "Cidade Grande" por vários motivos, significava o início de outra vida. E deixar o resto para trás.

Apesar disso, quando os dois homens se afastaram, ela disse:

– Nesse caso, senhor Reed, eu lhe desejo muito boa sorte. – E, virando-se para Clayton: – Precisamos pegar a estrada, certo?

Clayton estendeu um braço, sinalizando para que ela fosse na frente, e ela se dirigiu para a saída, sem olhar para trás.

11

A hesitação de Ellis era incomum. Nenhum repórter com um mínimo de bom senso recusaria o conceituado *Herald Tribune*.

Obviamente, sua decisão teria sido mais fácil sem o obstáculo de sua consciência. Lily estava certa sobre a fonte de sua culpa, sobre seu sucesso se originar nas dificuldades de outras pessoas, mas isso era só uma parte. Os elogios do editor do *Tribune*, particularmente sobre a foto dos Dillards, o fizeram lembrar da verdade. Ou melhor, da mentira.

Ellis tinha ansiado para contar isso a alguém, mas não para qualquer um. Para Lily Palmer. Sobre como achara que a foto daquelas crianças poderia ser apenas um degrau na ascensão de sua carreira; sobre como, em vez disso, ela de repente acabara sendo a escada inteira.

Havia algo em Lily que lhe dizia que ela entenderia, uma espécie de conexão subjacente. Pelo menos fora o que ele pensara, até a presença de Clayton deixar a situação muito clara. Naquele momento, o orgulho levara Ellis a tomar uma decisão. E, depois de dizer que aceitava, não havia mais como voltar atrás. E, mesmo que pudesse voltar atrás, por que faria isso? A mudança para Nova York era exatamente o que ele precisava. Em pouco tempo as lembranças de Lily e das crianças Dillards desapareceriam.

Ellis dizia isso para si mesmo enquanto se preparava para telefonar para o chefe e pedir demissão. Preparou-se para ouvir um sermão, acusações de deslealdade e ingratidão. Mas, embora o chefe resmungasse um pouco e deixasse claro que aquilo era uma inconveniência, acabou desejando boa sorte a Ellis, e em tom surpreendentemente sincero.

Ajudou o fato de que o editor original da seção de entretenimento retornaria em poucas semanas, além de que raramente se passava um dia sem que um jornalista, aspirante ou experiente, homem ou mulher, passasse no *Examiner* em busca de uma vaga de emprego. Como se dizia, somente os repórteres de primeiro escalão eram insubstituíveis... até serem substituídos.

O pai de Ellis não deixaria de fazer um comentário irônico se tivesse chance, e justamente por isso Ellis deu um jeito de não facilitar a oportunidade. Afinal, era um momento de comemoração. Quando chegou a hora de comunicar a notícia, ligou deliberadamente durante o dia para a mãe, quando sabia que só ela estaria em casa.

"Ah, meu querido, estamos tão orgulhosos de você!", ela exclamou, emocionada.

Por um instante, ele quase acreditou no uso do plural na frase dela.

Quatro dias depois de aceitar a proposta, Ellis empacotou seus pertences, que não eram muitos, preparou o carro para a viagem, reservou um quarto discreto no Brooklyn e partiu.

Logicamente, uma simples espiada na nova acomodação teria arrefecido o entusiasmo de sua mãe. Mais uma vez, um único banheiro servia a um andar inteiro de inquilinos; as paredes eram finas como papelão, e bichinhos com cauda circulavam regularmente pelas dependências. A melhoria em relação à anterior era que agora seu quarto tinha uma escrivaninha de verdade e uma cadeira, uma cama com colchão sem grumos e rangidos e uma pequena cozinha com uma pia, com água quente e fria. Dava para rodopiar com os braços abertos sem arrastar as mãos nas paredes. E, com imigrantes de diferentes países como vizinhos, se ele quisesse poderia tentar aprender qualquer idioma que escolhesse.

Na verdade, Ellis poderia pagar por um lugar melhor. Seu salário inicial era de sessenta dólares por semana, um valor decente em comparação com o parco salário anterior. Mas ele achou melhor economizar para comprar um motor novo para seu automóvel antes que o antigo pifasse de vez. Somente então se daria ao luxo de fazer alguma extravagância, comprar um chapéu novo com faixa de seda, talvez, ou um elegante terno de gabardine. Itens que combinariam muito bem com o *Tribune*.

Como tudo em Nova York, o dia a dia no jornal era agitado, e o estilo, um pouco diferente. Pelo menos foi a impressão que Ellis teve na primeira tarde em que pisou no edifício luxuoso e subiu no elevador para o departamento de redação, um recinto espaçoso envolto em fumaça de cigarro e em uma atmosfera de intensidade. De todas as segundas-feiras para começar, ele tinha escolhido uma fora do comum. Al Capone havia acabado de ser declarado culpado de sonegação de impostos; Thomas Edison havia ido ao encontro do Criador; trinta mil hitleristas tinham desfilado pelas ruas na Alemanha; e, para completar, enquanto invadia a Manchúria, o Japão se empenhava em impedir que os Estados Unidos se juntassem à Liga das Nações.

Em suma, a chegada de Ellis não causou uma reação significativa.

– Senhor Walker – ele repetiu pela terceira vez, finalmente atraindo a atenção do editor.

Um grupo de repórteres acabara de se dispersar da mesa do chefe no centro do departamento, depois de confirmar suas atribuições para o dia.

– Pois não?

– Senhor, sou Ellis Reed.

Houve uma pausa de ansiedade e expectativa para Ellis. Mas Stanley Walker simplesmente consultou o relógio de pulso enquanto se levantava. Seu corpo franzino ficava alguns centímetros abaixo de Ellis, com seu um metro e oitenta. Os cabelos escuros eram levemente ondulados e tinham alguns fios avermelhados.

– Você tem alguma informação? Seja rápido. Estou indo para uma reunião.

O leve sotaque texano contrastava com seu ritmo pausado de falar.

– Eu... não... o senhor me contratou... na semana passada. Para trabalhar aqui.

Uma expressão de perplexidade se estampou no rosto barbeado do homem enquanto ele vestia o paletó azul-marinho, que cheirava a charuto. Ao redor deles, o familiar tique-taque das máquinas de escrever se mesclava com o som de rádios e conversas.

– Como é mesmo o seu nome?

Um formigamento repentino subiu pela nuca de Ellis, com medo de ter feito uma tremenda confusão.

– Reed. Do *Examiner*.

– De Pittsburgh?

– Filadélfia.

O senhor Walker estalou os dedos.

– Certo, certo. O autor de artigos. – Ele sorriu, exibindo uma carreira de dentes descoloridos. – A manhã foi agitada, você entende, não é?

– Perfeitamente. – Ellis apertou a mão do homem com uma sensação de alívio. – Mais uma vez, senhor, agradeço seu esforço para me contratar. Não irá se arrepender.

– Espero que não.

Outro sorriso tenso dificultou a interpretação do comentário. Em seguida ele apresentou Ellis ao assistente editorial, na mesa ao lado, e pediu ao rapaz que explicasse tudo a Ellis e o ajudasse no que fosse preciso.

– Com todo o prazer – respondeu Percy Tate.

Entretanto, no instante em que o chefe se afastou, a atitude do senhor Tate mudou sensivelmente enquanto ele descrevia o funcionamento do jornal, dos diferentes departamentos e respectivos chefes às tarefas padrão e programação diária. Falou com tanta má vontade que Ellis perdeu metade dos detalhes. Teve a ousadia de pedir que o outro repetisse um ponto e imediatamente percebeu seu erro no semblante carrancudo do homem. Tudo nele, olhos, nariz, compleição e postura, lembrava uma coruja vigilante, apenas esperando o momento de atacar.

– Olá, senhor Tate – disse outro rapaz, aproximando-se. Seu rosto jovial contrastava com a voz grossa e profunda. – Se esse é o novo redator, eu posso me encarregar dele, se quiser.

Ellis não conseguiu disfarçar sua perplexidade. O senhor Tate se afastou sem hesitar.

– Meu nome é Dutch.

O rapaz estendeu a mão para Ellis, que notou um brilho astuto nos olhos dele. Tinha um lápis apoiado na orelha, por entre os fios de cabelos castanhos.

– Eu... não tenho certeza do que fiz errado.

– Ah, não dê importância... – ele gesticulou na direção do senhor Tate. – Ele sempre foi assim, desde que cheguei aqui.

Ellis conseguiu esboçar um sorriso.

– Achei que era algo pessoal.

– Bem, pode até ser, um pouco – Dutch admitiu. – Um amigo dele está aspirando a um emprego aqui faz tempo. Talvez ele esteja um pouco contrariado com isso, mas vai passar.

Compreendendo a situação, Ellis assentiu. Não era a melhor maneira de começar em uma empresa, mas era uma boa motivação para provar seu valor.

– E então – disse Dutch –, quer conhecer seu novo local de trabalho?

* * *

Graças a Dutch, que, conforme Ellis logo descobriu, era um apelido, sendo Pete Vernon o verdadeiro nome do rapaz, ele rapidamente aprendeu a transitar pelo labirinto de andares, ficou a par do trabalho que se estendia até tarde da noite para a edição matutina e foi avisado sobre quais funcionários abordar ou evitar. Casado e pai de um bebê, com outro a caminho, Dutch abreviava ao máximo as horas extras após o expediente, mas levou Ellis para conhecer o Bleeck's, um bar vizinho na 40th Street.

Era ali que o senhor Walker almoçava regularmente e acompanhava a refeição com uma ou duas doses de uísque, já que o estabelecimento era mais um entre tantos outros que não observavam com rigor as restrições da Lei Seca. Não que a diretoria do jornal fosse fazer alguma objeção, até porque era sabido que o dono do *Tribune* frequentava o mesmo lugar à noite, usufruindo de mais do que sua cota e aparentemente fazendo o mesmo durante o dia em sua sala no canto do escritório. Felizmente para todos, sua esposa era suficientemente astuta para lidar com várias questões do jornal; na verdade, três anos antes ela provavelmente havia sido a força motriz por trás da promoção do senhor Walker da equipe noturna.

Segundo Dutch, o visionário editor fora incumbido de infundir vida nova ao *Tribune*. Logo de cara ele substituiu o peso morto das progênies aristocráticas por alguns repórteres veteranos, mas principalmente iniciantes ansiosos para escrever histórias de "mulheres, dinheiro e irregularidades", como o senhor Walker gostava de dizer. Em outras palavras, ele preferia direcionar os holofotes para a cultura e assuntos urbanos em vez de para política e economia.

Fazia sentido, portanto, que Ellis tivesse sido contratado. Mesmo assim, porém, conquistar sua posição foi um desafio maior do que ele esperava.

Algumas semanas depois de começar, e ainda se adaptando ao horário do jornal, muitas vezes terminando o expediente bem depois da meia-noite, ele estava sentado à sua mesa certa tarde, tentando com dificuldade não dormir, quando um corpulento repórter conhecido como Dobbs bateu em seu ombro com uma folha enrolada em canudo.

– Tenho uma dica quente, mas estou lotado por hoje. Passo para você, se quiser.

Ellis se endireitou na cadeira e aceitou com gratidão. Até então, tudo o que ele fazia na maior parte do tempo era obter informações para outros repórteres escreverem as matérias. No tempo que sobrava, era o faz-tudo, cumprindo uma longa lista de tarefas subalternas e menosprezadas.

Ali estava uma chance de crescer. Com esforço, afastou o aturdimento do sono e tentou se concentrar nas anotações de Dobbs sobre um navio um tanto misterioso. Com o nome de *Gaivota da Sorte*, aparentemente havia sido avistado ao largo do porto na hora do crepúsculo. Se fosse localizado, era exatamente o tipo de assunto que poderia render uma boa matéria para Ellis. Não "se", ele concluiu, mas "quando".

* * *

Ellis passou os três dias seguintes investigando o paradeiro do navio. Todas as noites ele ia para o cais gelado, uma tarefa dolorosa no mês de novembro. Vários estivadores confirmavam os rumores sobre a existência da embarcação. Desesperado, ele ignorou o ceticismo e pagou um preço exorbitante por um passeio de barco com um pescador mal-humorado e mal-cheiroso que jurou ter avistado o *Gaivota da Sorte* uma meia dúzia de vezes.

Na madrugada do quarto dia, os esforços de Ellis não tinham resultado em nada, a não ser um resfriado brutal.

Apesar de contrariado em relatar seu fracasso, ele finalmente voltou para a reunião diária da uma hora da tarde, quando um grupo de jornalistas rodeava a mesa do senhor Walker. Entre tosses e espirros, revelou que não havia descoberto nada, mas ainda não havia terminado de narrar suas tentativas quando risos abafados dos colegas deixaram claro que ele havia sido ludibriado.

Quando a reunião terminou, Dutch olhou para ele com expressão solidária.

– Eu sinto muito por isso. Se soubesse, teria avisado – ele encolheu os ombros. – Nos dias mais parados, atribuir incumbências impossíveis aos novatos virou uma espécie de iniciação. Tente não levar a sério.

– Tudo bem. Entendi.

Ellis assoou o nariz com o lenço e sorriu para fingir que não se importava. Depois de todos os anos em que trabalhara no *Examiner*, incomodava-o ser chamado de novato. Ele reconhecia que seu sucesso editorial se resumia a alguns poucos artigos, ou, na opinião da maioria, a uma única fotografia memorável.

O fato era que a verdade daquela imagem fatídica ainda o assombrava. Um novo emprego, em outra cidade, em outro estado, não havia ajudado em nada a afastar os Dillards de sua mente. Durante as longas horas passadas nas docas, encolhido de frio, a lembrança deles se insidiava em sua consciência. Ainda podia vê-los naquele alpendre encardido, um cenário emprestado para uma placa também emprestada. Como ripas de madeira flutuando nas ondas, as lembranças continuavam voltando. O mesmo acontecia com os pensamentos em Lily Palmer.

Uma perda de tempo, Ellis dizia para si mesmo. Tudo isso pertencia ao passado. Desconsiderado por pessoas como o senhor Tate, e agora talvez pelo próprio senhor Walker, ele seguiria em frente ainda com mais determinação. E assim, à medida que as semanas passavam, Ellis fazia tentativas frenéticas de conseguir uma matéria notável, mas sempre havia algum motivo para a rejeição: pouco substancial... assunto já explorado pela imprensa... boa teoria, porém sem evidência suficiente para ser veiculada.

Nesse meio-tempo, ele continuava a justificar seu salário cobrindo eventos urbanos básicos, ou escrevendo uma coluna de vez em quando. Na maioria das vezes, matérias que passavam despercebidas, até que fossem maculadas por um erro, como escrever errado o nome de uma estrela ou celebridade, ou inverter as idades de mãe e filho que sobreviveram a um incêndio, ou na legenda de uma foto confundir a esposa de um embaixador com sua filha.

Cada ocorrência rendia a Ellis uma advertência, as duas últimas mais severas do que a primeira.

Em consequência disso, ele se tornou hiperdiligente ao registrar qualquer informação, confirmando os fatos pelo menos duas vezes para evitar outro deslize. Por isso ele sabia, sem dúvida, que havia anotado corretamente o horário que Dutch lhe informara para uma reunião do conselho na prefeitura. Ellis foi incumbido de perguntar ao prefeito sobre uma polêmica disputa de zoneamento. No entanto, ele chegou pontualmente para descobrir que o evento terminara horas antes e que o prefeito tinha ido viajar.

Imediatamente, Ellis telefonou para Dutch, que pediu desculpas pelo engano. Dessa forma, Ellis não tinha uma desculpa para se defender quando retornou para o jornal, onde foi prontamente convocado pelo chefe.

– Dutch me contou sobre a confusão – começou o senhor Walker. Ele não tinha o hábito de gritar, ao contrário do velho Howard Trimble, mas havia um tom de insatisfação em sua voz arrastada. – Precisamos da resposta do prefeito para poder publicar a matéria.

– Senhor, eu posso localizá-lo. Amanhã terei uma resposta dele...

– Dutch vai cuidar disso.

Da mesa do assistente editorial, o senhor Tate lançou a Ellis seu habitual olhar de coruja.

O senhor Walker se recostou na cadeira e balançou a cabeça, com um olhar firme.

– Resumindo, senhor Reed... isso não pode acontecer de novo.

Atordoado e confuso, Ellis procurou silenciosamente por uma explicação. Mas então seu olhar encontrou o de Dutch do outro lado da sala. Quando o outro baixou os olhos, Ellis entendeu tudo. Dutch tinha colocado a culpa nele.

Em qualquer negócio competitivo, ainda mais em Nova York, um homem tinha de estar sempre atento, especialmente em tempos como aqueles. Ellis nunca esperara algo assim de alguém que considerava seu amigo.

– Entendo – respondeu simplesmente, sabendo que não estava em posição de argumentar.

E, afinal, em qual dos dois será que o senhor Walker acreditava?

* * *

Quatro ou cinco. Não... seis. Agitando suavemente o uísque no copo, Ellis tentou se lembrar de quantas doses tinha tomado desde que se sentara a uma mesa de canto no Hal's Hideaway[4]. Fazendo jus ao nome, o bar mal iluminado ficava em uma viela, com uma porta meio disfarçada, a poucos quarteirões da pensão de Ellis no Brooklyn. Para ser admitido, era necessário bater à porta de um jeito específico, o que ele aprendera com o zelador de seu prédio, um homem idoso que confessara frequentar o lugar de vez em quando para tomar uns "goles".

Sobre um tablado, um trio de músicos tocava *blues* para um salão ocupado pela metade, onde mesas e nichos intercalados proporcionavam uma privacidade decente. Mas o que Ellis mais apreciava ali é que não era o Bleeck's, um lugar cheio de funcionários do *Tribune* que certamente o viam como um idiota, graças ao maldito traidor Dutch. O cara de pau tivera até o desplante de tentar abordá-lo no final do expediente, mas Ellis lhe dera as costas e se afastara sem ouvir o que ele tinha para dizer.

As pessoas em Allentown o tinham advertido sobre tipos assim; sorrateiros, gananciosos, duas-caras. Mas Ellis não dera ouvidos. E, agora, ali estava ele, considerando a possibilidade de ir embora para a casa dos pais. Um derrotado.

Lily era mesmo inteligente. Entre ele e o vantajoso Clayton Brauer, ela escolhera o vencedor.

Ellis deu um longo gole em sua bebida. Já não queimava ao descer pela garganta, o que causava uma frustração a mais. Ele precisaria de mais duas doses para aliviar a dor da traição. Talvez quatro, para abafar a sensação de derrota.

Apertando os olhos para focar a vista em uma garçonete, com o efeito do álcool sua visão estava duplicada, ele sinalizou pedindo mais uma dose. A moça acenou com a cabeça, mas atendeu outra mesa primeiro. Não estava com a mínima pressa.

Ellis se recostou na cadeira, sentindo as pálpebras pesadas. Tentou se deixar embalar pelas notas de *Embraceable You*, mas as vozes no nicho

---

[4] *Hideaway* significa "esconderijo". (N.T.)

ao lado continuavam a se infiltrar por sobre o banco de encosto alto. O volume da conversa ali aumentava a cada rodada de drinques.

No estado de espírito em que se encontrava, Ellis estava quase pensando em pedir a eles para falarem mais baixo, mas estava ouvindo o suficiente da conversa, sobre uma recente invasão a um depósito e um novo membro no grupo, para não se intrometer. Seria sensato fazer ouvidos moucos; no entanto, a mesma curiosidade que o levara a ser jornalista o impeliu a prestar atenção.

– Precisamos fazer alguma coisa, caramba... – O homem falava com acentuado sotaque britânico, insinuando vínculos com a máfia irlandesa, uma facção numerosa no bairro. – Parecemos um bando de idiotas assassinos, todos nós. O chefe tem razão. As pessoas nos enxergam como ratos de beco, e nunca teremos o respeito que merecemos.

– É mesmo? O que você tem em mente? – Esse tinha sotaque tipicamente americano.

– E por acaso você acha que eu tenho todas as respostas?

Eles estavam preocupados com a imagem que passavam para o público, Ellis percebeu. Não era um conceito original, mesmo no submundo. Afinal, os mafiosos, pelo menos os mais experientes, eram homens de negócios.

Ellis recordou-se de uma reportagem. Depois do Massacre do Dia de São Valentim, quando em um conflito entre duas gangues os capangas de Al Capone assassinaram os rivais com uma rajada de balas, a imagem do contrabandista foi afetada. Logo depois, o próprio Capone começou a financiar cozinhas populares, conforme destacado no jornal, para recuperar a simpatia do público.

Uma ideia começava a tomar forma na mente de Ellis, uma solução para mais do que um simples dilema. Claro que vinha acompanhada da voz da razão, mas esta era abafada por um desejo desesperado de reverter sua sorte; mais que isso, um desejo primitivo de batalhar para percorrer o caminho de volta. Ele visualizou a si mesmo como Jack Dempsey[5] no

---

[5] Jack Dempsey (William Harrison Dempsey, 1895-1983) foi um boxeador americano que manteve o título de campeão mundial dos pesos-pesados entre 1919 e 1926. (N.T.)

nono round de uma luta pelo título. Emaranhado nas cordas do ringue. Recusando-se a se render.

Antes de considerar os riscos, ele se pôs de pé.

Na mesa ao lado, zonzo por ter-se levantado muito rápido, esforçou-se para focar a vista no grupo de homens. Dois deles estavam sentados lado a lado, mas Ellis não conseguiu distinguir seus rostos. Um terceiro, com uma cicatriz atravessando a face, encarou Ellis.

– Que diacho está olhando, rapaz?

– Eu tenho uma proposta para vocês – Ellis procurou ser assertivo, tentando não parecer intimidado. – Uma maneira bastante fácil de resolver o seu problema.

O mais forte deles interferiu:

– Nosso problema, é? Quer dizer que estava escutando a nossa conversa?

Apesar da mente enevoada, Ellis conseguiu manter o foco.

– Eu sou repórter do *Herald Tribune*. Se querem melhorar a...

– Tirem esse idiota daqui – ordenou o irlandês com a cicatriz.

O homem que se levantou era uns trinta centímetros mais alto que Ellis, além de também pesar uns trinta quilos a mais. Quando ele segurou Ellis pelo braço com a força de um torniquete, o erro de julgamento de Ellis ficou notavelmente aparente; mas também sua necessidade de ir até o fim.

– Acho que seu chefe vai gostar do que tenho a oferecer.

O homenzarrão continuou segurando o braço de Ellis, mas os três se entreolharam. Pelo menos ele tinha despertado o interesse deles. Ellis só não sabia se isso era suficiente para poupá-lo de ser jogado no lixão.

Depois de uma pausa tensa, os olhos do irlandês brilharam.

– Sente-se.

12

O céu da manhã de março iluminou a janela de Lily com uma claridade cinzenta sinistra, que combinava com a angústia crescente que ela sentia em seu íntimo. A sobreloja da delicatéssen de seus pais consistia em dois andares, com sala e cozinha no primeiro e dois dormitórios no segundo. Naquele dia, em seu quarto de infância, nem mesmo os aromas familiares de pão e pastrami que chegavam até ali traziam algum conforto. Tampouco a visão de Samuel no chão, fazendo desenhos de foguetes, de coelhos e da família. Na verdade, a presença dele agravava a situação.

– Mamãe, olha!

Lily girou no banquinho da penteadeira, onde estava sentada de combinação e robe, preparando-se com relutância para enfrentar o dia. Samuel segurava outra obra-prima, dessa vez um desenho da loja dos avós ladeada por árvores carregadas de folhas.

– Oh, meu bem, está maravilhoso!

O sorriso dele se alargou, e os olhos verde-claros brilharam, iluminando o rostinho redondo.

– Vou mostrar para a vovó – ele se levantou e saiu correndo do quarto. Seus passinhos soaram no hall e desapareceram escada abaixo.

Embora não fosse a fonte principal dos problemas de Lily, o fato de que aquela noite seria o primeiro sábado que passaria longe do filho não era algo trivial. Já havia passado tanto tempo sem ele, refletindo sobre o que poderia acontecer...

Isso não significava que não se sentisse tola por se preocupar, como em outubro, quando ela e Clayton tinham chegado para encontrar Samuel já sem febre. Para crédito de Clayton, ele expressara apenas alegria, sem se perturbar com a recusa do menino em interagir com um desconhecido. Como sempre, sua mãe havia contornado a situação, incluindo os olhares céticos de seu pai, enquanto insistia para Clayton jantar.

Proveniente de uma família de padeiros e confeiteiros por várias gerações, Harriet Palmer era enganosamente forte por causa de sua estatura baixa, encimada por cachos castanho-avermelhados que ela enrolava em papelotes quando estava em casa. Ao lado do marido, o casal lembrava os bolinhos que ela assava todas as manhãs, que combinava com o jeito doce de ambos.

Isso é, se não se levassem em conta os impropérios que o pai dela deixava escapar durante as transmissões de rádio dos jogos dos Yankees, reação que o levava a visitas rotineiras ao confessionário, ou os olhares penetrantes da mãe quando ela se opunha a assuntos que valorizava.

Clayton provavelmente percebera isso desde o primeiro instante, já que não hesitara em ficar para a refeição. Um mês depois ele aceitou novamente o convite, depois de levar Lily até lá em uma sexta-feira após o expediente. Era uma pausa em sua corrida atrás de assuntos para escrever, ele dizia. Se era verdade ou não, Lily não resistia a economizar uma hora de viagem, pois isso significava rever seu amado Samuel correr para seus braços bem antes. Significava uma hora a mais da tagarelice animada e das risadas reconfortantes do menino.

E assim foi, com poucos e tímidos protestos da parte de Lily, que os benefícios daquela gentileza de Clayton foram muito maiores que sua relutância em aceitar, que as viagens para Maryville no Chevrolet cupê, seguidas por um jantar em família, se tornaram uma ocorrência regular, a não ser quando alguma matéria importante exigia a presença de Clayton no jornal.

No fim do inverno, as viagens solitárias de ônibus para lá e para cá pareciam muito mais longas, pela falta de companhia. Nem sempre ela concordava com as opiniões de Clayton. As posturas dele, muitas vezes em um grau enlouquecedor, eram tão preto no branco quanto os recortes de seus artigos. Mas, como repórter experiente na área policial, nunca faltavam histórias intrigantes para contar e comentar, nem perguntas por parte dos pais de Lily, para evitar silêncios constrangedores.

Com o tempo, as defesas do pai dela foram derrubadas. Ajudava também o fato de Clayton ser católico, apesar das raízes alemãs, mas pertencendo à "terceira geração de americanos". Ele logo tratou de deixar isso claro, como que para evitar qualquer possível ressentimento com relação à Guerra Mundial. Não que isso pudesse influenciar negativamente os pais de Lily àquela altura, tampouco Samuel, que já estava habituado e gostava das visitas regulares do amigo de sua mãe.

E, aliás, como não gostar? Clayton Brauer era respeitoso, inspirava confiança e tinha uma carreira de destaque, elementos-chave para um bom pretendente. E o mais importante, não demonstrava nenhuma relutância em cortejar uma mãe solteira.

Entretanto, a primavera chegou antes que Lily se visse forçada a confrontar a situação de seu relacionamento.

Ela tinha acabado de acompanhar Clayton até o carro, estacionado na rua escura em frente à delicatéssen. Mesmo sabendo que não deveria se importar, vasculhou a rua para ver se localizava algum fofoqueiro curioso e encontrou alívio na quietude da noite. Agradeceu a Clayton profusamente, como sempre fazia antes de ele retornar para a Filadélfia. Ele a fitou intensamente, e ela previu sua intenção antes de ele inclinar a cabeça. Em vista da convivência cada vez mais frequente entre ambos, essa iniciativa já era esperada. Porém, quando os lábios de Clayton pressionaram os seus, ela recuou instintivamente, o que no mesmo instante a deixou com um sentimento de culpa.

– Clayton, me perdoe... Eu sei que você tem sido paciente...

Um canto dos lábios dele se ergueu, e ele passou o polegar gentilmente pelo queixo de Lily.

– Está tudo bem. Não tenho pressa.

Especialista em seu ofício, ele mais uma vez abordava as apreensões dela com poucas palavras: que ela poderia demorar o tempo que fosse necessário, e que ele era um homem com quem ela podia contar.

Em seguida entrou no carro, mas parou antes de fechar a porta.

– Um amigo de infância de Chicago, que trabalha no *Sun*, vai se casar no próximo fim de semana no Waldorf, em Manhattan. Se quiser ir comigo, eu adoraria.

No silêncio que se seguiu, Lily percebeu que não havia respondido ao convite. Meneou a cabeça e riu.

– Ah, claro! Eu adoraria ir.

Clayton lhe endereçou outro sorriso antes de ligar o motor e partir. Somente então ela se deu conta de que o casamento interromperia sua rotina de fim de semana. Considerou voltar atrás e dizer a Clayton que não poderia, apesar de que, do modo como as coisas estavam se encaminhando entre eles e diante de toda a disposição e generosidade dele, seria até indelicado recusar.

Ponderando sobre isso, Lily subiu a escada atrás do balcão da delicatéssen. Na sala de estar lá em cima, sua mãe estava tricotando na cadeira de balanço, à luz de um abajur. A cortina florida na janela estava completamente aberta, mas Lily nem queria pensar na possibilidade de sua mãe ter testemunhado a despedida minutos antes.

– Boa noite – apressou-se a dizer e virou-se para a escada que levava ao andar superior, ansiosa para chegar ao quarto que dividia com Samuel.

– Querida, espere.

Com relutância, Lily virou-se. A mãe descansou as agulhas de tricô no colo com um suspiro claramente de advertência.

– Lily, pense bem. Um homem como Clayton não aparece todos os dias.

Pronto, lá vinha, o inevitável discurso sobre os horrores da solteirice permanente. Lily reprimiu um gemido, e a mãe acrescentou:

– Você precisa pensar em Samuel.

Lily olhou para a mãe em silêncio. Quantas vezes lhe haviam dito que ela se preocupava demais com o filho? É verdade que no início ela temera que ele sofresse com o vazio de um pai ausente. Mas agora, não mais. Samuel tinha uma família que o amava. Não havia como negar que a vida de Samuel, embora não convencional, era mais abençoada que a de muitas crianças.

Antes, porém, que esses pensamentos pudessem ser verbalizados, a mãe de Lily ergueu a mão, sinalizando que ela a deixasse terminar de falar.

– Mas também precisa pensar em *você*. Seu pai e eu não vamos viver para sempre, e não suportamos a ideia de você ficar sozinha. – O peso e o cuidado em sua voz se refletiram nos olhos voltados para baixo.

A proteção de um pai e de uma mãe, parecia, era um fardo amado, porém eterno.

Baixando as defesas, Lily tentou confortá-la.

– Obrigada pela preocupação, mamãe, mas eu não sou sozinha. Tenho a nossa família, tenho Samuel.

– E depois que ele crescer? E aí?

Ele era tão pequeno e ainda tão dependente... Lily não conseguia imaginá-lo crescido, vivendo suas aventuras, talvez morando longe dela.

– Mãe, eu ficarei bem, de verdade.

– Sim, sim. Você ficará bem – disse ela. – Mas ficará feliz?

* * *

A pergunta perseguia Lily desde então. Mesmo agora, parecia assomar em cada centímetro dentro do quarto, do baú de brinquedos no canto e sobre as duas camas estreitas onde ela e Samuel dormiam. Uma das quais um dia ficaria vazia.

Afastando o pensamento, ela terminou de prender o coque e passou batom, preparando-se para pegar o trem para a Grand Central, onde Clayton estaria esperando. A fim de não comprometer as economias de Lily, ele tinha comprado a passagem e reservado pernoite em um lugar apropriado para uma mulher que viajava sozinha. Quando Clayton fazia planos, não deixava nada ao acaso.

No closet, Lily calçou o sapato boneca de saltinho e fechou os botões dourados do vestido de seda. Em tom verde-jade e com decote em formato de coração, era a única roupa adequada que ela tinha para um evento importante. Vestiu o casaco de tweed e prendeu o chapéu verde, refletindo que cada peça que acrescentava a deixava mais próxima da hora da partida. Na porta da delicatéssen, guardou as luvas cor de marfim na bolsa de viagem e se abaixou na frente de Samuel, apenas com uma vaga consciência da presença de um grupo de clientes no fundo. Forçou um sorriso enquanto endireitava a gola da camisa do filho, os botões desencontrados com as casas, mostrando que ele mesmo os havia fechado.

– Promete que vai se comportar enquanto eu estiver fora?

Ele assentiu com segurança, cada vez mais acostumado com a ausência da mãe. Lily sentiu um aperto no peito. Mas então Samuel a abraçou e disse:

– Eu amo a senhora, mamãe.

– Ah, Samuel! Eu te amo mais!

Ela saboreou a sensação do cabelinho macio dele em sua pele, o perfume de sabonete de lavanda, o hálito de banana com aveia. Com os olhos marejados, lembrou a si mesma que ficaria fora somente por uma noite. No dia seguinte, o primeiro trem a levaria de volta para Maryville, onde passaria a tarde com o filho antes de pegar o ônibus para a Filadélfia. Sua mãe achava bobagem não aproveitar a carona de Clayton e voltar direto, mas Lily discordava.

– Muito bem, então... está na hora de eu ir.

Ela deu um beijo no rosto de Samuel e se levantou, antes que cedesse ao impulso de desfazer seus planos.

Nesse instante, o pai de Lily falou de trás do balcão:

– Ei, Sammy! Que tal um biscoito de gengibre?

Samuel apressou-se para pegar o biscoito, a distração perfeita para aquele momento.

– Até mais, formiguinha – Lily sussurrou.

Segurando a bolsa de viagem, sorriu para o pai com gratidão e saiu.

Formiguinha. A origem do apelido voltou à lembrança de Lily enquanto ela ia de ônibus para a estação de trem. Anos antes, nas intermináveis noites de choro por causa de cólicas, uma pitada de açúcar na língua de Samuel trazia momentos de alívio, até que ele acabava adormecendo de exaustão, junto com Lily. E agora parte dela chegava a sentir saudade daqueles dias agridoces. Ele ia fazer cinco anos em junho. O tempo estava passando rápido demais!

Você precisa pensar em Samuel, sua mãe havia dito. Depois de se acomodar no assento do trem, Lily reavaliou as palavras. A experiência a havia ensinado a ser cautelosa com os homens, incluindo seu próprio julgamento com relação a eles. E agora, com Samuel, seu nível de exigência era ainda mais alto.

Quanto mais ela pensava, ponderando sobre um futuro com Clayton, mais claro ficava o caminho à sua frente. Passou os dedos no medalhão em seu pescoço, que continha o retratinho de seu filho dentro. Quando o trem passou por Trenton, sua decisão estava tomada.

De qualquer modo, para evitar uma eventual hesitação, ela se concentrou no livro que havia levado. *Dez dias em um hospício.* Era o relato em primeira mão de Nellie Bly dos dias que passara infiltrada em um hospital psiquiátrico para expor os acontecimentos chocantes que ocorriam lá dentro. Lily havia lido o relato tantas vezes que alguém poderia até questionar sua própria sanidade. Uma justificativa, talvez, para o que estava prestes a fazer.

Depois da recepção, Clayton a acompanharia até o hotel e, antes de se despedirem, ela colocaria um ponto final no que nunca deveria ter começado.

* * *

A cerimônia, à parte dos suntuosos vitrais, colunas de mármore e abóbadas da Catedral de St. Patrick, não foi muito diferente do padrão de uma missa de bodas. Foi na recepção que toda a extravagância da alta sociedade nova-iorquina foi ostentada. No Waldorf Astoria, o grande salão de baile fervilhava com um mar de smokings e vestidos de gala, de colônias e perfumes e uma névoa de tabaco da mais alta qualidade. Conversas e risos competiam com os sons das cordas de um quarteto invisível.

Não havia como negar que era um evento impressionante. Candelabros de seis braços tremeluziam no centro de cada mesa redonda. Meticulosamente dispostos sobre toalhas de linho engomadas estavam baixelas e talheres dourados, pétalas de rosas vermelhas e guardanapos impecavelmente dobrados. Garçons com luvas serviam taças de champanhe; a presença de dois membros do Congresso, como Clayton observou, aparentemente garantia que nenhum impedimento legal ocorresse.

Clayton puxou uma cadeira e gesticulou para Lily se sentar. À luz das velas, de paletó branco e gravata-borboleta preta, o cabelo penteado com brilhantina, ele estava inegavelmente atraente.

Lily sorriu e sentou-se à mesa ao redor da qual já estavam reunidos alguns jornalistas amigos dele e suas esposas. Com Clayton sentado a seu lado, ela sentiu que pareciam um casal, o que a fez se sentir pouco à vontade.

O brinde formal do pai da noiva propiciou um momento de alívio, com palavras espirituosas, próprias de um magnata do petróleo. Ele fez uma brincadeira com o fato de o genro estar se casando, o que arrancou risos dos convidados, e depois do discurso bem-humorado os ocupantes da mesa de Lily começaram a conversar no jargão jornalístico. Entre tragadas de cigarro, narraram histórias de editores irados, comentaram sobre políticas de redação e contaram escândalos confidenciais; descreveram desentendimentos com o infame William Hearst e provocaram-se entre si sobre qual dos jornais merecia o primeiro lugar. As esposas também conversaram sobre casos conhecidos e algumas fofocas. Quando finalmente surgiu o assunto de filhos, Lily se animou com a oportunidade de participar, mas logo em seguida lembrou-se de que qualquer menção a Samuel exigiria uma explicação embaraçosa. Assim, continuou a mordiscar sua codorna e bebericar o champanhe, simulando interesse nas conversas ao redor.

Foi apenas mais tarde, quando se levantou e pediu licença para ir ao toalete, que ela sentiu os efeitos da bebida, potencializados pelo calor abafado do salão. Resistente em entregar os pontos, respirou fundo e se demorou um pouco mais no toalete, para coordenar os pensamentos e manter o foco em sua missão final daquela noite.

Várias moças e senhoras passaram atrás de Lily enquanto ela permanecia diante do espelho oval ornamentado. Depois de arrastados minutos e várias respirações profundas, ela voltou para o salão. Logo na entrada encontrou Clayton à sua espera, segurando os sobretudos de ambos no braço.

– Ah, aí está você! – O tom de voz dele continha mais ansiedade do que alívio.

Lily deu-se conta de que talvez tivesse demorado tempo demais no toalete.

– Já vamos embora?

– Houve um assalto em uma joalheria nas imediações da Times Square. Com tiroteio, talvez fatal. É possível que se trate de Willie Sutton, que fugiu da cadeia. Pelo menos é o que estão dizendo. – Clayton gesticulou na direção dos outros jornalistas, que recolhiam seus pertences na chapelaria. Quando Lily demorou para responder, ele acrescentou: – Mas claro que... se você preferir, podemos ficar.

O brilho nos olhos de Clayton indicava que ele já estava no local do incidente, visualizando a cena, formulando uma matéria para publicar. Mesmo sabendo que era o trabalho dele, a ansiedade em correr na direção de um cadáver, como se não fosse uma pessoa que seria pranteada pela família, fez Lily se encolher por dentro.

– Não, não, vamos, claro – apressou-se a dizer. – Tenho de pegar o trem amanhã cedo. Já está tarde mesmo.

– Ah, ótimo. Vou levar você até o hotel antes.

O hotel... o local ideal para uma conversa que obviamente teria de esperar.

Clayton segurou o casaco para ela. Ao vestir as mangas, ela se deu conta de que estava sem a bolsa. Teria deixado no toalete?...

– Lily? – Clayton já estava se encaminhando para a saída quando percebeu que ela não tinha ido junto. Voltou com a impaciência de um atleta chamado de volta após uma largada inválida.

– Eu preciso pegar minha bolsa – disse ela, hesitante.

Agora ele parecia um atleta cuja corrida havia sido cancelada.

– Pode ir. Não quero que se atrase, eu posso voltar sozinha.

Clayton estudou o rosto dela.

– Tem certeza? Porque eu posso esperar.

Lily reconheceu a boa vontade na voz dele, embora seu corpo parecesse inclinar-se na direção da saída.

– E perder o furo de reportagem? O chefe teria uma síncope. Não, é sério, pode ir. O hotel fica a dois quarteirões daqui.

Ele assentiu com expressão de alívio e sorriu.

– Está bem. Tome cuidado, e boa viagem amanhã.

Ele beijou-a no rosto antes de se apressar na direção dos amigos que já iam saindo.

De repente Lily se lembrou: tinha deixado a bolsa embaixo da cadeira. Não perdeu um segundo para atravessar o salão até a mesa agora desocupada.

Ali estava sua bolsa, como suspeitara. Naquele exato instante, alguém bateu dois copos repetidamente em um pedido de silêncio, e o quarteto parou de tocar após o fim de um compasso.

Para não chamar a atenção, saindo quando todos estavam quietos, Lily se sentou para esperar o brinde. Na parte da frente do salão, o noivo fez uma declaração para a noiva, que ficou delicadamente parada ao lado dele. Seu rosto ficou ruborizado, contrastando com o vestido branco que ultrapassava em muito a elegância de um típico traje de noiva.

Lily não entendeu metade das palavras. Estava cativada com o encantamento na voz do rapaz, com a evidente emoção que o dominava enquanto declarava seu amor e entregava seu coração. E a noiva não ficava atrás, com base na conexão dos olhares entre ambos, tão íntimos que Lily chegou a se sentir uma intrusa por ficar olhando.

Então o casal se beijou, de maneira discreta, porém com imensa ternura, despertando em Lily uma sensação inesperada. Um anseio romântico que ela quase se esquecera que existia, como se uma força magnética antiga envolvesse seu coração.

Os convidados aplaudiram, os músicos recomeçaram a tocar, e o champanhe continuou a ser servido.

Lily abriu a bolsa. Tirou de dentro as luvas e viu o envelope que continha uma carta para Ellis Reed, sobre as crianças do primeiro artigo dele. Endereço do destinatário: *New York Herald Tribune*. Ela tinha pensado em passar no correio na estação Grand Central antes de embarcar no trem. Seria mais rápido, pensou, postar a carta em Nova York.

Mas agora precisava pensar. Será que havia alguma outra razão para ela ter levado a carta? Lembrou-se da última discussão que havia tido com Ellis, no escritório do *Examiner*, a verdade não dita, os rostos próximos, a centímetros de distância. Mais uma vez ela pensou nas palavras que nunca haviam falado. O mal-entendido, a despedida fria. Talvez a viagem até ali tivesse sido parte de um propósito maior, que ela inconscientemente evitara admitir...

Entregar a carta pessoalmente.

13

– Siga-me por gentileza, senhor Reed.

Apesar do sotaque característico do Bronx, o visual da loira platinada era puramente hollywoodiano. Ela sorriu com timidez antes de girar em seu vestido de tecido vermelho brilhante, confeccionado com o propósito de acentuar suas curvas. O mesmo se aplicava aos uniformes ousados das moças que circulavam pelo recinto com bandejas de maços de cigarros. Seguindo a anfitriã pelo piso de ladrilhos quadriculados, Ellis manteve o olhar em um nível discreto. Estava plenamente consciente do casal que vinha atrás. Felizmente, olhando por sobre o ombro, viu sua mãe olhando para cima, extasiada. Segurando o braço do marido, ela contemplava boquiaberta o enorme lustre de cristal que lançava reflexos cintilantes sobre o salão.

O Royal era um verdadeiro oásis escondido atrás da entrada insignificante em uma viela. Tinha atingido o pico de popularidade no início da década de 1920, mas ainda atraía uma numerosa clientela da classe alta. Ellis entendia por quê. Era um lugar sofisticado, com cloches de prata sobre as travessas e garçons de fraque. No palco, uma orquestra de músicos usando smoking branco tocava acordes alegres em um piano, um baixo e instrumentos de sopro polidos. Como em todas as noites de sábado, o lugar estava repleto de clientes com trajes elegantes, vestidos chiques e ternos Brooks Brothers, não muito diferentes do que Ellis estava usando, um terno azul-marinho com colete e gravata de seda. Ele comprara a roupa especialmente para aquela noite, com o intuito de estar com a melhor aparência possível.

– Este está do seu agrado, senhor?

A moça loira indicou um nicho em formato de meia-lua, conforme Ellis havia solicitado. A maior parte das mesas e cadeiras estava disposta em U, deixando um espaço livre no centro onde alguns casais dançavam o Lindy Hop[6]. A mesa no nicho, graças em parte às longas cortinas brancas divisórias, propiciava mais privacidade e, Ellis esperava, um ambiente especial para a ocasião.

– Está ótimo – ele sorriu e colocou na mão da moça uma gorjeta de um dólar antes de gesticular para que os pais se sentassem.

– Aproveitem a noite – a anfitriã disse e se afastou.

Depois de sentar-se, Ellis tirou o chapéu de feltro creme com faixa de seda e colocou-o a seu lado sobre o banco. O pai fez o mesmo com seu velho chapéu de aba.

– Como eu estava dizendo... – Ellis olhou para os pais – ...só ouvi elogios sobre este lugar. O pessoal do jornal diz que aqui se come a melhor costela da cidade.

Sendo costela o prato predileto de seu pai, a informação fora um elemento-chave na escolha de Ellis para fazer a reserva.

– E então, o que achou, papai?

O som da música misturou-se com a resposta murmurada do pai, abafando a voz dele.

– Foi uma feliz escolha, querido! – a mãe de Ellis interveio com um sorriso radiante.

---

[6] Dança de salão surgida no final da década de 1920, no Harlem, Nova York. Trata-se de um estilo de *swing dance*, nascida da mistura de *breakaway*, charleston e sapateado. (N.T.)

Depois de semanas de persuasão por parte dela, o casal finalmente fizera a viagem para Nova York, uma cidade que Ellis já considerava seu lar.

E pensar que, apenas quatro meses antes, com o humor azedo no Hal's Hideaway por causa da advertência do editor, ele estava convencido de que seria demitido. Mas, com a ajuda de bastante uísque, conseguira fazer um acordo com membros da máfia irlandesa. Do lado legítimo, o chefão possuía uma loja de peles em Midtown. Ellis sugeriu que ele lançasse uma promoção beneficente: doar a renda das vendas de um fim de semana para a Children's Aid Society, uma associação de proteção às crianças. O que, por outro lado, seria uma matéria importante para Ellis publicar.

E assim, um lote de peles caiu de um caminhão e flutuou rio abaixo, pelo menos conforme o formulário do seguro, e *boom*! Foi arrecadado dinheiro para as crianças. Em retribuição, Ellis recebeu uma boa dica sobre um membro do Congresso que teve a audácia de roubar os benefícios dos veteranos. Cautelosamente separadas pelo período de uma semana, as duas histórias tiveram seu destaque no *Tribune*.

E então veio um bônus.

Elogiado por seu contato irlandês, Ellis recebeu uma lista de nomes de vários outros políticos corruptos, com pistas suficientes para seus atos obscuros. Incrivelmente, este não exigiu nenhum favor em troca. Como os personagens delatados eram ligados aos mafiosos russos, judeus e italianos, ou seja, não aos irlandeses, a exposição de seus atos sórdidos era pagamento suficiente. Ellis nunca associou diretamente os legisladores ao submundo, já que não tinha vontade de afundar no rio Hudson ainda, mas, inadvertidamente, era uma situação de ganha-ganha.

Jack Dempsey teria ficado orgulhoso.

Sem abusar da sorte, Ellis expandira sua rede de informantes para pessoas mais inofensivas. Por um dinheirinho extra aqui e ali, telefonistas e mensageiros de hotéis compartilhavam informações mais interessantes do que as fontes tradicionais. Sem falar nos bombeiros locais; observadores atentos dos territórios onde atuavam, e com tempo de inatividade de sobra nos quartéis, estavam sempre prontos a oferecer dicas úteis, e de graça.

Não demorou muito para que o maior desafio de Ellis passasse a ser escrever artigos o mais rápido possível. Ele escrevia sobre tudo, desde corrupção na prefeitura até extorsões no setor imobiliário e senadores que mantinham três amantes ao mesmo tempo.

Aliás, um feito impressionante, este último.

Na verdade, os artigos mais recentes de Ellis eram mais chamativos do que propriamente substanciais, mas havia ocasiões em que era preciso preencher lacunas até o próximo grande furo de reportagem. Na semana anterior mesmo, por exemplo, uma viúva estava esperando identificar o assassino do marido, um notório contrabandista de bebidas alcoólicas do Queens, e Ellis havia feito a cobertura da sessão espírita. Nem sempre ele conseguia o crédito na matéria, embora, inacreditavelmente, já tivesse conseguido duas vezes. Nenhuma das matérias merecera destaque de primeira página no jornal, onde até então seus artigos apareciam sem autoria, mas rendiam dinheiro no banco, graças a um bom uísque envelhecido.

Ele havia presenteado o dono do *Tribune* com uma garrafa, o que representava um risco para suas economias, ousando pedir um aumento. Almejava oitenta dólares por semana, esperando conseguir setenta. Mas, depois de vários drinques ao longo do dia, acabaram chegando a oitenta e cinco.

A melhor parte? Ellis finalmente se sentia um jornalista oficial de Park Row, e naquela noite seus pais teriam a mesma opinião. Pelo menos esse era o plano.

– Têm certeza de que não querem algo mais... festivo? – perguntou, indicando os copos de água sobre a mesa. – Talvez um pouco de xerez para acompanhar o jantar, mamãe.

O garçom esperava como uma sentinela em posição de sentido ao lado da mesa. Qualquer pedido seria bem-vindo depois que ele recebera de Ellis uma gorjeta generosa, a qual ele aceitara imediatamente e guardara no bolso.

– A noite é por minha conta – Ellis lembrou à mãe.

Parecendo tentada, ela olhou para o que sobrava do drinque de Ellis, servido em uma xícara de chá, como eram todas as bebidas, para o caso de uma eventual vistoria. Mas, antes que ela se decidisse, o marido respondeu por ambos.

– Vamos ficar com a água.

Os olhos dele, sem óculos naquela noite, tinham uma expressão inabalável. Sua disposição para um trago ocasional em casa aparentemente não se estendia para ambientes públicos.

A mãe de Ellis sorriu e acenou com a cabeça para o garçom.

– Muito bem, senhores. – O rapaz virou-se para Ellis: – E para o senhor? Gostaria de mais uma dose enquanto olha o cardápio?

Sem dúvida ele havia detectado a necessidade de reduzir a tensão que havia se intensificado desde que apresentara os cardápios com capa de couro. E especificamente depois que o pai de Ellis observara que os preços estavam listados em dólares.

– Sim, seria ótimo, obrigado.

O garçom se afastou. Uma parte de Ellis queria ir atrás dele. Precisava lembrar a si mesmo que o pai estava completamente fora de sua zona de conforto, o que ficava evidente pelo modo como puxava continuamente o colarinho e mexia na gravata como se fosse uma corda de forca.

Se algum dia você me vir vestido assim, é porque houve um funeral, ele respondera certa vez quando Ellis, ainda menino, lhe perguntara por que ele nunca usava terno como os outros homens que passavam na rua. *Ou estarei prestando condolências ou estarei dentro do caixão.*

O fato de estar agora usando o único terno que possuía, preto, simples, e unicamente por causa de Ellis, era algo significativo.

– Preciso dizer que vocês dois estão com ótima aparência nesta noite – ele gesticulou com a xícara na direção dos pais. – Esse broche ficou lindo na senhora, mamãe.

Orgulhosa, ela tocou a rosa de prata em seu vestido.

– Obrigada, Ellis.

Em seu novo apartamento no Bronx, antes de saírem a pé para o restaurante, ele prendera o presente no cardigã roxo que a mãe usava sobre o vestido combinando. O tempo todo seu pai andava pelo apartamento. Não era nenhuma mansão, mas finalmente era um lugar que Ellis não tinha vergonha de mostrar. Ele correra para mobiliar tudo poucos dias antes da visita dos pais, embora já previsse que eles não iriam querer pernoitar lá.

Seu pai estava agora observando o salão com o mesmo olhar indecifrável.

– Você sempre sai para comer em lugares assim?

O primeiro impulso de Ellis foi responder que não, para não contrariar o pai, que era um homem de hábitos simples. Mas em seguida refletiu: por que mentir? Ganhara seu dinheiro como fruto de trabalho e se orgulhava disso.

– Uma vez por semana, mais ou menos.

– Então já guardou dinheiro para comprar um motor novo, não?

Para que usar sutileza quando se podia ser direto e objetivo?

– Na verdade – disse Ellis –, eu ia mesmo lhe contar. Eu mudei de ideia sobre isso.

A expressão do pai era de confusão enquanto ele esperava por uma explicação.

– Achei que estava na hora de parar de gastar dinheiro com um automóvel velho e comprar um novo. Pensei em um carro esporte conversível.

Isso significaria não precisar mais da ajuda do pai com consertos de mecânica, o que certamente era um alívio para ambos.

– Um conversível – disse a mãe, apreensiva. – Esse tipo de carro é bem veloz, não é?

– Não precisa se preocupar, mamãe. Não vou fazer nenhuma loucura.

O pai de Ellis bufou, baixinho, porém com propósito. Em seguida começou a analisar o cardápio, estudando os preços, julgando.

E naquele momento ficou dolorosamente claro que, desde o início, ele não havia feito outra coisa.

Um sentimento de frustração tomou conta de Ellis, mas ele tentou controlar para que não crescesse. A noite ainda poderia terminar bem, particularmente com mais uma ou duas doses de gim.

Ele engoliu o restante do drinque, pronto para o próximo.

– Então – disse, pegando o cardápio –, vamos ver o que temos aqui.

Em sua visão periférica, ele distinguiu uma vendedora de cigarros parada ali perto, olhando em volta à espera de que algum cliente a chamasse.

Embora seus pais não fossem fumantes, Ellis sabia que o pai gostava de desfrutar vez ou outra de um charuto com os colegas da fábrica. Talvez algumas tragadas melhorassem seu humor. Certamente, mal não faria.

– Senhorita! – Ele ergueu a mão, com a voz abafada pelo murmúrio de conversas e pelo som do saxofone.

Já ia chamar novamente quando o pai murmurou algo ininteligível, mas em evidente tom de escárnio.

Ellis virou-se para ele, e a mãe interveio em voz baixa, porém firme:

– Jim... por favor. Não aqui, não agora.

O pai de Ellis desviou o olhar, mas resmungou alguma coisa. Em seguida voltou a atenção para o cardápio, com o maxilar contraído.

– Ia dizer alguma coisa, papai?

O pai ergueu o rosto e estreitou os olhos, obviamente tendo captado o desafio na pergunta de Ellis.

– Vamos escolher nossos pratos? – sugeriu a mãe, delicadamente.

Ellis não desviou o olhar do rosto endurecido do pai. Por que faria isso? Estava cansado de calar-se, de recuar. Pela primeira vez na vida se destacava em alguma coisa, e ainda assim o pai continuava a criticá-lo.

– Pode falar. Sou um homem adulto agora, posso aguentar.

O pai meneou a cabeça e deu uma risada sem humor.

– É isso que você pensa que é? Um homem? Só porque descobriu como torrar seu dinheiro?

A mãe de Ellis tocou o braço do marido, mas ele se desvencilhou e lançou um olhar fulminante para Ellis.

– Olhe só para você, desfilando por aí com seus ternos e chapéus extravagantes... Distribuindo gorjetas gordas como se fossem centavos, querendo parecer um figurão.

Ellis sentiu o sangue ferver. Não merecia ouvir aquelas palavras, especialmente de alguém que mal o conhecia, que nunca se importara. Quando ainda estava na Filadélfia, ele se preocupara que seu sucesso inicial com a fotografia dos Dillards tivesse provocado contrariedade no pai. Agora isso se confirmava.

Com as mãos apoiadas nos joelhos, Ellis inclinou-se para a frente.

– Quer saber? Eu quis proporcionar uma noite agradável para o senhor e a mamãe. Se tudo isso está lhe causando inveja, a culpa não é minha.

Ele ouviu a mãe abafar uma exclamação assustada.

O pai o fitou com dureza.

– O que você disse?

– Isso mesmo que o senhor ouviu. Eu finalmente estou vencendo na vida.

Assim que as palavras saíram de sua boca, não havia mais como trazê-las de volta. Implicavam uma comparação que ficou pairando no ar enquanto o pai se reclinava no assento. A mãe assistia à cena tapando a boca com a mão.

Depois de um longo momento, o pai acenou com a cabeça, assentindo. Esse simples gesto deixou Ellis envergonhado; e, no entanto, o sentimento foi amenizado por uma estranha onda de alívio, uma esperança de finalmente ter obtido alguma espécie de compreensão.

– Talvez você tenha razão – disse o pai. E acrescentou em tom de voz frio: – Porque obviamente eu falhei na criação do meu único filho, tendo em vista o que ele se tornou.

As palavras tiveram o efeito de uma punhalada no peito de Ellis. Tendo baixado a guarda, ele sentiu a acidez de cada sílaba, mas não só por si mesmo; também por um irmão que havia muito tempo parecia ter sido descartado, como se nunca tivesse existido.

– O senhor quer dizer, o único filho vivo.

– *Chega* – a mãe interrompeu.

Nesse instante, o mundo deixou de existir além do nicho onde se encontravam. Haviam se tornado um trio de estátuas, imóveis, mal respirando.

Tudo que Ellis conseguia ouvir era seu coração martelando no peito e ecoando na garganta.

Lentamente, como que voltando a si, o pai pegou o chapéu. Depois levantou-se, com o olhar distante, quase enevoado. Com o semblante parecendo esculpido em pedra, afastou-se na direção da saída.

A mãe se levantou, preparando-se para segui-lo.

– Mãe... – Ellis não sabia o que dizer. Independentemente de quem estava certo ou errado, ele abominava a ideia de magoar a mãe. – Desculpe-me.

Ela se virou para ele, muito séria, e lhe afagou o ombro.

– Tudo bem, meu amor. – Então inclinou-se e beijou-o no rosto.

Enquanto Ellis a observava ir atrás de seu pai, o garçom se aproximou com uma xícara de chá cheia. Um pouco tarde demais.

Ou talvez na hora certa.

– A mesa é só para um, senhor? – O olhar do rapaz indicava que ele havia testemunhado a partida abrupta do casal.

– Acho que sim... – Ellis ainda tentava assimilar o que havia acontecido.

– Gostaria de pedir uma entrada? Ou, se quiser mais algum tempo para decidir...

Quando Ellis não respondeu, o garçom interpretou o silêncio como uma resposta. Já ia se afastar quando parou e voltou-se para Ellis.

– Senhor, se estiver disposto a uma mudança de planos, posso lhe dar uma sugestão que talvez lhe agrade. Algo para encerrar a noite em um... de um modo mais interessante.

Ellis não podia imaginar nada capaz de melhorar aquela noite desastrosa. Em contrapartida, não tinha pressa de voltar para casa, onde o silêncio inevitavelmente o levaria a pensar em sua família e na horrível troca de farpas com o pai.

– O que seria?

Em vez de responder, o garçom sinalizou para a anfitriã loira, que sorriu de modo eloquente enquanto vinha em direção à mesa.

14

Normalmente Lily ficaria constrangida de entrar sozinha em um lugar como aquele, ainda mais àquela hora da noite e em uma cidade estranha. Mas era algo vital para sua busca, pois o Jack Bleeck's era o local preferido do *Herald Tribune*; pelo menos segundo um mensageiro do Waldorf Astoria, um senhor com jeito de avô que se orgulhava de seu vasto conhecimento da cidade.

Felizmente, o *barman* do Bleeck's confirmou.

– Sim, claro, eu conheço Ellis. Ele vem sempre aqui.

A resposta, acima do burburinho dos clientes, alimentou a esperança de Lily, até que ele acrescentou:

– Mas acho que não veio hoje; pelo menos eu não o vi.

Mas então ele disse a Lily que esperasse, porque havia um grupo de repórteres do *Tribune* na habitual mesa de canto e que eles poderiam saber sobre o paradeiro de Ellis.

O *barman* estava certo. Na redação do jornal, um dos repórteres tinha ouvido Ellis comentar sobre o plano de levar os pais para jantar em um lugar chamado Royal. Não sabia de mais detalhes, mas a informação já era suficiente.

Lily agradeceu e, sem pensar muito, apressou-se a chamar um táxi. Era impulsionada pela sensação de estar seguindo uma pista, ou, para ser sincera, pela perspectiva de ver Ellis.

Nas semanas que se seguiram à abrupta mudança dele para Nova York, várias vezes ela se perdia em devaneios enquanto trabalhava sentada à sua mesa. Imaginava-se em algum canto da Filadélfia, ou almoçando em Franklin Square, onde seus caminhos se cruzariam, ou em um encontro rápido na redação, interrompido pela voz irritada do chefe a chamando. Algumas vezes até chegou a quase telefonar para o *Tribune* para avisar Ellis que havia chegado uma carta sobre um de seus artigos. Mas teria sido um pretexto transparente demais, refletiu, que levaria a conversa a um desfecho constrangedor. Além disso, à medida que os meses se passavam, também havia Clayton para considerar.

E, no entanto, ali estava ela agora, o impulso sobrepujando a lógica. Era uma tendência de Lily que ela já sabia que em geral não acabava bem. Mesmo assim conseguiu bloquear o pensamento até o porteiro do Royal, no alto dos degraus do beco, permitir sua entrada e fechar a porta. Foi então que ela avistou os clientes no fim do hall iluminado por arandelas e na chapelaria, chegando e saindo. A maioria eram casais.

Então uma possibilidade lhe ocorreu: e se Ellis estivesse acompanhado? Que situação embaraçosa!

Lily apertou a bolsa com os dedos, considerando dar meia-volta e ir embora. Mas então lembrou-se da carta. Já tinha chegado até ali. Não morreria se o visse com uma mulher.

Segurando o casaco, foi até a entrada do salão, ornamentada por cortinas drapeadas de veludo cor de vinho. O salão principal era suntuoso, com clientes elegantemente vestidos, garçons requintados e luz de velas; lembrava a festa de casamento, só que com menos pessoas e música mais animada.

– Boa noite, senhorita – uma moça loira com corpo curvilíneo saiu de trás de um balcão preto alto e estreito. – Vai encontrar alguém?

– Sim. Bem, na verdade não sei... talvez. Estou procurando um amigo. Soube que ele estava aqui. Ou melhor, que talvez esteja.

Lily percebeu que a moça ficou em dúvida. Em um lugar como aquele, devia ser comum pessoas famosas atraírem fãs abelhudas.

– Preciso checar com o cliente primeiro. Só para confirmar, entende?

– Claro – Lily deveria ter sido mais específica. – Normalmente eu não faria isso, vir sem avisar, mas estou aqui na cidade só por esta noite, e realmente esperava ao menos...

– Qual é o nome da pessoa? – a anfitriã já verificava a lista de reservas.

– Ellis Reed.

– Ah, certo – a moça ergueu o rosto e olhou para um canto do salão, esperançosa, mas em seguida balançou a cabeça. – Infelizmente os convidados do senhor Reed foram embora mais cedo e... ele tinha outro compromisso.

Ele tinha ido embora. Lily demorou um momento para assimilar isso, para aceitar a finitude de seu esforço.

Olhou para o salão exuberante. Se ao menos tivesse chegado mais cedo, ou se soubesse para onde ele tinha ido... então virou-se para a anfitriã.

– Por acaso o senhor Reed disse para onde... – Ó céus, estava ficando irracional! – Não, nada... me desculpe. Muito obrigada, de qualquer forma.

Ela conseguiu esboçar um sorriso antes de se dirigir para a entrada ladeada de cortinas drapeadas. Tinha de pensar que aquele desfecho podia ser uma bênção. De manhã estaria no trem, com o juízo restaurado. Qualquer lembrança de possíveis anseios românticos logo se dissolveria em meio à praticidade de sua vida rotineira.

– Aguarde só um segundo, por favor.

Lily diminuiu o passo. Virou-se para ver a anfitriã com expressão pensativa.

– Promete que não está perseguindo o moço e querendo espionar?

Lily ficou confusa a princípio, depois meneou a cabeça enfaticamente.

– Claro, garanto que não! Somos amigos.

Os lábios vermelhos e brilhantes da moça se curvaram em um sorriso amável, e ela inclinou a cabeça.

– Venha comigo.

* * *

No instante seguinte, Lily se viu em um labirinto. Foi andando atrás da anfitriã, passando pela cozinha, onde vários cozinheiros mexiam, fritavam e arrumavam travessas para garçons apressados. Uma mistura de aromas de carnes, legumes e especiarias permeava o ar.

– Por aqui – disse a moça quando Lily parou, indecisa, questionando-se em silêncio que caminho incomum era aquele. – É um atalho.

Atalho para onde, Lily não fazia ideia. Mas continuou seguindo a moça para dentro de uma espécie de depósito. Atrás de vários barris empilhados havia uma escada estreita. Apreensiva, Lily desceu os degraus de madeira. Do teto pendia uma lâmpada de claridade mortiça.

Lá embaixo, ela se deparou com uma parede de metal. A moça bateu, acenou para um pequeno orifício, e a barreira deslizou como que por mágica. Um homem italiano robusto sinalizou para que elas passassem. Assim que Lily passou por ele, o som de vozes chegou aos seus ouvidos.

A anfitriã abriu uma cortina preta, para um lado e para outro.

– Bem-vinda a Oz.

Lily ingressou em um cenário surpreendente. Homens de terno e mulheres sofisticadas rodeavam mesas de carteados, dados e roleta. Nas mãos seguravam copos de coquetel e cigarros com longos filtros, alguns com cigarreira. O ambiente estava levemente enfumaçado.

Pelo jornal, Lily sabia das batidas policiais a cassinos clandestinos em porões de estabelecimentos, mas nunca imaginara entrar em um.

– Tudo bem daqui para a frente? – perguntou a anfitriã.

Lily queria agradecer, mas só conseguiu assentir com a cabeça antes de a cortina se fechar, deixando-a por sua conta e risco naquele lugar surpreendente. Precisava ter em mente o motivo pelo qual estava ali.

Conforme se aventurava pelo recinto, crupiês de gravata-borboleta e colete conduziam a jogatina. Risos e brindes fluíam em ondas, em uma atmosfera festiva. Havia telefones em uma mesa junto a uma parede com lousas onde as apostas estavam anotadas com giz. Em um canto, um *barman* preparava drinques atrás de um balcão.

Embora a moda das melindrosas tivesse praticamente desaparecido das ruas, considerada extravagante demais desde o colapso do mercado, as meias enroladas e vestidos com franjas acima dos joelhos ainda eram bastante comuns naquele reduto subterrâneo. Perto daquelas mulheres, Lily poderia ter passado por uma recatada professora de colégio de freiras, mas isso não impediu que vários homens a olhassem com lascívia.

Era difícil imaginar que Ellis se interessasse por um lugar como aquele.

Ironicamente, esse foi o último pensamento de Lily antes de se deparar com as feições familiares. Com o chapéu em um ângulo inclinado, ele estava na cabeceira de uma mesa de dados, bebendo o último gole de um drinque. Uma garçonete se aproximou para recolher seu copo enquanto os jogadores em volta da mesa faziam suas apostas.

Ellis enfiou um charuto na boca e juntou os dados. No canto da mesa, uma mulher estilosa disse algo para ele e entregou-lhe seus dados, para que ele jogasse para ela. Soprou na mão dele para dar sorte, de um jeito sedutor o suficiente para fazer Lily corar.

Por fim ele jogou.

– Um e um! – exclamou o crupiê.

Um murmúrio de frustração se elevou no ar, e o crupiê recolheu as fichas com um bastão de ponta curva.

Lily tinha feito, e ainda fazia, tanto sacrifício, tanto esforço, para economizar cada centavo que ganhava. Involuntariamente, cerrou os dentes ao ver toda aquela exibição de extravagância e desperdício.

Ellis ergueu o rosto, passou o olhar por Lily e no segundo seguinte voltou a fitá-la. Tirou o charuto da boca, como se duvidasse do que estava vendo, só Deus sabia quantos drinques ele havia consumido, depois um sorriso iluminou seu rosto, demonstrando inegável alegria. Era evidente que ela se tornara a única outra pessoa presente no recinto.

E, no entanto, aquele momento não tinha nenhuma similaridade com os encontros anteriores, nem com o que Lily havia imaginado.

Quando ela não se moveu, Ellis cruzou a pequena distância até onde ela estava.

– Lily! Como você... o que está fazendo aqui? – Os olhos azuis dele brilhavam com o calor e a espontaneidade sincera que ela conhecia tão bem.

Ela se concentrou para ordenar os pensamentos.

– Eu estava em Nova York e soube que você estava aqui. – Levou a mão à bolsa, mas parou antes de abri-la. Poderia simplesmente entregar a carta; afinal, era o principal motivo pelo qual estava ali. Mas agora... agora havia mais coisas que queria saber. – Tem um lugar mais sossegado onde possamos conversar?

O sorriso de Ellis se alargou, mostrando que ele não detectara a rispidez no tom de voz dela.

– Vou pegar meu casaco.

* * *

O edifício onde Ellis morava ficava a somente três quarteirões do Royal. Em qualquer outra ocasião, com qualquer outro homem, Lily jamais teria concordado em ir para o apartamento. Mas Ellis estava tão ansioso para mostrar a ela seu novo lar quanto ela estava para descobrir mais detalhes sobre a vida dele. Queria saber até que ponto ele estava diferente do homem que conhecia... ou achava que conhecia.

Por causa da chuva, eles percorreram rapidamente os três quarteirões até o edifício, o que não lhes propiciou muita chance de falar até chegarem.

– Ainda não arrumei direito – explicou Ellis, abrindo a porta do apartamento no terceiro andar. – Faz poucas semanas que me mudei e tenho andado muito ocupado, por isso ainda não tive tempo de fazer muita coisa.

Lily limpou as gotas de chuva do chapéu e dos ombros antes de seguir Ellis para dentro do apartamento, onde ele acendeu um abajur puxando uma correntinha. Depois de fechar a porta, ele colocou o chapéu sobre uma mesinha ao lado do telefone.

– Posso pendurar seu casaco?

– Eu vou ficar com ele. Obrigada. – Ela ainda não sabia ao certo quanto tempo iria se demorar.

Ellis tirou o próprio casaco, junto com o paletó, com certa dificuldade, o que Lily atribuiu à bebida.

– Sei que não é a melhor das vizinhanças – continuou Ellis. – Mas pelo menos tem uma cozinha de verdade e um quarto. Tem até banheiro próprio e... – ele se interrompeu. – Estou tagarelando demais – murmurou.

Enquanto Ellis pendurava as roupas em um cabide no vestíbulo, Lily entrou na sala. Sentiu um leve cheiro de tinta fresca, que devia ser das paredes bege. Um tapete oriental estava estendido diante de um sofá marrom grande, com uma mesinha de centro de madeira. Sobre um móvel quadrado em um canto estava um rádio RCA, elegante em sua estrutura ovalada de madeira polida. Embora não tivesse nenhum objeto especialmente caro, a decoração do apartamento era um pouco extravagante para o relativo tempo de profissão de Ellis e os altos preços de Nova York.

Ellis chegou mais perto. Lily notou que ele afrouxara o colarinho da camisa e sorriu.

– Você está muito bem instalado!

Ele retribuiu o sorriso, com expressão levemente indecisa. Depois de uma breve pausa, perguntou:

– Aceita algo para beber?

Lily assentiu.

– Água, por favor.

— O drinque da noite — ele murmurou.

Ela inclinou a cabeça, sem entender.

— Tudo bem, então, água — ele confirmou e foi para a cozinha.

Lily atravessou a sala e colocou a bolsa e as luvas sobre a mesinha de centro. Na parede à direita havia uma coleção de quadros de diferentes tamanhos. No topo, ela viu que estavam dois artigos assinados por Ellis. Logo abaixo, uma série de recortes não assinados, presumivelmente também de autoria dele.

Ela verificou os tópicos: casos escandalosos, o divórcio de uma celebridade, uma sessão espírita para a viúva de um mafioso. Além desses, a maioria era sobre corrupção na política. No entanto, nenhum deles lembrava as histórias profundamente humanas que um dia Ellis se orgulhara de escrever. As histórias que o tinham diferenciado dos demais.

— Mas me diga... — Ele voltou para a sala trazendo dois copos. — O que a trouxe a Nova York?

Lily virou-se, afastando-se da parede, e aceitou a água.

— Um casamento.

Ellis ficou imóvel.

— Você... se casou?

— Não — ela sorriu. — Eu não, um amigo de Clayton.

Os ombros de Ellis relaxaram, mas logo em seguida a tensão retornou. Ele encostou o copo no dela.

— Saúde — brindou, e Lily repetiu.

Enquanto ela bebia a água, Ellis tomou um gole de um líquido âmbar, cuja potência era óbvia, a julgar pelo aroma. Aparentemente ele ainda não estava satisfeito. Ao contrário dos goles de champanhe que ela tomara mais cedo, nada no comportamento dele indicava uma ocorrência rara.

Ellis gesticulou na direção do sofá.

— Não quer se sentar?

Lily aceitou o convite, mas sentou-se na ponta mais distante. Ele se sentou do lado oposto e segurou o copo apoiado no joelho. As lâmpadas da rua lançavam feixes de luz por entre as persianas parcialmente abertas da única janela da sala. Lá embaixo, o ruído do trânsito era incessante.

Lily pensou em pegar a carta, que afinal era o pretexto para ter ido procurá-lo.

– E então – perguntou Ellis –, onde *está* seu namorado?

O primeiro impulso de Lily foi corrigir a referência. Mas não fazia a menor ideia de em que ponto ela e Clayton se encontravam e, honestamente, depois de observar Ellis no Royal, não sentia que tinha obrigação de dar explicações.

– Houve um assalto em uma joalheria perto da Times Square quando estávamos na recepção. Ele saiu para fazer a reportagem.

Ellis parecia incrédulo, apesar dos olhos semicerrados.

– E deixou você lá sozinha?

A pergunta a surpreendeu.

– Eu... bem, sim, mas... fui eu que disse a ele para ir.

Depois de um momento, Ellis assentiu.

– Ah, certo.

Apesar das palavras, o tom de voz dele era de desaprovação.

– Era uma matéria importante – Lily reforçou. – Estavam dizendo que poderia ser Willie Sutton. E parece também que houve tiroteio, com pelo menos uma vítima fatal.

Ela esperava ver alguma reação da parte de Ellis, talvez até mesmo inveja por ter perdido a oportunidade... Qual jornalista não ficaria interessado? Mas ele apenas ergueu o copo para mais um gole, com a sombra de um sorriso no rosto.

– Faz sentido. Afinal, é algo típico de Clayton Brauer, não é?

De repente Lily se sentiu em posição defensiva, tanto de Clayton quanto de si mesma. Ressentia-se da inferência de que, quando se tratava de cortejar, ela se permitisse ser deixada de lado, algo que prometera a si mesma que nunca mais se repetiria. Apesar disso, conseguiu manter uma postura casual.

– Ah, é? Como assim?

Ellis pareceu ficar surpreso com a necessidade de explicar.

– Ora, você conhece o tipo...

Ela esperou pela resposta.

Finalmente, Ellis se inclinou para ela, como se fosse revelar algum insight secreto.

– Precisa do cara? Melhor gritar "Fogo!" ou "Assassinato!". Ele virá correndo. – Ellis riu e se reclinou nas almofadas enquanto agitava o drinque.

Verdade ou não – infelizmente, Lily sabia que era –, ela não achava tão divertido.

– Você está equivocado a respeito dele. Eu vou para Maryville todos os fins de semana para... para ajudar meus pais na loja. – Ela quase deixara escapar a verdade. – E toda vez ele se dispõe a me levar até lá, sem esperar nada em troca.

– Uau... nada mesmo? Impressionante.

Poderia ser apenas mais uma tentativa de brincar, de ser engraçadinho, mas havia um tom de ironia no humor dele naquela noite do qual Lily não estava gostando.

– Eu tomaria mais cuidado se fosse você, senhor Reed – disse, forçando um sorriso –, em julgar outros repórteres pelo que fazem para alavancar a carreira.

Diante do comentário totalmente desprovido de humor, Ellis ficou sério. Olhou para ela com expressão hesitante.

– O que quer dizer?

Ela encolheu os ombros.

– Quero dizer que não é todo dia que acontece algo digno de uma matéria sensacional. A menos que esteja faltando algum quadro importante nessa sua coleção de autocongratulações. – Ela indicou com a cabeça na direção da parede em frente.

Ellis olhou para os quadros emoldurados e se empertigou no sofá. Já não agitava o drinque.

– Não há nada de errado em ter orgulho. Eu trabalhei duro para escrever esses artigos. Tudo que escrevo é importante.

– Estou vendo... textos extremamente empolgantes sobre amantes, mafiosos... apesar de que, depois desta noite, posso supor, com segurança, como e onde você está obtendo seus maiores furos.

A alfinetada surtiu efeito. Isso ficou evidente na expressão de Ellis e no súbito silêncio que pairou entre eles.

Ela tinha ido longe demais, tinha consciência disso. A pergunta era, por quê? Na realidade, eles não eram mais do que amigos distantes, que haviam trabalhado na mesma redação. Depois de meses morando longe, como é que ela se sentia no direito de demonstrar desaprovação?

Ellis olhou para ela, inabalável. Em vista do estado alterado em que ele se encontrava, cabia a ela promover uma trégua.

– Me desculpe. De verdade. Eu não deveria...

– Não. Continue.

Lily ficou abalada com a frieza dele.

– Eu tenho certeza de que, como secretária no *Examiner*, você recebeu todo tipo de conselhos para *alavancar* sua carreira também.

Ela ficou ali sentada, atordoada. Embora Ellis talvez não tivesse previsto, ou talvez sim, o impacto de suas palavras, elas atingiram diretamente a dignidade de Lily.

Sua vontade era de sair dali, ou no mínimo de revidar, mas a situação toda a deixara pouco à vontade e sem forças para tomar uma atitude. Seu único pensamento era que ter ido até ali havia sido um grave erro.

Lentamente, colocou o copo sobre a mesinha e pegou as luvas e a bolsa. Levantou-se e tirou da bolsa o envelope que se empenhara tanto em entregar. Agora, tudo o que queria era livrar-se daquilo e sentir que cumprira sua missão.

– Isto é para você. – Em vez de entregar o envelope nas mãos de Ellis, ela o colocou sobre a mesinha, ao lado do copo, para evitar qualquer chance de os dedos de ambos se tocarem.

O semblante de Ellis se suavizou. Talvez fosse consciência, ou até arrependimento, mas ela se recusou a encará-lo.

– É sobre as crianças daquele seu primeiro artigo – explicou, recuperando as defesas, a clareza. – Se é que você se lembra delas.

Havia tanto mais que poderia dizer, sobre o que descobrira com relação àquela foto, sobre o lastimável segredo que ele guardava; sobre como os retratos, assim como as pessoas, tantas vezes não eram o que pareciam ser.

Em vez disso, porém, antes que Ellis pudesse retrucar, ela se dirigiu para a porta.

15

Relembrando a conversa uma dezena de vezes, a conclusão de Reed era sempre a mesma: tinha sido um rematado idiota.

Depois da partida de Lily, ele teve um vislumbre dessa realidade antes de pegar no sono e se esquecer de tudo por algum tempo. Na manhã seguinte, a náusea e a dor latejante na cabeça tornavam impossível qualquer pensamento racional. No final do dia, porém, quando a névoa em sua mente clareou, não conseguiu evitar o sentimento de vergonha.

Claro, ele estava bêbado. E, sim, estava pronto para a batalha depois da rusga com o pai, resultado de ressentimentos profundos demais para processar de um dia para o outro. Principalmente, porém, fora afetado pelas palavras de Lily, que tiveram o efeito de um espelho, mostrando um reflexo que ele vinha evitando fazia meses.

Agora não conseguia tirá-las da cabeça. Em uma tarde chuvosa de segunda-feira, impelido pela carta que ela lhe entregara, ele tirou de uma gaveta de sua mesa outros lembretes de sua proeza. O departamento de redação fervilhava à sua volta enquanto ele olhava as cartas, os bilhetes e os recortes de comentários. Tinham chegado continuamente, mesmo depois de ele ir trabalhar no *Tribune*, enviados dos vários jornais que publicaram o artigo. Cada palavra expressava simpatia e compaixão pela família. Muitos dos envelopes continham algum dinheiro, para ajudar.

Antes de partir, Lily havia perguntado se ele sequer se lembrava das crianças. Como se fosse possível esquecer! Ele apenas as havia empurrado para os recônditos mais profundos de sua mente, em uma tentativa de manter a sanidade. Os rostinhos delas, símbolos de sua culpa, o assombravam como fantasmas, mesmo em Nova York. Quando encontrava crianças na rua, no Central Park, na Times Square, ele via Ruby sorrindo, dando risada, carregando ramalhetes de flores. Via Calvin trepando em uma árvore ou se escondendo atrás da saia da mãe. E a verdade por trás da foto não era a única causa. O que mais o atormentava, como Lily notara muito tempo antes, era como as dificuldades da família haviam impulsionado sua carreira. Quanto mais ele progredia, mais sórdido o fato se tornava. Ocupando-se com relatos de corrupção e escândalos, ele conseguira se abstrair um pouco.

– Sua amiga o encontrou?

Ellis estava tão imerso em seus pensamentos que demorou um instante para entender que a pergunta era dirigida a ele, e um pouco mais para relacioná-la ao homem de pé em frente à sua mesa.

– Sua amiga – explicou Dutch. – Ela perguntou por você no Bleeck's. Como ouvi você comentando que iria levar seus pais para jantar no Royal, achei que gostaria que eu passasse a informação.

Ellis estreitou os olhos, conforme a sequência de eventos começava a fazer sentido. Mas a verdade era que se engajar em uma conversa com Dutch era a última coisa que desejava.

– Sim, encontrou.

– Ah... que bom.

No fundo da sala alguém lançou um aviãozinho de papel, e um telefone tocou. Um repórter chamou um office boy.

Dutch ajustou o lápis atrás da orelha. Ficou ali parado até o clima de constrangimento se tornar opressivo. Quando ele se virou para afastar-se,

Ellis não conseguiu dizer nada. O que poderia dizer? Fazia meses que não se falavam. Logo depois do incidente na prefeitura, Dutch havia feito duas tentativas de pedir desculpas, que não convenceram Ellis.

Tudo bem, até podiam ter sido sinceras. A pressão de um bebê recém-nascido, combinada com a falta de sono e o desespero para manter o emprego, tudo isso havia levado a "uma escolha covarde", Dutch dissera. Evidentemente, quando o senhor Walker deduziu que a culpa era de Ellis, Dutch ficou quieto. Tempos depois, disse que esclareceria tudo, mas a oportunidade já tinha passado fazia tempo. Ellis simplesmente disse que não precisava mais, e desde então os dois se evitavam.

Na verdade, talvez Dutch não fosse um mau sujeito. Mesmo as pessoas decentes e bem-intencionadas podiam fazer escolhas infelizes quando sob pressão. Ele próprio era um exemplo disso. E agora devia pelo menos um agradecimento a Dutch por ter indicado seu paradeiro a Lily. Claro que, considerando o desfecho, era como agradecer a um enfermeiro por uma colherada de óleo de fígado de bacalhau: só porque era necessário, não significava que fosse fácil de engolir.

Por enquanto, sua prioridade era Lily.

Ele esticou o braço sobre o monte de correspondência e trouxe o telefone para perto. Com a mão no aparelho, sem levantar o receptor, procurou mentalmente pelas palavras certas. Seu pedido de desculpas não podia, de forma alguma, parecer frágil. Isso se conseguisse falar antes que ela desligasse ou o chefe a chamasse.

Ele poderia escrever uma carta, em vez de telefonar, ou mandar um telegrama. Mas havia a possibilidade de qualquer um dos dois ir parar no cesto de lixo ou ser devolvido pelo correio.

Nesse exato instante, o editor estava passando por entre as mesas, de casaco e chapéu; estava saindo para almoçar.

Ellis tomou uma decisão.

– Senhor Walker – chamou.

O homem virou-se com relutância, parecendo impaciente; talvez estivesse com fome. Quando ele se aproximou, Ellis foi direto ao ponto.

– Gostaria de saber, senhor, se seria possível eu ir à Filadélfia. É para tratar de um assunto pessoal.

Um brilho intrigado passou pelos olhos do senhor Walker, mas ele não era do tipo curioso, a menos que envolvesse algo digno de ser publicado.

– Quer tirar folga amanhã?

Na verdade, a ideia de Ellis era tirar alguns dias, mas tudo bem. Por que não? Enquanto não resolvesse a questão com Lily, qualquer tentativa de trabalhar seria um fracasso.

– Ajudaria muito.

– Está bem, então. Um dia.

Não era uma sugestão, e sim um limite. Grande parte da função do homem, ampliada pela economia prejudicada do país, era garantir que seus funcionários ganhassem seu salário.

– Sim, senhor, obrigado.

– Contanto que não se esqueça de que quero uma matéria nova até quinta-feira.

– Com certeza. Estou providenciando.

– Isso tudo é material para a reportagem? – o senhor Walker gesticulou na direção da papelada espalhada sobre a mesa.

Ellis desejou ter examinado as cartas em particular.

– São correspondências de leitores. Sobre um artigo de algum tempo atrás no *Examiner*.

O senhor Walker acenou com a cabeça.

– As crianças com a placa de vende-se.

Uma dedução impressionante. Embora Ellis não devesse ficar surpreso. Tinha sido a repercussão daquele artigo que atraíra a atenção do editor do *Tribune*. E, quando se tratava de matérias notáveis, a memória do homem era um arquivo.

O senhor Walker consultou o relógio.

– Bem, estou saindo para almoçar. – Ele se virou para sair, mas, no instante seguinte, parou e acenou com um dedo. – Não é má ideia.

– Como, senhor?

– Muitos leitores querem saber mais detalhes. Já que vai passar por lá no caminho, que tal uma atualização sobre o assunto?

Mais um artigo sobre os Dillards...

A simples sugestão fez o estômago de Ellis revirar enquanto o senhor Walker desenvolvia a ideia.

– O que aconteceu com as crianças, afinal? Continuam lá? Foram doadas, vendidas?... Se a história for boa, poderá ser manchete de primeira página.

Como dar continuidade a algo que nunca aconteceu?, Ellis tinha vontade de perguntar, mas respondeu apenas:

– Vou passar por lá para verificar.

Com um rápido aceno de cabeça, o senhor Walker marchou para fora da sala, enquanto Ellis tentava controlar uma crescente sensação de pavor.

De mais de uma maneira, seu passado estava voltando à superfície.

* * *

O plano mudou no meio do caminho.

Após ter saído de Nova York à primeira claridade do amanhecer, Ellis estava na metade do trajeto para a Filadélfia quando decidiu inverter as paradas. Se esperasse para chegar ao *Examiner* na hora do almoço de Lily, era provável que ela não tivesse tempo para conversar, ainda mais em particular. Portanto, seria mais vantajoso parar em Laurel Township primeiro.

A decisão sobre uma sequência foi ainda mais fácil de ser tomada. Apesar do instinto de encobrir seu rastro, um artigo baseado em uma informação falsa era mais que suficiente. Ele não escreveria uma segunda matéria. Afinal, o propósito daquela viagem era encerrar de vez o assunto. E agora ele sabia como. Uma simples atitude finalmente confirmaria que a viagem tinha valido a pena.

Ellis virou na estradinha de seixos que terminava na casa dos Dillards. Com exceção do céu cinzento do meio da manhã, o cenário era o mesmo do qual se lembrava: a moradia rural com alpendre coberto; uma camada de sujeira sobre as paredes brancas; uma macieira em meio a um campo de feno.

Ele estacionou, saiu do carro e levou a mão ao paletó na altura do peito, confirmando o volume do envelope com dinheiro no bolso interno. Aos sete dólares que tinham ficado guardados em sua gaveta durante aquele tempo, recebidos junto com a correspondência, ele adicionara mais vinte e três dólares do seu dinheiro. Ficaria apertado até o dia do próximo pagamento, mas era o mínimo que podia fazer. Para uma família que valorizava dois míseros dólares, aquela quantia seria uma fortuna.

Ellis só se arrependia de não ter feito isso antes.

No alpendre, abriu a porta de tela e bateu. Quando não houve resposta, bateu novamente.

Nada.

Diferentemente das doações que entregara antes, não iria deixar trinta dólares no alpendre.

Após uma terceira batida, tirou o chapéu e espiou pela janela. A abertura estreita entre as cortinas azuis limitava sua visão.

Então Ellis escutou o ronco de um motor atrás de si. Virou-se, esperançoso, para ver um homem dirigindo uma caminhonete na direção da casa.

Ellis desceu os degraus do alpendre, ansioso para deixar claro que não estava espreitando. Acenou amigavelmente quando o veículo parou.

– Posso ajudar, vizinho? – perguntou o homem grisalho pela janela aberta, sem desligar o motor.

Então Ellis viu que se tratava de um carro dos correios, pela inscrição na porta.

– Estou procurando Geraldine Dillard. O senhor tem ideia de onde posso encontrá-la?

– Hum, bem que eu gostaria de saber. – O homem cofiou a barba. – A senhora Dillard não informou a ninguém o novo endereço.

– Como assim?... Ela se mudou? – Ellis olhou de volta para a casa, atônito com aquela notícia. – Quando?

– Difícil dizer exatamente. Depois que as crianças se foram, ela mal saía de dentro de casa. Só sei que faz alguns meses que o senhorio me pediu para entregar as contas para ele até a casa ser alugada de novo.

A frase do carteiro ecoava repetidamente na cabeça de Ellis, enquanto ele visualizava uma mãe de luto: *As crianças se foram.*

Seu pensamento voltou para seu irmão. Levado para fora de casa em uma trouxinha, desaparecendo rapidamente, enterrado em um túmulo pequenino, em um cemitério rodeado por árvores e flores.

Ellis olhou para o homem.

– O que aconteceu com… as crianças?

– Bem, na verdade eu não vi nada…

– Mas o senhor sabe…

O carteiro olhou por sobre o ombro, como para se certificar de que não havia ninguém por perto, antes de revelar a fofoca local.

– A única coisa que sei foi Walter Gale quem contou… O velho Walt trabalha na estação de trem. É um faz-tudo, entende? Trabalha até como taxista quando é necessário. Ele disse que um banqueiro todo chique chegou de trem, trouxe um jornal com a fotografia aqui da casa e pagou para ele trazê-lo direto aqui. Depois foi embora com os pequenos no mesmo dia.

Um alívio profundo percorreu Ellis, que já havia presumido o pior, mas logo em seguida a sensação desapareceu.

– Então eles foram adotados…

– Não, não foram adotados. Pelo que eu soube…

Nesse exato momento, a noção do que estava por vir, a realidade distorcida que ele causara, atingiu Ellis com a força de um trem descarrilado antes mesmo que o homem terminasse de falar.

– …eles foram vendidos.

Parte dois

"Não há nada a temer, exceto a recusa persistente em descobrir a verdade."

– Dorothy Thompson

16

O motorista estava sentado no carro estacionado na rua, o rosto meio oculto dentro do veículo escuro e antigo. Lily deu uma olhada do balcão da delicatéssen enquanto os clientes por fim iam embora. Era quase hora de encerrar o expediente de sábado, o dia mais agitado da semana, com as pessoas querendo se preparar para as refeições do domingo.

– Querida, você pode cuidar disso? – A mãe de Lily lhe entregou um punhado de moedas.

– O senhor Wilson?

– Quem mais poderia ser?

Mais uma vez o cliente de longa data fora embora com suas mercadorias da semana, salame e queijo provolone, como sempre, deixando o dinheiro sem esperar pelo troco.

Lily correu para fora da loja sem se dar ao trabalho de tirar o avental. Pingos de chuva molharam seus braços nus por causa das mangas curtas da blusa de algodão.

O ar do início da noite era como uma descarga elétrica. Ela alcançou o senhor Wilson algumas lojas rua abaixo, do lado de fora do Armarinho da Mel, onde ele lhe agradeceu com um sorriso acanhado.

No caminho de volta, Lily afastou dos olhos alguns fios de cabelo que tinham se soltado do coque que ela prendia para trabalhar na delicatéssen. Estava passando pelo antigo carro preto Modelo T quando o motorista abriu a porta e desceu.

– Lily, espere.

Ela enrijeceu.

Era Ellis Reed.

Ele tirou o chapéu e o segurou pela aba, um pouco desajeitado.

– Desculpe-me por aparecer desse jeito.

Lily cerrou os dentes, sentindo cãibras no estômago. Já se passara uma semana desde a despedida amarga dos dois em Nova York, entretanto as palavras cortantes de Ellis voltavam em pensamento para agredi-la.

Tinha sido falta de juízo pensar em descartar Clayton por causa daquele homem agora à sua frente. Tendo compreendido isso, e com Clayton a semana inteira ocupado no jornal, ela adiara a decisão sobre o namoro dos dois. Além disso, nunca mais deixaria que as emoções prevalecessem sobre o bom senso, mesmo correndo o risco de ficar sozinha.

– O que você quer?

– Quero pedir desculpas pelo meu comportamento naquela noite. Pelo modo grosseiro como falei com você. Pretendia dizer isso dias atrás, mas... algumas coisas aconteceram...

Ele ergueu o rosto, e Lily não pôde ignorar a sinceridade em seu olhar, bem como seu esforço.

– Você deve ter levado três horas para vir do Brooklyn até aqui – Lily calculou.

Ellis deu de ombros.

– Eu precisava vir. Uma carta não seria suficiente.

Ela se agarrou a essa explicação mais do que Ellis poderia compreender, mas se manteve em guarda.

– É por isso que estou aqui – ele continuou –, para pedir desculpas pessoalmente.

Antes que Lily tivesse tempo de engendrar uma resposta, duas senhoras, a bibliotecária da cidade e a organista da igreja, pediram desculpas por interromper a conversa dos dois para passar, o que fez Lily se lembrar de repente de onde estavam.

De algum modo, e sem a ajuda de Clayton, Ellis dera um jeito de descobrir onde ela estava. Ali, em Maryville. Que outras coisas ele ou outras pessoas saberiam a seu respeito?

Lily se aproximou mais dele antes de perguntar:

– Como soube onde eu estava?

Ele apontou para a loja com o chapéu.

– Você comentou que vem para cá todas as semanas. Para ajudar seus pais.

– Ah, tem razão. Tinha me esquecido. – A resposta lógica a acalmou um pouco, mas seu mundo deveria permanecer separado. Pelo menos de quem não merecia sua confiança.

– Muito bem, aceito suas desculpas, senhor Reed, e agradeço por ter vindo. Agora peço que me dê licença.

Ela fez menção de se afastar, mas Ellis insistiu:

– A propósito, você estava certa. Sobre as histórias que escrevi. As coisas que fiz para sobreviver...

Quando a voz de Ellis falhou, ela terminou por ele:

– Como, por exemplo, as crianças na *segunda* foto. – Queria ouvi-lo dizer com a própria voz, mas ele apenas a encarou, surpreso. – Sei que não eram as mesmas crianças, Ellis.

A expressão do rosto dele se tornou mais carregada do que o esperado. Mesmo assim, Lily não desistiu de seu propósito, ciente das pessoas que passavam pela rua.

– Por que não conversamos em uma outra hora? Talvez depois que você voltar para a Filadélfia. Agora preciso mesmo ajudar a fechar a loja.

– Claro – ele respondeu com humildade.

O terno dele estava amassado, a barba por fazer. Parecia que fazia dias que não dormia direito. O último encontro dos dois, apesar de desastroso, não podia ser a única causa.

– Mamãe – chamou uma vozinha.

Lily se virou.

– Sim?

Então ela estremeceu. Samuel, seu precioso segredo, estava parado na porta da delicatéssen com meio biscoito na mão. Sua camisa estava cheia de farinha, porque andara ajudando a avó na cozinha.

– Posso comer? Está quebrado e estava sobrando. Mas vovó disse que primeiro precisava perguntar para a senhora.

Mesmo de costas para Ellis, Lily imaginava qual seria a expressão dele.

– Mamãe, por *favoooor*?

Distraída, ela concordou com um aceno de cabeça. Naquele momento, se o menino pedisse uma caixa cheia de pregos, ela teria concordado.

O rosto de Samuel se iluminou com um sorriso. Em seguida ele desapareceu dentro da loja antes que Lily tivesse tempo de se recompor e se virar para Ellis.

– Espero que compreenda – disse com veemência. – O chefe nunca teria me contratado se soubesse. E a pensão onde eu moro não teria me aceitado.

Sem dúvida, a expressão de Ellis era de surpresa, mas sutilmente caridosa, sem fazer julgamentos. Ele relanceou um olhar para a loja.

– Seu filho é um menino muito bonito.

Lily cruzou os braços sobre o peito para se proteger de algo mais além da chuva.

– Obrigada.

O silêncio pairou entre eles até que Ellis perguntou:

– Há quanto tempo sabia das crianças na foto?

– Já faz algum tempo – ela respondeu, sem a intenção de parecer vaga. – Depois que você me procurou, fiquei pensando o que o incomodava sobre elas. Até que olhei com mais atenção a foto que foi publicada.

– Mas não contou nada a ninguém – Ellis arriscou.

Lily meneou a cabeça.

– Você escreveu um bom artigo. Merecia ser lido.

Talvez de modo inconsciente, Lily tivesse outro motivo: sua própria experiência em assumir compromissos para levar a vida adiante. Então deu-se conta de sua hipocrisia por ter julgado Ellis, com relação ao artigo, não ao comportamento dele na discussão entre ambos.

– De qualquer modo, ficou tudo no passado. Para que revolver o que passou?

Ellis desviou o olhar e amassou de novo a aba do chapéu. A história não acabava ali.

– Ellis? O que foi?

Uma sensação de medo, como uma planta trepadeira, enroscou-se em Lily antes mesmo que ele respondesse. Quando ele começou a contar, cada palavra, cada cena descrita revelava a devastação de tudo o que acontecera.

Uma casa vazia... o breve relato de um carteiro... toda uma série de consequências.

Digerindo as informações, Lily ficou olhando para uma poça que se formava na rua. O céu estava mais escuro, e a chuva estava se intensificando. Ela olhou de volta para Ellis e não sabia dizer se a sombra que embaçava os olhos dele se devia ao tempo ou à emoção, mas suspeitava que fosse por ambos os motivos.

Eles iriam esclarecer aquilo... *precisavam* esclarecer. Mas não ali, embaixo da chuva.

– Venha, vamos entrar – disse, sem ter certeza se Ellis ouvira até ele fechar a porta do carro e segui-la para dentro da loja.

* * *

O clima estava tenso quando a família se reuniu em volta da mesa para jantar, conversando o mínimo possível. E não ajudava o fato de Lily e Ellis parecerem dois vira-latas de beco, apesar de terem se enxugado. Nem mesmo os desenhos de Samuel da família, de bolos e de sóis com raios e carinhas sorridentes grudados nas paredes azul-claras da sala com fita adesiva conseguiam alegrar o ambiente.

A mãe de Lily convidara Ellis para jantar, mas ela tinha quase certeza de que fora só por cortesia. Se tivesse alguma dúvida, bastava relancear os olhos para as cabeceiras da mesa e ver como seus pais estavam contrafeitos. O fato de Ellis estar sentado de frente para Lily e Samuel, na cadeira sempre reservada para Clayton, tornava o desconforto ainda mais evidente.

Apesar disso, Ellis mantinha o rosto erguido e com expressão amigável, embora se sentisse pouco à vontade.

Tentando romper o silêncio, Lily contou a ele que sua mãe tinha pintado à mão os coelhinhos na travessa de cerâmica com o bolo de carne, porque coelho era o animal preferido de Samuel. Ellis tratou logo de cumprimentar a mulher mais velha pela travessa e pelo delicioso bolo de carne. Em troca recebeu um agradecimento frio.

Os esforços de Lily para fazer o pai participar da conversa não tiveram sucesso também, porque o assunto sobre beisebol apenas o fez perguntar a Ellis:

– Você torce para os Yankees? – O tom de desafio não deixou claro se a resposta correta deveria ser "sim" ou "não".

Lily ficou tensa quando Ellis pousou os talheres no prato.

– Infelizmente tenho andado ocupado demais nos últimos tempos para acompanhar os jogos direito. Mas ouvi dizer que a escalação deles está forte neste ano.

A resposta diplomática, embora muito rápida, indicou que, se ele torcia para algum time, não era para os Yankees.

A cara amarrada do pai demonstrou que Ellis não passara no teste.

Antes que Lily pudesse interferir, Ellis se voltou para Samuel:

– Quer dizer que você gosta de coelhos, é?

Samuel continuava de cabeça baixa, desconfiado do desconhecido e usando a colher para empurrar o purê de batatas.

Lily o encorajou com delicadeza:

– Samuel, responda para o senhor Reed.

O menino acenou com a cabeça, muito sério.

Lily encontrou o olhar de Ellis, enviando um pedido de desculpas silencioso; não fora sua intenção piorar os problemas dele quando o convidara para entrar, mas ele retribuiu com um sorriso caloroso. Ao mesmo tempo fez um leve gesto de cabeça para tranquilizá-la.

E assim o jantar prosseguiu na sala aconchegante. O ruído da chuva e dos trovões intermitentes era o único som que se ouvia, até que Samuel reprimiu uma risada.

Lily virou-se para o filho e em seguida olhou para o outro lado da mesa e viu um coelho de orelhas grandes esculpido em um guardanapo de linho. Brincando de marionete, Ellis fez o coelho de pano pular até a tigela com cenouras cozidas, onde franziu o nariz.

Samuel voltou a rir, e a tensão na sala se suavizou um pouco. Nem os pais de Lily conseguiram disfarçar a surpresa diante da alegria contagiante do menino.

O interesse de Samuel na brincadeira começava a diminuir quando Ellis disse:

– Que tal uma tartaruga?

Dessa vez o menino assentiu com entusiasmo, e Ellis pôs mãos à obra.

Dobrou o guardanapo, virou, puxou, até que o coelho se transformou em uma tartaruga, que se esgueirou para a ponta da mesa, arrancando mais risadas de Samuel, até que ele pediu um pássaro. Ellis obedeceu de bom grado, parecendo esquecido de seus problemas. Lily desapareceu na cozinha para em seguida servir sua torta caseira de ruibarbo, que Ellis elogiou, mas que mal conseguiu comer, pois estava muito ocupado concedendo mais uma dezena de pedidos, inclusive um do pai de Lily, por insistência de Samuel.

Quando a refeição terminou, os pais de Lily continuavam desconfiados, mas haviam cumprido o papel de bons anfitriões. A mãe chegou a convidar Ellis para passar a noite, por causa da chuva.

– Obrigado – ele respondeu –, mas já abusei demais de sua hospitalidade.

A mulher mais velha insistiu:

— Não faz sentido ir embora com esse tempo. Lily, vá buscar a roupa de cama.

Isso significava preparar o sofá da sala.

Por mais de um motivo, a estada prolongada de Ellis perturbou Lily. Mas ela reconhecia que não tinha cabimento permitir que um motorista cansado partisse à noite no meio de um temporal.

* * *

Os minutos se arrastaram, intermináveis, até de madrugada. A chuva ininterrupta aos poucos cedera. Na cama ao lado de Lily, a coberta sobre o peito de Samuel subia e descia a cada respiração. Ela inalou o suave perfume infantil, invejando sua facilidade em dormir.

Na penumbra, contou as listras do papel de parede branco com malmequeres, um hábito que tinha desde menina para relaxar. Mas naquela noite, nem leite morno a faria dormir.

Foi então que ouviu um barulho. Levantou a cabeça do travesseiro e prestou atenção. Outro estalo sugeriu movimentos no andar de baixo. Seus pais nunca ficavam acordados até tão tarde, então Lily concluiu que Ellis, como ela, estava com a mente fervilhando, atormentado por causa de duas crianças que jamais deveriam ter sido vendidas.

Como é que Ellis, e ela própria, nesse caso, poderiam ter paz até saber ao certo o que havia acontecido?

Então ela teve uma ideia. Significaria privar-se da companhia de Samuel por algumas horas no fim de semana, mas não havia outra opção. Precisava falar imediatamente com Ellis; se ele partisse ao amanhecer, ela não o encontraria e perderia a chance.

Levantou-se da cama com cuidado para não fazer barulho, amarrou o robe e desceu a escada. Ellis estava em frente à janela da sala de estar, com as cortinas parcialmente abertas. O luar suavizava suas feições enquanto ele contemplava a noite lá fora.

Embora ainda estivesse com a calça, os suspensórios pendiam para baixo, sobre as pernas. Apenas uma camiseta sem mangas cobria seu torso, os músculos dos braços e do tórax definidos nas sombras.

De repente Lily se sentiu constrangida com aquela situação. Também não estava adequadamente vestida, de camisola e robe; nem ao menos calçara seus chinelos. Deu um passo para trás, fazendo ranger uma tábua do soalho.

Ellis se virou.

– Eu acordei você? – A voz dele soou suave e rouca, em evidente tom de preocupação.

Lily meneou a cabeça. Seria tolice retroceder agora. Avançou o suficiente para que ele a ouvisse sussurrar:

– Acho que amanhã deveríamos ir até a antiga casa dos Dillards, em Laurel Township.

– Lily...

Havia um tom de objeção na voz dele. Talvez tivesse tido a mesma ideia, mas ela queria que ele a ouvisse.

– O funcionário da ferroviária, que levou o banqueiro até lá. Ele viu tudo. Talvez saiba mais sobre o paradeiro das crianças e o motivo que levou a mãe a fazer o que fez. Você mesmo disse que ela não parecia ser do tipo de mulher que faria tal coisa.

– Lily – Ellis tornou a falar –, agradeço a sua sugestão, e sem dúvida pretendo investigar mais. Mas você não precisa se envolver nisso. Não foi por isso que lhe contei. Você não tem nada a ver com a confusão toda; a responsabilidade é minha.

– Está enganado.

Lily engoliu em seco quando ele deu um passo à frente e a fitou nos olhos. Tentou controlar a emoção e a culpa que só aumentara desde que fora se deitar.

– Eu entreguei ao chefe a sua primeira foto, que encontrei no quarto escuro. Quando a vi com olhos de mãe... pensei em mim mesma, no meu filho – preferia resumir a história, não queria entrar em detalhes sobre seu passado e o de Samuel.

Ellis arqueou uma sobrancelha, como se por fim uma peça que faltava tivesse se encaixado. Por um segundo Lily temeu que ele pudesse se zangar por ela ter se intrometido.

– Não, a culpa não é sua – ele respondeu. – Tenho certeza de que você só quis ajudar.

– Ótimo. Então me deixe continuar ajudando. Eu preciso, Ellis, por favor...

Ellis teve a gentileza de não perguntar por quê. Ficou pensativo por um momento e depois respirou fundo.

– Está bem, então. Iremos juntos.

Lily sentiu que parte do peso sobre ela se aliviava, pois ao menos tinham um plano. Quando sorriram um para o outro, o espaço entre ambos se tornou menor e mais silencioso. Mesmo assim Lily estava relutante em se afastar.

Esticados sobre o sofá, os lençóis continuavam lisos e sem uso. Uma noite insone se estendia à frente dos dois. Afinal, algumas descobertas os aguardavam. E, com sorte, as notícias não seriam ruins.

– Sabe que é provável que estejamos preocupados à toa? Que um banqueiro rico quis criar as crianças... É bem possível que venhamos a descobrir que tudo aconteceu para o melhor.

– Sem dúvida – disse Ellis. – É bem possível.

Os dois, juntos, pareciam quase convencidos.

17

Poucas horas depois, o dia amanheceu. O cheiro de café e de pão no forno se espalhou pelo apartamento ainda mergulhado na penumbra. Por um momento Ellis se sentiu de volta na casa dos pais, acordando com o aroma das rosquinhas que sua mãe costumava fazer.

Desde o encontro desastroso na semana anterior, ele não falara mais com os pais. Não era por falta de coragem; apenas não sabia o que dizer. Poderia agir como se nada tivesse acontecido ou reconhecer que errara e pedir desculpas. Mas para seu pai não faria diferença; qualquer atitude que tomasse não adiantaria muito. Na verdade, Ellis estava cansado de tentar negar a desgastante realidade da desaprovação do pai.

Além do mais, como poderia esperar um mínimo de respeito até que o mistério dos Dillards fosse solucionado?

Um par de olhos pequenos espreitou do corredor, trazendo Ellis de volta ao momento presente.

– Olá, Samuel – murmurou, evitando acordar mais alguém e recebendo um aceno em troca.

Sem dúvida o garotinho fora uma surpresa. Mas tantas outras coisas sobre Lily começavam a ficar mais claras... Fazia tempo que ele percebera como ela era esperta e competente no trabalho. Agora sabia que era também corajosa.

Ellis sentou-se no sofá e se espreguiçou. Depois de anos dormindo na cama grumosa e de pernas tortas na Filadélfia, um sofá estofado era para lá de confortável, embora, mesmo assim, tivesse demorado para pegar no sono.

– Sabe que horas são?

Samuel balançou a cabeça.

Mal dava para calcular a hora pela claridade do céu nublado que se infiltrava pela fresta nas cortinas. O relógio de bolso de Ellis estava no paletó do terno, sobre a cadeira de balanço perto da janela. Quando se levantou para pegá-lo, Samuel se aproximou. Exibiu um guardanapo de linho amarrado como um saquinho, o que fez Ellis inclinar a cabeça para o lado.

– É um caracol – explicou o menino, todo orgulhoso.

– Ah, certo! Estou vendo. E dos grandes.

Um sorriso iluminou o rosto de Samuel, exibindo dentes de leite perfeitos.

Então ele se virou e se afastou correndo, e a lembrança de outro menino, o irmão de Ruby, voltou à mente de Ellis. O rostinho redondo, os olhos grandes, os cílios espessos e longos.

Em poucos minutos, vestiu as roupas. No final do corredor, Ellis ficou surpreso ao deparar com a família em volta da mesa da sala de jantar, todos já vestidos e terminando o café da manhã. Presumiu que falavam em voz baixa para não incomodar o hóspede inesperado. Mas, quando ele deu bom-dia, a conversa cessou.

Lily deu bom-dia também, assim como a mãe dela, que trouxe para Ellis uma travessa com biscoitos e presunto frito. Ele se sentou à mesa, sem muita fome depois do lauto jantar da noite anterior. Mesmo assim comeu alguma coisa. Estava terminando quando o pai de Lily lhe dirigiu a palavra, segurando a caneca de café:

– Logo toda a família irá para a missa. Costuma ir à missa aos domingos?

Ellis engoliu um pedaço de pão, ciente de que estava sendo sondado de novo. Dessa vez não se preocupou em ser criativo:

– Na verdade sou protestante, senhor, mas cresci frequentando a igreja.

Fez-se silêncio na sala, o que definiu a opinião do pai de Lily.

Lily interveio:

– Precisamos sair logo, senhor Reed, se vamos parar para compromisso de trabalho no caminho para a Filadélfia.

Ellis se levantou e agradeceu à família a hospitalidade, refletindo que a deixa para partir era muito bem-vinda.

* * *

Ellis e Lily passaram a maior parte da viagem em silêncio. Não que isso incomodasse Ellis; Lily havia acordado cedo, junto com o filho, e cochilou quase o tempo todo, mesmo com o sacolejar do carro. Com os raios do sol atravessando as nuvens e aquecendo seu rosto, não poderia parecer mais serena. Era a primeira vez que Ellis a via com os cabelos soltos sobre os ombros, pelo menos à luz do dia. Usando calça comprida e uma blusa sob o casaco, quase sem maquiagem, tinha uma beleza natural.

Ellis precisou se concentrar para manter os olhos na estrada.

Por fim entraram em Chester County. Estavam chegando à estação de trem mais próxima de Laurel Township quando um buraco na rua provocou um solavanco mais forte no carro, despertando Lily.

– Chegamos – anunciou Ellis, manobrando para estacionar.

A estação ficava no fim de uma rua parcamente habitada; a maior parte da área em volta deles era de campos e terrenos de cascalho. Mais ao longe, no alto, avistavam-se fachadas de edifícios comerciais.

Lily pegou a bolsa, afastando o sono. Um brilho decidido iluminou seus olhos, e Ellis voltou a se concentrar em seu objetivo.

– Vamos atrás de respostas – disse ela.

Ellis concordou com um aceno de cabeça, e ambos abriram as portas do carro.

* * *

Dentro da estação, panfletos pregados em um quadro de avisos esvoaçaram quando Lily e Ellis fecharam a porta. Havia quatro bancos compridos no recinto, apenas um ocupado, por um senhor idoso de terno xadrez e com uma pasta no colo e os olhos fechados.

Ellis se dirigiu ao guichê de passagens. A funcionária, uma mulher de meia-idade de óculos, estava debruçada sobre um livro. Ergueu os olhos para Ellis, parecendo um pouco aborrecida com a interrupção de sua leitura.

– Para onde?

– Bom dia, senhora. Eu gostaria de falar com uma pessoa que trabalha aqui. Creio que se chama... Gaines?

– Gale – a mulher corrigiu.

– Senhor Gale... Isso mesmo. – Ellis tinha boa memória para nomes, o que era bastante útil para o trabalho no jornal, porém esquecera os detalhes sobre o funcionário da estação, devido às circunstâncias. – Sabe se ele está por aqui?

A mulher pareceu desconfiada.

Lily resolveu explicar:

– É que temos um assunto pessoal para resolver e achamos que o senhor Gale pode nos ajudar. Prometo que será rápido.

A mulher respondeu sem interesse:

– Walt não trabalha aos domingos. – Depois fungou e acrescentou: – Mas ele costuma passar por aqui para inspeção.

– Que ótimo – disse Ellis.

– Mas *não* é certeza.

Ellis compreendia, porém aquilo era melhor que nada. Seria inútil perguntar onde o homem morava.

– Tem ideia do horário que ele vem?

A funcionária suspirou, impaciente.

– Não sei, deve vir daqui a pouco. Não controlo a vida de Walt.

– Obrigada, a senhora nos ajudou bastante – disse Lily. – Vamos esperar, então. Não a incomodaremos mais.

Não houve necessidade de Ellis acrescentar mais nada; a mulher já estava novamente concentrada no livro.

Ellis e Lily foram até o banco mais próximo, e ele se sentou. Lily preferiu ficar de pé, apertando a bolsa, o olhar voltado para um canto da sala. Ellis tentou puxar conversa, mas ela deu respostas lacônicas, deixando evidente a barreira que havia entre os dois. Havia ido até ali com um único propósito.

Sinos de igreja repicaram a distância enquanto Ellis segurava seu chapéu sobre os joelhos. Tamborilava distraidamente os dedos na aba quando Lily murmurou alguma coisa e em seguida foi até o guichê de passagens.

– A moça acha que houve um casamento agora mesmo. Imagino que o pastor tenha conhecimento das atividades da comunidade. Se eu conseguir falar com ele, talvez esteja disposto a dar alguma informação. Que acha de eu ir tentar e nos encontrarmos aqui depois?

Ellis refletiu que fazia sentido, sobre o pastor e também que os dois se separassem. Dessa forma seria maior a probabilidade de obterem mais resultados.

– Fico esperando – concordou.

No instante seguinte Lily já se afastava em direção à porta.

Durante a hora seguinte, cada vez mais impaciente, Ellis suportou os roncos do senhor sentado ao lado, que apesar de tudo conseguia manter-se ereto no banco. Um trem passou sem parar antes que uma adolescente entrasse para comprar sua passagem. Ela embarcou no trem seguinte, assim como um casal em lua de mel. Ellis soube desse detalhe porque ouviu o noivo, encantado, contar a novidade para a mulher do guichê, que cumprimentou o casal desejando felicidades.

Cada vez que a porta se abria, Ellis olhava, alerta, para em seguida voltar a afundar no banco. Até que um homem alto e magro, que usava boina e um paletó desabotoado, entrou e se dirigiu ao guichê de passagens. A funcionária o recebeu com um arremedo de sorriso. Mas logo em seguida ficou séria, falou alguma coisa e fez um sinal para Ellis, que se levantou.

– Senhor Gale?

O homem andou na direção dele com olhar indagador. Ellis notou que havia uma mancha de tabaco de mascar em seu lábio inferior.

– Pode me chamar de Walt.

– Como vai? – os dois trocaram um aperto de mãos. – Eu sou Ellis.

– O que posso fazer por você?

Felizmente, Walt concordou de imediato em sair para conversarem em particular.

18

Um fiapo de fumaça branca saudou Lily enquanto ela se aproximava de uma porta aberta dentro da pequena construção a cerca de um quilômetro e meio da estação de trem.

Então ela percebeu que não era fumaça, e sim pó de giz. Junto ao quadro-negro na parede da frente da sala com várias fileiras de carteiras de madeira, um menino pequeno e sardento, com suéter e calça de lã, batia dois apagadores um contra o outro, produzindo uma nuvem de pó. Espirrou duas vezes em rápida sequência.

– Saúde – disse uma mulher a um canto.

Ocupando a mesa da professora, era a única outra pessoa na sala. Era robusta, tinha cabelos escuros e curtos e rosto redondo de malares altos. O tom de pele moreno dava-lhe um ar exótico.

– Vamos lá, Oliver, não quero ficar aqui a tarde toda.

– Sim, senhora – murmurou o menino, com pó branco nas bochechas.

O colégio com duas salas ficava nos fundos da igreja e também abrigava a escola dominical. Tinha sido o simpático pastor, que acabara de ser designado para aquela paróquia, que encaminhara Lily para lá, acreditando que ela obteria informações.

– Com licença… senhora Stanton? – Lily murmurou, parando na porta.

A professora se virou na cadeira, os seios fartos pressionando a blusa.

– Sim… posso ajudá-la?

– Espero que sim. O pastor Ron me disse para falar com a senhora.

O rosto da senhora Stanton se iluminou.

– É sobre o cobertor? – Sem se virar, ela acrescentou: – Não ouço os apagadores, Oliver.

O menino tornou a limpar os apagadores, e a senhora Stanton esperou que Lily continuasse. Devido à confidencialidade do assunto, Lily se aproximou mais antes de explicar:

– O pastor Ron disse que talvez a senhora possa esclarecer uma questão sobre uma ex-aluna sua.

A senhora Stanton pareceu ficar bastante intrigada, porém continuou bem-humorada.

– Se eu puder… Quem seria a criança?

Lily sorriu com doçura e baixou mais a voz, devido à presença do menino.

– O nome dela é Ruby Dillard.

O humor da senhora Stanton mudou no mesmo instante, como uma chama que se apagasse. Após um segundo, deu uma tossidela para clarear a garganta.

– Oliver, chega por hoje.

O menino ergueu o rosto por um instante, surpreso, mas logo em seguida largou os apagadores e correu para a porta.

– E não se esqueça! – acrescentou a senhora Stanton, fazendo-o parar e virar-se. – Da próxima vez que tentar *bater* em um colega de classe, sabe o que irá acontecer?

O menino suspirou:

– A palmatória.

Ela moveu o queixo na direção da porta.

– Pode ir.

A senhora Stanton se debruçou para a frente, apoiando os cotovelos sobre a mesa.

– Aconteceu alguma coisa com o senhor que levou aquelas crianças?

– Na verdade, senhora Stanton, é justamente isso que estou tentando descobrir.

A professora franziu a testa.

– A senhora é assistente social?

– Não, não... – como Lily poderia explicar de uma forma simples? – Eu sou amiga de um repórter que teve contato com a família... há algum tempo.

– Entendo – disse a senhora Stanton. – O repórter.

Incapaz de decifrar o tom da mulher, Lily tratou de defender Ellis.

– Sim, esse meu amigo visitou os Dillards no outono, quando foi levar doações para a família. Na semana passada ele foi até lá de novo, e a senhora deve imaginar a surpresa dele quando descobriu que não moram mais lá e que um senhor... levou as crianças.

– Sim. A situação toda foi uma surpresa para nós.

Havia mais pesar do que ressentimento na voz da professora, e Lily se sentiu encorajada.

– Sabe me dizer onde as crianças estão agora?

A senhora Stanton balançou a cabeça em um gesto solene. Depois olhou para um ponto no meio da sala, e ocorreu a Lily que ela talvez estivesse se lembrando de Ruby sentada em sua carteira.

– Tem alguma ideia do motivo para as crianças terem sido... terem ido embora com esse senhor? – era uma forma suave de descrever a situação. – Eu imaginava que as doações evitariam esse... desfecho.

Com o olhar ainda distante, a senhora Stanton falou como se pensasse em voz alta:

– Eu teria me oferecido para ajudar... para dar uma assistência a Ruby, e ao irmão dela também... se ao menos tivesse sabido antes da condição dela.

Lily piscou, aturdida.

– Condição?

O uso do termo fez sua mente acelerar. Seria esse o motivo para Geraldine entregar a filha? Teria visto um banqueiro rico como uma solução, alguém com condições de pagar por um tratamento para uma criança doente?

Mas, nesse caso, por que entregar o menino também? E por que aceitar dinheiro em troca?

– Está dizendo que Ruby é doente?

– Ah, não, a menina não... – respondeu a senhora Stanton, proporcionando um breve alívio a Lily. – Estava me referindo à mãe dela, a senhora Dillard.

19

Os cheiros de óleo diesel e de lavouras se tornavam mais intensos à medida que os raios do sol da tarde se infiltravam pelas nuvens, lançando sombras sobre os trilhos da ferrovia. Ao lado da estação, Ellis encontrou um lugar tranquilo para conversar com Walter Gale.

– Bem, como eu disse – repetiu o homem –, só sei o que consegui ver e ouvir de dentro do meu carro.

– Entendo perfeitamente – retrucou Ellis.

Ele gostaria de fazer anotações no caderninho que estava em seu bolso, mas, como era um assunto delicado, Walt não queria que ele anotasse nada do que dissesse, mesmo sendo Ellis o autor da matéria e que quisesse anotar as informações apenas para seu conhecimento.

– Então, como posso ajudar? – Walt enfiou as mãos nos bolsos da calça de brim, um pouco larga e curta para seu físico longilíneo.

– Naquele dia, na casa dos Dillards, lembra-se de ter visto um anúncio? O mesmo que apareceu no jornal?

– Sobre as crianças à venda? – Walt estreitou os olhos, pensativo.

Ellis tinha a inquietante sensação de que deixar aquela placa para trás havia sido um lapso, um erro terrível.

O pomo de adão saliente de Walt se moveu antes de ele responder:

– Não me lembro... Mas quer saber de uma coisa interessante sobre aquele anúncio? Tinha uma família que morava mais adiante, na mesma estradinha... os Jones. Eles colocaram um anúncio idêntico antes de se mudarem.

Um calafrio percorreu a espinha de Ellis. Ele se preparou para a conclusão inevitável.

– Penso que a senhora Dillard imitou a ideia – Walt deu de ombros. – De qualquer forma, aquele sujeito deu uma bela pilha de verdinhas pelos dois pequenos. Isso eu vi com meus próprios olhos.

Um misto de alívio e vergonha continuava a atormentar Ellis enquanto ele procurava se focar na conversa.

– Tem algo mais que possa me dizer sobre esse senhor?

– Ah, eu diria que ele tem... um metro e oitenta, mais ou menos, constituição mediana... tem bigode e usa óculos. Não vi o cabelo porque ele estava de chapéu.

Ellis acompanhava com movimentos de cabeça, embora a descrição física do homem não acrescentasse muita coisa. Se fosse o retrato falado de um criminoso procurado, metade dos homens do país corresponderia àquela descrição.

– Lembra-se de algo mais?

– É um sujeito articulado, fala bem. Simpático, de modos elegantes. Como um banqueiro mesmo.

A informação batia com o que o carteiro dissera.

– Ele disse especificamente que era banqueiro? Ou o senhor apenas deduziu?

De novo Walt deu de ombros com displicência, embora dessa vez com ar orgulhoso.

– Trabalhei na Penn Station, em Pittsburgh, tempo suficiente para saber. Observava os passageiros. Aquele lá usava terno de seda, sapatos modernos lustrosos... só isso já seria uma pista, mas, quando ele me pediu para esperar e vi que as cédulas estavam em perfeita ordem... as notas de um, dois, cinco... a conclusão foi fácil. Mas eu perguntei: "contador ou banqueiro?". Ele respondeu "banqueiro". Pareceu um pouco surpreso, mas não perdeu tempo perguntando como eu sabia, como a maioria das pessoas faria. Simplesmente foi tratar da negociação.

Negociação. A palavra feriu Ellis como uma lâmina afiada, fazendo-o lembrar-se do que fizera. Esforçou-se para recordar que não era o único envolvido no caso.

– A senhora Dillard... parecia contrariada?

– Difícil dizer... não demonstrou. Mas as pessoas que vivem por aqui, nos tempos atuais, se acostumam a não ter muitas escolhas.

– E as crianças? Como se comportaram durante esse episódio todo?

– Se agarraram na mãe. O menino precisou ser persuadido a entrar no carro. Estava confuso, coitadinho. Mas, assim que chegamos na estrada, ficou animado com a ideia de fazer uma viagem de trem de verdade. Fez muitas perguntas.

– E a menina?

– Chorou o trajeto inteiro até a estação. Que eu me lembre, não disse uma palavra.

Ellis tentou bloquear a cena na mente, evitando pensar no sofrimento da garotinha.

– Chegou a saber para onde foram?

Walt balançou a cabeça.

– Não – passou as costas da mão pela boca e olhou de relance para o relógio. – Bem, se isso é tudo, preciso ir. Tenho que fazer compras antes do jantar.

Ellis relutava em deixar ir sua única testemunha, mas aparentemente o homem já lhe havia contado tudo o que sabia.

– Obrigado, Walt. Agradeço muito sua ajuda.

Despediram-se com um aperto de mãos, e Walt se encaminhou para um carro empoeirado estacionado do outro lado da estrada. Entrou e ligou o motor.

Ellis não sentia que havia obtido uma explicação satisfatória. Esperava que Lily tivesse mais sorte.

– Pensando melhor – Walt falou de repente, baixando o vidro da janela do carro –, pode perguntar para Blanche, no guichê, sobre as passagens vendidas... na última semana de outubro. É possível que ela se lembre do destino do trem que eles tomaram. Um homem com duas crianças...

Ellis relanceou um olhar para a estação, ligando o nome à funcionária do guichê.

– Tem certeza de que foi nessa semana? – perguntou, não querendo parecer desconfiado.

Por sorte Walt não considerou a pergunta ofensiva.

– Sim, porque meu aniversário de casamento foi no dia 28. Com o dinheiro que o homem me pagou a corrida, eu comprei o presente para a minha mulher, um pote de creme facial que ela queria muito. Bem, lhe desejo boa sorte na sua investigação!

Ellis acenou, em um gesto de agradecimento, e Walter Gale fechou a janela do carro e partiu.

20

A placa pendurada na porta da frente estava ligeiramente torta, mas a mensagem em letras de forma era bastante clara:

A MENOS QUE SE TRATE DE CASO DE EMERGÊNCIA,
FAVOR NÃO PERTURBAR O DR. BERKINS NOS FINS DE SEMANA

Lily hesitou apenas um segundo antes de bater à porta. Já fora longe demais, em todos os sentidos, para não ir até o fim. Andara meio quilômetro para ir da igreja até a casa do médico da cidade.

Como na delicatéssen de seus pais, a casa e o consultório ficavam no mesmo local. Era uma casa térrea de tijolos vermelhos e janelas brancas. Na entrada havia um tapetinho trançado e já gasto pelo uso com as letras "Bem-vindo" parcialmente apagadas.

Lily bateu de novo.

O calor do sol, absorvido pelo casaco que ela usava, molhava suas costas de suor. Ela passou as mãos pela bolsa enquanto observava a paisagem em volta. Havia uma casa à direita e outra à esquerda, mas bem distantes uma da outra. O único som audível àquela hora de domingo era o canto de pássaros. Talvez o tempo bom tivesse animado alguma família vizinha a fazer um piquenique de primavera.

Então ela ouviu o som de passos dentro da casa, sobre um piso de madeira, e aprumou-se, ensaiando mentalmente um cumprimento.

O homem que abriu a porta aparentava ter sessenta e poucos anos. Era magro e tinha uma ruga na testa, e segurava um guardanapo.

– Pois não?

– Dr. Berkins? Como vai? Meu nome é Lillian Palmer. Peço desculpas por importuná-lo no domingo.

– Está com febre?

– Como disse?

– Seu rosto está afogueado. Algum outro sintoma?

Tomada de surpresa, ela precisou realinhar seus pensamentos. Ao fundo ouvia-se música clássica com uma leve estática.

– Não, senhor. Estou aqui por um assunto pessoal.

O doutor deixou escapar um suspiro pesado ao perceber que não se tratava de uma emergência. Mesmo assim afastou-se e segurou a porta aberta.

– Entre.

Lily agradeceu com um aceno de cabeça. Depois que o médico fechou a porta, Lily seguiu sua figura um tanto curvada até um cômodo logo na entrada. Ali ele acendeu a luz e sentou-se a uma escrivaninha. Olhando em volta, Lily viu uma mesa de exames no canto oposto da sala e uma cristaleira com frascos de remédios e outros suprimentos, dando a impressão de tratar-se de uma sala de jantar adaptada; apropriadamente, o ar recendia a um misto de canja de galinha e antisséptico.

– Vou terminar de almoçar na cozinha enquanto a senhorita tira sua roupa – disse o médico. – Quando estiver pronta, abra as portas de correr ali. – Ele apontou para uma parede.

Finalmente Lily entendeu como seu "assunto pessoal" havia sido interpretado. Não ficaria surpresa se suas faces afogueadas estivessem agora vermelhas como um pimentão.

– Mas... doutor...

Ele gesticulou com a mão enrugada.

– Não há do que se envergonhar – seu tom de voz era monótono, demonstrando claramente que fazia décadas que confortava mulheres recatadas com essas mesmas palavras.

– Não, doutor, não vim aqui por causa de uma doença – ela insistiu. – Quer dizer, de certa forma, sim, mas não eu. É de outra pessoa que eu gostaria de falar.

O dr. Berkins atirou para longe o guardanapo e cruzou os braços sobre o peito, esboçando um gesto cansado com a cabeça. Outra história de família.

– Eu gostaria de lhe perguntar, se possível, sobre Geraldine Dillard.

Lily fez uma pausa, aguardando que ele registrasse o nome.

O médico não disse nada. Mas era certo que a conhecia. Mais que isso, sabia algo a respeito dela. Isso ficou claro no modo como enrijeceu o maxilar e apertou os lábios.

– Por favor, entenda, em outras circunstâncias eu nunca me intrometeria na vida de outra pessoa. Mas a professora de Ruby, a senhora Stanton, me confidenciou que a senhora Dillard tinha um problema de saúde. Queria saber se o senhor poderia me falar mais a respeito, e explico o motivo. É por causa das crianças. Estou preocupada com elas, e por uma boa razão.

O médico continuou com os braços cruzados, mas parecia curioso sobre os motivos de Lily. Era uma reação previsível. Repórteres e médicos tinham isso em comum, sua essência era decifrar enigmas.

– Continue – disse ele, e Lily obedeceu.

Repetiu o que dissera para a senhora Stanton, enfatizando como seria importante saber o que realmente acontecera, conhecer o destino das crianças e ter certeza de que estavam bem.

O médico não pareceu se sensibilizar. Quando respondeu, foi de modo profissional e comedido.

– Espero que compreenda que tenho uma regra de conduta, que é nunca revelar informações sobre pacientes. Particularmente para quem não tem vínculos de parentesco com eles.

Lily refletiu que não poderia ter esperado outra reação. Era uma desconhecida que viera da rua, nem mesmo pertencia à comunidade e estava pedindo informações íntimas sobre uma paciente.

Não sabia mais o que fazer. Suas ideias tinham se esgotado, e ela ainda precisava voltar para a Filadélfia.

– No entanto – o médico continuou –, as circunstâncias são excepcionais.

Atônita, Lily não respondeu. Apenas o observou inclinar-se para o lado da escrivaninha e passar os dedos pelas gavetas do arquivo.

– Creio que ela já desconfiava, fazia algum tempo, que estava tuberculosa. Quando me procurou no outono, estava tossindo muito e expelindo sangue. Depois, já sem as crianças para cuidar... – Ele retirou uma pasta e folheou as anotações. – Sim, recomendei que considerasse internar-se no Sanatório Dearborn, em Bucks County. É claro que existem lugares melhores, mas são muito caros. O Dearborn é aceitável para quem tem poucas posses.

Distraída, Lily notou que o tom profissional desaparecera. O som da agulha arranhada no disco lá dentro era o único que se ouvia na casa.

Forçou-se a perguntar:

– Quanto tempo mais o senhor acha que ela tem de vida?

– *Tinha*, eu diria, com pesar. Na época calculei não mais que... dois meses. Três no máximo.

Lily recordou a mulher na fotografia, a mão aberta estendida, o corpo meio virado. Como seu editor, a maioria dos leitores interpretaria o gesto como sendo de vergonha. Não faziam ideia de que olhavam para uma mulher desenganada cuja vida não mais incluía o menino e a menina abraçados na sua frente.

O coração de Lily ficou apertado pela injustiça de tudo aquilo.

Agora compreendia... não apenas a razão de Geraldine entregar os filhos, mas por que aceitara pagamento em troca. O tratamento no sanatório custaria dinheiro.

Eram esses os pensamentos que rondavam a mente de Lily enquanto ela caminhava de volta para a estação de trem. Assustou-se quando atiraram uma pedrinha na sua direção.

– Lily!

Ellis estava encostado no carro, esperando. Andou na direção dela, obviamente ansioso para saber das novidades, mas sua expressão ficou sombria ao olhar para o rosto dela.

21

Três dias depois de voltar de Laurel Township, Ellis ainda meditava sobre a informação oficial que recebera de Lily. Ela mesma se prontificara a telefonar para o sanatório, alegando que não descansaria até saber com certeza o que havia acontecido. A diretora do sanatório apenas confirmou o que o médico já suspeitava.

Geraldine Dillard falecera algumas semanas atrás.

Em retrospectiva, Ellis reconheceu os sintomas. Os círculos escuros sob os olhos, o aspecto abatido, a cor acinzentada da pele. A tosse, a expressão de desespero quando ele lhe entregou as duas notas de dinheiro amassadas. Mais que tudo, abominava pensar em como havia se beneficiado com aquela foto onde a senhora Dillard aparecia. Seu único consolo era saber que a família havia recebido as doações enviadas para o jornal, e que tudo indicava que as crianças agora tinham um lar mais confortável que antes e, de longe, muito melhor que um orfanato.

Isso, porém, ainda não era suficiente para que Ellis ficasse em paz. Sua mente continuava enevoada, não conseguia escrever, seus pesadelos o impediam de dormir bem. A descrição favorável sobre o banqueiro deveria ter-lhe dado um pouco de paz, mas não dera.

Millstone, esse era o nome do homem. Ele obtivera a informação da funcionária do guichê na estação. A sugestão de Walter Gale fora boa, para que ele procurasse saber de mais detalhes com a mulher, embora a princípio ela não tivesse se mostrado exatamente disposta a falar. Suas respostas, de início lacônicas, só passaram a ser oferecidas com mais boa vontade depois que Ellis ofereceu uma gorjeta, tática que costumava ser eficaz não só com telefonistas e mensageiros de hotel. Uma rápida pesquisa nos registros de viagens do mês de outubro mostrou que o passageiro em questão reservara três passagens na primeira classe para o dia 25, em nome de Alfred J. Millstone. O homem até solicitara um vagão particular.

Destino: Long Beach, Califórnia.

Mais de três mil quilômetros de distância. Era o ponto mais distante aonde uma pessoa podia chegar partindo da Pensilvânia rural sem sair do país. O nome do lugar evocava sol eterno, o glamour de Hollywood, paisagens de palmeiras e praias de areias brancas. Mas Ellis continuava preocupado.

– Reed?

No departamento de redação, várias cabeças se viraram. No centro da sala encontrava-se o senhor Walker, com os braços cruzados sobre o peito, olhando para Ellis.

– Sim, senhor?

– Perguntei se há alguma atualização ou ideia nova?

– Ainda estou... hum... trabalhando nisso. Espero ter novidades em breve.

O editor suspirou, exatamente como vinha fazendo em todas as reuniões das treze horas na última semana, quando Ellis dava apenas variantes da mesma resposta. Em seguida, como sempre, dirigiu-se a outro repórter do grupo, dessa vez um entusiasmado novo contratado com histórias mais chamativas do que uma melindrosa com franjas no vestido, e Ellis retornou a seus pensamentos.

Não percebeu que a reunião havia terminado até que Dutch apareceu à sua frente.

– Você está bem?

– Sim... tudo certo.

Era óbvio que Dutch não acreditava, mas, sem mais uma palavra, fechou seu bloco de anotações e foi para sua mesa. Foi então que Ellis teve uma ideia, uma combinação de elementos conflitantes.

Estava relutante em perguntar. Depois da tensão causada pelo incidente com Dutch, pedir um favor diretamente estava longe de ser o ideal. Mas, como Dutch trabalhara no *San Francisco Chronicle*, Ellis precisava arriscar. Devia isso a Geraldine.

– Espere, Dutch!

Um misto de surpresa e cautela surgiu no rosto de Dutch enquanto Ellis avançava em direção à sua mesa, subitamente sentindo-se despreparado, algo que estava se tornando rotina em sua vida nos últimos tempos.

– Olhe, Dutch, sei que nós dois... Espero que não veja minha pergunta como abuso, já que faz algum tempo que não conversamos.

– O que é?

Aquela era a oportunidade perfeita para Dutch ouvir e depois mandá-lo plantar batatas.

– Ainda tem contatos na Califórnia?

– Alguns.

– O negócio é o seguinte: estou tentando localizar uma pessoa. Um banqueiro de Long Beach. O nome dele é Alfred Millstone.

Dutch não reagiu. Mau sinal.

Porém, ao perceber que era só aquela simples pergunta, ele tirou o lápis de trás da orelha.

– Millstone?

– Isso. Alfred J. Millstone.

Duch rabiscou algo no bloquinho.

Ellis ia agradecer, mas Dutch pareceu dispensar, com expressão levemente sorridente.

– Vou dar uns telefonemas – disse.

Simples assim. Era o início de uma reconciliação que deveria ter acontecido muito tempo antes.

* * *

Debruçado sobre a máquina de escrever, Ellis tentou se concentrar. Nada de se distrair batendo papo ou indo até a copa tomar café. Nada de receber ou dar telefonemas. Em uma hora, conseguiu construir uma matéria básica a respeito da atual batalha entre legisladores democratas e republicanos sobre um decreto para a legalização da cerveja. Ficou tentado a sugerir que quebrassem barris da bebida na próxima reunião; pelo menos estariam todos de acordo e realizariam alguma coisa.

A matéria não era um furo de reportagem, mas serviria bem enquanto Ellis não recuperava o entusiasmo pelo trabalho. Ao seu redor, matérias suculentas estavam em andamento. Apenas naquela semana o caso da City Trust Company fora retirado dos tribunais, deixando em liberdade alguns importantes salafrários. Ao mesmo tempo, na 47 West, dois casais tinham sido presos por falsificar cédulas bancárias depois de enfiarem dois mil e quinhentos dólares no colchão. Depois havia as primárias presidenciais, com Franklin D. Roosevelt na liderança.

Infelizmente, porém, nada disso parecia ter a devida importância naquele momento.

– Aqui está ele, senhora – um office boy se aproximou acompanhando uma visitante e logo em seguida se afastou.

Ellis precisou olhar duas vezes para acreditar.

– Mãe! O que está fazendo aqui?

– Achei que seria bom... fazer uma surpresa.

Ellis estava tão perplexo quanto ela parecia estar, embora por motivos diferentes. Apertando um livro de bolso entre as mãos enluvadas, ela absorvia a atividade intensa, as vozes e o barulho que Ellis já nem notava mais. Usando um vestido amarelo simples e casaquinho creme, parecia um canário preso na tempestade.

Ellis se levantou para lhe dar um abraço, mas se conteve.

– Foi o papai quem trouxe a senhora?

– Não, ele está na fábrica. Vai trabalhar até tarde, consertando uma máquina. Eu vim de trem.

Ellis tentou disfarçar o alívio. Imaginou se o pai sabia daquela "aventura" da mãe. Ela raramente viajava sozinha.

– Que bom ver a senhora!

– Normalmente eu teria avisado antes, mas... esperava que pudéssemos conversar tomando um café.

A estratégia ficou clara. Ela suspeitava que, se avisado, Ellis daria um jeito de se esquivar do confronto. E estava certa.

Ellis olhou na direção da mesa do editor, no centro da sala. O senhor Walker tinha saído para almoçar mais cedo, um luxo que não era para todos ali. Tudo bem, os repórteres podiam ir e vir contanto que cada um fizesse a sua parte. E, nos últimos tempos, Ellis estava deixando a desejar. Suas matérias importantes estavam se tornando meras lembranças. Em outras palavras, não era um bom momento para sair, muito menos para um encontro social.

Mas... tratava-se de sua mãe.

– Claro – respondeu. – Vamos.

* * *

Em uma cafeteria na 39, pediram café e rosquinhas. Havia poucos clientes, o que propiciava conversar sem precisar falar alto para ser ouvido. Ellis esperava despistar a mãe perguntando sobre assuntos triviais, como novidades sobre os vizinhos, ou passageiros do trem, ou receitas saborosas que ela acabara de aprender. Mas ela não deu chance, foi diretamente ao ponto sem preâmbulos:

– Ellis, eu vim aqui hoje porque tem uma coisa que você precisa saber. Apesar do que possa parecer, seu pai está muito orgulhoso de você.

Caramba!

– Mãe, olhe, aprecio muito você ter vindo até aqui, de verdade. Mas está muito claro para mim o que o papai pensa...

– Eu *não* terminei.

A última vez que Ellis ouvira a mãe se expressar com tanta firmeza devia ter sido na época do colégio. Ellis tinha resmungado um palavrão por ter de ajudar no trabalho de casa, e, além de dar uma bronca, a mãe esfregara a boca dele com sabão. Quase ainda podia sentir o gosto da espuma quando se lembrava do episódio.

– Está bem, desculpe.

A mãe concordou com um aceno de cabeça e cruzou as mãos sobre a mesa.

– Quando seu pai trabalhava nas minas de carvão, de vez em quando aconteciam acidentes, e muitas vezes envolviam crianças. Eu sei que você admirava os repórteres que queriam ajudar. Mas, querido, nem todos queriam ajudar por uma causa nobre. Seu pai diz que alguns pagavam aos mineiros e até à polícia para receber dicas sobre acidentes terríveis. Às vezes eles chegavam ao local antes mesmo que as famílias recebessem a notícia.

Nesse momento, a garçonete bem-humorada voltou. Ellis e a mãe mergulharam em um silêncio constrangedor, enquanto a moça colocava os pedidos deles na mesa.

– Bom apetite – disse ela, afastando-se, em uma animação que contrastava com o clima na mesa.

Ellis esperou com paciência que a mãe bebericasse o café.

Ela pousou a xícara no pires, segurando com as duas mãos como se precisasse se equilibrar.

– Certo dia, seu pai foi chamado para uma emergência. Precisou ajudar a retirar um menino que havia ficado preso nas engrenagens. Demorou mais de uma hora.

A tristeza embaçou os olhos dela, sua voz ficou rouca, e não foi necessário dizer que o menino não sobreviveu.

Ellis ainda podia visualizar em pensamento aqueles meninos, sujos de pó, o branco dos olhos sobressaindo. Recordou a tensão no caminhão depois que deixavam a mina, o pai furioso por ele perambular por ali. *Essas minas não são lugar para ficar passeando*, repreendera certa vez.

– No final – continuou a mãe –, foi seu pai quem tirou o garoto. Quando ele o deitou no chão, já havia um repórter ali tirando fotos. Seu pai ficou enfurecido, começou a socar o homem até que outros mineiros o seguraram. Dias depois o repórter ameaçou processar a Huss Coal...

Ela se calou, mas Ellis ficou em silêncio, esperando.

A mãe respirou fundo:

– A empresa resolveu fazer um acordo. Como parte desse acordo, o repórter exigiu que seu pai se desculpasse publicamente. Não foi fácil, mas ele acabou concordando.

Ellis tentou visualizar o pai pedindo desculpas. Era mais fácil imaginar o que aconteceu depois.

– Foi então que nos mudamos para Allentown, e papai foi trabalhar na siderúrgica – disse ele.

A mãe assentiu com um aceno de cabeça, e Ellis se recostou na cadeira, os elos de sua vida se encadeando de uma forma como ele nunca imaginara.

– Querido – disse a mãe, estendendo a mão para afagar a dele –, eu sei que seu pai nem sempre foi uma pessoa fácil. Mas pensei que, se você soubesse mais sobre ele, entenderia. No fundo ele se orgulha de verdade do que você conseguiu. É que para ele é difícil separar as experiências que teve do trabalho que você faz.

Olhando pela janela, Ellis viu as pessoas indo e vindo, ziguezagueando pela rua, passantes anônimos, cada qual seguindo sua própria jornada. Como ele e seu pai.

Sem dúvida a teoria da mãe seria fácil de aceitar se não fosse por uma falha crucial: a frieza do pai começara muito antes de a carreira escolhida por Ellis representar algum problema.

Mesmo assim, ele se forçou a sorrir.

– Obrigado, mãe. Vou me lembrar do que me contou.

* * *

Depois de se despedir da mãe na estação Grand Central e voltar apressado para o jornal, Ellis ficou aliviado ao ver que o senhor Walker ainda não retornara. Infelizmente o mesmo não podia ser dito do assistente dele, o senhor Tate, que era arrogante como um inspetor de escola.

– Ah, aí está você – disse Dutch, aproximando-se da mesa de Ellis. – Tenho uma coisa para você.

O senhor Tate olhava para Ellis e para o relógio.

– Reed, está me ouvindo? – insistiu Dutch.

– Desculpe – Ellis tratou de dar atenção a Dutch e a sua tarefa. – O que é?

– Eu soube por um ex-colega que agora trabalha para o *Los Angeles Times*. Ele conheceu o tal Millstone. Disse que se lembra de rumores que circularam sobre ele anos atrás.

– Que rumores?

A expressão tensa de Dutch dava a entender que coisa boa não era.

– O quê? Acusações de fraude bancária, corrupção?

– Não, não – Dutch balançou a cabeça. – Tinha a ver com um menino.

22

Sentada à sua mesa, Lily releu pela terceira vez o artigo, baseado na mais recente reportagem. Segundo o *New York Times*, a criança fora sequestrada em seu próprio quarto, na residência da família, localizada a apenas uma hora ao norte de Hopewell.

Para Lily, o status social do menino que era filho do herói da aviação, Charles Lindbergh, não tinha importância, a não ser como um lembrete: nenhum dinheiro no mundo, fama ou sucesso podiam poupar os pais de um sofrimento terrível.

Todos os dias daquela semana, quando ia para o *Examiner* e quando voltava, ela antecipava os garotos jornaleiros gritando "O bebê Lindbergh está de volta! Em casa, são e salvo!". Mas a investigação ia perdendo força. Pistas falsas e informações sem fundamento iam minando as poucas esperanças da família, que agora se apoiava nas negociações com os sequestradores.

Mais uma criança que iria ser incluída nas preces de Lily.

Enquanto nunca deixava de se preocupar com seu próprio filho, agora Ruby e Calvin também a preocupavam. Imaginou se sabiam que a mãe estivera doente. Será que ela tinha escondido a verdade com medo de que eles se recusassem a ir embora e deixá-la sozinha? Será que pensaram que a mãe não os queria mais? Se ao menos pudessem ter sabido a verdade por ela própria...

O pensamento fez Lily retornar à matéria do *Times*. O lado humano das antigas matérias de Ellis trouxe uma revelação. Embora não pudesse apagar seu próprio passado nem garantir uma vida feliz para as crianças Dillards, talvez pudesse ajudar, mesmo que só um pouco, com o reencontro de outra família.

O editor estava sozinho em sua sala, um bom momento para falar com ele. Em meio à crescente atividade na redação, Lily deu duas batidas rápidas na porta e entrou.

– Com licença, chefe?

– Sim, sim. Tenho de ir ao almoço com o sobrinho de minha esposa. Já sei! – Levantando-se, ele apagou o cigarro no cinzeiro. – Juro por Deus, se esse garoto voltar a se atrasar... nem que sejam dois minutos... eu vou embora.

A pontualidade vinha logo em seguida ao apreço dele pela contabilidade e, é claro, pela verdade.

Enquanto ele desenrolava as mangas da camisa e ajeitava os botões, Lily se manteve firme em seu propósito.

– Senhor, depois de ler um artigo hoje, fiquei pensando no caso Lindbergh.

– Você e todas as pessoas no planeta.

– Sim... mas, sabe, os jornais insistem em focar nos aspectos brutais do caso: suspeitos e gangues que descartaram, as buscas em residências e navios. De tudo que li sobre a polícia e o senhor Lindbergh, esses são os tópicos predominantes.

– Senhorita Palmer, aonde quer chegar?

– E quanto à *senhora* Lindbergh?

– O que tem ela?

– Talvez uma entrevista minuciosa ao *Examiner* ajudasse. Ela poderia falar sobre as comidas preferidas do filho, brincadeiras de que ele gosta, cantigas... Poderíamos incluir fotografias da família, reunida e feliz. Um lembrete dizendo que se trata de uma criança de verdade, não apenas um objeto de troca para resgate.

O editor riu com um rosnado enquanto vestia o paletó.

– Diga isso aos sequestradores.

– É *exatamente* o que deveríamos fazer – a audácia de Lily fez o sorriso dele desaparecer, e ela se sentiu um pouco mais confiante. – Afinal, esses criminosos são seres humanos, pelo menos é o que se espera... Se a senhora Lindbergh apelasse diretamente para eles, falando do terror que ela e o marido estão passando, talvez impeça pelo menos que a criança seja maltratada. E os leitores poderão ficar mais atentos às pistas em potencial que os rodeiam.

– E... deixe-me adivinhar. Você é a pessoa certa para conduzir essa entrevista.

Lily recuou, pois, na verdade, não havia pensado nisso. O chefe achava que ela estava sendo oportunista diante de uma tragédia!

– Eu lhe garanto que não pensei nisso, senhor. Não pensei em mim.

Isso não queria dizer que havia abandonado suas aspirações de se tornar repórter. O fato de que, depois de se aposentar, o senhor Schiller tivesse sido substituído por outro colunista esportivo, entre tantas especialidades, continuava a irritá-la, mas isso não vinha ao caso no momento.

O chefe a dispensou com um gesto enquanto ajeitava o chapéu.

– É provável que tenham pedido inúmeras entrevistas para a senhora Lindbergh e que ela tenha rejeitado todas. O que faz você pensar que ela queira ser o centro das atenções em uma hora dessas?

O tom de voz dele tornava a pergunta retórica. A sugestão de uma secretária, que nem repórter era, não tinha fundamento.

Só que Lily não estava falando como repórter. Nem como secretária.

– Penso que, como mãe, talvez ela gostasse de ser ouvida.

Lily só se deu conta do que dissera depois que as palavras saíram de sua boca. Mas o chefe estava consultando o relógio, e a declaração passou apenas como hipótese, enquanto ele saía da sala.

A resposta para sua sugestão ficou reverberando no ar, na ausência do editor.

* * *

Depois disso o humor de Lily naquele dia não foi dos melhores. Mas, como era raro Clayton convidá-la para almoçar, já que costumavam separar a vida profissional da social, não teve coragem de recusar.

– Tem certeza de que está bem? – ele perguntou quando entraram no elevador.

Ela bem sabia que não deveria dizer nenhuma palavra contra o chefe dentro do edifício, mas os desconhecidos à sua volta estavam distraídos com suas próprias conversas. Lily murmurou em tom confidencial:

– É sobre o bebê Lindbergh. Eu pensei em uma...

– Ah, claro! – Clayton cortou, deixando Lily surpresa.

– Claro?...

Como ele podia saber? E, mais que isso, por que estava sorrindo?

Clayton balançou a cabeça.

– Como sua mãe costuma dizer, você se preocupa demais.

Ele estava achando que a preocupação dela era que Samuel fosse sequestrado. Mas não era isso. Não naquele momento. Mesmo assim, as palavras condescendentes de Clayton tiveram o efeito de sal em uma ferida aberta. Lily já tivera toda a condescendência de que precisava em um dia.

– Não... – ela corrigiu. – Eu estava me referindo a uma matéria que saiu hoje no *Times* – sua voz soou um pouco alta demais, mas não o suficiente para atrapalhar a conversa dos estranhos quando a porta do elevador se abriu no segundo andar e um jornalista interno entrou.

Clayton analisou Lily, sem dúvida tentando entender a questão.

– Então... você está preocupada com o que a polícia disse. Que não irão trabalhar com os chamados emissários do submundo de Lindbergh?

Era evidente que ele havia lido a mesma matéria. Era de esperar que folheasse as edições matutinas dos grandes jornais.

– Acho que sim – àquela altura era melhor concordar.

– Ora, espero que perceba o porquê. Aqueles pilantras não iriam ajudar a troco de nada. Teriam de receber favores em troca. Clássico caso dos fins que não justificam os meios.

Lily olhou para ele boquiaberta. Se Samuel estivesse em perigo, não hesitaria em fazer qualquer coisa para protegê-lo.

– E se fosse seu filho? Esse raciocínio ainda valeria?

Várias pessoas relancearam olhares para Lily. O súbito silêncio – também por parte de Clayton – a fez corar. Ficou olhando para a frente, sentindo a tensão aumentar, até que a porta do elevador se abriu de novo.

– Primeiro andar – anunciou o ascensorista.

Lily seguiu o grupo para fora do elevador, ansiosa por ar fresco. Antes de chegar à entrada do edifício, Clayton segurou seu braço com delicadeza.

– Lily... se tem mais alguma coisa perturbando você... qualquer coisa... pode me contar. Espero que saiba disso.

Após uma breve hesitação, ela ergueu o rosto. Vendo a sinceridade e a bondade no rosto de Clayton, sentiu um aperto de culpa no peito. Ele era tão gentil, não merecia ser tratado daquela forma.

– Me desculpe, Clayton. Eu não queria parecer azeda. – Havia coisa demais para explicar, confidências a fazer. – É que a manhã não foi fácil.

Clayton esboçou o sorriso habitual.

– O chefe? Não é só hoje, infelizmente...

Ela se pegou sorrindo de volta, então Clayton lhe deu um beijo na testa, um gesto de carinho que acabou de dissipar o que restava de sua frustração.

– Acho que um bom almoço no Renaissance irá ajudar.

Consciente de que estavam sozinhos no saguão, Lily cedeu ao impulso de apoiar-se em Clayton. *Ou então... isto*, pensou, e beijou-o rapidamente nos lábios. Quando se afastou, a surpresa nos olhos dele, para um repórter que dificilmente era pego desprevenido, encheu Lily de satisfação.

– Vamos?

A reação dele foi de puro deleite.

– Para onde você quiser.

– O Renaissance será ótimo.

Ela passou o braço pelo de Clayton, e, juntos, atravessaram o saguão até a porta do edifício. Depois de esperarem um momento para dar passagem a algumas pessoas que entravam, saíram para o burburinho da Market Street. O aroma de castanhas assadas em um carrinho abafava os odores da cidade, enquanto Lily e Clayton seguiam para o restaurante.

Contente por ter salvado o encontro dos dois, enquanto caminhavam Lily perguntou a Clayton sobre as pistas mais recentes, o que sempre o levava a falar, e, embora o escutasse, um pensamento no fundo de sua mente insistia em perturbá-la. Um incômodo persistente, que aos poucos ela começava a identificar.

Entre as pessoas que haviam entrado no edifício do *Examiner* pouco antes, quando eles iam saindo, ela vira alguém que lhe era familiar. Aquelas feições...

A mais ou menos uma quadra do restaurante, Lily parou.

– Ah, meu Deus – ela visualizou a cena novamente.

– O que foi? – a voz de Clayton soou como se viesse de muito longe.

Lily olhou para ele, aturdida.

– Eu... eu preciso voltar. Acabei de perceber...

– O quê?

Não havia tempo para explicar.

– Pode ir. Eu encontro você no restaurante.

Enquanto ela corria de volta para o *Examiner*, os ruídos da cidade à sua volta iam desaparecendo. Os únicos sons que ela ouvia eram os batimentos de seu coração e os saltos altos pisando na calçada, enquanto as esperanças se repetiam como uma prece.

– Por favor... esteja lá ainda, esteja lá... – sussurrou.

23

Segundo o amigo de Dutch no *Los Angeles Times*, fazia alguns anos que Alfred Millstone aparecia nos jornais de vez em quando. Algo esperado, já que ele era vice-presidente da American Trust Company em Long Beach. Todas as menções ao nome dele haviam sido triviais, com exceção de uma: o anúncio de um funeral.

Dois anos antes, a única filha de Millstone havia perdido a vida em um acidente de carro. Segundo os jornalistas, não foram encontrados sinais de sabotagem. Então, recentemente, em Nova Jersey, o presidente do banco Century Alliance se jogara de uma ponte, como muitos homens faziam desde o colapso da Bolsa de Valores em Nova York, e o senhor Millstone atravessara o país para ocupar a vaga.

Agora as coisas faziam sentido para Ellis. Ruby e Calvin eram parte da tentativa do casal Millstone de curar a ferida e seguir adiante. Começar de novo.

De uma maneira bem mais modesta, era também o que Ellis esperava fazer ao ir ali naquele dia.

O prédio era um típico banco de dois andares em Hoboken, com uma alfaiataria de um lado e uma barbearia do outro. Para chegar antes que o banco fechasse, Ellis precisara sair mais cedo do jornal, dessa vez evitando ser visto pelo senhor Tate. Depois da visita da mãe e da novidade que Dutch lhe havia contado, suas chances eram boas. E, estando o Century Alliance apenas do outro lado do rio Hudson, a tentação de ir até lá era grande demais para resistir.

Dentro do banco, pendurados em uma parede junto à entrada, havia retratos emoldurados dos executivos da filial. O coração de Ellis falhou um batimento ao ler a inscrição no quadro principal:

ALFRED J. MILLSTONE, PRESIDENTE

A descrição de Walter Gale havia sido bastante fiel: olhos bondosos por trás de óculos com aro de marfim, nariz ligeiramente adunco e bigode escuro, espesso e bem aparado, como o cabelo.

Não era o tipo de pessoa que alguém imaginaria negociando um punhado de dólares por duas crianças descalças que moravam na zona rural.

Ellis examinou a sala, procurando o banqueiro em meio aos rostos ali presentes. Um segurança parecido com um buldogue pigarreou enquanto observava Ellis. Um recado, sem dúvida. Gente curiosa era tão indesejável ali quanto os que tentavam olhar de graça para dentro de uma tenda de parque de diversões.

– Boa tarde – disse Ellis. – Eu só vim para ver...

O guarda apontou para o balcão dos atendentes. Outra mensagem captada.

Ellis foi para o fim da fila mais curta, atrás de três clientes do banco, e observou o local de modo mais discreto. Aparentemente, os escritórios da administração ficavam no andar superior. Iria até lá para descobrir, mas o guarda ainda o vigiava.

Em breve chegou sua vez de ser atendido por uma jovem que, diferentemente do segurança, parecia bastante feliz por trabalhar em um lugar recheado com grande parte do dinheiro da cidade.

– Boa tarde, senhor. Como posso ajudá-lo?

– Gostaria de falar com o senhor Millstone, se possível.

O sorriso da moça desapareceu.

– Pois não? Algum problema?

– Não, não. Estava pensando em abrir uma conta. Com um depósito inicial bem vultoso.

– Ah, que ótimo! Um momento, por favor.

A moça se afastou para consultar uma mulher mais velha que passava no momento, carregando uma pilha de pastas. Em seguida retornou com uma ruga na testa.

– Infelizmente o senhor Millstone estará em reunião até o fim do dia. Mas nosso gerente ficará feliz em atendê-lo. Se aguardar um momento, vou avisá-lo...

– Na verdade – interrompeu Ellis com um sorriso –, prefiro voltar em outra hora. É que o senhor Millstone me foi recomendado por um amigo de confiança.

A jovem disse que compreendia, e Ellis voltou para seu carro, onde ficou de tocaia como um detetive particular. Estacionara a meia quadra de distância, assegurando uma boa visão da entrada do banco do outro lado da rua.

Quando trabalhava para a seção de entretenimento, com frequência recebia a incumbência de seguir alguma celebridade, com o intuito de tirar uma foto interessante; um trabalho que Ellis detestava. Mas isso não o impediu de posteriormente seguir um senador e seu harém de amantes. Agora, porém, o caso era diferente. Não era pela sua carreira, era pessoal. Precisava de esclarecimentos para ter paz de espírito e, por Geraldine, certificar-se de que o homem que levara as crianças era uma boa pessoa.

O banco já fechara havia vinte minutos, e o sol ia baixando no céu quando um homem de bigode saiu para a rua. Ellis se aprumou no banco do carro. Usando terno cinza-escuro e chapéu combinando, Alfred Millstone firmou o passo apoiando-se em uma bengala que parecia ser mais por estilo que por necessidade.

Ellis saiu do carro, preparando-se com uma série de pretextos: informação de como chegar à prefeitura, indicação de um teatro ou de restaurante. Como repórter, sempre tinha boas perguntas. Já ia atravessar a rua quando um táxi parou para o banqueiro, como se tivesse sido especialmente chamado e não estivesse passando por acaso.

Um caminhão buzinou. Ellis cambaleou para trás, quase sendo atingido pelo veículo e recebendo palavrões do motorista.

Bem-vindo a Jersey.

O senhor Millstone fechou a porta do táxi, pronto para partir. Ellis poderia voltar em um outro dia, mas já tinha um novo plano que talvez levasse a conclusões bem mais importantes.

Sem pensar muito, correu de volta para o carro e pôs-se a seguir o táxi, a uma distância discreta. Cerca de quatro quilômetros e meio depois, entraram em uma rua onde, de um lado, enfileiravam-se imponentes residências vitorianas, com árvores frondosas na calçada. Do outro lado havia uma extensa praça arborizada.

Quando o táxi parou, Ellis também parou a uma distância bastante razoável e desligou o motor. O senhor Millstone desceu, tocou o chapéu cumprimentando o motorista e subiu um lance de degraus na entrada de uma casa de paredes pintadas de verde-claro e janelas brancas, com uma varanda na frente. Duas chaminés se elevavam dos telhados inclinados, e uma água-furtada estilosa concedia um charme especial ao conjunto todo. A aparência era de uma casa aconchegante e acolhedora para as crianças.

Isto é, presumindo-se que elas de fato estivessem ali. Ellis ainda não sabia. Mas uma espiada pela janela poderia acabar com o mistério, e com suas preocupações também, se constatasse que as crianças estavam bem e felizes. Nesse caso talvez nem fosse necessário um encontro com o senhor Millstone.

Esse pensamento bastou para animar Ellis.

Ele desceu do carro no momento em que um garoto passava de bicicleta jogando jornais na porta das casas. O rapazinho tirava os jornais de uma sacola no ombro como se fosse um arqueiro experiente remexendo no estojo de flechas. Quando uma mulher que levava seu cachorrinho para passear virou na esquina, deixando a rua deserta, Ellis subiu os degraus da casa. Um cesto de arame com garrafas vazias aguardava na varanda a entrega do leiteiro.

Ellis olhou com cautela por uma fresta das cortinas rendadas. Em uma sala de estar viu uma garotinha sentada em um grande tapete persa diante de um rádio no chão. Usava um vestido estilo marinheiro, sapatos pretos modelo boneca e um laço vermelho no cabelo. Nada de cabelo preso ou avental. Mas era ela! Ruby Dillard... Limpa, arrumadinha, radiante, renovada!

Sentada em uma namoradeira antiga, uma mulher esbelta e elegante em um vestido caseiro segurava nas mãos um livro aberto. Tinha um sorriso de satisfação nos lábios, mais por observar a menina do que por ouvir o rádio. Ao fundo, uma lareira branca embutida e abajures Tiffany adornavam a sala. A cena era digna de uma capa no *Saturday Evening Post*.

O som de uma risada infantil chegou aos ouvidos de Ellis.

Calvin.

Uma intensa sensação de alívio tomou conta dele, quase deixando suas pernas bambas, porém elevando seu ânimo às alturas.

Então uma luz se acendeu às suas costas. Ele se virou abruptamente para ver a varanda iluminada e a porta da frente aberta. Alfred Millstone estava procurando o jornal vespertino e olhou para ele com expressão perplexa.

– Senhor Millstone! Boa tarde... – balbuciou Ellis, constrangido. O que lhe dera na cabeça para ir bisbilhotar daquele jeito?...

– Quem... quem é você? – gaguejou o homem.

Ellis precisava pensar rápido em uma explicação. Então pensou: por que não dizer a verdade? Afinal, aquele era o homem que poupara Geraldine de uma enorme preocupação, inclusive do medo de morrer e deixar duas crianças pequenas. Tinha o direito de saber que ela falecera e que ele fizera a coisa certa, caso tivesse alguma dúvida.

– Senhor, sou Ellis Reed... do *Herald Tribune*. – Ellis estendeu a mão.

As feições do senhor Millstone enrijeceram.

– É repórter? – Ele não fez nenhum movimento para retribuir o cumprimento. – O que deseja?

Era uma ironia que um jornal fosse bem recebido naquele lar, mas um jornalista não. Seu pai e o senhor Millstone se entenderiam muito bem, pensou Ellis, um pouco chateado.

Em contrapartida, o que poderia esperar? Afinal, com a corrida aos bancos após o colapso do mercado, um duplo golpe nas finanças do povo, os repórteres não colocavam os bancos ou seus executivos exatamente em um pedestal.

– Responda agora ou chamarei a polícia. – Uma ruga apareceu na testa alta do senhor Millstone.

O bom senso dizia a Ellis para sumir dali quanto antes e que seria inútil insistir. Já não causara estrago suficiente? Poderia dar uma desculpa qualquer e ir embora.

– Senhor, eu... estou escrevendo uma matéria para o jornal. Um perfil.

Os olhos do banqueiro se estreitaram por trás dos óculos.

– Sobre o quê?

– Bem... sobre o senhor, senhor Millstone.

Parecia que o rádio estava transmitindo uma história de faroeste, com o barulho de tropel de cavalos e gritos de *hip-hip hurra*. O rumor de tiros reverberou no silêncio da varanda. Ellis precisava inventar alguma coisa para impedir que a polícia também chegasse atirando.

– Como tenho certeza de que o senhor sabe, depois do colapso da Bolsa a credibilidade da comunidade bancária ficou bastante prejudicada. Um perfil pessoal sobre banqueiros proeminentes como o senhor poderá remediar a situação, restabelecendo o bom relacionamento com os clientes.

Era certo que o senhor Millstone não iria concordar; dessa forma, Ellis poderia apenas pedir desculpas e ir embora logo.

– Caso o senhor não queira, não há problema. Podemos...

– Quando?

Ellis pestanejou. *Droga.*

– Imagino que tenha um prazo para entregar essa matéria.

Ellis foi obrigado a levar a trama adiante e simulou uma expressão de gratidão.

– Pode ser amanhã?

O humor do senhor Millstone melhorou um pouco.

– Ótimo. Às duas horas. – Em seguida, acrescentou: – No banco.

– Sim, claro! Muito obrigado, senhor Millstone.

O homem resmungou algo baixinho e desejou boa-noite. Então, como se de repente se lembrasse do motivo pelo qual estava ali fora, pegou o jornal no chão e entrou, fechando a porta.

Ellis respirou fundo.

– Muito bem, seu idiota – sussurrou para si mesmo.

Quando se virou para a janela, não conseguiu ver mais nada. Alguém havia cerrado as cortinas.

* * *

O telefone estava tocando quando Ellis chegou a seu apartamento. Abriu a porta e correu para atender, mas mal teve tempo de dizer "alô".

– Ellis?! Ah, graças a Deus!

Ele hesitou, ao mesmo tempo surpreso e feliz por ouvir aquela voz.

– Lily... sim, acabei de chegar.

– Eu liguei uma porção de vezes... para o escritório, aí para o seu apartamento... Não conseguia falar com você!

Percebendo a urgência na voz dela, Ellis perguntou:

– Aconteceu alguma coisa? Você está bem?

– Ela veio até o *Examiner* apenas para falar com você. Quase não consegui alcançá-la, ela já estava indo embora, eu corri e a peguei na porta do edifício. Tem mais coisas que você precisa saber, mas ela quer lhe contar pessoalmente.

– Espere... – Nada daquilo estava fazendo sentido. – Ela *quem*?...

Dessa vez foi Lily quem hesitou. Ellis ouviu-a suspirar, e ela respondeu:

– Geraldine Dillard.

24

Um rápido olhar não teria sido suficiente para reconhecê-la. Afinal, a única foto que Lily vira de Geraldine estava borrada e acinzentada pela impressora do jornal, e metade de seu rosto estava na sombra.

Lily refletiu mais tarde sobre o que ocasionara a revelação. Fora uma espécie de presságio? Instinto, intuição? Era mais fácil supor ter sido apenas esperança. Estranhamente, na última semana ficara procurando o rosto de Geraldine entre as pessoas desconhecidas que passavam. Estava com dificuldade, refletiu, para aceitar que tudo tivesse terminado daquele modo.

E, afinal, não havia mesmo terminado. Pelo menos não como informara a diretora do sanatório. Não havia prova maior disso do que o ressurgimento de Geraldine, atraída para o *Examiner* pela pesquisa que Lily fizera com o intuito de ajudar Ellis. Mas, com Ellis em Nova York, Lily acolheu Geraldine para uma conversa confidencial, ansiosa para ajudar.

E então, na privacidade do quarto escuro das revelações fotográficas... um local que marcava um círculo completo... Lily ouviu a história de

Geraldine e concordou. Ellis também precisava ouvir a verdade diretamente da fonte.

Enquanto Geraldine aguardava em um restaurante nas imediações, Lily tentava se organizar com tentativas desesperadas de localizar Ellis. Em meio à quarta tentativa, Clayton apareceu diante da sua mesa no jornal, de volta do almoço... o almoço que era para ser dos dois juntos... e Lily sentiu um aperto no estômago.

Esquecera-se completamente.

Seu semblante devia ter demonstrado esse constrangimento, porque a desculpa estava para sair de sua boca quando Clayton se inclinou para ela e sorriu.

– Acabei desistindo de esperar. Acontece, não é? Vamos culpar a chefia. – Clayton presumia que Lily ficara presa no trabalho por causa das exigências do chefe. – De qualquer modo, encontrei alguns colegas do *Bulletin*, então foi agradável. Vamos compensar com um jantar em breve?

– Nossa! Sim. Obrigada pela compreensão, Clayton.

Ele deu uma piscadela e foi para sua mesa. Sua compreensão e generosidade fizeram Lily sentir-se ainda pior.

Foi a campainha tilintando em seu ouvido que a fez lembrar-se do telefone em sua mão.

Mais uma ligação não atendida.

Horas depois, sem desistir, Lily ligou da pensão. Trouxera Geraldine consigo, prometendo que chamaria Ellis.

Precisava admitir que imaginara Ellis bebendo e rolando dados em alguma casa de jogo, até que por fim ele atendeu o telefone, a voz surpresa, mas firme.

Lily deu poucos detalhes.

Ellis nem precisou ouvir para tomar uma decisão.

– Me diga onde você está – pediu.

* * *

Passava pouco das oito horas quando o rumor do motor de um carro fez Lily correr de novo para o vestíbulo. A noite avançava depressa.

O ônibus de Geraldine para voltar ao sanatório em Bensalem Township iria partir às nove e trinta e dois da noite. Por orgulho, apesar de o trajeto levar mais de meia hora, ela se recusou a passar a noite ali.

Lily teria insistido, mas a pensão torcia o nariz para hóspedes que apenas pernoitavam. Ela já estava abusando demais.

A senhoria, senhorita Westin, se recolhera para dormir no andar de cima, como os outros poucos pensionistas que não tinham se aventurado a ir ao cinema ou a um espetáculo de variedades. Lily tratou de avisar a senhorita Westin que mais alguém viria visitá-la, mas não especificou se era homem ou mulher. A dona da pensão era inglesa, formal e conservadora e insistiria para ficar presente como dama de companhia se a visita fosse um cavalheiro.

Sabendo disso, Lily correu para abrir a pesada porta de carvalho, a fim de impedir que a campainha tocasse. Sob a luz de um lampião na rua, viu Ellis já subindo os degraus da entrada. Respirou fundo para controlar a ansiedade.

– Entre – disse, fechando a porta em seguida.

Ele parecia cansado, e, pela expressão de impaciência, Lily previu o que ele iria perguntar, então adiantou-se:

– A informação que me deram quando telefonei para o sanatório foi de que Geraldine havia falecido.

– Então se enganaram? Foi alguma confusão?

– Foi o que pensei a princípio, também, mas ela me contou que pediu privacidade quando chegou lá. Esperava passar seus últimos dias de vida sem despertar a atenção de ninguém, principalmente da imprensa.

Ellis comprimiu os lábios e acenou afirmativamente com a cabeça, expressando compreensão.

– E como ela está?

– Veja por si mesmo – respondeu Lily, gesticulando na direção do outro lado da sala. – Ela está na saleta.

Ellis tirou o chapéu, e Lily o conduziu pelo cômodo de paredes revestidas de painéis de madeira escura e piso de tábuas também escuras, o que concedia à casa uma aparência gótica, especialmente à noite. E, naquela noite, mais ainda, com uma visitante retornando do túmulo.

Depois de passar por uma escadaria estreita e uma mesinha de telefone, eles entraram na saleta. O cheiro de lustra-móveis com essência de limão se misturava ao dos livros antigos que cobriam estantes em duas paredes com três metros e meio de altura, alcançando o teto. Acima da lareira havia um quadro retratando uma paisagem de um vilarejo com ruas de seixos.

Geraldine estava sentada em uma das duas poltronas estofadas que combinavam entre si, contemplando as chamas na lareira. Ainda usando seu casacão, brincava com um botão na saia longa.

– Senhora Dillard? – Ellis chamou.

Quando ela se virou e acenou, ele se aproximou estreitando os olhos, examinando seu aspecto físico.

– Eu não sabia que... eles disseram...

Ele se calou, sem saber ao certo como continuar. À luz dourada do fogo, ela não parecia uma mulher à beira da morte; estava um pouco abatida, com os olhos fundos e alguns fios de cabelo soltos do coque, mas no mais sua aparência era saudável.

– O médico se enganou – explicou Lily. – Não era tuberculose.

Ellis continuava a estudar o rosto de Geraldine.

– Quando descobriu?

As mãos dela, maltratadas mas fortes, ficaram paradas enquanto ela pensava.

– Deve ter sido um mês depois de partir para Dearborn.

– O sanatório – murmurou Ellis, ligando o nome ao lugar.

Geraldine assentiu com um gesto de cabeça.

– A diretora de lá fez umas radiografias e outros exames. Nós a chamamos de doutora Summers, mesmo ela não sendo médica de verdade. Foi graças a *ela* que por fim eu recebi o tratamento correto. Agora que estou bem, ela até me deixou ficar para ajudar com os outros pacientes.

– Tenho certeza de que estão agradecidos por terem você – disse Lily, querendo encorajá-la.

Geraldine esboçou um breve sorriso.

– Também tem sido bom para mim. Ajuda a ter um propósito já que meu marido partiu... e agora as crianças.

Ela tinha contado para Lily que o marido era forte e saudável, que nunca ficara doente, até que um dia pisara em um prego enferrujado. Morrera de tétano uma semana depois, deixando uma viúva desesperada que precisou costurar e lavar roupa para fora a fim de sustentar duas crianças.

Lily relanceou um olhar para Ellis e viu sua expressão de remorso.

– Vamos nos sentar? – convidou.

Ele acenou com a cabeça, mas parecia indeciso, talvez relutante em ouvir mais detalhes da história verdadeira.

Lily se sentou na outra poltrona, e Ellis se acomodou no sofá de frente para elas, com o chapéu no colo.

– A senhorita Palmer disse que a senhora queria falar comigo...

– Sim – respondeu Geraldine, mas com um olhar de advertência. – Não quero que nada do que vou dizer apareça no jornal. Tudo bem?

– Claro. Tem a minha palavra.

Ela o fitou por um momento e depois se recostou na poltrona, relaxando um pouco.

– Eu disse para aquele senhor que as crianças não estavam à venda – começou –, que eu não sabia o que ele tinha visto na fotografia, mas, fosse o que fosse, elas não estavam à venda. Mas ele insistiu. Deixou cinquenta dólares na minha varanda... mas eu não vi na hora.

Geraldine balançou a cabeça, mas não ficou claro se era por causa da teimosia do banqueiro ou porque não havia visto o dinheiro.

– Naquela época eu estava tendo mais dias ruins do que bons, e justamente naquela manhã tinha tossido tanto sangue que fiquei assustada. Me sentia cansada o tempo todo, cada vez mais. Então pensei... talvez tenha sido Deus que enviou esse homem bondoso para nós neste momento.

Os olhos dela se encheram de lágrimas. Quando baixou o olhar para os sapatos pretos gastos, Lily percebeu que ela estava com medo, provavelmente de que a julgassem.

– Ele tinha tantas justificativas... – continuou. – Disse que ele e a mulher tinham condições de proporcionar uma vida confortável para ás crianças, muito mais do que eu poderia oferecer um dia, mesmo saudável. Então me senti culpada de não deixar... mas falei que os dois precisavam ficar juntos... Ruby e Cal. Deixei isso bem claro, falei que fazia questão. Fiz ele jurar.

Um silêncio pairou na sala por um momento, interrompido apenas pelo estalar das achas de lenha na lareira. Ellis engoliu em seco, e Lily sentiu um nó na garganta, apesar de já ter ouvido a história toda.

De repente Geraldine ficou mais enfática.

– Mas, acreditem em mim, eu preferia morrer a gastar um *centavo* do dinheiro daquele homem. – Ela olhou para Ellis, quase o desafiando a contradizê-la.

– Eu acredito na senhora – ele garantiu.

– Eu também. – A voz de Lily não passou de um sussurro.

Geraldine acenou devagar, afrouxando a tensão em volta dos lábios. Talvez por achar que não havia necessidade, não mencionou o jarro antigo de vidro que tinha descrito para Lily: uma vitrine transparente daquelas malfadadas notas de dólares; cada uma delas, sem dúvida, um lembrete da vergonha de uma mãe, por mais que houvesse razões para justificar sua decisão.

Dessa forma, manteve a compostura e continuou seu relato.

– Então, senhor Reed... quando a senhorita Palmer telefonou, ela disse à doutora Summers que o senhor estava pesquisando sobre o que tinha acontecido comigo e meus filhos. O senhor queria saber onde eles estavam, quem eram os novos pais e tudo isso.

— Sim. Exatamente.

— Muito bem, quando o senhor descobrir, quero que me conte. E não se preocupe, não tenho a intenção de pegar as crianças de volta. Devem ficar onde estão e não devem saber de nada disso. Só peço que me conte em primeira mão se eles estão bem.

Ellis sorriu com dificuldade.

— Compreendo.

Lily estava atônita. Pensava que o objetivo da visita de Geraldine era conseguir a ajuda de Ellis e unir forças para reaver sua família.

Então Ellis acrescentou com delicadeza:

— E posso lhe dizer de antemão, senhora Dillard. De tudo que testemunhei, as crianças estão sendo muito bem cuidadas, como a senhora esperava.

Lily demorou para assimilar as palavras dele, ditas em uma declaração tão firme.

— Então você as viu... — disse.

Por que Ellis ocultara algo tão importante? Havia alguma coisa que não queria contar?

— Sim, hoje, na verdade — ele se apressou a explicar, percebendo que ela estava intrigada. — Eu as rastreei até Nova Jersey.

Geraldine arregalou os olhos.

— Eles iam para a Califórnia! Onde há sempre sol e calor... Foi o que o homem me disse!

Ellis ergueu a mão para acalmá-la.

— É verdade. Ele e a esposa moravam em Long Beach, ou nos arredores. Mas ele foi convocado para substituir o presidente de outra filial do banco, em Nova Jersey. Então mudaram-se para lá e moram em uma casa muito bonita, em um bairro elegante.

O súbito alívio que tomou conta de Geraldine foi quase palpável. Ficou evidente que ela vinha represando uma tensão que, naquele momento, se rompeu, levando lágrimas aos seus olhos.

— Então eles... estão bem?

– Eu não falei com eles – disse Ellis. – Mas vi Ruby pela janela. Ela estava muito bem-arrumada e parecia feliz e saudável.

– E Cal também?

– Eu não o vi, mas o escutei dando risada. Estavam ouvindo um programa no rádio... acho que uma história de faroeste.

O rosto de Geraldine se iluminou, sem dúvida imaginando o som do riso do filho. Mas, segundos depois, o brilho desapareceu. Saber que outra pessoa podia trazer alegria para seu filho com tanta facilidade devia ter um gosto meio amargo, e pensar que agora a vozinha dele e o riso eram apenas recordações...

Lily não podia deixar que isso acontecesse.

– Senhora Dillard, não é tarde demais. Juntas, podemos consertar essa situação, tenho certeza.

Geraldine enxugou os olhos e se aprumou na poltrona, balançando a cabeça com firmeza.

– Não há nada para consertar. A vida é como deve ser.

– Mas... se quer seus filhos de volta...

– Saber que estão felizes e saudáveis é tudo que importa.

– Eu entendo, mas...

– É isso, não há mais nada a dizer – Geraldine interrompeu, com voz determinada.

Lily queria protestar, mas calou-se. Estava dolorosamente claro que não seria possível dissuadir Geraldine.

Pelo menos não naquela noite.

* * *

Lily e Ellis caminharam em silêncio até o carro. Os lampiões da rua e o brilho pálido da lua crescente lançavam sombras na calçada. Ela poderia ter-se despedido na porta da pensão, mas tinha mais coisas que queria dizer a ele. Como se já esperasse por isso, Ellis se encostou no carro com o chapéu na mão e esperou.

– Aquelas crianças deveriam estar com a mãe. Agora que ela está bem de saúde, não é justo que fiquem separados. Você também deve ter percebido que, no fundo, ela não quer ficar sem eles.

– Lily, escute...

Apesar do tom de voz suave de Ellis, ela previu que ele ia discordar.

– Sim, eu sei... – disse ela. – Os Millstones têm prestígio, uma bela casa, e as intenções deles são boas. Mas a mãe deles está recuperada, conseguiu um trabalho... poderia criar os filhos!

– Tenho certeza de que sim, mas... mesmo assim, não é tão simples.

– Ela é a mãe deles! O que pode ser mais simples ou importante que isso?

Ellis respirou fundo como se relutasse em responder.

– Eu entendo perfeitamente a situação, Lily, acredite! Sinto pelas crianças, em parte por estarem longe da mãe, mas é óbvio que ela acha que eles terão uma vida melhor com os pais adotivos. E, mesmo que ela mudasse de ideia e os quisesse de volta, não consigo imaginar os Millstones devolvendo de boa vontade as crianças. Eles têm quase tudo a seu favor, inclusive um excelente advogado. Eu sei como é, já vi casos semelhantes, nenhum juiz sensato irá consentir que as crianças sejam privadas da vida confortável que têm agora para voltar para aquele casebre, mesmo sendo para morar com a mãe. Ainda mais uma mãe que as vendeu.

– Mas elas não estavam realmente à venda. Você *sabe* disso.

Ellis ficou em silêncio, e Lily se arrependeu do que havia dito, temendo que tivesse soado como uma acusação. Não fora sua intenção; estava apenas enfatizando o que ele próprio já sabia.

Ele coçou a nuca com ar pensativo.

– Ellis, deve ter alguma coisa que possamos fazer... – ela insistiu.

Ele deu de ombros e a fitou.

– Lily... se eu acreditasse que teria êxito, eu mesmo pagaria as custas legais para Geraldine reivindicar os filhos. Mas para qualquer advogado aceitar essa causa ele também teria de acreditar em pelo menos uma chance remota de conseguir.

– Então vamos construir um caso sólido.

Ellis sorriu, e Lily se deu conta de como devia parecer ingênua.

De certa maneira, talvez ela fosse mesmo, porque sentia que existia uma solução, que o vínculo poderoso entre uma mãe e seus filhos era capaz de superar qualquer obstáculo. E também descobrira como o apoio de outra pessoa, mesmo que inesperado, podia ser de importância vital.

Geraldine precisava da ajuda deles, mais do que imaginava. Ellis não poderia negar esse fato se visse a situação de seu ponto de vista, pensou Lily.

– Se eu mereci uma segunda chance – disse –, Geraldine merece também.

Ele inclinou a cabeça, um pouco intrigado.

Pela primeira vez, Lily iria contar sua história para alguém de fora da família. Não a história toda, mas parte dela.

– No verão antes do meu último ano do colégio – começou –, eu fui passar uns dias na praia com uma amiga e a família dela. E conheci um rapaz. Ele era bonito, charmoso, e o jeito como olhava para mim... bem, eu tive certeza de que era amor. Logicamente descobri como estava enganada quando em pouco tempo ele me trocou por outra garota. Mas então já era tarde demais para... reverter o que eu tinha feito.

Ela deixou o motivo implícito, relutante em reviver a lembrança de noites enluaradas na praia, de doces sussurros, coração disparado, mãos dadas e beijos apaixonados que levaram a algo mais.

– Eu era muito nova, fiquei apavorada. Sabia do escândalo que certamente iria recair sobre a minha família... e o bebê. Então concordei em entregá-lo para adoção.

Ellis acenou com a cabeça, encorajando-a a continuar.

– Era a decisão mais lógica. Cheguei a escrever uma carta para ele ler no futuro, explicando tudo. – Nunca fora tão difícil escrever uma mensagem, mas ela fora em frente, pensando no bem de todos. – Mas então ele nasceu, e bastou um olhar para aquele bebê lindo, perfeito, que era parte de mim, e não consegui... Eu já tinha assinado os papéis para a adoção, mas implorei, supliquei! Se meu pai não tivesse me apoiado, o pessoal da agência de adoção o teria levado. E eu teria cometido o maior erro da minha vida.

No escuro, Lily reviveu as cenas. Eram imagens silenciosas, como um filme de Charles Chaplin projetado em uma tela. Quando as imagens ficaram borradas e desapareceram, ela voltou a olhar para Ellis, subitamente receosa do julgamento dele, assim como Geraldine ficara também.

Porém, ao ver a compreensão e a aceitação nos olhos dele, soube que aquilo significava muito, muito mais do que ele poderia imaginar.

– Então... entende o motivo da minha insistência para que as crianças voltem para Geraldine?

Ellis sorriu com ternura.

– Sim, totalmente.

A sensação de que ele estava possivelmente mudando de opinião alimentou a esperança de Lily.

– Os Dillards precisam ficar juntos, Ellis.

– E para que isso aconteça... vão precisar de ajuda – ele concluiu.

– Exatamente.

Sob aquele aspecto, os Dillards não eram diferentes dos Lindberghs. Só que, no caso de Geraldine, não havia uma equipe de policiais e agentes treinados trabalhando dia e noite; nenhuma vultosa quantia em dinheiro para oferecer como recompensa ou para fazer um acordo; nenhum nome importante para justificar manchetes em todo o país. Tudo que Geraldine tinha era Lily e Ellis, e a certeza do que era justo.

E, se havia um mínimo que pudessem fazer, por que não tentar?

25

– Um momento, senhor Reed.

O timbre fino e arrastado não foi suficiente para suavizar o tom ameaçador na voz do senhor Walker.

Como o restante do grupo, Dutch estava saindo da reunião diária da redação, mas deteve-se para mostrar os dentes cerrados para Ellis. O gesto sem dúvida queria dizer "Força, amigo...", embora parecesse mais com "Cara, você mereceu...".

Talvez porque fosse isso que Ellis estivesse dizendo para si mesmo.

Quando o senhor Walker o ignorou enquanto pedia atualizações aos demais do grupo, ele ficou aliviado no início, já que ainda não tinha grandes projetos para apresentar. Pelo menos não para publicar. Mas então notou o sorriso pretensioso do senhor Tate, indicando que o fato de o terem ignorado não fora por esquecimento.

– Venha comigo.

O senhor Walker conduziu Ellis em meio ao vozerio habitual da redação até a privacidade da sala de reuniões. Ali havia uma mesa retangular simples, rodeada por cadeiras com estofamento gasto. Todas as paredes estavam nuas, com exceção de um relógio grande pendurado. Além de papel e tinta, o relógio era o objeto mais útil em um jornal.

Quando o senhor Walker fechou a porta, Ellis deu uma olhada na hora. Uma e meia. Apesar da viagem de carro na noite anterior de ida e volta para a Filadélfia, não estava tão cansado a ponto de esquecer o encontro das duas da tarde com o senhor Millstone. E, se pretendia cumprir com esse compromisso, precisava sair logo.

A perspectiva não era boa, a julgar pelos braços cruzados do senhor Walker e seu queixo projetado para a frente. Só faltavam uma cartucheira e uma estrela prateada para ele passar por um xerife do Meio-Oeste no limite da paciência.

– Algum problema, senhor? – perguntou Ellis.

– Estava pensando em lhe fazer a mesma pergunta. Porque, por mais que me esforce, não consigo atinar por onde anda a sua cabeça nos últimos tempos.

Ellis duvidava que fosse verdade. O senhor Walker parecia saber exatamente em que parte do corpo estava sua cabeça. Mas, como fazer piada com isso naquele momento não era uma boa ideia, ele se limitou a ouvir.

– No início eu relutei em aceitar você. Mas você encontrou seu caminho, entrou no ritmo. Trouxe boas histórias. – O senhor Walker fez uma pausa, e Ellis desejou que aquela conversa terminasse logo. – Mas, se você pensa que uns poucos artigos significam que pode se refestelar no seu traseiro, especialmente com o *seu* salário... vai ficar seriamente desapontado.

A natureza do generoso aumento salarial de Ellis sempre dera a impressão de um acordo um pouco secreto. Parecia que o contador do jornal não era o único outro membro da equipe que sabia disso.

– Garanto ao senhor que não é assim que eu penso. Na verdade – Ellis o lembrou –, ontem mesmo me apresentei como voluntário para escrever uma matéria sobre a lei da cerveja. – Depois de tudo que acontecera desde então, era difícil acreditar que somente um dia havia se passado.

– Ah, sim. A matéria misteriosa.

Ellis ficou intrigado com a descrição.

– Você sabe... um mistério. Quando algo nos diz que alguma coisa deveria estar ali, mas por algum motivo nunca aparece.

– Mas, senhor, se bem se recorda, eu datilografei a matéria antes do fechamento da edição. – De fato, Ellis terminara antes que sua mãe o surpreendesse com sua visita, e a matéria fora aprovada logo em seguida.

– Muito bem. Então, com quem você a deixou?

Ellis odiava admitir culpa, mas lembrava-se muito bem. Antes de sair cedo para ir ao banco, juntara seus pertences e entregara as folhas para... ah, não! Não entregara nada, as folhas ainda estavam em sua mochila.

– Cristo... – Ele passou a mão sobre os olhos.

– Muito bem, muito bem. Presumindo que não está tentando culpar o Todo-poderoso, parece que resolvemos o problema.

Ellis apontou para a porta.

– O artigo está na minha mesa. Posso pegar agora mesmo.

– Já está resolvido – disse o senhor Walker. – Mandei Hagen reescrever. Ninguém sabia onde você estava. Algo que parece acontecer com frequência.

O artigo não era urgente. Mandar outro jornalista reescrevê-lo, em especial um novato ambicioso com um bilhão de ideias, era um golpe frustrante. Ellis lamentou o erro, mas não tanto quanto lamentava ser considerado preguiçoso.

– Sinto muito, senhor Walker. Dou muito valor ao meu emprego, de verdade. Como já mencionei, tive de resolver uns assuntos pessoais que necessitavam da minha atenção.

– Todos nós temos, senhor Reed. E, se isso garantisse licenças perpétuas, não teríamos um jornal. O nosso negócio são as notícias. Não preciso lhe explicar a importância de ter consciência disso.

Não, de fato não precisava. Um erro de discernimento tinha levado Ellis àquela atual bagunça com Lily, Geraldine e Alfred Millstone.

O pensamento o fez olhar para o relógio na parede, enquanto o sermão do editor continuava, até que a sala mergulhou no silêncio.

O senhor Walker o encarou com frieza.

– Precisa ir a algum lugar agora?

Ellis até poderia adiar o compromisso, mas, levando em consideração o modo como o conseguira, duvidava que tivesse outra chance com o senhor Millstone. E um encontro cara a cara poderia fornecer detalhes suficientes para ajudar aquelas crianças.

– Do outro lado do rio – arriscou. – Tenho uma entrevista.

O senhor Walker ficou pensativo, e Ellis temeu que ele fizesse perguntas. Mas, em vez disso, o editor lhe lançou um olhar indecifrável antes de abrir a porta.

– Então sugiro que vá.

* * *

Em qualquer outra ocasião, aquela súbita dispensa teria deixado Ellis preocupado. Ele iria ficar relembrando a cena mentalmente para descobrir o real significado, buscando um sinal de término, como uma mensagem de que não precisava mais voltar. Mas, naquele momento, tudo em que conseguia pensar enquanto dirigia para Century Alliance era que todos os moradores da ilha de Manhattan tinham resolvido sair para passear de carro naquela tarde agradável de primavera.

Segundos depois de estacionar perto do banco, Ellis caminhou rápido pela calçada em direção à entrada. Uma gota de suor pingou de dentro do seu chapéu.

– Não pode correr aqui dentro, senhor – advertiu o guarda no hall, fazendo Ellis reduzir o passo.

Ele subiu as escadas com calma, contente por não encontrar ninguém no meio do caminho. Quando chegou ao andar superior, apresentou-se para a secretária sentada a uma mesa diante da entrada de três escritórios de executivos. Os cabelos pareciam um elmo grisalho, e ela usava uma blusa com um laço enorme logo abaixo do queixo. A porta de vidro fosco, mais próxima de sua mesa, tinha uma placa com o nome *Alfred Millstone*.

A mulher fez um gesto estudado por trás dos óculos bifocais, examinando o enorme relógio de parede. – Ellis estava vinte minutos atrasado, segundo os números em algarismos romanos –, e em seguida consultou a agenda.

Ellis se lembrava dela. Era a mulher com quem a atendente havia falado quando ele estivera ali na véspera, e negara seu pedido para falar com o senhor Millstone. E agora era evidente que poderia fazer o mesmo outra vez, por causa do seu atraso.

Ele já ia se explicar quando a mulher se levantou.

– Por favor, por aqui.

Aliviado e grato, ele a seguiu até o escritório mais próximo.

O senhor Millstone estava sentado atrás de uma escrivaninha de mogno sobre a qual estavam meticulosamente dispostos um porta-lápis, um peso para papéis em formato de prisma, uma pequena pilha de pastas e outros objetos. Ele estava colocando tabaco dentro de um elegante cachimbo de madeira... certamente um hábito que ele tinha, já que o aroma estava impregnado na sala, junto ao de tinta do livro-razão, madeira, couro e de dinheiro antigo da Costa Leste.

– Senhor Millstone. – Ellis estendeu a mão, que dessa vez o outro apertou, chegando mesmo a se erguer um pouco da cadeira de espaldar alto.

– Eu estava começando a achar que não iria tornar a vê-lo.

– Peço que me desculpe, senhor. – Nos últimos tempos parecia que era o que Ellis mais fazia, pedir desculpas. – Meu editor precisou de mim para um assunto de última hora.

– Bem, os chefes costumam ser difíceis, não é?

O comentário foi feito em tom bem-humorado, com um meio-sorriso para a secretária, que também sorriu antes de sair e fechar a porta.

– Por favor, sente-se. – Ele indicou uma poltrona de couro em frente à escrivaninha. – Também lhe devo um pedido de desculpas, senhor Reed.

Ellis fez uma pausa, surpreso, enquanto tirava do bolso do paletó seu bloco de anotações e o lápis.

– Por quê, senhor?

– Veja, muitas pessoas ainda estão enfrentando dificuldades... Quando você é um banqueiro e um desconhecido aparece à sua porta, isso pode causar apreensão.

– Posso imaginar.

Ellis sorriu, e os olhos do senhor Millstone se tornaram mais calorosos por trás dos óculos. Ele acendeu o cachimbo e deu uma série de baforadas, enquanto Ellis aguardava em silêncio.

– Então – disse, apagando o fósforo. – O que posso lhe dizer hoje?

Que tal uma atualização sobre as crianças que comprou na Pensilvânia?

Mas Ellis guardou o pensamento para si. Como com qualquer grande história, ele avançaria aos poucos.

– Bem, sobre o perfil, senhor Millstone...

– Me chame de Alfred.

– Alfred. – Ellis não ficou surpreso. As pessoas importantes em geral achavam que uma conversa mais informal resultava em uma matéria mais favorável a elas. – Bem, para começar, gostaria que me contasse um pouco sobre seu trabalho como presidente do banco.

– Isso parece bastante inócuo.

A escolha das palavras era um tanto curiosa, levando em consideração todas as circunstâncias. Mas, assim que Ellis abriu seu bloco, Alfred iniciou uma descrição de suas tarefas diárias, seguida por uma lista de seus inúmeros deveres. Mostrou-se um homem cordial, exatamente como o homem da estação o descrevera, mas com uma fagulha de paixão pelo trabalho. Tanto que fazia pausas breves apenas para fumar, enquanto discursava sobre a importância dos bancos para a comunidade e enfatizava a necessidade de esforços para auxiliar cidadãos honestos e trabalhadores.

Ellis precisou escrever tudo para não esquecer nenhum detalhe. Quando ele virou a quarta folha do bloco, Alfred parou e balançou a cabeça.

– Céus, estou falando demais, não?

Devia fazer uns quinze minutos que ele estava falando, mas aquele não era o momento de parar.

– Na verdade, foi ótimo. Para uma pessoa da sua posição, deve ser difícil conseguir que diga mais de duas frases. A não ser em época de eleições.

Alfred deu uma risadinha. Voltou a dar uma baforada no cachimbo, exalando a fumaça de romã doce e amadeirado, e Ellis relanceou um olhar para seu bloco.

– Bem, vejamos... – disse, como se tivesse uma sequência de perguntas já preparada; como se os detalhes da vida de Alfred já não estivessem gravados no seu cérebro. – Eu soube que veio da Costa Oeste. É isso mesmo?

– Sim.

– Califórnia, certo?

– Sim, você fez direitinho o seu dever de casa.

Ellis sorriu.

– Faz parte do meu trabalho.

Alfred acenou com ar divertido.

– Da área de Los Angeles.

A informação não era muito específica, mas era verdadeira. Ellis não pressionou.

– Infelizmente eu nunca fui para o oeste de Ohio. Deve ser uma mudança e tanto, de uma costa para a outra.

– Sem dúvida, sim.

– Algum motivo em particular o trouxe para cá?

Alfred deu outra baforada.

– Questões de família mais que tudo.

Quando ele não elaborou, Ellis precisou dar um empurrãozinho.

– Família?

– Faz algum tempo já que minha esposa e eu queríamos morar perto de parentes em Nova York. Quando surgiu a vaga aqui no Century Alliance, eu finalmente tive a oportunidade de realizar isso.

– Que bom. – Ellis rabiscou algo no bloco, e nenhum dos dois mencionou o triste fim do antecessor. – E como o restante da família se sente sobre isso? Como se adaptaram à mudança?

Alfred deu de ombros.

– Sabe como são as crianças.

Com jeito brincalhão, Ellis ergueu a mão esquerda sem aliança.

– Não sei ao certo... – ele sorriu.

Alfred se recostou na cadeira.

– Bem, os pais nunca deixam de se preocupar... com escola nova, novos amigos... sempre queremos proteger os filhos, mantê-los a salvo do mundo, de qualquer coisa que possa fazê-los sofrer, do que não podemos prever. – A voz dele se tornou distante, assim como seu olhar.

Após um momento de silêncio, Ellis refletiu se deveria falar, se poderia interromper o devaneio de Alfred, mas, antes que, se decidisse, o outro continuou:

– Mas é claro que as crianças se adaptam muito mais rápido que nós. Temos muito a aprender com os pequenos, sabe... – Ele olhou para Ellis. – Não concorda?

Ellis fez que sim com um gesto de cabeça, e logo em seguida lembrou-se do artigo que havia escrito, ilustrado pela fotografia dos Dillards. Será que Alfred também fizera seu dever de casa?

– Senhor Reed, serei franco com o senhor. – De repente Alfred baixou o tom de voz. – O que vou dizer é confidencial.

Ele olhou na direção da porta, como para confirmar que estava fechada. Ellis cravou a ponta do lápis no bloco, os músculos dos ombros retesados.

– Claro, pode confiar.

Quanto da história toda aquele homem sabia? Quanto estaria disposto a revelar?

– Um banco em Nova Jersey – Alfred começou – *não* teria sido a minha primeira escolha. – Ele estava falando sério, apesar do semblante descontraído.

Mais à vontade, Ellis respirou fundo. Não houve menção a um acidente de carro fatal, nem de como Ruby e Calvin tinham ido parar com os Millstones. Tampouco havia qualquer sinal nos modos de Millstone que pudesse causar alarme, até onde Ellis podia perceber.

– Às vezes precisamos fazer sacrifícios por aqueles que amamos, entende? – indagou Alfred.

Ellis pensou em Geraldine. O sacrifício que ela fizera, puramente pelo bem das crianças, era um exemplo e tanto.

– Compreendo, senhor.

Uma batida na porta anunciou que a secretária estava de volta. Na soleira da porta, ela segurava um chapéu e um sobretudo.

– Senhor Millstone, está na hora de ir para a estação. – Ao lado da porta estavam uma pasta e uma bengala.

– Já? – Alfred suspirou e virou-se para Ellis. – Vou viajar a negócios para Chicago. Receio que teremos de encerrar por hoje.

– Sem problema. Acho que já tenho tudo de que preciso.

– Excelente. Bem, estarei de volta no domingo. Sinta-se à vontade para me telefonar se tiver mais perguntas.

– Farei isso, senhor. – Ambos se levantaram para apertar as mãos, e Ellis resolveu fazer uma observação. – É claro que irá depender do meu editor quando iremos publicar a entrevista, ou mesmo se será publicada, mas esteja certo de que irei avisá-lo.

Alfred sorriu.

– Espero que sim.

* * *

Ellis tivera a ideia do perfil apenas como um pretexto para entrar em contato com o banqueiro. Agora sentia-se tentado a relatar a conversa para o senhor Walker. Por mais inconveniente que fosse, a verdade era que Alfred parecia ser uma boa pessoa.

Provavelmente, Geraldine percebera isso desde o início.

Sem dúvida ela não era do tipo que entregaria os filhos a qualquer um, mesmo a alguém em boa posição financeira e social. Parecia que ela escolhera um bom lar para as crianças, em todos os sentidos, e, depois de todo aquele tempo, Ruby e Calvin deviam estar verdadeiramente felizes.

E, afinal, não era isso o que mais importava? Que as crianças tivessem a melhor vida possível?

Por mais que parecesse falta de sensibilidade, não era necessário ser um apostador profissional para calcular as probabilidades de qual futuro era melhor para os dois irmãos.

Nem casa Geraldine tinha mais. A única coisa que ela queria era saber se as crianças estavam bem e se o acordo seria mantido. Se Ellis e Lily fossem adiante com seu plano, será que não estariam se intrometendo demais, só para tranquilizar a consciência? Afinal, a própria diretora do sanatório chegara ao ponto de declarar que Geraldine havia ido a óbito para poupá-la de atenção indesejada. Uma batalha nos tribunais atrairia um enxame de repórteres, fotógrafos e leitores ávidos por darem sua opinião. E, quando tudo terminasse – depois de as crianças, Geraldine e os Millstones serem arrastados em toda a lama dos trâmites legais e da publicidade –, o mais provável era que o veredicto fosse o mesmo e tudo continuasse como estava agora.

Obviamente, Ellis receava admitir isso para Lily. Sabendo da experiência dela com Samuel, previa que ela não quisesse admitir outra opção, e até compreendia por que ela se recusaria a ouvi-lo. Mas o fato era que dilemas semelhantes podiam ter soluções diferentes. E Ellis bem sabia que laços de sangue não eram garantia de uma família amorosa e funcional.

Talvez Geraldine tivesse razão.

Talvez a vida fosse exatamente como tinha de ser.

26

Sem dúvida, a situação estava longe de ser ideal.

O tal Alfred Millstone podia alcançar a lua que Lily não mudaria de opinião.

– Lily, pelo menos pense no assunto – falou Ellis ao telefone, em um tom que dizia "Criatura, pare de ser teimosa!".

Ele podia visualizá-la sentada à mesa do escritório, balançando a cabeça com expressão de impaciência.

– Lily? – pressionou, quando ela não respondeu.

A voz dela se sobrepôs ao burburinho da redação naquela tarde:

– Está bem, vou considerar.

E ia mesmo. Em dois segundos ela repassou mentalmente o resumo da reunião que Ellis acabara de ter com Alfred Millstone, e continuava discordando.

– Ouça, preciso desligar – disse Ellis. – Meu editor vai me esfolar vivo se eu não apresentar pelo menos um projeto para uma matéria. Só me prometa que não fará nada precipitado. Não sem falar comigo primeiro, tudo bem?

– Tudo bem.

Ellis suspirou do outro lado da linha, como se relutasse em deixar sozinho alguém que garantisse que estava apenas apreciando a vista... com metade do corpo debruçado sobre a mureta do terraço no último andar de um edifício.

– Eu prometo – ela reforçou.

E era verdade, do ponto de vista literal. Não pretendia fazer nada que julgasse precipitado.

Somente... o necessário.

* * *

A viagem de ida e volta levaria meio dia no máximo. Lily pegaria o primeiro trem da manhã para Nova York, a fim de voltar com tempo de sobra para o jantar.

– Dou a minha palavra, meu amor.

Ajoelhou-se na frente de Samuel, na entrada da delicatéssen. Ele ainda estava de pijama. Pelas vidraças, o sol nascente ia adquirindo um suave brilho alaranjado.

– Mas a senhora disse que íamos fazer piquenique.

No balcão, a mãe de Lily se preparava para abrir a loja dentro de uma hora. Dos fundos da cozinha vinha o som do pai assobiando uma melodia.

– E vamos fazer, Samuel, logo, logo, prometo.

Lily limpou um pouco de chocolate em pó do rosto dele, resíduo do chocolate com leite que tomara no café da manhã. Ele deu um passo para trás, olhando para o chão, amuado.

– Por favor, entenda, eu não gosto nem um pouco de me separar de você, de verdade. Mas é que eu conheço duas crianças, em outro lugar, que estão longe da mãe delas, morando com outras pessoas. Uma menina e um menino, que nunca veem a mãe. Então eu quero ver se consigo dar um jeito nessa situação.

Samuel continuou com os olhos fixos nos sapatinhos que ele mesmo tinha engraxado. Era mais uma habilidade que aprendera com os avós, um pequeno progresso durante a ausência de Lily e que reforçou sua determinação, ao pensar em tudo o que Geraldine perderia do desenvolvimento dos filhos.

– Agora venha cá, dê um abraço na mamãe. – Ela abriu os braços. – Preciso correr para pegar meu trem e poder voltar logo.

Por fim Samuel ergueu o rosto, mas apertou os lábios, contrariado, e correu para dentro da loja.

– Samuel! – ela chamou, mas o menino já começava a subir a escada.

A mãe de Lily saiu de trás do balcão.

– Não se preocupe. Ele vai ficar bem.

Levantando-se para ir ao encontro da mãe, Lily insistiu:

– A senhora sabe que eu jamais interromperia o tempo que passamos juntos se não fosse um assunto importante.

– Sei disso, querida.

Clayton tinha estado ocupado no fim de semana, o que proporcionara a Lily mais tempo para pensar, durante a viagem de ônibus até Maryville. Quando lá chegou, fez algumas confidências para a mãe, mas apenas o básico, não querendo violar a privacidade de Geraldine.

– Eu volto logo – disse, beijando a mãe no rosto.

– Faça uma boa viagem.

A mãe deu um sorriso contrafeito. Ou não dormira bem ou estava apreensiva com aquele plano misterioso de Lily. Sem conseguir definir uma das duas hipóteses, Lily pegou sua bolsa do chão e partiu para a estação.

* * *

Passava um pouco das onze horas quando ela chegou a Maple Street. Tinha caminhado da estação em Hoboken, economizando o dinheiro do táxi. A passagem de ida e volta de trem já era bastante cara.

Olhou de novo para o endereço escrito em um pedaço de papel – secretárias eram muito eficientes para descobrir esses detalhes – e parou na casa indicada. Verde-clara, com acabamentos brancos, graciosa, graciosa demais, como uma casa de bonecas.

Na praça do outro lado da rua, algumas crianças se divertiam, aproveitando a rara liberdade oferecida por uma manhã de sábado de clima ameno. O som de suas risadas, um lembrete de que Samuel esperava por sua volta, fez Lily subir depressa os degraus até a varanda.

Depois de guardar no bolso as luvas de viagem e o papel com o endereço, ela bateu na porta.

Pássaros chilreavam nas árvores próximas, e um automóvel barulhento passou pela rua. A possibilidade de o motorista ser Ellis, o que com certeza não era, fez transpirar as palmas das mãos dela. Por qual motivo, ela não entendia. Ele não era seu pai, nem seu chefe, e certamente não era seu namorado. Não precisava da aprovação dele para ir até ali. Mesmo assim, um sentimento de culpa a incomodava.

Tratou de afastar a sensação e tocou a campainha. Iria pedir a intervenção direta da senhora Millstone; essa era a solução. Ela também era mãe e sabia o que significava perder um filho. Com o marido fora da cidade a negócios, a senhora Millstone estaria livre para recebê-la a sós.

A menos que ela também tivesse viajado no fim de semana.

Lily apertou a bolsa entre as mãos, apegando-se à esperança. Estendeu a mão para tocar a campainha em uma última tentativa, mas, antes de apertar o botão, a porta se abriu.

Uma jovem criada a cumprimentou. Usava vestido preto e avental branco, e os cabelos estavam presos em um coque firme no alto da cabeça.

– Desculpe-me a demora em atender, senhora. – O sotaque cadenciado indicava tratar-se de uma imigrante irlandesa. A pele alva era marcada por inúmeras sardas, mais que as de Lily. – Eu estava lavando roupa e custou-me ouvir a campainha.

– Não tem problema. Que bom que tem alguém em casa.

Lily sorriu, em parte de alívio. Mesmo que a dona da casa não estivesse, pelo menos a moça saberia para onde ela fora.

A garota sorriu, ligeiramente envergonhada. Não devia ter mais de dezesseis anos.

– Posso ajudá-la em alguma coisa?

– Pode, sim. Eu gostaria de falar com a senhora Millstone.

– Ela... está aguardando a senhora? – o tom de voz demonstrava que ela já tinha sido alertada sobre visitas que apareciam inesperadamente.

– Não – respondeu Lily –, mas tenho um assunto importante a tratar com ela. Sou ex-colega de trabalho do senhor Ellis Reed, que esteve aqui há poucos dias. – Diante da expressão indecisa da garota, Lily acrescentou: – Ele é repórter do *New York Herald Tribune* e veio conversar com o senhor Millstone.

– Ah, compreendo – disse a menina. – A senhora é do jornal também, não é?

– Sou, sim. Quer dizer, não do mesmo... Sou do *Philadelphia Examiner*. Impressionada, os olhos da garota brilharam, e Lily permaneceu firme.

– Posso falar com a senhora Millstone?

– Eu vou verificar. Pode aguardar um minutinho?

Lily assentiu e logo descobriu que não fora apenas modo de falar, pois menos de um minuto depois ela retornou.

– A senhora Millstone terá prazer em recebê-la. Por favor, entre.

No vestíbulo, a garota se ofereceu para guardar o casaco de Lily, que recusou com polidez. Diante do propósito de sua visita, parecia que tirar o casaco seria um gesto descontraído, amigável demais. Além disso, dependendo de como a conversa se desenrolasse, talvez não fosse bem-vinda por muito tempo.

Seguindo a garota pelo piso de mármore branco, Lily observou a larga e impressionante escadaria e o candelabro no teto alto. Havia um aroma adocicado no ar, que lembrava talco. Embora não tivesse passado da porta da frente, Ellis tinha razão quanto à suntuosidade da residência.

Mas Lily não estava ali para admirar a decoração. Na verdade, para bloquear possíveis visões das crianças correndo pela casa, à vontade com todo aquele espaço e incontáveis cômodos, tratou de focar o pensamento em algo mais sombrio. Comparou a discrepância da sorte entre banqueiros e muitos dos que os procuravam, aqueles que não tinham escolha além de viver em favelas ou acabar mendigando nas ruas.

Ou... que Deus tivesse misericórdia... os que eram obrigados a vender os próprios filhos.

Quando a criada entrou na saleta de visitas, uma mulher se levantou com modos graciosos de um pequeno sofá com pés em formato de garras e adiantou-se para cumprimentar Lily. Aparentava ter trinta e poucos anos. Usando uma blusa de seda creme e saia preta, tinha os cabelos louro-escuros lisos e soltos, e seus lábios e faces eram levemente rosados. Um colarzinho de pérolas ornava seu pescoço.

– Senhora, esta é... – De repente a garota piscou. Esquecera-se de perguntar o nome da visitante.

– Senhora Millstone – Lily se adiantou com delicadeza. – Permita que eu mesma me apresente. Meu nome é Lillian Palmer. Muito obrigada por me receber.

– Pode me chamar de Sylvia.

A mulher sorriu e convidou Lily a se sentar na poltrona requintada à sua frente, cujas listras do estofado acetinado pareciam brilhar. Enquanto Lily se sentava e colocava a bolsa a seu lado, Sylvia fez um sinal para a criada.

– Claire, traga chá para nossa convidada.

Com um olhar agradecido para Lily, Claire se apressou até o carrinho de chá junto ao piano, enquanto enchia uma xícara em estilo colonial azul e branca, igual à que estava na mesinha ao lado de Sylvia.

Lily observou os retratos emoldurados na cornija da lareira. Mesmo a certa distância, conseguiu distinguir os detalhes de uma fotografia no centro. Sim, era Ruby, muito arrumadinha e bem cuidada, como Ellis a descrevera.

– É minha filha – explicou Sylvia. – Uma graça, não é?

A expressão de orgulho em seu rosto fez Lily engolir em seco, e sua voz soou um pouco rouca quando respondeu:

– Sim, muito bonitinha!

– Ela tem dez anos, mas parece ter vinte, segundo a professora. Inteligente, curiosa, interessada...

Lily ficou contente por Claire servir o chá bem naquela hora.

– Ah, Claire, isso me lembra... – Sylvia dirigiu-se à criada. – Diga à minha doce garotinha que precisa praticar no piano mais uma vez antes do jantar, se quiser comer tapioca hoje. E não aceite que ela diga que não quer. – Sylvia revirou os olhos, bem-humorada, e virou-se para Lily com um sorriso. – É a sobremesa preferida dela, portanto não adianta querer me enganar.

Claire fez um aceno educado com a cabeça e deu meia-volta. Seus passos continuaram a soar no vestíbulo e na escada.

– Para ser bem sincera – disse Sylvia em tom conspiratório –, quando menina eu era terrível no que dizia respeito a estudar piano. Hoje eu gostaria de ter sido mais dedicada. – Apoiou o pires e a xícara sobre as pernas. – Mas a verdade é que provavelmente não teria adiantado grande coisa. Eu era péssima, não levava o menor jeito. Infelizmente, nunca tive o dom natural que minha filha tem.

Uma imagem de Ruby sentada ao piano surgiu na mente de Lily. As aulas, e sem dúvida o próprio piano, eram luxos com que Geraldine não poderia nem sonhar, pelo menos a curto prazo.

Sylvia tomou um gole de chá.

– Gostaria muito de pedir que ela descesse e tocasse para você, mas está em sua hora especial de leitura. Quando mergulha em um livro, é difícil arrancá-la da leitura. Espero que não se importe.

Lily balançou a cabeça, esforçando-se para nublar a imagem de uma Ruby feliz naquela casa, e tentando ainda com mais empenho ignorar a inegável simpatia daquela mulher. Supondo que o marido fosse igual, não era de admirar que Ellis estivesse dividido.

– Eu entendo, porque também sou assim com os livros – Lily conseguiu dizer.

– Sim, na verdade existem vícios piores – Sylvia deu uma risadinha e bebeu outro gole. – Você tem filhos?

Lily precisou pensar antes de responder. Deu-se conta de que não fora preparada para aquela conversa.

– Sim, um menino.

– Ah, que encanto! – Com expressão maravilhada, Sylvia apoiou a xícara no pires. – É claro que sei que meninos podem dar muito trabalho às vezes, com toda aquela energia. Mas qual é o pai que no íntimo não deseja uma versão menor de si mesmo correndo pela casa? Tenho certeza de que seu marido se orgulha muito dele.

Lily sorriu antes de afogar a verdade com alguns goles do chá Earl Grey. Preferiria com um pouco de leite e açúcar, mas engoliu assim mesmo.

– Então – disse Sylvia –, o que mais posso lhe contar sobre nossa família? Imagino que deseje saber de alguns pontos específicos para a sua matéria.

Lily apertou as mãos em volta da xícara. Fosse o que fosse que Claire tivesse falado à patroa sobre ela ou sua ligação com Ellis, seu propósito para estar ali fora mal interpretado.

O som de passos descendo as escadas anunciou a volta de Claire ao vestíbulo, mas não faria sentido chamar a garota para esclarecer ou corrigir qualquer coisa.

Lily deixou de lado o pires com a xícara. Imaginara que seria bem mais fácil ir direto ao ponto.

– Na verdade, estou aqui para falar de Geraldine Dillard – começou.

Sylvia franziu a testa.

– Lamento... não a conheço. – Não havia fingimento na atitude de Sylvia, assim como também não havia incerteza.

Seria possível? Será que o marido não se dera ao trabalho de mencionar o nome de Geraldine ou de ele próprio informar-se disso?

Lily não queria insultar Sylvia lançando dúvidas sobre sua maternidade, mas não havia outra maneira de expor a situação.

– Senhora Millstone, Geraldine é a mãe das duas crianças que vieram morar aqui.

Sylvia sorriu, com a doçura que lhe era peculiar.

– Creio que está equivocada. Nós só temos uma filha, que é de quem eu estava falando com você.

Lily começou a ficar impaciente e, principalmente, confusa.

– Sim, eu sei que é só uma menina, mas me refiro ao irmãozinho dela, Calvin. O menino que, junto com Ruby, seu marido comprou na Pensilvânia.

Adotou. Lily se deu conta do deslize de não ter usado o termo mais apropriado quando um silêncio opressivo pairou na sala. Os lábios de Sylvia se contraíram, e seus olhos escureceram, mas ela não parecia ofendida, e sim intrigada, como se tentasse entender. Um calafrio percorreu a espinha de Lily conforme sua confusão se transformava em medo.

Será que Millstone tinha procurado as crianças por conta própria, sem conversar a respeito com a esposa? Teria aparecido de repente trazendo Ruby, explicando que encontrara a criança maltrapilha em um beco? Ou que era órfã de algum parente distante? Mas por que mentir para a mulher?

De repente o ruído de algo que havia caído assustou Lily. Pires e xícara... de Sylvia... tinham caído no chão e se espatifado. Uma poça cor de âmbar se espalhava sobre o mármore.

– Sente-se bem, senhora? – Claire entrou correndo na sala e pisou em cima de um caco de louça enquanto se inclinava para Sylvia, que estava muito pálida.

– Eu... preciso... me deitar.

– Sim, senhora. Deixe-me ajudá-la. – Claire a ajudou a se levantar e a amparou até o vestíbulo e escada acima.

Lily tentava entender o que estava por trás daquele mistério quando seu olhar voltou para os retratos na lareira. Levantou-se devagar e se aproximou. Ao lado da fotografia central havia outra, também de Ruby, abraçando uma boneca, e outra dela em um jardim. E mais uma dela com os pais adotivos, tirada por um fotógrafo profissional. Mas em todas elas estava faltando algo... ou melhor, uma *pessoa*.

A revelação causou outro calafrio na espinha de Lily, que se concentrou em uma reviravolta no estômago, enquanto uma pergunta a avassalava.

Onde, em nome de Deus, estava Calvin?

Parte três

"Não existe truque, fraude ou vício que não venha acompanhado por sigilo."

– Joseph pulitzer

27

O telefone tocou no sábado à tarde.

Em seu apartamento, Ellis estava preparando um sanduíche enquanto acompanhava um jogo de beisebol pelo rádio. Diferentemente de seus amigos da adolescência, nunca fora fanático por beisebol, mas amava a Pensilvânia, e, quando os Phillies jogavam, ele torcia. Especialmente em dias como aquele, quando estavam dando uma lavada nos Yankees. Quatro a dois, o melhor de seis.

O telefone tocou novamente. Ellis saiu da cozinha, lambendo um pouco de mostarda no dedo, concluindo que devia ser sua mãe que estava ligando. Demorou mais alguns segundos para atender.

Quando se despedira dela na estação, prometera ir em breve visitar os pais. Usara propositadamente a expressão *em breve*, por ser indefinida. Mas naquele dia, já que, sem dúvida, o pai estava ouvindo a transmissão do jogo, algo que ele e Ellis costumavam fazer juntos, ou melhor, na mesma sala, a mãe tinha duas horas livres, e era de esperar que aproveitasse para telefonar. Era hora de Ellis fazer a sua parte, polir as arestas de sua família e levar adiante a relação, como faziam havia anos.

Finalmente ele atendeu o telefone. Só que não era sua mãe.

– Ellis – disse Lily –, preciso falar com você.

Por uma fração de segundo ele ficou feliz ao ouvir a voz dela. Mas logo em seguida registrou a frieza na voz dela. Fosse qual fosse o assunto, não era bom.

* * *

Ellis passou o restante do fim de semana revolvendo suas lembranças. Reviu e reavaliou detalhes que havia aceitado como fatos. Embora, na verdade, não tivesse visto Calvin pela janela, tinha certeza de que ouvira o menino rir...

A menos que a risada fosse parte do programa de rádio.

Porém, durante a entrevista no banco, Alfred falara de *crianças*, no plural.

Ou será que estava se referindo a crianças em geral? Realmente ele nunca havia mencionado um menino e uma menina, e nenhum detalhe sobre eles.

Mesmo assim, Ellis se recusava a acreditar no pior. Quando Lily telefonou da casa dos pais, logo depois de voltar da residência dos Millstones, ele repetiu mentalmente o relato dela, buscando uma explicação lógica.

Era possível que Sylvia estivesse com algum problema de saúde que ocasionara o mal-estar; talvez estivesse com febre e por isso com a cabeça confusa. Talvez quisesse apenas dizer que Calvin não estava ali no momento, que estava em algum internato de renome. Como saber, tratando-se de filhos de família rica, com que idade eram mandados para o colégio interno?

Fosse o que fosse, Ellis convenceu Lily a esperar um pouco mais para contar a Geraldine. Não havia razão para causar alarme até saberem de mais detalhes. Lily concordou, com a condição de que Ellis agisse rápido.

E era o que ele pretendia fazer. Estava apreensivo, com a sensação de estar perdendo tempo.

A melhor opção era confrontar a única pessoa, além de Alfred, que podia saber a verdade.

* * *

Na agitação da manhã de segunda-feira, não seria difícil seguir alguém sem ser notado, mesmo em Hoboken.

Ellis contava com isso enquanto seguia Sylvia e Ruby saindo de casa. De mãos dadas, ambas estavam bem trajadas para o dia. Sylvia estava de vestido rodado e chapéu enviesado, e Ruby, de uniforme escolar e laço amarelo na cabeça.

Não havia sinal de Calvin.

A caminhada durou cerca de dez minutos, e terminou em frente a uma escola imponente com fachada de tijolos. Sylvia se inclinou para ajeitar a gola de Ruby antes de liberá-la no meio das outras crianças, a maioria chegando sozinha. As poucas acompanhantes pareciam ser babás.

Foi somente depois que Ruby estava do lado de dentro do portão que Sylvia se virou para voltar.

Ellis manteve distância do outro lado da rua. Imaginava que ela retornaria à tarde para buscar a menina.

Para falar a sós com Ruby, ele teria de escolher o momento certo. Havia um playground na área do lado oeste da escola. Se o tempo continuasse bom, as nuvens no céu tanto poderiam se acumular como dispersar, certamente haveria um horário de recreio.

Portanto, ele esperaria.

Os edifícios de apartamentos na rua e adjacências intercalavam-se com estabelecimentos comerciais. Na barbearia, Ellis comprou um exemplar do *Tribune*, ironicamente o único jornal que vendiam ali, e acomodou-se em um banco.

O cheiro de couro e de graxa escapava da sapataria às suas costas cada vez que a porta se abria.

Ellis folheou o jornal, relanceando o olhar pelas matérias para passar o tempo. As manchetes ousadas e os artigos assinados por jornalistas renomados o fizeram lembrar-se da reunião diária que o aguardava na redação.

Por fim, um clamor de vozes estridentes chamou sua atenção.

As crianças estavam correndo para fora da escola e espalhando-se pelo playground, livres para pular e saltar.

Ellis abandonou seu jornal sobre o banco. Enquanto atravessava a rua, examinou os rostos infantis como se fosse um garimpeiro à procura de uma pepita de ouro. Mas, mesmo olhando de perto, entre as crianças nos balanços, no escorregador e brincando de amarelinha, ele não viu Ruby.

Então ele vislumbrou uma cabecinha com fita amarela.

Na extremidade do parque, Ruby estava sozinha sob uma macieira. Não tão grande e frondosa como a que ficava ao lado da casa dela, em cujos galhos sólidos o irmão podia se balançar, mas talvez ela encontrasse conforto na semelhança entre as duas árvores.

Ellis se aproximou com as mãos nos bolsos, como se estivesse passeando pelo local. Um tempo longo demais havia se passado para que ela se lembrasse dele. Não queria assustá-la.

– Gosta de ficar quietinha aí?

Ruby ergueu os olhos da folha que segurava e deu de ombros.

– Não quer brincar com as outras crianças?

Ela relanceou um olhar para os colegas, que gritavam e riam em uma explosão de alegria, e novamente encolheu os ombros.

– Não tenho permissão – respondeu.

Sem dúvida se tratava de uma espécie de quarentena. Apenas trocar uma jardineira por um uniforme não seria suficiente para domar uma menina espoleta como aquela de quem ele se lembrava e, sinceramente, estava contente por isso.

– Então andou causando problemas? – perguntou.

– Manchei meu suéter na gangorra. – Ela apontou para o brinquedo onde as crianças se esbaldavam, subindo e descendo alegremente. – Foi na semana passada, mas ainda não posso brincar.

Voltando a se concentrar na folha, ela a rasgou e atirou os pedaços para longe. Não era um gesto meditativo, mas de irritação. Ellis reparou na professora solitária de meia-idade, responsável pelo recreio. Supervisionava o parque como uma carcereira no pátio de um presídio. Não era difícil deduzir que aquela mulher apoiava o castigo ridículo que haviam imposto à menina. Faria o possível para que a professora não notasse sua presença.

– E o senhor, o que está fazendo aqui? – perguntou Ruby. – Veio tirar fotografias?

Ellis demorou um segundo para processar as palavras. Impressionado, sorriu para a menina.

– Não achei que se lembraria de mim.

– Por que não?

– Porque já faz muito tempo... – Incrivelmente, cerca de oito meses. – E só nos vimos uma vez... Não, duas... acho.

– Eu vi o senhor da minha janela muitas vezes, trazendo caixas para a nossa varanda. Comida e outras coisas.

Mais um motivo para Ellis se surpreender. Todas as vezes tinha estacionado no fim da estrada, longe das janelas. No escuro da noite, achava que passava despercebido.

– Você sabia que era eu o tempo todo?

Ruby pegou outra folha e voltou a despedaçá-la, não com tanta raiva dessa vez.

– Eu ouvia o motor do seu carro. Parecia uma fera roncando alto.

– Sim, é verdade – Ellis riu. – Ainda faz esse barulhão.

O rosto de Ruby enrubesceu, e um sorriso que Ellis reconhecia curvou seus pequenos lábios.

– Eu gostava dos picles de beterraba que o senhor levava. Das peras em conserva, também. Não ligava para o grão-de-bico.

– Não gosta do sabor?

– Ah, eu até gostava de comer, o problema era o *depois*. Não estou falando de mim, se é que me entende – ela enfatizou. – Não era legal dividir a mesma cama com Cal fazendo tanto barulho. E o fedor poderia matar um urso.

Ellis não pôde deixar de rir de novo.

– Era tão ruim assim?

– Não dá para imaginar um pum tão grande saindo de alguém tão pequeno, e não era só por causa do grão-de-bico. De uma outra vez, meu irmão teve a coragem de... – Ela se calou e baixou o olhar para o chão, sua alegria foi desaparecendo junto com a voz.

– O quê? – ele pressionou gentilmente. – O que seu irmão fez?

Ruby sacudiu a cabeça.

– Eu não tenho... irmão.

Ellis a fitou, espantado com a mentira. Sem dúvida a menina fora doutrinada para dizer aquilo. De repente sentiu-se ao mesmo tempo ansioso e com medo de insistir. Preparando-se, agachou-se diante da menina, com os olhos no mesmo nível dos dela.

– Lembra que você me perguntou o que eu estava fazendo aqui? Então, na verdade eu vim por causa de Calvin. Se você sabe para onde ele foi, esperava que me dissesse.

Ela fez beicinho. Sua relutância era evidente, mas Ellis não podia desistir.

– É que eu jurei garantir que ele ia ficar bem. E estou tentando manter a promessa, mas não sei se consigo sem a sua ajuda.

Analisando a expressão no rosto de Ellis, a menina ponderou sobre seu pedido. Em voz baixa, respondeu:

– Ele está com a mamãe.

Ellis inclinou a cabeça para um lado, antes de assimilar a informação.

– Quer dizer, com a senhora Millstone? Com quem você mora agora?

– Não... com minha antiga mãe.

Dessa vez Ellis ficou de fato perplexo.

– Está me dizendo que sua mãe... Geraldine... *ficou* com Calvin?

Após uma breve hesitação, Ruby fez que sim com a cabeça.

Aquilo não fazia sentido. Não combinava com os relatos de Walter Gale, nem com o da funcionária da estação de trem, nem com o da própria Geraldine.

– Que interessante... Sabe o que me disseram? Que você e Calvin foram embora de trem com o senhor Millstone, para a Califórnia. E que depois se mudaram para cá, para Jersey. Com a senhora Millstone também.

Ruby voltou a assentir.

Será que na pensão Ellis fornecera detalhes suficientes para Geraldine localizar as crianças por conta própria? Será que, durante a última semana, ela reconsiderara sua posição? Conseguira recuperar o filho?

Naquele momento, por cima do ombro de Ruby, Ellis viu a professora se encaminhando na direção deles. O tempo estava se esgotando.

– E o que aconteceu depois?

– Um dia, depois da escola – disse Ruby –, recebi uma carta da mamãe. Fiquei tão contente, porque pensei que ela já estava melhor e que eu ia poder voltar para a minha casa.

Então a menina sabia que a mãe estava doente; talvez soubesse o tempo todo.

– O que dizia a carta?

– Dizia que ela me amava muito... mas... que só podia tomar conta de um de nós – a voz de Ruby embargou, e seus olhos se encheram de lágrimas. – Como Calvin é menor, precisava mais dela. Por isso que ela foi buscar meu irmão de volta.

A sineta soou. O recreio tinha acabado.

Desesperado por mais tempo, Ellis desejou poder confortar aquela criança.

– Meu bem, eu preciso saber de uma coisa... Você chegou a *ver* sua mãe quando ela foi buscar Calvin?

Ruby balançou a cabeça.

– Não. Ia ser muito difícil para ela dizer adeus de novo.

– Como você sabe? Alguém disse isso para você?

– Senhor, posso ajudá-lo em algo?

Com um sorriso automático, Ellis encarou a expressão um tanto severa da professora.

– Bom dia, senhora – cumprimentou, levantando-se contrariado. – Eu estava passando por aqui e, como sou amigo da família, resolvi dar um alô para a Ruby.

A mulher olhou para Ruby.

– É verdade?

Depois de uma pausa desconfortável, a menina fez que sim com a cabeça. Ainda bem.

– De qualquer modo, é hora de aula. No futuro seria melhor o senhor visitar a família na casa deles.

– Claro. Sem dúvida farei isso.

A professora deu meia-volta abruptamente e acenou para as outras crianças, que rumaram em fila de volta para a escola.

– Para dentro, Victoria.

Ruby lançou um último olhar para Ellis, que ficou perplexo de novo. A menina agora era chamada de Victoria! Não apenas fora arrancada de sua família como também perdera o nome.

* * *

Assim que entrou de volta no escritório, a primeira coisa que Ellis fez foi telefonar para o sanatório. Como a diretora já o conhecia, logo chamou Geraldine.

Calmamente, Ellis perguntou a ela sobre a carta enviada para Ruby. Não deu detalhes sobre o conteúdo da carta nem mencionou a troca de nome.

Como ele suspeitava, Geraldine não sabia de nada. Ellis disfarçou, dizendo que devia se tratar de um mal-entendido. E o pedido que ela fez a seguir, para que ele verificasse de vez em quando como as crianças estavam, só confirmou suas suspeitas.

Geraldine nunca havia ido buscar o filho.

Lily tinha razão de estar preocupada. Ou o casal Millstone entregara Calvin para outras pessoas ou algo muito grave acontecera enquanto Ruby estava na escola. A segunda hipótese seria uma explicação para a reação de Sylvia.

Mas Ellis se recusava a aceitar essa possibilidade. Como repórter, orgulhava-se de detectar a verdade. Alguma coisa nos modos de Alfred quando haviam conversado sobre crianças teria acionado o alarme. Ou sua percepção tinha sido nublada pelo desejo de ver apenas o que queria?

– Dutch – chamou, vendo o colega perambular pela sala com o bloco de anotações na mão.

Olhando na direção de Ellis, Dutch foi até ele.

– Ei, você perdeu a reunião de hoje... Pensei que estivesse doente.

De fato, Ellis não se sentia muito bem, mas não era por causa de nenhuma gripe ou virose.

– Seu colega em Los Angeles... Você disse que ele me enviaria os recortes que encontrou. Importa-se de perguntar por eles quando puder?

Dutch sorriu.

– Está vendo aquela pilha de papéis ali? – Ele apontou para a correspondência espalhada na mesa de Ellis. – Deveria dar uma olhada de vez em quando. Veja aqui... – Depois de examinar a papelada rapidamente, Dutch entregou a Ellis um pequeno envelope pardo. Deixei aqui para você na semana passada.

– Acho que é isso que ganho por dar folga à minha secretária – Ellis brincou, não apenas para manter a conversa com Dutch em tom descontraído, no que obteve êxito, mas também para aplacar o medo que sentia.

A sensação de fogo brando estava se transformando em uma brasa flamejante. Sentiu isso antes mesmo de abrir o envelope, enquanto Dutch se afastava, e retirar de dentro o obituário da filha dos Millstones, antes de ver o retrato da menina usando um vestido com gola de marinheiro que ele reconheceu e uma fita nos cabelos.

Victoria Agnes Millstone, dizia a legenda.

Ellis já tinha percebido que os Millstones queriam preencher um vazio. Só não percebera que a filha deles havia sido literalmente substituída por Ruby, em todos os sentidos, pois as duas meninas eram parecidíssimas, podendo até passar por gêmeas.

Cada aspecto enervante daquela história ia aumentando em um volume gigantesco.

Embora temesse compartilhar a novidade, como explicar o que descobrira? Ellis pegou no telefone. Ainda estava processando a coisa toda quando ligou para a telefonista, que o conectou com o ramal de Lily no *Examiner*. Mas foi o chefe dela quem atendeu. Parecia afobado e ainda mais aturdido do que Ellis.

– Ela tirou o dia de folga – resmungou e desligou antes que Ellis tivesse tempo de perguntar qualquer outra coisa.

Dia de folga?, pensou Ellis, intrigado, desligando o telefone. Ele não dissera que ela faltara porque estava doente.

Depois da ida a Nova Jersey, ela provavelmente prolongara o fim de semana para compensar o tempo que perdera longe do filho. Ellis hesitou por uns momentos, ponderando se seria melhor não perturbar o tempo dela com a família, mas depois pensou em Calvin, e em Ruby, e decidiu que não dava para esperar.

Ligou novamente para a telefonista e solicitou uma ligação para a delicatéssen. Após o primeiro toque, Lily atendeu.

– Dr. Mannis? – perguntou, sem dizer "alô".

– Não... é Ellis, Lily.

– Ellis? – Ela parecia prestes a chorar.

No mesmo instante, todos os pensamentos evaporaram da cabeça de Ellis, inclusive o motivo de sua ligação.

– Lily, o que foi? O que aconteceu?

Com voz trêmula, ela respondeu do outro lado da linha:

– Samuel não está bem.

28

Lily tentou combater os ecos da própria consciência.

A culpa é toda sua. Foi você que fez isso com ele.

Sentada na cadeira ao lado da cama de Samuel, ela tirou a toalhinha que cobria a testa dele. O calor da febre quase secara o tecido. Suas faces estavam vermelhas como pétalas de rosas, as pálpebras, fechadas e inchadas. Na bacia de porcelana sobre a mesinha de cabeceira, ela molhou e torceu o pano pela centésima vez naquele dia.

Seu filho vai morrer. Por culpa sua.

Lily queria gritar, sacudir os ombros de Samuel até que ele se movesse. Gostaria de voltar no tempo e apagar o mal que provocara. Mas tudo que conseguiu fazer foi colocar o pano frio na testa úmida do filho.

Voltara de Nova Jersey no sábado, no fim da tarde, e logo telefonara para Ellis para contar sobre Sylvia. Mal havia desligado quando a mãe a chamou no andar de baixo para ajudar com o movimento do fim de semana. Samuel preferiu ficar no quarto. Normalmente ele teria descido com a mãe, pois adorava ajudar e não perdia uma oportunidade, mas estava chateado por causa do adiamento do piquenique.

– É bom para ele – disse a mãe de Lily, passando para ela um pedaço de queijo gouda para ela embrulhar para um cliente. – As crianças precisam aprender que os planos mudam. A vida é assim.

– Sua mãe tem razão – disse o pai, passando por trás do balcão. – É mais fácil assim, acredite – acrescentou com uma piscadela.

Mesmo que Lily pensasse diferente, era complicado discordar dos pais quando precisava deixar o filho aos cuidados deles nos fins de semana. Além disso, o comportamento do menino naquela noite e o silêncio amuado enquanto remexia a comida no prato sem comer apenas reforçavam o ponto de vista de sua mãe. Lily resolveu se impor, antes que os pais pudessem intervir. Era uma atitude ditada por sua autoridade materna e também porque estava aborrecida. A situação com Calvin mexia com seus nervos.

– Samuel, sua avó e eu tivemos trabalho para preparar seu jantar. Trate de comer.

– Não estou com fome – ele resmungou, esparramado na cadeira, olhando para o garfo.

O pai de Lily se adiantou:

– Vamos lá, Sammy. Se não comer, não tem sobremesa. E se você não me ajudar, terei de comer o bolo de chocolate inteiro sozinho.

– Eu *não* estou com fome! – A teimosia do garoto acabou com a pouca paciência que restava a Lily.

– Samuel Ray! Preciso lembrar a você que tem um monte de gente lá fora que daria tudo por um prato de comida como esse?!

E era verdade. Toda sexta-feira à noite, desde que Lily era criança, homens e mulheres famintos e sem dinheiro se reuniam na porta dos fundos da delicatéssen, e o pai dela distribuía sobras de queijo, pedaços de carne e pãezinhos que não poderiam ser vendidos no dia seguinte.

– Se você não se sentar direito e se comportar, pode ir direto para a cama!

Quando Samuel deslizou para fora da cadeira e correu para o quarto sem reclamar, Lily ignorou a sensação de que alguma coisa não estava bem.

Mais tarde, depois de lavar e secar a louça, foi conversar com ele. Pretendia reforçar a lição, mas de um modo mais carinhoso dessa vez. Como podia culpá-lo por lamentar a perda de uma diversão especial?

Samuel, porém, já se enfiara embaixo das cobertas e estava ressonando, dormindo profundamente.

– O menino está crescendo – disse o pai de Lily na manhã seguinte.

Era a explicação mais lógica para Samuel estar tão ressentido e dormindo tanto. Ele insistiu para que Lily não o acordasse, mesmo que fosse para se despedir. Junto com o dono do armazém local, ele viajava com frequência para feiras municipais e estaduais fora da cidade, para comprar carne e outros produtos a preço de atacado, e daquela vez passaria a noite fora e voltaria no dia seguinte.

Lily concordou e deixou que Samuel continuasse dormindo até mais tarde.

Porém, à medida que as horas se passavam e se aproximava o momento em que ela teria de ir embora, Lily afastou as cobertas e viu que o cabelo de Samuel estava ensopado de suor. Ao tocar o rosto dele, sentiu que estava ardendo em febre. Aquilo não era um resfriado à toa. Verdade que se preocupava em demasia, mas daquela vez era diferente.

Sua mãe também se preocupou e telefonou para uma enfermeira, que lhe deu instruções: observar e aguardar. O hospital mais próximo ficava a quase cinquenta quilômetros de distância e estava superlotado. Provavelmente ele melhoraria com repouso e remédio para a febre.

Talvez a enfermeira estivesse certa, tinha de estar!, embora Samuel nunca tivera febre tão alta e por tanto tempo. Lily telefonou para o doutor Mannis, o médico local, com a esperança de que ele descartasse influenza, ou rubéola, ou febre tifoide, ou qualquer outra doença perigosa que matava crianças todos os dias, mas ele não estava em casa. A esposa prometeu que ele telefonaria assim que voltasse da pescaria. Lily precisou contar até dez para não perder o controle diante de tamanha negligência... Era segunda-feira, pelo amor de Deus!

Mas criar inimizade com o médico não iria ajudar. No entanto, o que ajudaria?

Segurou a mão do filho enquanto tentava pensar com calma. A mãozinha queimava como carvão em brasa, mas Lily a manteve junto ao seu rosto. *Por favor, Deus, por favor, não o leve*, rezou, dolorosamente ciente de que havia aberto mão do direito de fazer esse pedido...

Uma batida na porta do quarto interrompeu seus pensamentos. Sua mãe estava parada na soleira, os olhos vermelhos à luz da tarde que se infiltrava pela janela. Fechara a delicatéssen mais cedo. Nenhuma das duas tinha dormido à noite.

– Querida, seus amigos estão aqui para ajudar.

Não havia nenhum traço de crítica na voz dela, apenas um fio de esperança em meio à aflição. Ouvir aquilo da boca de sua mãe era assustador para Lily.

Nesse momento, Ellis entrou no quarto e cumprimentou Lily.

– Lembra-se da senhora Dillard?...

Lily esperou ouvir uma notícia, uma história. Certamente não esperava ver Geraldine entrar no quarto. Olhou para ela, confusa.

– O que... está fazendo aqui?

– Vim dar uma olhada no menino.

Geraldine avançou até Samuel com um olhar observador, enquanto Ellis explicava:

– Como o médico não está, liguei para Dearborn. A diretora disse que viria ver Samuel. Parei no caminho para pegá-la, mas ela informou que dois de seus pacientes tinham... – Ele não terminou a frase, não havia necessidade. – Ela não podia sair, mas Geraldine se ofereceu para vir.

– Ele está com febre, sim, e alta – disse Geraldine, depois de tocar a testa do menino com os lábios.

Por baixo do casaco desabotoado, o avental branco indicava seu trabalho de cuidadora. Mas até que ponto ela tinha experiência para ajudar com uma criança doente?

Lily hesitou antes de informar:

– Trinta e nove e meio. Faz dois dias, já.

– Alguma erupção na pele?

Lily balançou a cabeça.

– Vômitos? Catarro?

– Não.

– Isso é bom. Mas é preciso hidratá-lo.

– Ele recusa tudo, até água – retrucou Lily, não para discutir, mas porque todas as tentativas haviam sido tão frustrantes.

Geraldine virou-se para a mãe de Lily.

– Tem um bloco de gelo em casa?

– Vários. Lá embaixo, na loja.

– Vamos precisar de lascas de gelo. Para colocar nas bochechas dele.

– Vou encher uma tigela – Ellis se prontificou e correu para a escada.

– Bem, vamos tentar fazer a febre baixar. Já deram banho morno?

– Perguntamos à enfermeira se podíamos dar banho frio – respondeu a mãe de Lily. – Ela disse para esperar, a menos que ele tenha uma convulsão.

– Banho morno é melhor, e não há razão para esperar – disse Geraldine.

– Morno? – repetiu Lily, tentando afastar a possibilidade de seu filho ter uma convulsão.

– Isso mesmo.

– Mas... isso não vai fazer a febre subir ainda mais?

Geraldine ergueu as mãos.

– Eu também achava isso, mas a doutora Summers me ensinou que funciona, e eu já testemunhei, com pacientes do sanatório. Água fria não é bom, porque a friagem, sim, pode fazer a febre subir.

– Mas... – Lily ia insistir, mas Geraldine a interrompeu.

– Senhorita Palmer, pode confiar em mim.

Lily olhou para o filho. De repente ele parecia tão pequeno e frágil, indefeso como um recém-nascido. Virou-se para a mãe, esperando algum conselho, desejando que o pai também estivesse ali. De qualquer modo, fosse qual fosse a opinião deles, a mãe era ela, e a decisão final era sua.

– Vou encher a banheira – disse.

* * *

A hora que se seguiu pareceu um século e, ao mesmo tempo, passou muito rápido.

Aos poucos a temperatura de Samuel foi baixando e se igualando à da água do banho. A vermelhidão da pele sumiu, adquirindo uma tonalidade rosada. A atmosfera dentro de casa tornou-se leve enquanto Ellis, depois de enxugar Samuel, o levou para o quarto enrolado em uma toalha seca. A sensação de alívio aumentou quando Ellis o deitou na cama e ela viu o filho com os olhos abertos.

– Ei, garotão! Tudo bem aí? – perguntou Ellis, sorridente.

Lily se apressou a se ajoelhar ao lado da cama. Samuel parecia tentar entender o que estava acontecendo.

– Mamãe... – murmurou com voz sonolenta.

– Meu amor!

A expressão no rosto do menino era de perplexidade.

– O que... foi?

Lily mal conseguia conter a euforia, que, a julgar pelos sorrisos largos dos outros presentes no quarto, não era só ela. Deu um beijo no rosto de Samuel e segurou a mão dele, feliz ao sentir a temperatura normal.

Quando a mãe dela também se aproximou para acarinhar o neto, Lily se afastou, mas, assim que ficou em pé, sentiu a cabeça girar e a vista embaçar. Foi o braço de Ellis em sua cintura que a impediu de cair.

– Você se levantou muito rápido – disse ele.

– Faz dois dias que ela não se alimenta – explicou a mãe.

– Eu vou ficar bem – murmurou Lily, recuperando o equilíbrio e sentindo a vista normalizar.

– Senhor Reed, pode, por gentileza, levá-la até a cozinha? Tem bastante coisa para comer lá. – Descartando o protesto de Lily, ela acrescentou: – Vá, Lillian, respire um pouco de ar fresco, você está precisando. As janelas da cozinha estão abertas. Pode ir tranquila que ficarei aqui com Samuel.

A mãe de Lily pegou a tigela com lascas de gelo e começou a colocá-las gentilmente na boca de Samuel. Tudo ficaria bem, e seria graças a Geraldine.

– Obrigada – Lily agradeceu à mulher, sentindo a palavra soar insignificante e insuficiente.

Geraldine sorriu e sentou-se na cadeira ao lado da cama e, cantarolando as notas de *Daisy Bell*, torceu a toalhinha em uma bacia com água fresca.

O som tranquilizante da cantiga transmitiu a Lily segurança para se afastar, e ela seguiu Ellis até a cozinha, onde ele se dirigiu à bancada e vasculhou a cesta de pães.

– Tem pastrami e queijo suíço – anunciou em tom de voz animado, sem se virar.

Sem dúvida, era o sanduíche predileto de Lily, mas ela não conseguiu falar. Toda a tensão acumulada nas últimas quarenta e oito horas havia drenado sua energia, deixando-a sem forças. Encostou-se na parede e foi deslizando até sentar-se no piso de linóleo. O som das portas dos armários abrindo-se e fechando e de gavetas deslizando cessou de repente. A voz de Ellis parecia vir de muito longe, e ela se sentiu sonolenta, até que o viu sentar-se a seu lado.

– Samuel vai ficar bem, Lily, já está bem melhor.

Quando ele segurou sua mão com delicadeza, as lágrimas brotaram de seus olhos, lágrimas não só de alívio mas também por seu próprio passado. Sentimentos de vergonha e remorso que ela não conseguia mais reprimir.

– Eu já lhe contei como fiquei apavorada quando descobri que estava grávida de Samuel. Mas não lhe contei tudo.

Com uma expressão de ternura, Ellis fez sinal para que ela continuasse.

– No início eu rezei para que não fosse gravidez, para que fosse apenas meu organismo desregulado. Depois rezei para conseguir esconder dos meus pais. E quando isso não foi mais possível... – ela engoliu em seco, com dificuldade para falar – ...eu quis que Deus levasse embora o meu erro. Para mim era isso, um erro. Na farmácia, vi o farmacêutico vendendo um remédio para uma moça que tivera um aborto, e pensei, *acontece o tempo todo... por causa de um acidente, de uma queda... ou por motivo nenhum.*

A voz dela tremeu, e Ellis apertou sua mão.

– Uma noite, quando meus pais já estavam dormindo... aqui mesmo, nesta casa... fui até o topo da escada. Eu estava de camisola... Fiquei olhando para baixo. – Mesmo naquele momento, ela se lembrara de como os pais haviam sofrido, tentado por tanto tempo ter um bebê, as esperanças, os abortos espontâneos que a mãe sofrera, as frustrações, a tristeza. – Tudo que eu precisava fazer era dar um passo em falso. Só um e pronto, estaria tudo acabado. Mas, enquanto tentava reunir coragem, eu senti... um movimento... Era o primeiro chute do bebê. E naquele instante eu entendi que ele era real. Era uma vida, de verdade, crescendo dentro de mim.

Lily balançou a cabeça com a lembrança, por sua estupidez de não ter compreendido aquilo desde o primeiro momento. Por não ter se dado conta de que, de qualquer modo, sempre haveria consequências.

– Agora, toda vez que Samuel tem qualquer coisa, um resfriado que seja, eu fico aterrorizada. Fico com medo de que Deus atenda aquelas minhas preces, para me punir pelo que eu fiz.

– Você *quase* fez – Ellis corrigiu, e Lily ergueu o rosto para ele. – Mas não fez.

– Sim, eu sei. Mas, se Samuel não tivesse se mexido naquele exato instante, eu provavelmente o teria perdido... para sempre.

– Mas não perdeu – insistiu Ellis. – Decidiu não se jogar da escada.

– Ellis, você não está me ouvindo! – Lily desvencilhou a mão da dele, um pouco por frustração, mas principalmente por não se sentir merecedora de tão sincera compreensão.

Um silêncio prolongado pairou entre eles, até que Ellis voltou a falar:

– Você sabe que eu não sou católico, Lily. Na verdade, nem me lembro da última vez em que entrei em uma igreja. Sei que você passou todos esses anos se preocupando e esperando o pior. Mas, se quer saber o que eu acho, Deus já respondeu às suas preces... quando você estava no topo da escada e sentiu seu bebê se mexer.

A necessidade de insistir extinguiu-se quando aquelas palavras inesperadas penetraram a consciência de Lily.

Desde que Samuel nascera, seus medos haviam crescido e se espalhado como ervas daninhas, sufocando as alegrias da maternidade. Ser mãe era preocupar-se. Mas aceitar o ponto de vista de Ellis era escolher uma vida sem culpa. Seria reconhecer um sinal que, talvez, ela devesse ter percebido muito tempo antes.

Lily só se deu conta de que estava chorando quando Ellis secou suas lágrimas com o polegar. Um peso enorme parecia escorregar de seus ombros a cada lágrima vertida.

Ellis recuou e fez menção de se levantar, porém Lily, sem pensar, segurou a mão dele em seu rosto. Ele não retirou a mão e não se levantou. Fitou-a com um olhar penetrante; parecia que uma vida inteira se passara desde que haviam estado assim, tão próximos.

Segundos depois, os lábios dele cobriram os de Lily. Ela não sabia dizer quem tomara a iniciativa. O calor das respirações misturadas consumiu seus sentidos.

Então Ellis deslizou uma das mãos por seu pescoço e enterrou a outra em seus cabelos, e uma sensação de formigamento se espalhou pelos braços de Lily e por todo o seu corpo. O beijo se aprofundou, e seu coração disparou. Ela espalmou a mão no peito dele e sentiu os músculos se retesarem sob seus dedos. Ellis estreitou-a entre os braços, com um misto de firmeza e ternura. A respiração de ambos acelerou, conforme o anseio aumentava.

Até que uma voz quebrou o encantamento.

– Lillian...

Ela ficou paralisada. O mundo em volta deles, que parecia ter parado de existir, ressurgiu no mesmo instante. O reconhecimento da presença da mãe teve o efeito de um tapa.

Lily e Ellis se separaram e trataram de se levantar. Pareciam dois adolescentes pegos em flagrante na festinha da escola.

– Samuel quer sopa.

Ellis desviou o olhar, tão constrangido quanto Lily.

– S... sopa? – ela gaguejou. – Ah, que bom, é um ótimo sinal!

– Sem dúvida! – a mãe exclamou e fez uma pausa. – Acho que logo Geraldine poderá ir embora.

E, por "Geraldine", ela queria dizer Ellis. Seu tom de voz deixou isso claro, não com reprovação, mas como um lembrete necessário, depois de tanto desgaste emocional. Lily refletiu que era preciso pensar em Samuel. E em Ruby e Calvin.

E Clayton.

– Tem razão – respondeu, decidida. – Não faz sentido segurar Geraldine aqui por mais tempo.

29

Ellis deveria ter ficado atento no trajeto de volta para casa.

Mas Lily Palmer dominava seus pensamentos. A lembrança do beijo ficava repassando em sua cabeça, como um trecho de filme sendo repetido na tela do cinema por algum enguiço do projetor, apesar do modo frio como ela o despachara. Enquanto Geraldine recebeu um caloroso abraço, ele apenas mereceu um aperto de mão agradecido, que Ellis interpretou como uma reafirmação de qual era o seu lugar. Algo difícil de aceitar, quando ele ainda podia sentir a maciez dos cabelos de Lily, de sua pele, de seus lábios. Sem falar na força e na beleza que havia contemplado nela enquanto cuidava do filho.

Portanto não foi de admirar que ele tivesse demorado algum tempo, na viagem de volta, para notar o jeito reservado de Geraldine. Ela ia em silêncio, o olhar fixo na paisagem noturna através do para-brisa, as mãos cruzadas no colo.

– Você foi ótima – disse Ellis, quebrando o silêncio.

– Ah, não! Não fiz quase nada...

– Tenho certeza de que os Palmers não pensam assim. E acho que a doutora Summers também não.

– Só fiz o que ela me ensinou. É uma boa professora.

– Sim, claro... mas é óbvio que você tem uma inclinação natural para cuidar de pessoas enfermas.

E não tinha sido apenas a sugestão do banho morno e das lascas de gelo; fora também o equilíbrio, a segurança e a serenidade, a capacidade de transmitir confiança para pessoas em um momento no qual enfrentavam seus piores medos.

– Acho que sim – Geraldine concordou. – Claro que é mais fácil quando não é o seu filho que está doente.

As palavras ficaram ecoando no ar. A mensagem de duplo sentido, que não parecia ter sido intencional, a deixou pensativa novamente.

Ellis estava pensando em como responder quando ela falou:

– Às vezes me pergunto se eles vão se esquecer de mim...

Um pensamento terrível. Não era preciso explicar quem eram "eles".

– Céus, Geraldine, não! Não vão esquecer, nunca!

Ela não respondeu, e Ellis percebeu que nada que dissesse naquele momento faria diferença. Assim, o silêncio predominou pelo resto da viagem, com Ellis na direção e Geraldine olhando para fora. Se não fosse pelos discretos movimentos ocasionais de enxugar os olhos, ninguém diria que ela estava chorando.

Quando chegaram a Dearborn, Ellis não podia mais ignorar a verdade: Geraldine Dillard queria os filhos de volta. Entretanto, havia algo mais profundo, além das razões práticas, que a impediam de exigir isso. A culpa. Ellis compreendia isso agora, mais que nunca, depois de ouvir a história de Lily na cozinha. Por circunstâncias diferentes, as duas mães acreditavam que perder seus filhos era o castigo que mereciam.

E ambas estavam enganadas.

Naquele exato instante, Ellis decidiu que iria encontrar-se novamente com Alfred. Seria um encontro difícil, ousado até. O homem teria de escutá-lo, ouvir tudo e considerar as opções. Se quisesse evitar que o assunto fosse parar diante do juiz e nos jornais, teria de começar revelando o paradeiro de Calvin e a verdade por trás da carta que Ruby havia mencionado.

Às vezes precisamos fazer sacrifícios por aqueles que amamos. As palavras de Alfred voltaram à mente de Ellis. A provável extensão desse sacrifício agora o assombrava, e a sensação continuou noite adentro.

* * *

No dia seguinte, no jornal, Ellis foi obrigado a adiar suas apreensões. Chegou cedo para compensar a ausência do dia anterior, e também para pôr suas coisas em dia com calma, antes que o expediente começasse. Depois da reunião, iria até o banco para uma visita surpresa. Enquanto isso, debruçado sobre sua mesa, esforçando-se ao máximo para não pensar em Lily, datilografava mais detalhes banais sobre a proposta de mudar o nome de uma biblioteca local.

Não que fosse ganhar um Prêmio Pulitzer por isso, mas era melhor produzir alguma coisa do que não fazer nada.

– Senhor Reed, por favor. – A voz do senhor Walker soou nítida na quietude da manhã.

Preparando-se para mais uma reprimenda, Ellis se dirigiu à sala do chefe.

– Recebi um telefonema interessante agora cedo. – O senhor Walker deixou a frase ecoar por alguns momentos, como para criar um suspense. – Do presidente do Century Alliance Bank, um senhor chamado Alfred Millstone.

Ellis tentou reagir com naturalidade.

– Ah, sim?

– Disse que você o procurou para escrever uma matéria sobre o perfil dele. Enfatizar os caminhos da redenção para os banqueiros atualmente e outras baboseiras. – O editor se encostou na cadeira e cruzou as mãos sobre o ventre. – Ele não quer que seja publicado. E pediu para você não entrar mais em contato com a família dele.

A família. Não apenas ele. Sem dúvida, Alfred e Sylvia haviam conversado. Teriam falado com Ruby também?

– O que o senhor respondeu?

– Falei que não seria um problema, já que, para começo de conversa, eu não estava ciente de nenhuma matéria sobre um perfil.

Que beleza... as chances de a secretária de Alfred e, antes dela, o segurança do banco o deixarem passar novamente por eles estavam reduzidas a zero.

Mas primeiro ele precisava salvar seu emprego.

– Senhor Walker, se me permitir explicar...

– A questão é que você tem andado tão disperso nestes últimos tempos que não me ocorreu, até desligar o telefone, o que você realmente anda fazendo.

A explicação de Ellis ficou travada a garganta.

– Senhor...

– Imagino que ande bisbilhotando os Millstones em busca de uma matéria. Entendo por que não comentou nada, dada a forte ligação deles com Giovanni Trevino, mas, por tudo que ouvi falar... é bom tomar cuidado, Reed.

Nesse momento, um conhecido agente de imprensa chamou a atenção do senhor Walker, que o convidou para retomarem um assunto.

Os pensamentos de Ellis rodopiavam em sua cabeça, mas ele não podia demonstrar. Simplesmente se afastou enquanto tentava decifrar a advertência. O nome Trevino era uma sombra em sua mente. Obscuro, mas familiar, porém não específico.

Quando se virou, viu Dutch chegando e se dirigindo para a copa, antes de ir para sua mesa. Ellis foi até lá.

– Dutch, quero lhe perguntar uma coisa.

– Hum-hum. – Dutch estava examinando o bule de café para ver se estava fresco.

– Giovanni Trevino. Esse nome lhe diz alguma coisa?

– Claro... sim...

Distraído, Dutch encheu uma xícara.

– O que sabe sobre ele?

– Contrabando de bebidas, creio eu. É dono de uma boate, cassinos clandestinos... Dizem que tem ligação com a Black Hand.

A sombra de repente começou a tomar forma.

– Estamos falando de *Max* Trevino?

– Max! Sim, o próprio!

Ellis não sabia muita coisa sobre o sujeito, além de que era membro da máfia. Mas sem dúvida sabia sobre a Black Hand, um grupo conhecido por extorquir pequenas empresas na cidade de Nova York. Seus membros eram italianos. Impiedosos. Brutais.

– Por que quer saber? – perguntou Dutch.

Tentando combater uma onda de apreensão, Ellis deu de ombros.

– Só curiosidade.

* * *

O tráfego da terça-feira estava cooperando. Primeiro ponto positivo do dia para Ellis.

É claro que, se tivesse juízo, daria meia-volta com o carro e abandonaria toda aquela história com os Millstones, mas não podia. Agora com aquela novidade de ligação com a máfia, sua preocupação com as crianças tinha dobrado. Até a viagem de Alfred a Chicago, um centro do crime organizado, adquiria um novo contexto.

Hora de voltar para sua fonte, não Alfred, mas Ruby. Se se apressasse, ainda daria tempo de encontrá-la no recreio.

Estava se dirigindo para Jersey quando percebeu que um carro o seguia. Um Packard preto. Como uma latinha amarrada ao para-choque, vinha atrás dele em cada curva, por todo o trajeto até Hoboken. Do outro lado da escola, Ellis estacionou, e o Packard passou direto.

Um alívio, a não ser pelo motorista. As faces marcadas por pústulas o fariam se destacar na multidão. Ele já tinha visto aquele sujeito antes, mas onde?

Porém, depois do alerta do senhor Walker, talvez estivesse ficando paranoico. Não tinha tempo para pensar naquilo agora, as crianças já estavam no playground, gritando e correndo no dia ensolarado de primavera.

Ellis saiu do carro. Como esperava, Ruby estava sozinha ao lado da macieira. A mesma professora do outro dia estava atenta às crianças mais peraltas. Cauteloso, Ellis foi na direção da menina.

A poucos metros de distância, viu que ela o avistara. A expressão dela estava apreensiva, mas ela colocou um dedo sobre os lábios e apontou para a parte de trás da árvore, onde Ellis se agachou para ficar no mesmo nível dela, escondido da professora.

– Eu estou proibida de falar com o senhor – disse ela baixinho, em tom de ansiedade. – Mas queria que o senhor viesse, tenho umas coisas para contar.

– Sobre Calvin? – foi o primeiro pensamento de Ellis.

Ruby franziu o nariz, confusa, e balançou a cabeça. Mas seu olhar angustiado sugeria um cenário igualmente preocupante.

– Querida, e *você*, está bem?

O silêncio dela durou o suficiente para significar uma resposta, e Ellis lamentou não ter feito a pergunta da primeira vez, logo no início.

– Ruby, se eu puder, faço questão de ajudar você.

Os cantos dos lábios dela se curvaram ligeiramente para cima, e Ellis percebeu que não era tanto pela oferta de ajuda, mas por tê-la chamado de Ruby, e não de Victoria.

– Então vou pedir um favor – ela sussurrou. – Preciso mandar uma mensagem para minha mãe, porque penso muito nisso. Sabe, Claire... a nossa governanta... está me ensinando a costurar. Vai me ensinar também a fazer tricô e crochê. Eu já aprendi a lavar roupa e a cozinhar algumas comidas... então eu queria que minha mãe soubesse que já posso me sustentar sozinha. Assim ela não vai precisar gastar dinheiro comigo, e podemos ficar juntas de novo.

O peito de Ellis se apertou, chegando a doer. Estava ali por causa da carta, para descobrir se continha alguma outra pista e quando havia sido entregue. E para saber se Ruby tinha escutado mais alguma conversa na casa. Mas naquele momento, frente a frente com a menina, viu-se em um dilema. Sem dúvida, a doença de Samuel tinha mostrado como as crianças podiam ser resilientes, mas também mostrara como eram vulneráveis e dependentes.

Ruby esperava por uma resposta. Ele precisava decidir até que ponto podia compartilhar com ela o que sabia, e até onde estava disposto a ir.

Um apito estridente soou nesse momento. Vinha de um homem de rosto anguloso que estava ao lado da professora. Um policial. Devia estar de serviço, fazendo a ronda... ou, diacho, talvez o motorista do Packard o tivesse enviado.

– Você! – gritou o policial. – Parado!

Sem dúvida a ordem era para Ellis. Sim, talvez não pudesse estar ali, no recreio das crianças, mas poderia explicar se lhe dessem oportunidade.

Infelizmente, as passadas enérgicas do policial e o cassetete que trazia na mão deixavam claro que não haveria uma conversa diplomática.

– Eu voltarei assim que puder! – prometeu para Ruby.

A expressão da menina também era de alarme, mas não havia tempo para dizer mais nada, só para sair correndo.

– Pare!

Ellis tentou alcançar seu carro. No meio da rua, percebeu que o velho motor não daria conta de uma escapada rápida. Precisava despistar o policial em meio às ruas do bairro.

– Eu disse para parar!

Olhando por sobre o ombro, viu que o policial estava em seu encalço. Então ouviu uma buzina prolongada, e um carro desviou ruidosamente. Ellis se jogou para trás, evitando por pouco ser atropelado. Enquanto tentava se levantar, foi puxado pelo colarinho e obrigado a virar-se, batendo com o cotovelo em algo duro.

O rosto do policial.

Cristo.

Em um piscar de olhos, Ellis viu-se de cara no chão, com os dois braços para trás, o rosto raspando duramente no pavimento.

– Fique quieto! – ordenou o policial, com o joelho ossudo pressionando suas costas. – Está preso, seu palerma!

30

Lily não queria ter ido embora. No entanto, sua perspectiva mudara da água para o vinho. Estava agora muito mais tranquila, com a convicção de que Samuel estava bem e de que poderia protegê-lo sem pensar sempre no pior.

Geraldine Dillard merecia ter essa mesma tranquilidade. Se ao menos pudesse encontrar um meio de ajudá-la!

– Senhorita Palmer! – O vozeirão do chefe trouxe de volta o pensamento de Lily para o momento presente.

Levantou-se, pegou o bloco de estenografia e o lápis, e nesse exato instante seu olhar parou em Clayton. Em frente à máquina de escrever, ele piscou um olho para Lily, fazendo-a se lembrar do encontro que teriam naquela tarde, e voltou ao trabalho.

Mais cedo, Clayton a convidara para almoçar, preocupado com sua ausência no dia anterior. Lily contou sobre a febre de Samuel, sem entrar em detalhes, querendo evitar o assunto, conforme disse para si mesma.

Na verdade, depois do beijo trocado com Ellis, um erro imprudente, a coroação de um dia repleto de tensão e emoções, seus sentimentos já estavam suficientemente confusos. Receber a compreensão de Clayton só iria aumentar essa confusão, criando nós impossíveis de desatar.

O senhor Trimble a chamou novamente, em voz mais alta, e ela resistiu ao impulso de tapar os ouvidos enquanto entrava na sala dele.

De trás da mesa, ele a fitou por cima dos óculos.

– Feche a porta e sente-se.

– Sim, senhor.

– Senhorita Palmer... – ele começou. – A senhorita conhece bem a minha opinião sobre transparência.

Era um início assustador para uma conversa. Mas o que causava mais apreensão era ver o chefe cofiando a barbicha.

– Sim, senhor – ela repetiu.

– Ótimo. Porque tenho uma dúvida sobre seu dia de folga ontem. Sua explicação foi um tanto vaga, e agora penso que entendi o motivo.

Lily ficou segurando o lápis sobre o bloco aberto, inabalável. Depois de suas preocupações maternas e falta de sono, deveria estar preparada para uma reviravolta. Depois de dois anos trabalhando ali, aquele confronto parecia ser inevitável. Mesmo assim, encolheu-se por dentro diante do tom desaprovador.

– Uma senhora acabou de telefonar. Queria confirmar se Lily Palmer trabalhava aqui no *Examiner*. Ficou claro que vocês duas se conheceram durante uma... entrevista.

Lily pestanejou. Demorou alguns segundos para seu pensamento se transferir de Samuel para Sylvia e para as suspeitas do chefe.

– Senhor, eu lhe garanto que nunca...

Ele ergueu um dedo grosso, interrompendo-a.

– Tenho reparado que anda distraída, não é mais a mesma. E estou ciente de suas aspirações. Então lhe pergunto, senhorita Palmer... Está procurando emprego como jornalista em outro lugar?

Procurando emprego? Como jornalista em outro lugar?

Lily arregalou os olhos.

– Senhor... não! Eu não...

– Tem certeza?

Ela respondeu com mais ênfase:

– Claro! Eu precisei ajudar uma amiga nestes dias e... bem, é um assunto muito pessoal, mas foi apenas um mal-entendido.

Enquanto ela sustentava o olhar perfurador do chefe, a expressão de desafio no rosto dele foi desaparecendo aos poucos, e ele voltou a se recostar na cadeira. O alívio dele refletia o de Lily, embora por motivos bem diferentes.

– Pois bem – disse ele, com um leve ar de constrangimento. Ninguém gostava de se enganar, especialmente na área do jornalismo. – Voltemos ao trabalho, então. – Gesticulou na direção da porta e voltou a atenção para a papelada em sua mesa. A questão estava resolvida, e ponto final.

Só que não estava.

Lily percebeu que não conseguia se mexer. Estava tão exausta, física, mental e emocionalmente, por ter por tanto tempo escondido seu passado, pelo medo que sentira ao longo de anos, pela culpa que por tanto tempo havia carregado e, acima de tudo, cansada de envergonhar-se daquilo que era o maior orgulho de sua vida.

O senhor Trimble ergueu o rosto.

– Mais alguma coisa?

– Sim.

Por mais que ela soubesse que ele apreciava suas qualidades e sua competência como secretária, o que era um ponto positivo, isso não lhe garantia total impunidade, mas ela foi em frente, com uma confissão havia muito tempo adiada.

– O motivo para a minha ausência ontem, senhor, foi que Samuel estava doente. Samuel é meu filho de quatro anos.

O chefe permaneceu impassível. Apenas seus olhos se alargaram em uma expressão de surpresa.

– Eu deveria ter contado desde o início – Lily admitiu –, mas precisava do emprego... e de um lugar para morar, e a senhorita Westin não me aceitaria na pensão se soubesse. O senhor entende, é por isso que ele mora com meus pais em Maryville, e eu vou visitá-lo todos os fins de semana. Mas estou guardando dinheiro para que, quando Samuel estiver em idade de ir para a escola, eu finalmente possa trazê-lo para morar comigo.

Ela tomou fôlego para continuar, mas calou-se. O fato de obviamente não ser viúva estabelecia a natureza de sua situação; uma mulher divorciada era quase tão malvista quanto uma mãe solteira, portanto também não ajudaria em nada inventar uma mentira nesse sentido. Entretanto, de alguma forma, em meio à tensão constrangedora, com as potenciais consequências se assomando, Lily se sentia estranhamente segura e confiante.

– Pretende trazê-lo para a redação para que ele fique correndo por aí enquanto você trabalha? – perguntou o senhor Trimble com uma naturalidade inesperada.

– Não, senhor.

– Para ficar correndo para cima e para baixo na pensão?

– Não. Claro que não.

– Então não vejo qual é o problema.

E, com isso, ele voltou a atenção para o seu trabalho.

A extrema simplicidade do diálogo deixou Lily confusa e sentindo-se um pouco tola.

Será que sempre teria sido assim tão fácil? Ou aquela aceitação era resultado de sua dedicação ao trabalho, da responsabilidade, das horas extras? Ou a sua demonstração de força ao revelar a verdade espontaneamente?

O mais provável é que fosse uma combinação de tudo, pensou ela quando por fim se levantou e se encaminhou para a porta. Cada passo parecia mais leve que o anterior, até que ela alcançou a maçaneta.

O mais sensato a fazer seria sair da sala, mas uma ideia estava se formando em sua mente. Não aos poucos, mas mais como uma fotografia sendo revelada, uma imagem se delineando e rapidamente se completando. E era algo que ia muito além de suas *aspirações*.

Imbuída de uma renovada coragem, Lily virou-se para o chefe.

– Senhor Trimble, me lembrei de uma coisa...

O chefe olhou para ela com impaciência.

– É sobre uma possível coluna nova para o jornal...

– Ah, Jesus! – ele exclamou, porém não em um tom desencorajador.

– Seria uma coluna sobre mães e pais solteiros. A realidade da vida dessas pessoas, as lutas, as conquistas. Para todos que criam os filhos sozinhos, incluindo viúvos.

O entusiasmo de Lily crescia à medida que ela falava. Tinha noção de que era algo inédito, uma iniciativa até ousada, talvez, mas que significaria muito para pessoas como Geraldine.

– Sabemos que existem tantas mães que perderam o marido na guerra, assim como pais que perderam a esposa no parto, ou em outras circunstâncias tristes. Posso lhe afirmar, sem titubear, que essas pessoas não precisam de conselhos sobre como preparar uma refeição, sobre os horários de alimentar os filhos ou sobre as últimas tendências da moda infantil. O que elas precisam é de compreensão. Saber que não estão sozinhas. Precisam saber que...

– Entendi, entendi. – O chefe suspirou com tanta força que partículas de cinzas voaram do cinzeiro. Retorceu os lábios, mas não disse "não". Ainda, pelo menos.

Tamborilou os dedos sobre a mesa. Lily sabia que não era uma ideia para ser aprovada imediatamente, que teria de ser absorvida aos poucos, mas acreditava ser o tipo de risco que Nellie Bly aplaudiria.

Por fim o senhor Trimble respondeu:

– Creio que... posso encaixar alguma coisa assim no jornal.

Ele estava concordando! Com a ideia dela! Uma coluna para ela!

Lily não foi capaz de conter um sorriso.

– Com duas condições – ele enfatizou, arrefecendo o entusiasmo dela –, que não interfira em suas tarefas habituais... e que você *nem* pense em retratar esses pais e mães falecidos como mártires.

Lily concordava, logicamente, mas achou um pouco estranha a segunda condição, embora nem mesmo tivesse pensado naquela possibilidade.

O chefe acrescentou com relutância:

– Meu pai gastou cada centavo que ganhava com bebida, até morrer. Meus irmãos e eu estudamos e nos tornamos pessoas trabalhadoras, mas unicamente graças à minha mãe. Entendeu?

Lily não esperava uma confissão de natureza tão íntima.

– Entendi perfeitamente, senhor. Muito obrigada – respondeu.

Ele apenas assentiu com a cabeça e retomou o que estava fazendo.

* * *

Naquele dia não havia desafio que assustasse Lily. Depois de conseguir um feito aparentemente impossível, por que não outros também?

E, para aumentar seu entusiasmo, outra história foi anunciada na redação. Em um recente programa no rádio, a senhora Lindbergh tinha feito um apelo pessoal sobre o rapto de seu filho, instruindo como deveriam cuidar dele, informando de quais alimentos de bebê ele gostava e outras dicas, exatamente como Lily havia sugerido na primeira vez e o chefe recusara. Agora, no entanto, isso já não tinha importância. O programa levara a uma pista: um casal sem filhos havia feito uma compra de um estoque considerável justamente das papinhas que a senhora Lindbergh havia mencionado e eram agora suspeitos. As autoridades estavam otimistas.

Não seria maravilhoso se as duas famílias, Lindbergh e Dillard, pudessem se reunir novamente e ficar completas? Quando fosse almoçar com Clayton, depois de contar a ele a novidade sobre sua coluna, falaria com ele sobre os Dillards. Afinal, ele era um repórter de primeira linha. Era hora de buscar seu conselho, de modo confidencial, é claro. Lily precisava confiar que os rígidos pontos de vista dele sobre certo e errado, bom e mau, não o impediriam de fazer todo o possível para ajudar.

Mais tarde repetiu isso para si mesma enquanto se sentavam em um banco estofado, em um nicho no Geoffrey's. O restaurante ficava na cobertura de um edifício de doze andares, proporcionando uma vista impressionante do edifício da prefeitura e da grande estátua de bronze de William Penn[7]. Com toalhas de linho adamascado e uma rosa em cada vaso de cristal jateado, o restaurante era ainda mais suntuoso que o Renaissance.

Lily ainda se martirizava por ter se esquecido do almoço combinado com Clayton.

Mas tudo isso se desvaneceu, juntamente com o ambiente, o tilintar de cubos de gelo e de porcelana, as conversas dos clientes elegantes, diante da notícia de uma oferta de emprego.

Só que não para Lily.

– Clayton! – ela exclamou. – Para o noticiário nacional... – O garçom tinha acabado de se afastar depois de anotar os pedidos. – Que maravilha!

O rosto de Clayton se iluminou.

– No *Chicago Tribune* – ele acrescentou, deixando-a ainda mais perplexa.

– Chicago?

– Você sabe que eu cresci lá – Clayton lembrou – e que sempre quis voltar.

– Sim, claro... me lembro, sim. – Mas não pensara que aconteceria tão rápido.

– Por isso tenho me ausentado nos fins de semana. Com meus pais agora no sul de Illinois, eu precisava ir lá para verificar quais as áreas boas para morar, me certificar de que é realmente vantajoso. – De repente ele ficou sério. – Lily, eu quero que você e Samuel vão para lá comigo.

– Para... Chicago? – Ela repetiu o nome como se fosse de um planeta alienígena, e Clayton sorriu, divertido. Ou talvez porque estivesse nervoso, Lily refletiu, enquanto ele retirava do bolso do paletó um reluzente anel de ouro.

– Minha querida, quero que se case comigo. – Após uma breve pausa, ele acrescentou com convicção: – E quero cuidar de Samuel como se fosse meu filho.

Lily soltou uma exclamação abafada. Se o pedido de casamento a deixara aturdida, a consideração para com seu filho multiplicava esse efeito.

---

[7] William Penn (1644-1718), líder inglês fundador da província da Pensilvânia. (N.T.)

– Você não precisará mais trabalhar – prosseguiu Clayton. – Poderá ficar com Samuel todos os dias, o dia inteiro. Não precisará mais fazer as viagens de ônibus e esperar para vê-lo somente nos fins de semana. Seremos uma família de verdade.

Através das janelas altas, a luz fazia reluzir o diamante no cento do anel, perfeito, redondo e lindo. Nos reflexos da pedra preciosa, Lily imaginou a vida que ele lhe oferecia. Visualizou um lar só deles e um futuro cheio de promessas.

– Sei que foi uma surpresa; espero que tenha sido boa. – A voz de Clayton refletia a apreensão que agora brilhava em seus olhos castanhos, expondo um lado vulnerável que Lily não conhecia.

Enternecida, ela se apressou a responder:

– Que incrível tudo isso, Clayton...

Ela sorriu, e ele também, daquele jeito bondoso que transmitia segurança.

– Se eu pudesse ter planejado – disse Clayton –, teria feito o pedido durante um jantar romântico à luz de velas, não na hora do almoço, no intervalo do expediente, mas preciso falar com o chefe hoje, então é claro que queria falar com você primeiro.

As cenas imaginárias na mente de Lily, que se assomavam como possibilidades, de repente assumiram uma aura de realidade.

– Você já aceitou a vaga? – perguntou.

– Bem... sim, eu aceitei.

No silêncio que se seguiu, ele estendeu a mão e a pousou sobre a dela.

– Sei que parece uma decisão precipitada, mas garanto a você que não é impensada.

Lily não tinha dúvida quanto a isso. Clayton não lhe faria um pedido de casamento de modo irrefletido.

– Eu tenho certeza disso, mas...

– Lily... – A sinceridade na voz dele, apenas pronunciando seu nome, a fez calar-se. – Eu te amo. E quero fazer isso por nós.

Nós. Era assim que ele via a situação deles dois. Com todos os benefícios que a mudança e a promoção trariam para a vida deles, como recusar a oferta?

Seria falta de bom senso não aceitar. Assim como seria falta de bom senso de sua parte não aceitar o pedido de casamento.

Não seria?...

Incapaz de se sentir segura com a decisão, com a sensação de estar se equilibrando na beira de um penhasco, ela sorriu.

* * *

O restante do dia transcorreu em um torvelinho de telefonemas, memorandos e perguntas silenciosas que não tinham respostas fáceis. Lily não conseguia se concentrar, não sentia que estava sendo produtiva, e ficou trabalhando até mais tarde para concluir suas tarefas. Não podia correr o risco de cometer erros justamente naquele dia. Poderia arruinar a chance de escrever sua coluna, a oportunidade de sua vida. E da qual teria de abrir mão se aceitasse o pedido de Clayton.

Se.

Lily pedira a ele um tempo para pensar, alegando que com uma criança envolvida a decisão não era tão fácil. Clayton disse que compreendia e insistiu que ela ficasse com o anel. Lily concordara e o guardara em uma bolsinha porta-moedas dentro da bolsa, e as coisas ficaram assim. Não lhe pareceu certo anunciar sua nova oportunidade de trabalho naquele momento. Afinal, se estavam para se casar e mudar de cidade, aquilo perdia a relevância. Na verdade, já deveria ter perdido. Afinal, qual era o grande dilema? Recusar o pedido de casamento por causa de uma coluna de jornal que tinha grandes chances de não durar muito tempo seria uma insensatez.

Clayton era inteligente, charmoso, generoso. E a amava. Lily era cautelosa demais com seu coração para dizer que o amava, mas gostava muito dele. Disso ela tinha certeza. Sabia que ficaria protegida com Clayton, assim como seu filho. Não seria mais alvo de olhares críticos e sussurros mal disfarçados. Nunca mais se sentiria constrangida em uma conversa sobre casamento e filhos. Não correria mais o risco de fazer papel de boba com outro homem... como com Ellis. A onda de calor e emoção que sentia só de pensar em Ellis Reed era suficiente para deixá-la alarmada.

A lista de coisas que não precisaria mais suportar só aumentava enquanto ela caminhava para a pensão. Ali a aguardava seu quarto solitário, sem Samuel, sem ninguém. E assim continuaria por pelo menos mais um ano se ela insistisse em levar adiante sua vida como estava.

A angústia que essa perspectiva causava era tão intensa que ela não se deu conta da presença de alguém atrás dela até ouvir os passos. Uma névoa encobria a silhueta encapuzada.

Lily apertou a bolsa contra o peito. O anel de Clayton seria a sorte grande de um assaltante.

Ela acelerou o passo. Mas, como ecos em uma caverna, o som de passos atrás dela continuava no mesmo ritmo que os seus. Sem parar, evitando andar mais devagar, arriscou um olhar por sobre o ombro. Os faróis de um carro ofuscaram sua visão. Luzinhas coloridas pontilhavam o ar.

Não restava dúvida, alguém a estava seguindo.

31

Ellis foi fichado na cadeia de Hudson County. O cheiro ali era como ele tinha imaginado que seria, uma mistura de bebida alcoólica rançosa, bolor e urina. As tigelas com a gororoba que serviam também não cheiravam melhor que isso.

Por agredir um policial e resistir à prisão, sua fiança foi fixada em cinquenta dólares. Um problema considerável, já que só tinha oito dólares na carteira. Permitiram que ele desse um telefonema, e ele o desperdiçou. O banco em Manhattan havia congelado sua conta, e, por mais que implorasse, inclusive para o gerente, tudo que ouviu foi:

– Vamos ver o que podemos fazer, senhor.

Sem dúvida aquilo era um favor prestado a Alfred. Os bancos deviam ser como a maioria dos outros comércios, todos unidos entre si. Ou, quem sabe, a ligação do banqueiro com o submundo tivesse influência. Sem dúvida explicaria a má vontade do guarda em deixar Ellis dar outro telefonema, resmungando "mais tarde" com voz de barítono, a cada novo pedido de Ellis.

Em contrapartida, a demora deu a Ellis muito tempo para escolher a quem telefonar. Na verdade, equivalia a um dia inteiro de trabalho no jornal. Já era noite, e ele continuava preso na cela estreita que não tinha nada a não ser um colchão fino e manchado sobre um estrado. Sem dúvida, grande parte das celas vizinhas estaria ocupada até a madrugada. Os bêbados continuavam chegando sem parar.

As lamúrias de um deles competiam com o tilintar das chaves penduradas no peito estufado do guarda que passava pela cela de Ellis naquele momento.

– Vamos – disse ele, destrancando a porta.

Ellis pulou do colchão.

Ansioso pelo segundo telefonema, pensou em várias pessoas enquanto era conduzido corredor abaixo, passando por dois conjuntos de portas trancadas. Descartou telefonar para Dutch por causa do adiantado da hora e do valor necessário para a fiança. O homem já tinha sua própria família para se preocupar, assim como Lily, sem dúvida a primeira pessoa que lhe viera à mente. O senhor Walker estava fora de questão. Talvez valesse a pena tentar com um dos repórteres a quem ele prestara pequenos favores no passado, em diferentes jornais da cidade, caso conseguisse entrar em contato.

No fim de um corredor, o guarda apontou com o cassetete:

– Ali.

Ellis foi encaminhado para uma sala sem telefone. Havia apenas duas cadeiras com uma mesa no meio e um homem de terno escuro que, de pé, olhava por uma janela com grades. O local, sem dúvida reservado para conversas com advogados, sugeria que um deles viera falar com ele, até que o homem se virou.

Alfred.

– Sente-se – ordenou o guarda.

O pânico invadiu Ellis enquanto dava a volta na mesa e ocupava uma cadeira. Deveria ter esperado por aquilo.

Alfred fez um sinal para liberar o homem para que montasse guarda do lado de fora e ocupou a outra cadeira. A sós com Ellis, ele gesticulou com o chapéu na mão.

– Parece que teve um dia difícil.

Ellis resistiu ao desejo de tocar o próprio rosto. Ainda estava dolorido pelo atrito com a calçada.

– Já tive dias melhores.

– Sem dúvida – Alfred concordou e colocou sobre a mesa o chapéu que recendia a tabaco para cachimbo. Cruzou os dedos com tanta displicência que parecia que ambos iriam compartilhar um licor após o jantar.

– Devo admitir, quando pedi que um policial patrulhasse a área da escola, que pensei que bastaria um aviso, caso fosse necessário.

Pronto. A presença do policial não fora coincidência. Isso também significava que Alfred estivera esperando todo aquele tempo para aparecer.

– Acho que sou uma pessoa que busca ter um desempenho perfeito – disse Ellis.

– Parece que sim – o sorriso de Alfred ergueu as pontas de seu bigode. Em contraste com o último encontro, o bom humor dele naquele momento deixava Ellis apreensivo. – Senhor Reed, estou aqui porque gostaria de esclarecer uma certa confusão. Mas, antes de mais nada, quero lhe agradecer.

– Agradecer-me?...

– Penso que começamos com o pé esquerdo. Como tenho certeza de que sabe, a recente visita de sua colega foi bastante perturbadora para minha esposa. E suas intenções pareceram ainda mais questionáveis depois que entrei em contato com seu editor. Entretanto, tudo isso aconteceu antes de eu falar com Victoria.

A menos que os Millstones estivessem consultando algum médium, Alfred estava se referindo a Ruby. Mas Ellis se conteve para não fazer esse comentário. Desentender-se com Alfred só iria atrapalhar sua fiança, quanto mais um questionamento sobre Calvin.

– Como assim?

– Quando soube quem o senhor era... o responsável pela foto da menina no jornal... percebi que, na verdade, lhe devia ser grato. Sem querer, o senhor me ajudou, e a minha esposa, a passar por um período deveras sombrio.

Não havia razão para fazer perguntas. Estava claro que Alfred era do tipo que agia com planejamento e propósito. Que propósito era esse, Ellis ainda não sabia.

– Minha esposa e eu não nos casamos jovens, o senhor entende? Por isso nos sentimos afortunados quando Sylvia deu à luz nossa filha. Por dez anos Victoria foi nosso maior orgulho e alegria, mas então... ela se foi.

– No acidente – Ellis completou em tom de voz gentil.

– Sim. Imagino que tenha lido a respeito. – Os olhos de Alfred estavam semicerrados por trás dos óculos. – Debaixo de uma ventania e com muita chuva na estrada, o carro derrapou. Não teria sido possível evitar, mas Sylvia se sentiu culpada. Também não ajudou muito o interrogatório dos policiais. E dos repórteres.

Havia ressentimento em sua voz, embora não parecesse ser dirigido a Ellis.

– Depois do funeral, minha esposa ficou quase um mês de cama. E passaram-se vários meses até ela voltar a sair de casa. Aos poucos ela foi melhorando, chegou até a viajar com amigas de vez em quando. Então, certo dia, a empregada estava arejando o quarto de nossa filha. Enquanto a moça espanava as prateleiras, quebrou um enfeite. O favorito de Victoria, a figurinha de uma fada de vidro. Sylvia ficou histérica. Quando a empregada me telefonou, corri para casa, mas o mal já estava feito. A melancolia de Sylvia retornou mais profunda que antes. Mal comia e dormia, e sua saúde começou a declinar. Como marido, eu me sentia impotente para ajudá-la, como se... – Alfred parou de falar de repente. Levando o punho fechado à boca, deu uma tossidela.

Ellis permaneceu em silêncio, enquanto Alfred se estabilizava antes de prosseguir:

– Os médicos concordaram que ela deveria ir para um sanatório. Disseram que lá receberia um tratamento adequado. Por fim os preparativos foram feitos, mas Sylvia viu aquele jornal. Eu o tinha deixado dobrado na minha mesinha de cabeceira, mal folheara as páginas. Se eu tivesse visto a foto, obviamente teria notado a impressionante semelhança da menina com nossa filha.

– Então o senhor a substituiu. – Nesse ponto Ellis não conseguiu mais refrear a irritação. Não estavam falando de um peixinho de aquário, que se jogava no vaso sanitário, dava-se descarga e comprava-se outro.

– Entendo que pode parecer... pouco convencional. Eu mesmo tive dúvidas. Mas Sylvia estava tão esperançosa... Estava completamente convencida de que era um sinal, um presente vindo do céu. No final, não havia outra decisão a ser tomada. Fui para a Pensilvânia para trazer a menina para nossa casa, uma criança que precisava tanto de nós quanto nós dela.

Ellis estremeceu diante daquele relato, na verdade mais pelo que não havia sido dito... porque não se tratava apenas de uma menina. Havia um menino também. Diante desse pensamento, as palavras de Geraldine voltaram à sua lembrança, a condição de que os dois irmãos deveriam permanecer juntos.

– Mas o senhor teve de levar o irmão dela também – declarou. – A mãe deixou claro que as crianças não se separariam.

Alfred pareceu surpreso, quase impressionado.

– Sim, esse era o acordo... e eu respeitei. E agora, senhor Reed, peço que faça o mesmo por mim. – Ele se inclinou para a frente, a cordialidade foi desaparecendo. – Depois de tudo que compartilhei com o senhor, considerando todos os aspectos, espero que entenda que um segundo artigo sobre essas crianças iria apenas causar um dano desnecessário.

Ali estava o objetivo daquela conversa particular.

A teoria de Alfred tinha fundamento. Certa vez o senhor Walker havia sugerido um segundo artigo, mas a repercussão não teria sido positiva.

– Escute – disse Ellis –, não tenho interesse algum em escrever uma matéria sobre essas crianças. Ou sobre a sua família. – Sabia que estava abrindo mão de uma ameaça que poderia ser um trunfo. Porém, agir com honestidade parecia ser o caminho mais sábio a seguir.

O olhar de Alfred era penetrante, por trás das lentes dos óculos.

– Então o que é que o senhor deseja?

– Por motivos particulares, preciso saber se o menino está em segurança.

Ellis esperou, sem acrescentar, o que Ruby lhe contara. Seu ofício lhe ensinara que as verdades tendiam a emergir quando, depois de revolver só um pouco, simplesmente se deixava a pessoa falar.

Naquele instante, porém, a porta da sala se abriu. As blasfêmias berradas por um bêbado soaram do corredor enquanto o guarda com voz de barítono entrava com uma cadeira e a colocava ao lado de Alfred, o que ficou explicado quando, logo a seguir, Sylvia entrou na sala. Ela estremeceu em um sobressalto quando a porta se fechou atrás do guarda, e Alfred se levantou.

– Querida, eu disse para você esperar lá fora. – A preocupação dele era tão evidente quanto o desconforto da esposa naquele ambiente.

– Eu tenho o direito de estar presente – ela retrucou, empertigada, com a bolsa na mão.

– Sim, meu bem, mas já estou resolvendo tudo. Não precisa se preocupar, não será publicado mais nada. Ele só quer saber sobre as crianças, certificar-se de que estão sendo bem tratadas.

Sylvia sentou-se na cadeira.

– É tudo que quero saber – reforçou Ellis, mas Sylvia continuou a fitá-lo com desconfiança.

– Então, por que esse seu comportamento sorrateiro? Por que simplesmente não perguntou?

Alfred voltou a se sentar, com o rosto afogueado.

Por um momento a pergunta deixou Ellis sem ação. Então lembrou-se da culpa e do sigilo que o haviam perseguido desde o início daquela história toda. As mentiras na base de tudo eram como as garras de uma armadilha que ainda o machucavam, o lento sangramento continuando, minando as coisas boas na sua vida e na vida de outros, até que pudesse se libertar.

Por meio da verdade.

– Porque há mais nessa história – confessou, sabendo que isso iria prejudicá-lo. – A *foto* não era autêntica... isto é, a *foto* era, mas o aviso de venda não se referia àquelas crianças. Fui eu que o coloquei ali – e não se passava um dia sem que se arrependesse disso. – Aquela placa estava em outra casa, com outras crianças. O fato é que Geraldine Dillard nunca teve a intenção de vender os filhos.

Sylvia enrijeceu. Os tendões em seu pescoço ficaram salientes.

– Está enganado. Porque foi exatamente o que ela fez. Não é verdade, Alfred?

Ellis voltou à carga:

– Naquela época, ela estava doente. O diagnóstico foi errado, mas ela ainda não sabia, pensava que iria morrer. Senhor Millstone, o senhor mesmo a viu. Quando esteve lá, ela não parecia bem, estava abatida e parecendo doente.

Alfred abriu a boca para dizer algo, mas apenas baixou os olhos para seu chapéu.

Sylvia explodiu:

– Isso é um absurdo! Aquela mulher fez uma escolha! – Tremendo visivelmente, ela curvou os dedos como se fossem garras, pronta para pular em defesa do que lhe pertencia. Mas então fitou a bolsa que segurava, e pareceu se controlar, diante de outro pensamento. – Já fomos mais que compreensivos. Quando aquela *mãe*, por conveniência própria, quis o menino de volta, concordamos sem hesitar. – Sylvia abriu a bolsa e retirou de dentro um papel dobrado, que estendeu para Ellis. – Veja o senhor mesmo.

A carta.

Desconfiado, Ellis desdobrou o papel, que não viera em um envelope.

"Minha amada Ruby", começava.

A caligrafia não era de uma pessoa culta, com vários erros de ortografia, mas suficientemente legível.

A imagem de Geraldine escrevendo a carta surgiu na mente de Ellis. A mensagem era pertinente com o relato de Ruby sobre escolher uma criança e não a outra, desculpando-se por não ter dito adeus pessoalmente. Era de cortar o coração. Cruel.

E ele soube sem sombra de dúvida...

– Não foi Geraldine quem escreveu isto – disse Ellis. – E o menino não está com ela.

Alfred olhou de soslaio para Sylvia. Um olhar inescrutável.

O tempo todo Ellis se recusara a pensar no pior, mas agora era inevitável. Entretanto, antes que o casal argumentasse ou saísse da sala, ele precisava agir com esperteza.

– Senhor e senhora Millstone, os senhores conhecem a dor de perder um filho. O horror e a injustiça de tal tragédia. Sem dúvida, Victoria era uma garotinha especial. Eu não sou pai, mas posso imaginar a dor que passaram quando ocorreu o acidente. E agora vocês têm a oportunidade de reunir uma mãe com seus filhos. Por favor, me ajudem a fazer isso... digam-me o que aconteceu com Calvin.

Na metade do apelo de Ellis, a expressão de Sylvia começou a mudar, tornando-se apática. Seu olhar estava agora embaçado e distante.

– Senhora Millstone?

Alfred se ergueu abruptamente.

– Querida, é melhor irmos embora. – Colocou uma mão no ombro dela.

Tornando a se animar, a atenção de Sylvia voltou-se para Ellis.

– Venha – chamou Alfred. – Sylvia?

Ela balançou a cabeça.

– Querida, é melhor...

– Não – ela interrompeu, resoluta.

Alfred voltou a se sentar. Ellis podia ver que ele estava tentado a arrastar a esposa dali, mas obviamente isso criaria uma cena que chamaria a atenção dos guardas. Contrafeito, recostou-se na cadeira. O que ele temia que Sylvia dissesse?

Ellis engoliu em seco, ansioso para ouvi-la falar.

– Primeiro preciso que o senhor jure, senhor Reed, que não haverá mais perguntas nem bisbilhotices. E que ficará longe de todos nós para sempre, de modo que possamos continuar com nossa vida como antes.

Antes. Como antes de a conta de Ellis ser bloqueada e ele ser jogado em uma cela? Ou antes de as crianças terem sido arrancadas da mãe verdadeira?

Respondeu com toda a franqueza:

– Lamento, mas não posso prometer.

Os dedos de Sylvia voltaram a se curvar em garras antes que ele explicasse.

– Não com a perspectiva de uma audiência em que o juiz irá exigir que eu explique o que estava fazendo na escola. Ele vai querer saber qual é minha ligação com a sua família. Penso também que haverá muitas perguntas às quais não saberei responder.

Em suma, era melhor que Sylvia lhe desse os detalhes ali, naquele momento.

Ela pensou por uns segundos e então falou:

– Vou tomar providências para que a queixa seja anulada.

– E se eu não quiser isso? – O desafio mal saíra da boca de Ellis quando ele se lembrou das ligações sombrias do marido dela. Tratou de se conter, mas não recuou. – Acho que é uma maneira de conseguir respostas por conta própria.

Uma sombra de pânico cruzou o rosto de Sylvia, como se ela travasse uma batalha, medindo forças com Ellis.

– Se é assim... então sugiro que se prepare para mais uma acusação.

– Oh!... Qual?

Ela ergueu o queixo, e suas feições endureceram.

– Um relacionamento inapropriado – declarou ela. – Com nossa filha.

Alfred arregalou os olhos, porém permaneceu em silêncio. Era como um passageiro em um veículo descontrolado, pronto para acabar com a vida de Ellis.

Cerrando os punhos e os dentes, Ellis fulminou Sylvia com os olhos, abominando aquela mulher. O fato de estar dentro de uma cadeia foi a única coisa que o impediu de gritar com ela.

– Nenhum juiz irá engolir essa história. Não sem uma única mínima prova.

– É possível – ela concordou. – Mas, e seu chefe? E seus amigos, e leitores? É impressionante o que as pessoas aceitam como verdade só porque saiu nos jornais. Não é mesmo?

A confissão de Ellis sobre a fotografia fizera o tiro sair pela culatra em questão de minutos, e da pior maneira possível.

Quantos jornalistas de outros jornais iriam querer abocanhar uma história como aquela? Quem sabe até do próprio *Tribune*? Já podia ver as manchetes: Repórter publica foto de duas crianças pobres, persegue-as de um estado para outro, simula uma incumbência de trabalho para se aproximar da menina e recebe voz de prisão depois que lhe deram ordens para se afastar dela.

Havia fontes. Havia escândalo. E era tudo verdade. Mesmo sem a falsa acusação de assédio, sua reputação e credibilidade estariam arruinadas. Assim como qualquer possibilidade de Geraldine tornar a ver os filhos.

Ellis lutou contra a náusea enquanto tentava focar em seu objetivo. Devagar, e com firmeza, perguntou:

– O que... aconteceu... com Calvin?

Alfred também olhava para Sylvia, esperando uma resposta.

– Vejo que precisa de tempo para pensar melhor – disse ele. – Espero que nos avise quando tomar uma decisão.

Uma onda de raiva assaltou Ellis, fazendo com que se levantasse de supetão, e Alfred também se pôs de pé, cambaleando de leve enquanto estendia um braço protetor na frente da esposa. Um confronto silencioso.

– Tudo bem por aqui? – perguntou o guarda, entrando de repente na sala. A pergunta era, sem dúvida, dirigida para os Millstones.

Ellis não tinha opção. Com esforço, voltou a se sentar. Precisava pensar em Ruby e Calvin antes de em si mesmo. Aquela não era a maneira de descobrir a verdade nem de ajudar as crianças.

– Está tudo bem – respondeu Alfred. Abaixou o braço e pegou o chapéu. – Vamos embora, Sylvia.

Sem protestar, ela se levantou. Seu rosto parecia uma máscara de expressão indecifrável, impossível de definir. O casal saiu da sala, deixando Ellis a olhar para as duas cadeiras vazias. Suas têmporas latejavam.

– A festa acabou. De volta para a cela.

No primeiro momento, Ellis não registrou a ordem do guarda. Quando assimilou, deu um passo à frente de modo automático, até que apenas um pensamento dominou sua mente.

– Preciso sair daqui.

– Não vai ser nesta noite.

Ellis olhou para ele.

– Por quê?

– O funcionário que trata da fiança já foi embora. Vai ter de esperar até amanhã.

Seria mais uma manobra dos Millstones, um braço de ferro? Provavelmente sim, acreditando que uma noite inteira atrás das grades poderia fazê-lo cooperar.

– Pelo menos me deixe dar outro telefonema – pediu Ellis. – Por favor...

O guarda piscou diversas vezes, parecendo se decidir.

Era bem possível que os policiais estivessem lhe dando uma lição por ter agredido um colega deles. Não queriam saber se tinha sido intencional ou não. Se fosse o caso, ele não queria pensar em que outras maneiras eles usariam para se vingar, se ficasse ali por mais tempo.

O guarda respirou fundo.

– Que seja rápido.

Ellis meneou a cabeça concordando, animado, sua mente a mil por hora. Tinha de haver alguém disponível e com dinheiro suficiente, ou influência, ou ambos, para tirá-lo dali. Um novo nível de desespero o fez pensar em duas possibilidades: uma era o mafioso irlandês com quem havia trocado informações que tinham salvado sua carreira; a outra... era seu pai. Pedir ajuda a qualquer um dos dois teria um preço.

Infelizmente não era uma escolha fácil.

32

A duas quadras da pensão, o coração de Lily disparou, ecoando como uma bigorna em seus ouvidos. Estava habituada a andar sozinha pelas ruas da cidade, inclusive à noite. Mas sempre que se sentia confortável demais, alguma coisa acontecia para reforçar sua cautela. Na redação, geralmente era alguma notícia ou telegrama relatando um assalto, ou coisa pior. Ali, no meio da rua, no escuro, ela não conseguia identificar o motivo, mas não podia ignorar a sensação de que alguma coisa estava errada. E a intuição provocou-lhe um calafrio que subiu por sua espinha até a nuca.

Virou correndo na esquina seguinte. Passos apressados soaram atrás dela, cada vez mais próximos. Prestes a sair correndo, ela ousou olhar para trás, e alguém exclamou:

– Espere, por favor!

A voz feminina e jovem foi suficiente para acalmar em grande parte seus nervos, mas mesmo assim ela demorou alguns segundos para reduzir o passo.

– Senhorita Palmer... – O sotaque cadenciado era familiar. Com o chapéu enterrado na cabeça, a moça se aproximou, ligeiramente ofegante. – Sou eu... Claire.

– Claire?

O rosto sardento da menina estava pálido. Vendo-a ali, fora do ambiente usual, e com os cabelos ruivos cobertos, Lily não tinha reconhecido imediatamente a criada dos Millstones.

– Desculpe-me, não queria assustá-la. Fiquei esperando do lado de fora do edifício do jornal com a esperança de vê-la sair, mas do outro lado da rua não tinha certeza se era a senhora.

Lily sorriu aliviada e levou a mão ao peito para acalmar a respiração.

– Está tudo bem.

– Eu ia falar pelo telefone, mas, quando liguei de manhã para o seu serviço, o senhor que atendeu disse que a senhora estava ocupada e não podia atender.

O chefe.

Então a mulher com quem ele falara era Claire, e não Sylvia, como Lily presumira.

– E você veio até aqui?

– Eu tinha tirado o dia de hoje para visitar minha irmã, mas ela concordou que eu viesse. "Você precisa fazer isso", ela disse.

O som de vozes cortou o ar noturno, e Claire virou-se bruscamente na direção de um casal que conversava alegremente enquanto atravessava a rua.

Voltando-se para Lily, ela segurou a gola do casaco fechada sob o pescoço.

– Tem algum lugar onde possamos conversar? – A relutância dela em falar ali, onde outras pessoas poderiam ouvir, levou a uma infeliz conclusão: o pressentimento de Lily era justificado.

– Venha.

* * *

Na pensão, o jantar já tinha sido servido, e a mesa estava limpa. Lily mal tinha tocado na vitela que Clayton pedira para ela no almoço – o pedido dele a deixou aturdida a ponto de nem conseguir escolher um prato no cardápio –, mas comida era a última de suas preocupações. Ainda mais agora, vendo Claire tão nervosa.

A garota se sentou em uma cadeira e ficou alisando uma costura solta em sua saia, as mãos grossas para sua idade, o casaco ainda abotoado. Naquele momento ela lembrava Geraldine, à luz fraca do abajur, sentada na mesma cadeira.

– Quer um chá? – Lily ofereceu.

– Não, senhora, obrigada, não vou me demorar.

Lily acenou com a cabeça. Fechou a porta para abafar o som da conversa das pensionistas na sala ao lado. O tom agudo das vozes das moças e as risadas se misturavam com os acordes irritantes de um gramofone.

Lily se sentou no sofá de frente para Claire. O lugar de Ellis. Como queria que ele estivesse ali agora!

Claire retorceu o tecido da saia onde estava descosturado.

– Quando estava no ônibus, eu sabia de cor o que ia dizer; agora me deu um branco.

Lily sorriu.

– Comece por onde quiser.

Ela tentou barrar os pensamentos que se antecipavam em sua cabeça sobre o que estava por vir, juntamente com o arrependimento de não ter procurado Claire primeiro, apesar de que a oportunidade para isso teria sido, por si só, um desafio.

– É... sobre o menino.

– Calvin? – Lily arqueou as sobrancelhas.

– Quando a patroa me contratou, no final do ano, eles tinham acabado de se mudar para aquela casa. Em menos de um mês ela já estava farta. Não aguentava o menino choramingando e fazendo birra. A irmã tentou explicar que ele estava sentindo falta da mãe e de casa, mas não adiantou, a patroa ficava cada vez mais agitada. Eu fiz o possível para acalmar o garotinho, para distraí-lo, o senhor Millstone até me agradeceu. Disse que a esposa ainda estava muito fragilizada... – A voz de Claire sumiu, e suas feições se contraíram em uma cara de choro. – Eu não queria ter parte nisso, senhorita Palmer, mas precisava tanto do dinheiro extra...

– Parte no quê? – perguntou Lily com voz fraca, mas a moça continuou:

– Minha irmã precisava fazer uma cirurgia, e eu tinha medo de que a patroa me demitisse se eu dissesse que não.

– Claire... a senhora Millstone lhe pagou para fazer *o quê*?

Hesitante a um grau enlouquecedor, Claire baixou o olhar para o chão. Sua voz reduziu-se a praticamente um sussurro.

– A patroa contou a Calvin o que ele iria fazer naquele dia. Disse que eu o levaria a um zoológico especial de inverno, já que a irmã dele estava na escola. Até arrumou uma malinha para ele... para o caso de passarmos a noite fora, foi a explicação que ela deu para ele. Quando estávamos no ônibus, ele começou a fazer perguntas sobre os animais. Foi a única vez que vi aquele menino sorrir. – Os olhos de Claire se encheram de lágrimas. – Ele confiou em mim, e eu o traí. No orfanato tiveram de arrancá-lo dos meus braços.

A descrição da cena fez o coração de Lily se confranger, imaginando o sofrimento de uma criança ao sentir-se rejeitada e passada adiante, não apenas uma vez, mas duas.

– E ele está lá agora? Nesse orfanato?

– Não sei, senhora. Eu voltei lá na primeira oportunidade que tive, para ver se ele estava bem, mas o diretor não me deixou entrar. Disse que o menino precisava estar em uma boa disposição para a eventualidade de aparecer algum casal procurando uma criança para adotar. Se eu tivesse condições, eu o teria levado, e a pobre menina também.

A referência a Ruby foi quase tão alarmante quanto a notícia sobre Calvin.

Lily inclinou-se para a frente.

– Eu preciso que você seja sincera comigo, Claire. Ruby está segura naquela casa?

Os ombros de Claire se curvaram, e ela baixou os olhos, parecendo um ratinho acuado. Obviamente não estava acostumada a dar sua opinião, pelo menos não em um assunto daquela importância.

– Por favor – Lily insistiu –, se você se preocupa com aquelas crianças como diz, precisa me contar tudo o que sabe.

Uma onda de risadinhas ecoou na sala ao lado. O contraste de sentimentos entre um cômodo e outro, talvez maior até em uma casa em outro estado, era dolorosamente impressionante.

Claire ergueu um pouco o rosto.

– Tudo ficou em paz por um tempo, depois que Calvin foi para o orfanato. Mas depois a patroa piorou.

– Piorou... como?

– Cada vez mais, é como se a filha não tivesse morrido, entende? Qualquer contrariedade da menina a perturba... Se ela diz que não quer geleia de laranja, ou laço no cabelo, ou tocar piano, é um drama. E se ela estragar qualquer coisa que pertencia à outra menina... um vestido, até um livro... é um castigo de duas horas, de pé em um canto, ou então escrever não sei quantas vezes a mesma frase em folhas e folhas, pedindo desculpas.

Ellis tinha mencionado algo certa vez, sobre Ruby ser proibida de brincar no parquinho por ter sujado a roupa.

Mas Lily tinha preocupações maiores agora, enquanto refletia sobre uma outra folha escrita à mão. Tinha suas suspeitas, mas precisava ter certeza.

– Pelo que sei, Ruby recebeu uma carta da mãe, logo depois que Calvin foi embora. A própria Sylvia escreveu, não foi isso?

Por se tratar de uma pergunta em grande parte retórica, ela não esperava ver Claire começar a chorar e falar com dificuldade.

– As palavras eram da patroa, mas fui eu que escrevi. – As lágrimas rolavam pelo rosto de Claire. – Ah, senhorita Palmer, eu sinto tanto! Não queria ter feito nada daquilo...

Lily sentiu pena daquela pobre mocinha, que carregava um fardo de culpa por escolhas das quais na verdade não tivera como escapar. Era merecedora de perdão. Ela estendeu a mão e apertou a de Claire.

– A responsabilidade é muito mais minha do que sua. Eu lhe garanto que vou fazer o que estiver ao meu alcance para consertar isso.

Embora um pouco perplexa, o semblante de Claire se iluminou com um ar de esperança. Enxugou as lágrimas com a manga do casaco.

– A senhora vai buscar o menino? A situação dele *é* mais urgente.

Antes que Lily pudesse pensar em uma resposta, Claire acrescentou:

– Eu conheço crianças que cresceram sem problemas em orfanatos. Mas só funciona com crianças dóceis, quietinhas. Para as que não se adaptam facilmente... as histórias não são bonitas de ouvir.

Em outras palavras, Lily tinha pouco tempo para investigar. Tendo já se passado pelo menos dois meses, era provável que Calvin precisasse urgentemente ser resgatado de um lugar que poderia deixar cicatrizes para toda a vida.

Presumindo-se que ele ainda estivesse lá.

33

Bastou um olhar para a expressão carrancuda do pai para Ellis perceber seu erro. Aceitar ajuda de um mafioso irlandês teria tido menos repercussão naquele momento.

O fato de passar das dez da noite, uma grave violação ao regime do pai de dormir cedo e acordar cedo, já era motivo para mau humor. Mas a necessidade de desembolsar cinquenta dólares era a questão principal.

Surpreendentemente, o sargento não aumentara o valor para uma liberação fora do horário de expediente. Mas o pai de Ellis trabalhara durante décadas como supervisor, sabia como falar com as pessoas, como negociar e encontrar soluções. Só mesmo com Ellis é que isso não funcionava.

Diante do balcão da recepção na delegacia anexa à cadeia, o pai dele guardou uma folha dobrada no bolso do casaco, uma prova tangível, finalmente, das muitas falhas do filho. Isso ficou claro pelo modo como continuou balançando a cabeça mesmo depois que Ellis agradeceu pela segunda vez.

– Está feito – disse o pai.

E mais nada. Nenhuma pergunta sobre a data de comparecer diante do juiz. Nenhuma pergunta sobre o que havia acontecido.

Será que ele não se importava nem um pouco?

Ellis seguiu o pai para fora da delegacia, repetição de uma cena da época do colégio, quando saíram da sala do diretor da escola. O período de rebeldia de Ellis fora curto e inofensivo. Brincadeiras como grudar borracha derretida na cadeira de um professor – o senhor Cullen certamente merecia coisa bem pior – tinham resultado em seu pai ser chamado à escola. A diferença era que agora Ellis não era mais adolescente, mas ainda precisava da compreensão e do carinho do pai. Será que ele só conseguia ver Ellis como um estorvo, o tempo inteiro?

– Como eu disse ao telefone, papai, vou lhe devolver o dinheiro em breve, tudo bem? – Sob a luz do lampião, seu pai estava descendo os degraus de concreto, vários passos à frente. – Só preciso falar com o gerente do banco.

– Sei... é o que o senhor diz.

Ellis diminuiu o passo. Aquilo era a última coisa que precisava, e não merecia, ouvir.

– Como assim?

O pai continuou andando na direção da caminhonete, ignorando-o. Não que esse comportamento fosse novidade para Ellis, mas dessa vez ele não deixaria passar.

– O senhor acha que estou mentindo?

Quando o pai não respondeu, Ellis parou de andar. Tudo bem, ele cometera uma asneira imperdoável com a fotografia das crianças, mas estava fazendo o que podia para consertar as coisas. Sua vida estava de pernas para o ar por causa disso, e seu próprio pai não ligava a mínima.

– Acha?

Era a primeira vez que Ellis elevava a voz àquele tom para falar com o pai, mas não se arrependia. Nem mesmo quando o pai se virou abruptamente, com a expressão de surpresa se transformando em fúria.

– Você já deixou claro o que pensa da minha opinião.

Ainda um ranço daquela noite no Royal. Ellis reconhecia que acusar o pai de ser invejoso não tinha sido bonito, além de injusto. Jim Reed era um homem orgulhoso, não invejoso. Porém, na ocasião, sentindo-se quase pisoteado, Ellis tinha apelado para a munição que estava ao seu alcance.

Evidentemente, o pai ainda estava ressentido. Reconhecendo isso, Ellis tentou se controlar.

– Desculpe, pai. As coisas que eu disse da outra vez... eu não penso assim. Consegue me entender? Eu só queria mostrar como estava me saindo bem; que o senhor visse o que eu tinha conquistado.

– Ah, entendo perfeitamente! – O pai enfiou os polegares no cós da calça jeans. – E tenho inteligência suficiente para saber que, se você for adiante com essas suas ambições extravagantes, o próximo passo é a prisão. Ou será que é isso que você quer? Tudo por uma manchete, não é mesmo?

Por que era tão difícil para o pai entender seu ponto de vista?! Realmente entender...

– Escute, eu sei qual é a sua opinião sobre jornalistas. Sei da má impressão que ficou daquele repórter na mina, mas não são todos iguais.

O pai se encolheu, pego de surpresa.

– *Eu* não sou assim – Ellis reforçou.

Ellis não estava sendo estratégico; apenas sincero. Mas a mentira contida na alegação espicaçava sua consciência. Não podia negar que arrecadara uns bons dólares aqui e ali, fazendo acordos, negociando furos de reportagens. Orgulhava-se de não ser igual aos abutres que faziam qualquer coisa para conseguir uma matéria, mas a linha divisória ali era tênue.

– Se é assim, então, em nome de Deus, por que estou tirando você da cadeia? – retrucou o pai com frieza.

Não era de fato uma pergunta, apenas outra alfinetada. Ellis estava cansado demais, em todos os aspectos, para conter a mágoa e a frustração acumuladas.

– Quer outro pedido de desculpas? Tudo bem. Me desculpe por tê-lo decepcionado, por atrapalhar sua noite de sono e por não ter ido trabalhar na fábrica. Desculpe por meu emprego no *Examiner* pagar uma ninharia. Desculpe por não ter correspondido às suas expectativas e, principalmente, desculpe pelo fato de o senhor ter perdido o filho errado quando meu irmão morreu!

Pronto. O que nunca havia sido dito finalmente veio para fora.

O pai de Ellis o fitou com os olhos arregalados. Dessa vez não havia ninguém por perto para aliviar a tensão, não havia uma mãe amorosa para acalmar a situação com ternura e habilidade.

A distância, um cachorro latiu. Faróis altos iluminaram por alguns segundos a rua quando um táxi passou.

– Entre no carro. – A voz do pai não denunciava nenhuma emoção, boa ou má.

Ele apenas virou-se e sentou-se ao volante.

É isso?! Isso é tudo o que o senhor tem a dizer?!, Ellis queria gritar.

A falta de sensibilidade do pai o deixava arrasado, exaurido, derrotado. Em silêncio, sentou-se na caminhonete, e o pai ligou o motor, ansioso para ir embora.

Não era o único.

Ellis visualizou-se voltando para a escola de Ruby, pegando seu carro e indo para casa se deitar. Tentaria esquecer, pelo menos por algumas horas, as decisões que o aguardavam no dia seguinte.

Mas então deu-se conta de que a caminhonete continuava parada. Com as mãos no volante, seu pai olhava para a frente, imóvel. Do outro lado da rua, o luar iluminava a delegacia.

– Pai? – ele murmurou.

Por um momento ficou em dúvida se seu pai estava respirando. Quando o pai falou, foi como se falasse consigo mesmo.

– Houve um desmoronamento na mina.

Ellis esperou em silêncio, atônito.

– Demorou trinta horas para retirar os homens. Eu tinha acabado de chegar em casa quando você caiu da bicicleta e quebrou o braço. Sua mãe levou você ao médico enquanto o bebê dormia. Eu devo ter cochilado, porque a próxima coisa que ouvi foi sua mãe gritando. "Henry não está respirando!", ela dizia, com ele no colo. A boca dele estava roxa, o rosto...

Nisso, a voz dele falhou. As mãos fortes e calejadas tremiam.

Ellis ficou imóvel, chocado, tanto pelo relato como por ver lágrimas nos olhos do pai.

– Eu estava a sete metros de distância! Se tivesse olhado o bebê, pelo menos uma vez...

A frase ficou pairando no ar, incompleta.

Ellis olhou para fora, e uma série de lembranças rodopiou em sua mente, colidindo-se entre si como vaga-lumes em um jarro de vidro. De seu ponto de vista de criança, sua visão daquele dia tinha sido tão diferente! Na verdade, as últimas duas décadas. O distanciamento, a aspereza... a quarta cadeira na mesa de jantar, sempre vazia, mas sempre ocupada. Lembrou-se dos passos incessantes na calada da noite, que o haviam acordado quando criança, passos pesados, pela dor... e pela culpa.

Como, por Deus, ele poderia responder?

Considerou as palavras da mãe. Ela dissera repetidas vezes que podia acontecer de os bebês pararem de respirar sem motivo; que seu irmão estava em paz, na companhia dos anjos. Obviamente seu pai ouvira e sabia disso, no lado lógico do cérebro. Mas a lógica não funcionava com esse tipo de sofrimento.

Os dedos do pai deslizaram pelo volante. Ellis receou que aquele momento efêmero, de breve conexão entre eles, terminasse.

– Eu compreendo – disse baixinho, mas a frase soou vazia.

Embora ciente de que seu próprio fardo não se comparava ao do pai, pareceu-lhe apropriado oferecer reciprocidade desabafando também. Uma verdade sombria que acabara levando-os ali naquela noite.

Sem pensar e afastando toda e qualquer censura, Ellis voltou ao início. Era uma história que ia além do resumo que fizera para Lily, antes do motor superaquecido de seu carro e dos dois meninos no alpendre. O verdadeiro começo de tudo eram suas aspirações da juventude por aceitação e vaidade, sempre induzido pelo anseio de atenção e reconhecimento do pai.

Enquanto Ellis narrava a essência e os detalhes de seu artigo sobre os Dillards, os pontos em comum que tinha com o pai emergiram: histórias tristes, envolvendo filhos e um desejo de corrigir erros irreversíveis.

Quando por fim ele terminou, um silêncio denso pairou dentro da caminhonete, e pela primeira vez não parecia um julgamento.

– O que você vai fazer? – perguntou o pai. Uma pergunta real, de verdade.

– Não sei. Só sei que não posso desistir. Não enquanto essas crianças não estiverem em segurança.

O pai assentiu com um gesto de cabeça.

– Você vai encontrar uma solução. – Havia uma convicção na voz dele e um brilho de confiança em seus olhos que significaram para Ellis mais, talvez, do que o pretendido, mas que mesmo assim ele reverenciou.

Em um filme, por exemplo, aquele seria o típico momento em que o pai abraçaria o filho, ou no mínimo apertaria seu ombro. Mas não foi isso que aconteceu. Eles simplesmente foram até onde estava o carro de Ellis. Do lado de fora da escola, no entanto, ao descer da caminhonete, Ellis virou-se e estendeu a mão. O pai a apertou. Não apenas com gentileza, mas de igual para igual.

– Você sabe onde me encontrar – ele disse para Ellis, que se sentiu afagado pelas palavras, ditas como uma promessa.

– Sim, papai.

* * *

No trajeto de volta para o Bronx, Ellis pensou em seus pais, especialmente na mãe. Em todos aqueles anos, ela nunca dissera uma palavra sobre o sentimento de culpa de seu pai. Talvez considerasse que não cabia a ela falar, ou talvez quisesse proteger Ellis, cujo acidente com a bicicleta naquele dia fatídico havia sido o motivo pelo qual ela tivera de se ausentar de casa. Ou podia ser também, simplesmente, que quisesse seguir adiante, dizendo a si mesma que não havia o que fazer e que a vida tinha de continuar.

Diferentemente do caso dos Dillards.

Ellis não podia deixar de lamentar a perda dos Millstones, mas isso não impedia que fizesse de tudo para ajudar Ruby e Calvin, em parte por seu pai. Enquanto não fosse tarde demais, como fora para seu irmão, encontraria um meio de reunir a família.

Geraldine também ansiava por isso, Ellis tinha certeza, sem que ela precisasse verbalizar. O tempo todo Lily estava certa quanto a isso.

Ellis pensou em dizer isso quando ela telefonou mais tarde, poucos minutos depois que ele chegou em casa, mas àquela hora tardia, já passando das onze da noite, ocorreu-lhe que pudesse haver algum problema com Samuel.

– Ah, não – ela o tranquilizou –, Samuel está ótimo. – Sua gratidão era evidente na voz quase sussurrada. Ellis a visualizou sozinha na pensão. – Eu não a incomodaria a esta hora, é que estou tentando falar com você há horas.

– Desculpe... – disse ele. – Foi um longo dia.

Lily fez uma pausa.

– Você está bem, Ellis? – A pergunta foi feita em tom de preocupação, mas foi a sensação de conforto causada pela voz dela que se sobrepôs a tudo o mais.

– Eu ficarei bem. – Ele não tinha certeza absoluta disso, mas pelo menos Lily o fazia sentir-se esperançoso. – E você, Lily? Está precisando de alguma coisa?

– Ah... sim – disse ela, como se por um momento tivesse se esquecido. – Preciso lhe contar o que descobri. É sobre encontrar Calvin... É uma boa notícia.

Depois daquele dia difícil, era tudo o que Ellis precisava ouvir.

Entretanto, alguma coisa na voz de Lily dizia que ela mesma não estava inteiramente convencida.

* * *

O orfanato ficava em Clover, duas horas a oeste de Hoboken. Perto o suficiente para ir e voltar no mesmo dia e longe o suficiente para encobrir facilmente qualquer vínculo com os Millstones.

A visão de Calvin percebendo a mentira sobre o passeio, com o terror e a confusão de ser abandonado pela segunda vez, renovou a indignação de Ellis, enfraquecendo a simpatia por Sylvia e Alfred. Mesmo que Alfred não soubesse do plano, conforme a criada dissera a Lily, não teria suspeitado de nada? Não quisera saber o que acontecera?

No *Tribune*, Ellis tentou se concentrar no trabalho urgente. Eram quase três da tarde de quarta-feira, e ele precisava terminar uma notícia sobre um esquema fraudulento de um comerciante de selos. Mais que tudo, isso o distraía das dúvidas com relação a desafiar o plano de Sylvia.

Mais tarde iria encontrar-se com Lily em Clover. No *Examiner*, assim que o chefe fosse embora, por volta das quatro da tarde, ela sairia em seguida e pegaria o primeiro ônibus.

Para Ellis, cabular mais um dia de trabalho não era tão grave. Era apenas uma questão de tempo para que sua carreira fosse totalmente desvendada, ou por Sylvia ou por ele mesmo. De um jeito ou de outro, o senhor Walker, agora em reunião com o governador Roosevelt, ficaria sabendo da prisão, uma mácula permanente no currículo de um repórter que mal conseguia sobreviver.

Até então, ele usufruiria daquele momento, debruçado sobre sua máquina de escrever, dando telefonemas, fazendo perguntas, rodeado por caçadores de histórias e checadores de fatos. Redatores tentando fazer a diferença, como ele queria ter feito desde o princípio.

– Tenho uma pista boa aqui. – Dutch jogou uma folha de papel na mesa de Ellis. – Envolve um policial.

Ellis estremeceu. Esperou que o papel fosse o recibo de sua fiança por bater em um policial, mas eram apenas anotações nos garranchos habituais de Dutch.

– Quatro policiais, para ser exato. Agente da lei seca diz que eles ajudaram vinte gângsteres a escapar com caminhonetes carregadas de garrafas de cerveja.

– Tem razão. É das boas mesmo.

– É sua.

Ellis ficou intrigado, até perceber do que se tratava… uma gota de misericórdia. Sua espiral descendente estava se tornando pateticamente óbvia.

– Eu agradeço, Dutch, mas não posso aceitar. Não posso tirar isso de você.

– Já tirou. Quando você não apareceu para a reunião de ontem… brigando em algum beco, pela sua aparência… eu disse que você estava trabalhando nesse assunto. Walker quer que seja finalizado hoje. Portanto, é bom pôr mãos à obra. Essas anotações lhe darão um bom ponto de partida.

Tendo sido lembrado do arranhão no rosto, agora arroxeado, Ellis também recordou-se de por que não poderia cumprir um prazo tão urgente.

– Eu gostaria, acredite. Mas tenho um assunto pessoal que preciso resolver hoje. Não tenho certeza de quando estarei de volta.

Dutch tinha todo o direito de pensar que ele tinha perdido o juízo e de dizer isso abertamente, mas pareceu ficar indeciso sobre fazer algum comentário e inclinou-se para a frente com um olhar furtivo.

– Reed, se você estiver encrencado… pode me contar. Eu tive um cunhado que se envolveu com um bando de gângsteres… portanto, se há algo acontecendo e eu puder ajudar de alguma forma…

Era uma conclusão lógica, levando em conta o comportamento errático de Ellis, o rosto machucado e tudo o mais.

– Não é nada disso. Sério. – Ellis gostaria de entrar em detalhes, mas já sobrecarregara muitas pessoas.

Dutch deixou escapar um longo suspiro antes de pegar de volta o papel e, sensatamente, afastar-se.

* * *

Uma hora depois, Ellis se preparou tranquilamente para sair. Entregou o artigo sobre o comerciante falsário, uma matéria bem razoável, e foi para o elevador. Enquanto as portas se fechavam, ele viu de relance o olhar fulminante do senhor Tate. Uma advertência, por certo, e provavelmente a última que receberia; mas, com Lily já a caminho, não havia como voltar atrás.

A um quarteirão de distância do edifício do jornal, ele deu partida no seu Modelo T. O motor engasgou brevemente e silenciou.

– Ah, não, Cristo! Hoje não, por favor...

Com o suor se acumulando na testa, ele jogou o chapéu para o lado e saiu do carro. Respirou fundo, sacudiu o para-lama e voltou. Deu partida novamente, e dessa vez o motor roncou por um tempo mais longo antes de morrer. Era um bom sinal.

– Precisa de ajuda, amigo? – A oferta veio de um homem corpulento de terno e com um cigarro na mão.

– Não, obrigado. Este motor é teimoso às vezes.

– Que tal lhe darmos uma carona?

Ellis já ia recusar quando se deu conta do "nós" implícito na pergunta e ergueu o rosto.

– Vamos. A carruagem está logo ali.

O homem apontou para um Packard preto estacionado duas vagas atrás. Os olhos do motorista não estavam muito distintos, parcialmente sombreados pela aba do chapéu, mas o rosto era familiar, especialmente a pele marcada por pústulas. Era o motorista que o seguira até a escola.

Ele não estava paranoico, tinha certeza disso. Apertou a chave entre os dedos, preparando-se para ligar o motor novamente.

– Como eu ia dizendo – pressionou o homem – ...que tal um passeio?

Ele abriu o paletó, expondo um coldre com uma pistola. O sorriso em seu rosto era mais de desafio do que de ameaça, como se quisesse testar Ellis. Só por diversão.

Ellis rendeu-se e saiu do carro. Não sabia quem eram aqueles homens nem o que queriam. Mas de uma coisa ele sabia.

Sentar-se no banco traseiro de um Packard tinha um apelo inegavelmente maior do que ser enfiado no porta-malas.

34

A impaciência de Lily aumentava a cada minuto. Na rodoviária em Clover, mais um ônibus chegou e partiu. Passageiros desembarcavam e embarcavam, a fumaça dos escapamentos se espalhava no ar.

Inquieta demais para se sentar, ela ficou ao lado de um banco de madeira e cobriu a boca com o lenço para tossir, esperando que a ardência na garganta passasse. Esperando Ellis aparecer.

Quando ela telefonara para contar a novidade de Claire, ele parecia exausto, embora também ansioso para reunir os Dillards. Geraldine tinha entregado os filhos unicamente para garantir uma vida melhor para eles, mas parecia que não era o que estava acontecendo. Geraldine precisava saber disso, mas Ellis permanecia se apegando ao lado racional, relutante em soar um alarme enquanto não soubessem mais detalhes.

Um sábio conselho. Fazia dois meses que Calvin havia sido deixado no orfanato. E se ele já tivesse sido adotado? Ou, se ainda estivesse lá, estaria sendo maltratado, como Claire havia sugerido?

Ah, por que ela havia levantado essa suposição? Em consequência, Lily tinha passado a noite se revirando na cama, aflita, imaginando crianças negligenciadas e maltratadas. Imaginava os pequeninos indefesos, como Samuel, sendo castigados com surras de vara, privados de comida, amarrados às camas.

– Ellis – sussurrou –, onde você está?...

Nas últimas semanas, inesperadamente ele havia se tornado uma pessoa com quem ela podia contar, em quem podia confiar. Mais do que deveria, talvez. Sua mente lhe dizia isso, mas quando ela pensava nele ajudando sua família, tirando seu filho do banho, confortando-a com seus braços e suas palavras, era quase impossível sentir que seu julgamento estava errado.

De qualquer forma, o tempo estava se esgotando, limitado pela partida do último ônibus. O sol já começava a baixar atrás da linha dos telhados da cidade, uma área que lembrava bastante Maryville. A maioria das lojas na rua já estava fechando as portas, encerrando o expediente.

Com a bolsa embaixo do braço, Lily foi até o guichê de passagens.

– Por favor, senhor... será que poderia me indicar um caminho?

Apresentar sua causa no orfanato sem o apoio e o testemunho de Ellis seria um desafio. Mesmo assim, ela iria sozinha.

* * *

A distância até o orfanato era de quase dois quilômetros. A dor na sola dos pés de Lily confirmava isso. Se tivesse imaginado a possibilidade de ir a pé, teria usado sapatos mais confortáveis.

Seguindo as orientações de memória, ela passou por um grupo de meninos que jogavam bola em um terreno baldio. Na varanda de uma casa próxima, um homem idoso dormia na cadeira de balanço. Na casa ao lado, uma mulher sacudia um tapete para tirar a poeira.

Lily pensou em parar e perguntar para confirmar se estava no caminho certo, mas, antes de virar a esquina, avistou uma construção antiga de tijolos, exatamente como o rapaz da rodoviária descrevera.

McFarland Tanning Factory estava pintado em letras brancas desbotadas. Havia longas fileiras de janelas nos dois andares, mas o brilho alaranjado do pôr do sol se refletia nas vidraças, bloqueando a visão do interior.

Foi somente quando se aproximou da porta da frente que Lily viu a prova da transformação do prédio. Acima da entrada estava uma tabuleta que solidificava a triste história contada por Claire.

Orfanato Warren County

Desde o colapso do mercado, muitos armazéns abandonados tinham se tornado refúgios para posseiros. Mas imaginar um lugar como aquele abrigando crianças sozinhas no mundo fez com que a respiração de Lily saísse entrecortada.

Preparando-se, ela puxou duas vezes a corrente do sino. Após um breve momento, provavelmente menos do que parecia, um pequeno postigo abriu-se na porta de metal, revelando parcialmente um rosto.

Lily sentiu a súbita necessidade de dizer uma senha, como se estivesse para entrar em algum clube subterrâneo de reputação suspeita. Ergueu a mão enluvada e sorriu.

– Boa noite!

Antes que pudesse dizer mais alguma coisa, o postigo se fechou. Por alguns segundos, Lily ficou em dúvida se alguém iria abrir a porta, até que o rangido metálico do ferrolho anunciou que ele estava sendo destravado. Em seguida a porta se abriu. A mulher tinha a pele bem morena e usava um vestido marrom simples que caía solto sobre sua constituição robusta. As manchas no avental e os cachos crespos que escapavam por debaixo do lenço na cabeça denotavam um longo dia de trabalho físico.

– Veio falar com o senhor Lowell?

– Eu vim com a esperança de levar uma criança para casa, uma criança específica. Se for o senhor Lowell a pessoa com quem devo falar, sim, eu gostaria. – Lily alargou o sorriso, esperando causar boa impressão.

– Pode entrar.

A mulher se afastou para dar passagem e tornou a trancar a porta. Aquele barulho metálico agudo fez os pelos na nuca de Lily se arrepiar. Obviamente era uma medida de segurança manter a porta trancada, tanto para as crianças não saírem como para nenhum estranho entrar, mas também lembrava uma prisão.

Lily foi conduzida por um corredor de onde teve o vislumbre de duas salas de aula com estantes de livros, quadros-negros e bandeiras americanas. Uma terceira sala parecia ser de jogos, com blocos de madeira e outros brinquedos empilhados perto de um cavalinho de balanço com crina de fios de lã desfiados pelo uso.

A não ser por um leve cheiro de couro, o lugar lembrava muito pouco uma fábrica. Na verdade, era um ambiente bastante agradável para um orfanato.

Na quarta e última porta, a mulher ergueu a mão em um gesto que pedia para Lily esperar. Enfiou a cabeça no vão da porta e murmurou alguma coisa que Lily, estando atrás dela, não conseguiu entender.

Em algum lugar próximo ela ouviu o som de vozes infantis. Apurou os ouvidos, não que pudesse reconhecer a voz de Calvin, e conteve o desejo de sair procurando.

– Por favor, entre. – A voz masculina a fez voltar a atenção para o escritório. – Sou Frederick Lowell, diretor da instituição.

Ele se levantou de trás da mesa lotada de papéis e pastas, parecida com a do chefe de Lily, só que mais arrumada. Na parede à direita, um quadro de cortiça exibia recados e anotações de maneira organizada.

Quando Lily entrou, o senhor Lowell gesticulou para duas cadeiras de visitantes, e a mulher que a levara até ali desapareceu.

– Fique à vontade – disse ele.

Lily agradeceu enquanto ambos se sentavam e reparou em uma fotografia emoldurada acima da janela, atrás dele. A mulher no retrato, talvez a fundadora do orfanato, parecia fitá-la com olhos brilhantes.

– Agradeço por me receber sem hora marcada, ainda mais agora, no fim do dia.

– Bem, admito que normalmente marcamos hora, o que explica minha aparência um tanto desleixada.

Lily sorriu e balançou a cabeça para refutar a afirmação. A ausência de paletó e as mangas enroladas até os cotovelos eram compensadas pela elegante gravata-borboleta xadrez e pelo charme de alguns fios grisalhos nos cabelos escuros, tão impecáveis quanto o bigode fino. A não ser pelo nariz ligeiramente torto por uma fratura no passado, era um homem bonito para a idade, por volta de sessenta anos.

– Senhor, o motivo da minha visita é encontrar uma criança.

– Sim, Mildred me disse. É justamente o tipo de notícia que anseio por ouvir. É claro que... suponho que a senhora e seu marido tenham pensado bem antes de tomar a decisão de adotar...

A inflexão final implicava a necessidade de uma confirmação. Mas foi a declaração dele como um todo que revelou a interpretação equivocada do propósito de Lily, bem como de seu estado civil. Suas luvas de viagem, afinal, escondiam a ausência de aliança. Curiosamente, não sentiu naquele momento a menor vergonha por ser mãe solteira.

– Não é exatamente o caso, permita-me esclarecer... É que ontem fiquei sabendo que o filho de uma amiga foi trazido para cá por engano. Gostaria de lhe contar a história toda, com detalhes, mas o fato é, senhor Lowell, que o menino veio para cá sem a permissão da mãe.

O diretor não demonstrou surpresa. Um sinal de compreensão, Lily esperava, e não de que se tratasse de uma ocorrência comum.

– Quem seria o menino?

– Calvin Dillard. – De repente Lily se deu conta de que poderiam ter mudado o nome dele, assim como haviam feito com Ruby. – Quer dizer, esse é o nome de batismo dele. Foi trazido para cá há dois meses. Tenho uma fotografia...

Lily abriu a bolsa e pegou um recorte de jornal com a foto, mas o diretor ergueu a mão, dispensando.

– Não precisa, sei bem quem é o pequeno Calvin.

– Ah, que ótimo!

– Só que ele não está mais aqui. Foi adotado.

O chão pareceu se abrir debaixo dos pés de Lily. Como que percebendo seu desapontamento, o diretor se apressou a tranquilizá-la.

– Eu lhe garanto que ele está com uma família amorosa e temente a Deus. Os dois filhos já são crescidos e estão vivendo suas próprias vidas, deixando o casal na posição perfeita para criar outra criança.

A informação não trouxe alívio para Lily. Os Millstones também causavam aquela mesma impressão, à primeira vista.

– Eu compreendo a situação de sua amiga. – O tom dele era de empatia. – Para ser sincero, é algo muito comum e que com frequência traz crianças não desejadas para a nossa instituição. Por mais que uma mãe possa mudar de ideia, o fato é que muitas vezes o arrependimento ocorre tarde demais.

Lily lutou para manter a normalidade no tom de voz, desconcertada ao relembrar seu próprio passado.

– Mas não é o caso! Não foi isso que aconteceu.

Ele arqueou uma sobrancelha, intrigado.

– Está dizendo que o filho de sua amiga foi roubado sem o conhecimento dela?

– Não... não exatamente. Mas ela estava doente quando o entregou aos cuidados de outra pessoa, e agora... bem, foi tudo um grande engano. – Lily reconhecia que estava falando freneticamente, o que se agravava ainda mais conforme se dava conta de que seu argumento não ajudava em nada, ao contrário. – Se permitir que eu explique, por favor...

O diretor abriu a boca para responder, mas nesse instante a porta se abriu.

– Sim, Mildred?

– Senhor, estão novamente brigando na sala de jantar. O senhor disse para avisá-lo na próxima vez que acontecesse, que o senhor iria pessoalmente...

– Sim, sim, já estou indo. – O diretor já estava de pé quando voltou a atenção para Lily. – Eu realmente gostaria de poder ajudar sua amiga. Por favor, diga a ela que Calvin está em muito boas mãos.

Lily se levantou, tentando bloquear a saída dele.

– Senhor Lowell, se puder ao menos me informar quem o adotou... talvez a família compreenda.

– Nossos registros são estritamente confidenciais, para privacidade tanto dos pais quanto das crianças. Agora, se me der licença...

– Será que poderia abrir uma exceção, só desta vez? Por favor, eu lhe peço encarecidamente...

Os lábios dele se comprimiram em uma linha fina, as narinas se alargaram em uma reação de contrariedade, ou por ela o estar atrasando ou por ele precisar ficar se repetindo. Já não havia nenhum traço de beleza na fisionomia dele.

– Não abro exceções, senhora. Acredito ser contra a ética. Agora, se me der licença, Mildred a acompanhará até a saída.

A menos que se agarrasse na perna do homem, Lily não conseguia pensar em outra maneira de detê-lo, enquanto ele passava por ela e saía para o corredor. A única coisa que a impedia de cair em prantos era a sensação de choque que ainda estava absorvendo.

E a pilha de pastas... sobre a mesa. Ao seu alcance.

– Senhora?

O chamado era dirigido a Lily, e ela detectou urgência na voz de Mildred. Obviamente a mulher não queria que o chefe retornasse e descobrisse que ela não tinha obedecido à sua ordem de gentilmente se livrar da visitante.

Lily suspirou e seguiu a mulher até a saída. Que outra opção ela tinha?

Mas ela voltaria. E, de alguma forma, obteria a informação de que precisava.

35

Como jornalista, Ellis estava inteiramente a par da frequência com que corpos eram resgatados do rio Hudson, um dos mais sórdidos efeitos da Lei Seca. Tinha visto as fotos, horríveis demais para serem publicadas: os membros inchados, a pele desfiada, as órbitas vazias.

No banco traseiro de um Packard agora, tentava afastar as imagens de si mesmo naquele estado, mas era difícil em uma viagem com dois mafiosos silenciosos no banco da frente. Nenhum dos dois havia dado uma dica do destino ou do motivo do passeio. Apenas lhe deram tapinhas no ombro antes de empurrá-lo para dentro do carro.

Para evitar entrar em pânico, Ellis continuou sendo repórter. Observava, deduzia, mantendo distância emocional da situação.

Quando Sylvia dera o ultimato, ela não especificara um prazo. Talvez fosse naquele dia, e os amigos do marido tivessem sido encarregados de obter a resposta certa ou de eliminar a necessidade de uma resposta.

– Há, por acaso, alguma chance de me darem uma pista, senhores? Eu poderia poupar-lhes tempo se me dissessem o que querem.

Valia a pena a tentativa. Mas o sujeito com a cara de pele cheia de marcas continuou dirigindo em silêncio. O grandalhão apenas soltou a fumaça do cigarro com as janelas fechadas. Ellis engoliu em seco para reprimir a tosse, confiando na própria tolerância ao ambiente diariamente enfumaçado na redação do jornal.

Um olhar pela janela indicou que ainda estavam em Nova York. No Bronx, na verdade. E ocorreu a Ellis que talvez estivessem indo para seu apartamento. Não era má ideia, se o plano era simular um acidente... um escorregão fatal na banheira, ou uma trágica queda da janela.

Pelo menos seu carro estacionado em frente ao prédio do jornal serviria de pista. A menos que fosse retirado de lá.

Ellis engoliu em seco novamente, dessa vez de apreensão. O ar tornou-se denso. Então teve um sobressalto quando o carro deu um solavanco. Uma pisada no freio diminuiu a velocidade apenas para virarem à esquerda em um beco, até que finalmente o carro parou.

Os dois homens abriram as respectivas portas e saíram.

– Vamos – o motorista disse para Ellis.

Na véspera, um guarda usara exatamente a mesma ordem para tirá-lo da cela. De repente, estar na cadeia tinha um apelo novo e inesperado.

Do lado de fora do carro, ele viu uma porta no topo de uma escada de metal.

Já tinha estado ali antes...

– *Ande.*

Foi empurrado pelas costas. Seus joelhos enfraqueceram enquanto ele subia a escada. O motorista, poucos degraus atrás, era mais alto do que parecera a princípio.

O grandalhão ficara no carro, acendendo um novo cigarro. A escolha de não ir junto propiciava um alívio mínimo. Sem dúvida, o motorista também estava armado e não teria escrúpulos para apertar o gatilho.

Depois que entraram, Ellis andou na frente para um hall com as luzes apagadas. A porta bateu atrás deles, e o lugar ficou escuro como breu.

– Vá!

Sem enxergar um palmo à frente do nariz, Ellis foi pisando com cuidado, esperando a qualquer momento ser empurrado, cair e bater a cabeça. Aos poucos, porém, sua visão foi se adaptando à escuridão. Quando chegou a um balcão de chapelaria ao lado de uma cortina drapeada, ele reconheceu o local.

Era o Royal. O restaurante aonde levara os pais. Lembrou-se do salão, do candelabro no teto. Só que dessa vez o lugar estava deserto e silencioso como um cemitério. Ellis refletiu que deveria se sentir aliviado por não ter sido levado a um depósito úmido e abandonado, mas não estava exatamente feliz.

Continuou andando no piso quadriculado, com o motorista do Packard em seus calcanhares. Os passos deles ecoavam no teto alto. As cadeiras estavam viradas de pernas para cima sobre as mesas sem toalhas. Não havia velas nem baixelas. Nem testemunhas à vista. Somente um sentimento de terror insidiando-se cada vez mais.

Havia poucas coisas piores, Ellis pensou, do que o suspense pelo desconhecido. Ele parou e girou nos calcanhares.

– Se vai me matar, ande logo. Se não, diga o que estamos fazendo aqui.

O motorista olhou para ele, inabalável, mas no segundo seguinte um ruído de algo se espatifando soou atrás da porta vaivém da cozinha, na parede à direita. Um cozinheiro devia ter deixado cair uma panela, mais de uma, na verdade, até que Ellis ouviu gemidos abafados, alternados com o som de pancadas. Não parecia que a pessoa estava apenas batendo bife. Alguém estava levando uma surra, isso sim.

E não era difícil adivinhar quem seria o próximo.

– Ellis Reed.

A voz soou às suas costas. Na extremidade do salão, sentado no último nicho, parcialmente obscurecido por uma cortina branca, estava um homem cortando um charuto.

A ansiedade tomou conta de Ellis, espalhando-se por todo o seu corpo. Max Trevino era tão impressionante em pessoa quanto nas fotos dos jornais. O pescoço largo ia de um ombro a outro, realçado por um terno caro e feito sob medida. O cabelo preto liso era entremeado de fios grisalhos. Tinha olhos escuros e o tipo físico característico de um siciliano.

– Sente-se, rapaz. – Max gesticulou com o cortador de charutos.

Ellis conseguiu dar os passos necessários para chegar à mesa. Quando deslizou para o banco estofado, o homem que o acompanhava ficou em pé, de guarda, a menos de um metro de distância.

– Sabe – disse Max –, conheço o seu trabalho já faz algum tempo.

– Fico... lisonjeado, senhor.

– Não deveria ficar.

Várias respostas possíveis passaram pela mente de Ellis, mas ele optou por ficar calado.

Max acendeu o charuto com um isqueiro dourado e exalou uma nuvem de fumaça.

– Algumas histórias que você escreveu causaram problemas para os meus empreendimentos, tempos atrás. Como empresário, gosto que as coisas corram bem. Como uma máquina bem lubrificada, entende?

Ellis lembrou-se das dicas que recebera da máfia irlandesa. Vários artigos resultantes haviam exposto falcatruas e corrupções cometidas por políticos cujos bolsos eram frequentemente preenchidos por gangues rivais. Aparentemente, parte dessas propinas era paga por Max.

– Mas onde estou com a cabeça? Claro que você entende – disse Max. – Depois de quinze anos de trabalho na fábrica, lógico que seu velho lhe ensinou tudo a respeito.

A observação, deixando claro o conhecimento que ele tinha sobre seu pai, era assustadora mesmo sem os ruídos ao fundo. Outro soco, outro gemido. Vindo de um local repleto de facas.

Ellis tentou manter a voz firme.

– O que o senhor quer, senhor Trevino?

– Isto. Conversar. – A naturalidade com que o homem respondeu era quase convincente.

– Sobre o quê?

– Sobre família. Sobre a importância de proteger. Acredito que concordamos nesse ponto. – Max deu várias baforadas no charuto e se reclinou no assento almofadado, a ameaça implícita pairando em meio à fumaça. – A questão é que eu soube que você e uma outra repórter... sua amiga... estão interessados nos assuntos da minha irmã.

Irmã?

Então Ellis se lembrou de um comentário que Alfred fizera no banco, que um dos motivos para se mudarem para Nova York era por terem parentes morando ali.

– O senhor é irmão de Sylvia – concluiu.

A advertência de seu editor tinha sido mais sobre ela do que sobre Alfred.

Max arqueou uma sobrancelha escura e espessa.

– Não se faça de tonto, rapaz! Não tenho paciência para pessoas que me fazem perder tempo.

A suposição era justa. Qualquer repórter decente já teria feito a associação. É que Ellis tinha andado ocupado demais com os Dillards, e com Samuel, e também com a encrenca em que se metera.

– Farei o possível para que isso não aconteça.

Max estudou o rosto dele, obviamente procurando algum sinal de sarcasmo. Ellis não ousou se mexer.

– Como eu estava dizendo – Max continuou –, se você por acaso desenterrar algo interessante, acho que devemos conversar a respeito. Em *off*, lógico.

Era evidente que poucas coisas na vida de Max eram *às claras*.

– Senhor Trevino – chamou um homem, saindo da cozinha.

Devia pesar perto de cento e cinquenta quilos, em iguais medidas de gordura e músculos, e estava limpando as mãos em uma toalha. As manchas vermelhas no pano, decididamente, não eram de molho de tomate. Ellis tentou não imaginar a condição do rosto, ou do corpo inteiro, da pessoa que levara a surra.

– Acho que terminei o serviço. Precisa de algo mais?
– Ainda não sei – respondeu Max. – Que tal esperar mais um pouco?
– Com prazer. – O homenzarrão olhou de soslaio para Ellis. – Só vou dar uma limpada lá dentro – acrescentou, antes de voltar para a cozinha pela porta vaivém.

Se não fossem os gemidos vindos lá de dentro, o comentário teria soado como um código para o descarte de um cadáver. Uma tarefa possivelmente ainda na agenda se Ellis não tomasse cuidado.

Max voltou a atenção para a mesa.

– E então? – perguntou, retomando de onde haviam parado.

Ellis tentou firmar as mãos e a respiração. Qualquer indício de dissimulação poderia ser prejudicial. Não só para ele e seus pais, mas também para Lily, a quem ele subitamente receou talvez nunca mais voltar a ver.

– Senhor, minhas intenções envolvendo sua família são as melhores possíveis.

Embora sinistramente silencioso enquanto fumava, Max estava escutando. Ellis tentava responder de acordo com o que acreditava ser o que o homem esperava ouvir, sem se estender demais e sem dar a impressão de que estava na defensiva.

– Eu vi dois meninos, sabe, com uma tabuleta de vende-se. Mas a fotografia que tirei era só para ilustrar um artigo. – Ele foi direto ao ponto, sobre uma venda não planejada que havia separado uma família. Não havia necessidade de citar datas, nem nomes, nem outros detalhes que sobrecarregassem o básico. Então saltou para sua preocupação com uma mãe, curada de uma doença que poderia ter sido fatal, e agora sozinha, e o bem-estar dos filhos. – Com sua irmã, também – apressou-se a acrescentar.

Max estava imóvel. Era difícil saber se estava furioso ou compreendendo tudo.

– O que, *exatamente,* você acha que sabe sobre ela?

Pelo menos uma coisa Ellis sabia com certeza, mesmo que não soubesse mais nada: estava pisando em terreno minado. Demorou alguns segundos para responder, ponderando. Já ia abrir a boca para falar quando Max chamou:

– Sal?

Em um segundo, o motorista agarrou Ellis pelo colarinho. Instintivamente, ele tentou reagir, incomodado com a pressão dos nós dos dedos do homem em seu pescoço.

– O senhor Trevino lhe fez uma pergunta!

Safar-se daquela situação com uma resposta ingênua sobre a irmã de Max seria a atitude mais óbvia. A melhor chance de sair dali inteiro, literalmente. Mas sua intuição, ou talvez uma esperança tola, dizia que Max nutria a mesma preocupação. Que era esse, mais que qualquer suposta matéria no jornal, o motivo para aquele confronto.

– Não sou onisciente – falou com a voz estrangulada pelos dedos rijos de Sal –, mas vou contar o que sei.

Depois de uma pausa, com um gesto de cabeça Max fez um sinal para que Sal recuasse. Ellis normalizou a respiração e pesou rapidamente as palavras. Mesmo ciente do perigo que corria, ele se arriscaria a ser sincero.

Max dava baforadas ocasionais no charuto enquanto Ellis discorria sobre o que havia descoberto. Falou sobre as observações perturbadoras que tinha visto e ouvido, os sinais crescentes de ilusão. Falou das roupas e do nome herdados por Ruby, das cartas e mentiras cruéis, de um irmão secretamente arrancado de casa. Descreveu as inúmeras horas de castigos por impedir a ressurreição de uma filha, e sobrinha, que, na realidade, já não estava mais ali.

Quando ele terminou, Max estava dedilhando o cortador, a abertura circular da largura de um polegar de um homem. Acrescentar outros argumentos seria uma aposta arriscada. Havia uma linha tênue entre fornecer informações e dar opiniões. Mas, no final, ele decidiu falar.

– Colocando de maneira simples, senhor Trevino, eu diria que o senhor tem duas opções. Ou sua irmã perde a menina... ou não demora muito para o senhor perder sua irmã.

Os movimentos dos dedos de Max se tornaram mais lentos. Os cantos dos olhos se apertaram de maneira quase imperceptível. O silêncio que se seguiu não dava nenhuma pista do que iria acontecer.

Por fim, ele declarou com firmeza:

– Um homem tem de fazer o melhor para sua família.

A ambiguidade da frase manteve Ellis paralisado. Atrás dele, o ranger de uma sola de sapato indicava que Sal estava se aproximando outra vez. Não restava dúvida de que o homem apreciava o lado sombrio de seu trabalho.

– Amanhã de manhã, às oito em ponto – Max decretou. – Nos encontramos na casa de Sylvia, e a menina será devolvida. *Capisce?*

A decisão inesperada, e ainda mais a rapidez com que foi tomada, deixou Ellis perplexo. Ficou emudecido, até que Max se inclinou para a frente.

– Espero que isso não seja um problema para você.

Para evitar outro agarrão no pescoço, Ellis respondeu:

– N...não, senhor Trevino.

Max deu mais uma tragada no charuto e se reclinou novamente.

– Sal, tudo resolvido aqui. Dê ao senhor Reed uma carona de volta.

Em estoica obediência, Sal começou a se dirigir para a saída. Ellis se apressou a sair do nicho e segui-lo. Depois de dar alguns passos, deu-se conta de que não havia dito nem uma palavra de agradecimento. Teria sido mais por investimento do que por cortesia. Virou-se para ver Max com o olhar distante, perdido em pensamentos, e achou mais sensato não interromper. A tarefa de dar a notícia à irmã certamente era fonte de grande apreensão.

Ellis só esperava que não o suficiente para Max mudar de ideia.

36

Lily tinha todo o direito de estar zangada. Ellis estava mais de uma hora atrasado. E, no entanto, quando ele passou pela entrada do bar parcamente iluminado – entre os poucos estabelecimentos ainda abertos na cidade –, a única coisa que ela sentiu foi alívio.

E ele parecia sentir o mesmo. Ao avistá-la, foi diretamente para a mesa onde ela estava, a um canto.

– Vou explicar – ele foi dizendo. – Que bom que ainda está aqui. Fiquei com medo de que tivesse ido embora.

– Sim, bem... tem um motivo pelo qual esperei. – Lily hesitou por um instante, antes de contar a novidade, mas o olhar ansioso de Ellis a pressionou. – Ele foi adotado, Ellis, mas eu *sei* que poderemos encontrá-lo. – Ela enfatizou a última frase antes de baixar a voz. Havia clientes demais por perto, era necessário ter cautela.

Ellis sentou-se de frente para ela, interessado, enquanto ela detalhava seu plano.

– Para ser mais seguro, precisamos esperar mais uma hora, para que as luzes do orfanato sejam apagadas. A porta da frente é trancada com ferrolho pesado; imagino que as outras, também. Mas é uma construção antiga, cheia de janelas, então não deve ser difícil entrar por uma delas e dar uma olhada nas fichas.

A ausência de reação de Ellis a fez retrair-se. Ele devia estar achando que ela enlouquecera. E se fossem apanhados? O diretor era tudo, menos do tipo leniente. Poderiam ir parar diante do juiz e ter suas carreiras e reputações arruinadas, independentemente do veredicto. Sem falar em um novo motivo para fofocas envolvendo sua família.

Mas eles não podiam simplesmente desistir. *Ela*, pelo menos, não podia.

– Ellis, se você não quiser participar disso, eu vou entender...

– Estou dentro.

Não havia o menor indício de hesitação na voz dele, e essa segurança ajudou a reforçar a de Lily. Entretanto, o modo como ele a fitou com aqueles olhos azuis quase a fez esquecer o que estava fazendo ali.

Então um ruído interrompeu o momento, um breve alívio. Lily demorou um segundo para identificar que era o estômago de Ellis roncando. Lembrou-se da outra vez que isso tinha acontecido, no encontro deles em Franklin Square. Reprimiu um sorriso e empurrou o prato e o garfo para ele, sobre a mesa.

– Será que *alguma vez* na vida você se lembra de comer?

Ele inalou o aroma delicioso do ensopado, e seus lábios se curvaram em um sorriso.

– Só quando estou com você, pelo jeito. – O suspiro que ele deixou escapar depois da terceira garfada sugeria que havia pulado mais de uma refeição.

Enquanto Ellis comia, Lily tentou evitar falar dos riscos da missão que tinham pela frente.

– Me lembrei agora – disse – daquele dia na praça... você acabou não me contando a tal história.

Ellis estava engolindo uma garfada quando ergueu o rosto com ar indagador.

– Do marreco de gelatina...

Ellis deu uma risada que terminou em uma tossidela.

– Desculpe. – Ele clareou a garganta e balançou a cabeça. – É uma coisa boba. Nada que valha a pena repetir.

– Não sei, não... Não me pareceu que era bobagem quando você falou. – Lily olhou para ele, sorridente e em expectativa, até que ele ergueu o garfo em um gesto de rendição e se recostou na cadeira.

– Eu devia ter uns dez anos, acho. Queria ir caçar faisões com meu pai, então decidi garantir que ia conseguir mesmo atingir uma ave. Quando meus pais saíram, levei nossa espingarda para o quintal junto com uma forma em formato de pato com gelatina de cenoura e espinafre que minha mãe tinha feito para levar em um jantar de mineiros.

Lily já podia adivinhar o final da história.

– Ah, não...

– O cartucho estava cheio de chumbinhos. Nunca imaginei que um único disparo pudesse fazer tanto estrago.

– A gelatina explodiu?

– Em um milhão de pedaços. O que não foi tão ruim, porque o gosto era horrível. O problema foi que aquilo espirrou para todos os lados, e os lençóis que estavam no varal ficaram todos sujos de verde e laranja.

Lily não pôde deixar de rir, imaginando a cena.

– E você ficou de castigo?

– Tomei uma bronca daquelas. Teria levado uma surra de cinto, com certeza, mas fiquei tão esfolado do tombo para trás por causa do coice da arma que recebi um voto de misericórdia.

Ellis sorriu e, por coincidência, clientes em uma mesa próxima explodiu em gargalhadas, o que fez com que ele se virasse para olhar. Foi quando Lily reparou na pele bastante arranhada na região da orelha. Teria sido uma briga o motivo do atraso?

– Que machucado é esse? – perguntou, apontando, quando Ellis se virou de volta para ela.

Ele ia responder, mas mais gargalhadas soaram no salão. Ellis virou-se novamente, parecendo constrangido com a proximidade de outras pessoas, que poderiam ouvir a conversa. Então inclinou a cabeça na direção da saída.

– Eu explico no caminho.

* * *

Uma garoa fina pontilhava o para-brisa do carro enquanto eles iam para o orfanato, o céu nublado cada vez mais escuro. Ainda não eram oito horas da noite, mas parecia que eram dez. O terreno onde ela vira os meninos jogando bola estava deserto. Não havia ninguém na rua, nem nas varandas, somente luzes fracas acesas no interior das casas, amortecidas por cortinas. Tudo isso, Lily refletiu, seria uma vantagem para eles.

Ellis estacionou a uma distância razoável do antigo curtume e desligou o motor. Algumas janelas no andar superior do orfanato estavam acesas. Certamente, os dormitórios seriam os últimos cômodos a apagar as luzes.

Se estivesse sozinha, Lily estaria agitada e impaciente. Mas, na companhia de Ellis, ficou totalmente entretida com o relato dele dos acontecimentos dos últimos dois dias: a súplica de Ruby, a prisão, o confronto com os Millstones e a surpreendente conversa com o mafioso chamado Max.

Geraldine ainda não sabia de nada disso; não houvera tempo para contar, explicou Ellis. Além disso, ele ainda estava assimilando os eventos, que eram mais condizentes com agências de detetives e redes de espionagem do que com a vida real.

– Pelo menos o clima entre mim e meu pai melhorou. – Ele deu um meio-sorriso. – É possível que eu volte a morar com meus pais em breve.

Era uma tentativa de tornar mais leve a atmosfera, sobrecarregada de consequências iminentes que poderiam ser ainda piores.

– Bem, Geraldine ficará grata por ter Ruby de volta, principalmente quando souber da história toda – disse Lily. – A essa altura, espero já sabermos para onde Calvin foi. E, se for necessário, meu Deus, sei que meus pais hospedariam os Dillards até eles estarem encaminhados.

Ellis assentiu com outro sorriso. Colocou o chapéu de lado, e uma mecha de cabelo preto caiu em sua testa.

Lily tentou não falar mais do assunto, mas não conseguiu.

– Não tem medo de que Sylvia procure se vingar de alguma forma?

Ele pensou por um momento antes de inclinar a cabeça e responder.

– Acho que terei de esperar para ver.

– Se realmente foram eles que bloquearam o seu dinheiro, você não poderia perguntar àquele... Max... sobre isso?

Ellis riu.

– Eu tenho a impressão de que, em se tratando de dinheiro, ele não seria tão compreensivo.

A frustração impediu Lily de ceder. Ela temera que as tentações do materialismo e das manchetes sensacionalistas influenciassem Ellis para pior, mas achava injusto que a carreira dele fosse arruinada. E aceitar a ajuda dele naquela noite poderia comprometer seriamente a situação.

– Você já está enfrentando acusações... Não deveria estar aqui, Ellis.

– E deixar você ficar com todas as glórias? Sem chance.

– É sério, você não precisa fazer isso.

– Preciso, sim.

– É muito arriscado...

– Não mais que para você.

Ela poderia insistir, tentar fazê-lo refletir, mas a determinação no rosto dele lhe dizia que seria em vão. Ele a fitou na penumbra, e suas feições se suavizaram.

– Vai dar tudo certo. Aconteça o que acontecer, estamos fazendo a coisa certa.

A delicadeza no tom de voz dele, um reflexo do que Ellis verdadeiramente era, ela já descobrira isso, fez o coração de Lily se enternecer. Como se percebesse isso, ele entreabriu os lábios, e sua mão escorregou para baixo no volante. A possibilidade de ele a abraçar e beijar novamente a deixou com a respiração presa na garganta; as sensações daquele momento retornaram, dos dedos dele em seus cabelos, deslizando para o seu pescoço.

Mas subitamente os dedos dele se dobraram, e ele apoiou a mão na perna. Era uma mensagem, intencional ou não.

Lily virou-se para a janela e olhou para fora. Exalando o ar discretamente, afastou as imagens de seu pensamento.

Será que aquelas luzes do orfanato não se apagariam nunca?

– Você tem noção – disse Ellis após alguns segundos – de que, se tivermos êxito, você terá um material valioso para a sua coluna?

Lily o fitou, surpresa. Além do chefe, não tinha falado com mais ninguém sobre a coluna.

– Como você sabe que vou ter uma coluna?

Ele pareceu tão perplexo quanto ela.

– Você vai?

– Eu pensei... você falou como se soubesse.

– Não, não sabia.

– Mas então... como...

Ellis deu de ombros com ar divertido.

– É que já vi você umas mil vezes com os livros de Nellie Bly. Sempre achei que ela foi a sua inspiração para trabalhar em um jornal. Foi apenas uma dedução.

Lily ficou contente em saber que ele prestava atenção nela àquele ponto, mas claro que não confessaria isso.

– Sou tão previsível assim?

– Olhe, baseado em suas recentes aventuras, e em onde estamos agora, eu diria que você não é nem um pouco previsível.

Lily sorriu, e Ellis retribuiu o sorriso com doçura, o que concedeu um charme ainda maior às suas feições.

– Mas, enfim, meus parabéns! Conseguir uma vaga como essa com aquele chefe é realmente uma proeza. Ele deve ter ficado impressionado com a sua escrita.

– Acho que foi mais uma questão de vencer pelo cansaço. – Lily riu.

– Duvido. O chefe nunca teve problema com a palavra "não".

Isso era verdade, e o elogio deixou Lily envaidecida.

– E, então, quando será a estreia da coluna?

Ela não tinha uma resposta. E, ao lembrar-se de por que não tinha, a bolsa em seu colo tornou-se pesada como chumbo, especificamente por causa do anel de diamante lá dentro. Uma âncora para a realidade.

– Bem, na verdade... não tenho certeza absoluta de que terei uma coluna.

– Por quê?

– É que... talvez haja uma mudança de planos.

Ellis olhou para ela com expressão indagadora.

O mundo das notícias era uma comunidade pequena, uma coleção de fofoqueiros profissionais. Ellis merecia ficar sabendo por ela, e não por algum repórter qualquer.

– Clayton teve uma proposta de trabalho, para o noticiário nacional do *Chicago Tribune*. Ele quer que vamos com ele. Quer dizer, não *nós*... – Ela gesticulou, indicando a si mesma e Ellis, e enrubesceu, sentindo-se ridícula por esclarecer uma coisa daquelas. – Eu e Samuel. Ele me pediu em casamento.

Ellis arregalou os olhos.

– Eu... não fazia ideia...

Deus do céu... Lily sentiu-se péssima, ciente de que Ellis estava relembrando o momento romântico na cozinha da casa de seus pais. Ele achava que ela tinha escondido dele o relacionamento com Clayton.

– Eu também não – mentiu. – Não esperava... e nem tive tempo ainda de processar essa novidade, com a história dos Dillards e tudo o mais.

– Você vai aceitar?

Lily ainda não sabia, embora já devesse saber. Conforme o planejado, Clayton tinha dado o aviso prévio no *Examiner*, despertando a rabugice do senhor Trimble, que só melhoraria com o tempo. Por essa razão, ela passara o dia evitando o chefe, a não ser quando necessário. E fizera o mesmo com

Clayton, por um motivo diferente. Ele iria querer uma resposta, e ela teria de dar... a resposta certa, esperava.

– Eu acho que...

– E a coluna?

Lily teve a impressão de que Ellis ia dizer outra coisa, mas mudara o assunto no meio da frase.

– Acho que terá de esperar. Não é tão importante, na verdade. – Ela tentava se convencer disso. – Estar perto de Samuel, formar uma família, é isso que importa.

Depois de uma pausa significativa, Ellis olhou para ela com expressão de ternura, mas algo em seus olhos dizia que não estava convencido.

– Por favor, não faça isso.

– Isso o quê?

Olhar para mim desse jeito. Como se compreendesse tudo sobre mim.

– O que aconteceu entre nós... entre mim e você, na casa dos meus pais... eu estava com as emoções à flor da pele por causa de Samuel, estava agradecida por tudo o que você fez e disse. Realmente a sua ajuda significou muito! Mas não posso cometer outro erro, não quando tenho um filho em quem pensar. E Clayton... ele é um bom homem e será um ótimo padrasto, generoso, provedor. Eu não poderia desejar mais.

Ellis ficou em silêncio, assimilando as palavras dela. Quando se recostou no assento, demonstrou sua compreensão com um sorriso melancólico.

– Fico feliz por vocês. De verdade.

Lily se recusou a encará-lo, com medo de titubear.

– Obrigada.

No breve silêncio que se seguiu, a tensão se tornou palpável, mas tanto um quanto o outro estavam habituados a erguer muralhas à sua volta.

– Chegou a hora! – exclamou Ellis por fim, pegando uma lanterna embaixo do banco.

Somente quando ele saiu do carro foi que Lily se deu conta de que o orfanato estava às escuras.

37

Era ali mesmo. Direcionando o facho da lanterna para a janela cujo peitoril ficava na altura dos ombros, Ellis confirmou que estavam diante da janela do escritório. Havia duas pilhas de pastas sobre a mesa, exatamente como Lily havia descrito. Só havia um problema... a janela não se movia nem um centímetro.

Ellis empurrou com mais força, mas parecia emperrada. Ou trancada.

– E se tentarmos esta? – sussurrou Lily, caminhando em direção à janela ao lado.

Ellis a seguiu e iluminou a sala vizinha com a lanterna. Uma variedade de brinquedos indicava tratar-se de uma área de recreação. Experimentou erguer a vidraça, mas estava tão firme quanto a anterior. Passou para a próxima, que era uma sala de aula. Mesma coisa.

Restavam poucas janelas no andar térreo, pelo menos daquele lado da construção. Mas a chance de encontrar alguma destravada era pequena.

Era uma precaução incomum em uma cidade tão pequena.

Lily olhou para ele meio de esguelha, como se compartilhasse o mesmo pensamento. As sombras ocultavam a apreensão em sua fisionomia, mas isso não a impediu de continuar para outra janela, erguendo os braços como que para fazer uma tentativa por sua conta.

– Espere! – sussurrou Ellis. Precisava verificar primeiro se o local estava vazio.

Sem esperar, porém, Lily espalmou as mãos na janela e empurrou com força. Seu rosto se iluminou quando a vidraça subiu alguns centímetros.

Ela o estava enlouquecendo, por mais motivos além daquele, mas Ellis não podia pensar nisso naquele momento.

Por sorte, o espaço estava vazio. Era outra sala de aula, parecida com a primeira.

Ellis guardou a lanterna no bolso do paletó e, juntos, eles levantaram a parte inferior da janela, um lado de cada vez, até uma altura suficiente para poderem passar.

Lily se apoiou no peitoril. Era alto demais, mas a relutância em pedir ajuda a Ellis era evidente.

– Vá, eu ajudo você – Ellis se prontificou, cruzando os dedos para ela pisar e dar impulso.

Ela hesitou por um momento, já que estava de saia, mas Ellis balançou a cabeça e se agachou o suficiente para ela apoiar o pé em suas mãos.

Que outras opções eles tinham?

Lily tirou os sapatos e se apoiou novamente no peitoril. Nas mãos entrelaçadas de Ellis, colocou o pé, escorregadio na meia de seda, e deu impulso. Ellis desviou o olhar quando ela se esticou à sua frente e pulou para dentro da sala.

Era a vez de Ellis. Ele se ergueu, com cuidado para não sacudir a vidraça superior. Uma estante baixa de livros abaixo da janela serviu de degrau para entrar na sala. Depois de pular para o chão, ele se levantou, no instante em que a lanterna escorregou de seu bolso e caiu ruidosamente no chão.

Ele a pegou depressa. Com a respiração suspensa, os dois olharam para a porta entreaberta. Parecia estar se abrindo sozinha, lentamente, mas devia ser ilusão de óptica causada pelo escuro. Esperaram alguns momentos, mas o silêncio se prolongou por tempo suficiente para sugerir que não havia ninguém no corredor.

Com suspiros irregulares, passaram por entre as fileiras de carteiras. Lily espiou para o corredor antes de sair na ponta dos pés. Ellis a seguiu, atento a qualquer sinal de algum outro movimento. Na terceira porta, onde um painel de vidro identificava a sala como sendo o escritório, Lily parou, girou a maçaneta e olhou para Ellis, desolada.

Estava trancada.

Ellis, porém, não ficou tão preocupado. Ter um pai que preferia mexer com maquinários a conversar tinha suas vantagens.

Entregou a lanterna a Lily e levou um dedo aos lábios quando ela o fitou confusa. Em seguida esticou o braço e retirou dois grampos que prendiam o penteado dela. Os cachos avermelhados caíram até tocar os ombros, mas Lily já tinha entendido a intenção dele e deu um passo para trás, apontando o facho de luz para a porta.

Ajoelhado, Ellis inseriu os grampos na fechadura. Era do tipo simples, por isso ele acreditava que conseguiria, mas também queria impressionar Lily.

Precisava se concentrar. Fazia anos que não praticava essa tática, desde os tempos de colégio, quando os vestiários masculino e feminino eram separados por uma porta trancada. Era considerado um herói pelos colegas; o lado ruim eram os gritos quando ele conseguia destravar a fechadura e abrir a porta.

Como naquela época, Ellis foi empurrando e virando os grampos, até que um mecanismo se moveu e se soltou com um clique. Ele girou a maçaneta, e Lily sorriu, mas ficou séria em seguida. Atravessou a sala e foi direto para uma das pilhas de pastas em cima da mesa. Ellis fechou a porta e pegou a segunda pilha. Não demorou muito para terminar de examinar, a maior parte eram documentos relacionados a licenças e serviços públicos.

Lily, no entanto, folheava os registros das crianças cada vez mais devagar, prestando atenção nas fotografias. As anotações das circunstâncias de cada uma eram de cortar o coração. Ellis apertou o braço dela, em um sinal de que não havia tempo para aquilo. Não agora.

Ela se recompôs e acelerou o ritmo. Estava quase terminando, e nada de aparecer o registro de Calvin. Tinha de haver mais fichas!

Um arquivo vertical em um canto atraiu a atenção de Ellis. Ele tentou abrir cada uma das três gavetas e não conseguiu, até que notou que estavam ligadas por uma corrente com um cadeado no topo. Será que tinham tanto medo assim de ladrões? Que interesse teriam para um ladrão as fichas das crianças? O que estavam tentando proteger?

Foi então que ele entendeu. Todas aquelas trancas e ferrolhos, nas janelas, no escritório, nos armários, eram por causa das crianças. Para manter *as crianças* ali dentro, e toda ligação delas com o mundo exterior e o passado fora do alcance.

– Nada sobre Calvin – Lily falou baixinho, antes de saber da descoberta de Ellis. – Consegue abrir o cadeado?

Ele balançou a cabeça. A abertura era muito estreita para os grampos.

– A chave deve estar em algum lugar por aqui. Não faz sentido guardarem em outra sala.

Os dois passaram a vasculhar o escritório, passando a mão sobre as superfícies, procurando algum possível esconderijo, atrás do arquivo, na borda do quadro de cortiça, em cima do batente da porta.

– Ellis... – Lily estava parada diante da mesa, olhando para uma gaveta grande onde havia uma caixa com mais arquivos. Ela ergueu o rosto. – Achei. A ficha de Calvin.

Ellis foi olhar. Sem dúvida, era! Na segunda pasta, a foto de Calvin estava grampeada na primeira página, com o nome "Calvin" escrito embaixo. Ellis conhecia aquele rostinho redondo, os lábios cheios, os cílios espessos, os olhos grandes, ali com expressão triste. Não havia um sobrenome anotado em parte alguma. Somente mais uma criança de rua, um menino abandonado pelos pais. Só que ele não era uma criança de rua nem havia sido abandonado.

Ellis e Lily folhearam as páginas, uma a uma. Havia assinaturas, um endereço rabiscado...

Um rangido fez Ellis se virar e Lily se encolher. Era o som de canos de metal, os estalos das estruturas de uma construção antiga se acomodando. Um bom lembrete para encerrarem sua missão ali.

Lily deixou a primeira página e guardou de volta as outras duas na pasta, enquanto Ellis guardava a caixa de volta na gaveta. Com a janela da outra sala ainda aberta, era melhor saírem por onde tinham entrado.

Depois de mais uma espiada para o corredor, fecharam a porta, e em segundos estavam de volta à sala de aula. A saída seria mais fácil, com a estante embaixo da janela.

– Eu vou na frente, para te ajudar a pular do lado de fora – disse Ellis.

Estava subindo na estante quando a luz da sala se acendeu. Uma luz clara, branca e ofuscante.

Os dois se viraram. Uma mulher morena estava parada na soleira da porta, com a mão no interruptor, os olhos esbugalhados de medo.

– Sou eu, sou eu! – Lily falou com voz fraca, querendo evitar que a mulher começasse a gritar. – Estive aqui mais cedo, lembra-se?

A mulher recuou, segurando a gola do robe, e seu olhar recaiu na pasta na mão de Lily.

Lily segurou a pasta contra o peito.

– É do menino que vim procurar... Calvin Dillard... eu só precisava saber para onde ele foi. Para poder falar com os pais que o adotaram. Ele veio para cá por engano, Mildred! Por favor, acredite em mim...

Morando ali, e presumivelmente fazendo parte da equipe, Mildred com certeza havia conhecido Calvin. Devia tê-lo ouvido falar que queria voltar para casa, ou chorar com saudade da mãe e da irmã.

Se bem que isso provavelmente não o diferenciava das outras crianças que estavam ali.

Ellis ficou em dúvida se devia dizer algo, se isso ajudaria ou pioraria a situação, mas tinha de fazer alguma coisa.

– Senhora, por favor, tenho certeza de que, se trabalha aqui, é porque gosta de crianças. Muitas delas têm família e, acredite em mim, dariam tudo para estar de volta às suas casas.

Mildred baixou o olhar enquanto relaxava um pouco a mão no robe.

– Podemos ajudar com isso, se nos permitir.

Sem pensar, Ellis deu um passo na direção dela, com a mão erguida em um gesto de apelo, e ela ergueu o rosto. Ellis suspeitou que havia se arriscado demais, que havia feito mal em interferir.

Nesse instante alguém tossiu. Um homem. No corredor. Os três ficaram paralisados.

A expressão de Mildred parecia sugerir que enfrentava um dilema, entre seu dever e aqueles dois intrusos gatunos. Não precisava haver muito em que pensar. Ela não devia nada a eles.

Ellis previu que ela iria sair correndo e gritando e preparou-se para agarrar Lily, empurrá-la pela janela e gritar para que corresse.

Mas, então, Mildred gesticulou.

– Vão embora, saiam daqui logo – sussurrou.

Ela os estava mandando embora!

Lily assentiu prontamente. Correu para Ellis, que praticamente voou pela janela antes de virar-se para segurá-la. Mal os pés dela tocaram o chão, a janela foi fechada.

Ellis acenou para a mulher atrás da vidraça em um agradecimento silencioso, enquanto Lily calçava os sapatos. Segundos depois, a luz se apagou, e tudo voltou a ficar escuro.

Ellis e Lily voltaram correndo para o carro. Ele ligou o motor na terceira tentativa, manobrou e voltou para a estrada. Com as mãos tremendo pela adrenalina, olhou para Lily. Ela já estava examinando os dados anotados nas folhas à luz da lanterna.

– Briarsburg – anunciou. – Em Sussex County. É para lá que Calvin foi. Deve ficar a... uma meia hora daqui, para o norte?

– Mais ou menos isso. – Demorou um momento para Ellis entender que ela queria ir naquela hora. – Lily, está tarde demais para chegar à casa de alguém.

A preocupação dele não era com o lado social. Surpreender o casal assim, àquela hora da noite, poderia não ser a melhor estratégia. Mas, antes que pudesse explicar isso, Lily argumentou:

– Se o diretor der pela falta disto amanhã de manhã, ele pode avisar a família!

Ellis considerou a possibilidade. Ela tinha razão. E quando é que não tinha?

Ele estendeu a mão para o banco traseiro e vasculhou na mochila.

– Vá me dizendo por onde devo ir – falou, colocando um mapa no colo dela.

38

Em algum ponto no meio do caminho, eles pegaram uma saída errada. Duas, na verdade. Percorrer rodovias desconhecidas e estradas rurais já não era fácil por si só, ainda mais em uma noite chuvosa e escura. Acrescidos a isso o estresse e o cansaço daquela semana, não era de admirar que Lily tivesse se enganado ao olhar o mapa. Duas vezes.

Até encontrarem um retorno e voltar, perderam um tempo precioso, bem como a civilidade. Os pedidos de desculpas de Lily foram prontamente aceitos por Ellis, mas apenas por cordialidade. A expressão cada vez mais azeda dele despertou o instinto de defesa dela, e, combinados, formaram um terceiro passageiro invisível e mal-humorado que deixava o clima dentro do carro insuportável. Quando finalmente encontraram a Tilikum Road, Lily estava mais ansiosa que nunca para chegar ao destino.

Ellis reduziu a velocidade, e eles baixaram os vidros para enxergar, porque a chance de localizar a casa através das janelas recobertas de filetes de chuva era nula. O cheiro de lama e palha molhada invadiu o carro, bem como o ar úmido, causando desconforto, mas ambos diziam para si mesmos que esses inconvenientes eram insignificantes em comparação com seu objetivo.

– Tem uma casa ali – Lily apontou para luzes recuadas do lado direito da rua.

Seria possível que finalmente estivessem tão perto de Calvin?

– Veja se consegue enxergar a caixa do correio.

Ela forçou a vista. Pastos e pradarias pareciam dominar a área, com casas bem isoladas. A ironia de Calvin ter ido parar em um lugar tão parecido com o lar que havia perdido era uma coincidência ao mesmo tempo reconfortante e cruel.

– Ali! – Uma caixa de correio pequenina foi iluminada pelos faróis do carro.

Ellis se aproximou um pouco mais e parou a uma distância de onde era possível ler e limpou o interior embaçado do para-brisa com a mão. Lily estava com os documentos nas mãos, mas já sabia de cor os nomes do casal e o endereço. Suspirou ao ver os números pintados na caixa.

– Não são eles.

– Vamos ver a próxima.

Ellis estava certo em não demonstrar irritação. No mapa, a rua não parecia ser muito longa; a casa não podia estar longe.

Lily ficou prestando atenção enquanto avançavam. O chacoalhar do motor se misturava com o tamborilar da chuva e a cantoria dos grilos.

Passaram por outra caixa de correio, e mais uma, mas nenhuma delas era da casa que procuravam. Chegaram a uma quarta, sem número, e as luzes apagadas indicavam que os moradores já haviam se recolhido. Ellis achou melhor seguir em frente e depois voltar se fosse o caso. Mas, à medida que prosseguiam, era cada vez mais forte para Lily a sensação de que aquela era a casa certa.

– Vamos voltar para aquela última casa?

Era quase certo que iriam acordar os moradores, mas, passando pouco das nove da noite em uma área rural, não devia ser uma ocorrência tão incomum. E eles realmente precisavam agir antes que o diretor do orfanato avisasse a família.

Ellis olhou para Lily, estudando seu rosto, e ela achou que ele estava tentando decidir se a sugestão havia sido dada por palpite ou por impaciência. Qualquer que fosse a conclusão, ele respondeu:

– Só vou até aquela subida ali na frente e retornamos.

– Está bem.

Ellis dirigiu até metade da encosta, mas não parecia haver mais nada dali para a frente além de mato dos dois lados. Ele manobrou, e desceram de volta. Quando chegaram à parte plana novamente, Lily avistou outra caixa de correio, do lado oposto às anteriores. Iluminadas pelos faróis, as letras pretas estavam nítidas no fundo branco.

GANTRY

– Pare – ela pediu, e Ellis obedeceu.

O "A" estava parcialmente apagado, e o "Y", coberto por ferrugem, mas sem dúvida era o sobrenome que estava no documento, assinado por Bob e Ada Gantry.

– São eles. – O coração dela acelerou.

Ellis se inclinou para espiar. Havia uma luz se movendo no fim do caminho de pedregulhos, como se alguém estivesse carregando uma lamparina ou lanterna. Até que a pessoa pareceu entrar dentro de casa.

– Pelo menos tem alguém acordado – disse Lily, animada.

Ellis concordou. Fechou a janela do carro e disse para Lily fechar a dela. Enquanto dirigia pelo caminho de entrada, os pneus do carro pareciam esmagar os pedriscos, fazendo um barulho escandaloso em meio àquela quietude.

Eles pararam perto do celeiro.

– Deixe que eu falo com eles – Ellis prontificou-se.

Não havia nenhum indício de arrogância em seu tom de voz, nem de condescendência. Então Lily refletiu que talvez estivesse explicado o silêncio de Ellis durante a maior parte da viagem; ele estava pensando em como fazer a abordagem, já que cada palavra poderia ser crucial.

– Tem certeza? – perguntou. – Porque eu não me importo de falar.

Tudo bem que sua argumentação com o diretor do orfanato não havia surtido resultado, pelo menos não diretamente, mas lhe dera alguma prática.

– Eu preciso resolver isso – disse Ellis, sério, virando o rosto para fitá-la. – Faz poucos meses que estão com Calvin. Se concordarem em conversar com Geraldine, tenho certeza de que irão entender. Ela é uma moça amorosa, decente. E é a mãe de Calvin. Como, em sã consciência, podem dizer que não?

– Não podem – concordou Lily. Agora era ela que precisava se imbuir de confiança, apesar do medo que sentia. Forçou-se a sorrir. – Vou com você.

Ellis assentiu, com um brilho de gratidão nos olhos.

Debaixo da chuva, eles correram até o pórtico coberto. A casa de dois andares era pintada em tons claros e tinha a estrutura típica de uma casa da região rural, pelo que Lily pôde deduzir no escuro. Ellis bateu na porta sem hesitar, mas a espera pareceu durar uma eternidade.

Por fim, a porta se abriu só um pouco. Atrás da porta de tela, uma mulher segurava uma lâmpada de querosene. Estava de robe e chinelos, e uma trança longa e grossa caía sobre seu ombro. A luz amarelada refletiu-se em seu rosto alongado.

– Senhora Gantry? – Ellis perguntou.

– Sim?

– Senhora... sei que a hora não é apropriada...

– Quem é? – uma voz rouca interrompeu, assustando Lily.

Em vez de responder, a senhora Gantry afastou-se para dar lugar ao marido. Ele estava descalço e usava um pijama largo e comprido, que cobria seu abdome protuberante. Os cabelos na parte de trás da cabeça estavam amassados, como se por um travesseiro.

Lily baixou o olhar em um reflexo instintivo.

– Sim? – rosnou, olhando para Ellis.

– Peço desculpas por incomodá-lo, senhor.

– É bom que seja algo importante. Tenho de levantar cedo para trabalhar no campo – falou rispidamente, enquanto a senhora Gantry colocava a lamparina sobre a mesinha do vestíbulo. Ela recuou um pouco mais para o fundo, parecendo tímida, porém curiosa. – Se estão vendendo alguma coisa, podem ir embora.

– Não, senhor Gantry, viemos por um motivo completamente diferente.

O olhar do homem transferiu-se para Lily, que sorriu com amabilidade, mas ele continuou carrancudo enquanto Ellis continuava.

– Estamos aqui por causa de uma criança que o senhor e sua esposa trouxeram recentemente para cá. Um menino chamado Calvin. Do Orfanato Warren County.

O senhor Gantry olhou para Ellis, desconfiado.

– Hã... e daí?

Lily achou a reação insensível, mas pelo menos ele, sem querer, confirmara a adoção. Essa constatação levou-a a tentar olhar para dentro da casa, além do casal. Será que Calvin estava no andar de cima, já deitado? Será que desceria correndo se ela gritasse o nome dele? Mas se conteve enquanto Ellis explicava a situação da maneira mais clara possível, uma criança levada por engano para o orfanato, uma mãe amorosa sozinha e a esperança de uma solução, se o casal concordasse em conhecer Geraldine.

O senhor Gantry cruzou os braços sobre o blusão do pijama, a manga arregaçada expondo a tatuagem de um torpedo no antebraço. Certamente uma recordação da guerra, mas que também combinava com seu temperamento abrasivo.

– Entendi o problema de vocês – ele disse. – A questão é que eu paguei caro por aquele garoto. Paguei em espécie e na hora.

Lily achou que tinha entendido mal.

– Como é? O senhor... *pagou* pelo menino?

– Isso mesmo. E ainda tive que pagar as taxas de vacinas, da documentação e tudo isso. Portanto, não tenho interesse em falar com essa senhora. Não é problema meu o que aconteceu com ela. O menino vai trabalhar na fazenda, que foi para o que eu o comprei.

Lily não se preocupou em disfarçar a indignação. Não era de admirar que os filhos mais velhos tivessem ido embora, em vez de ficarem para ajudar o pai na fazenda. Ela olhou para a senhora Gantry, que desviou o olhar e sumiu de vista.

– Eu pago o senhor – disse Ellis, evitando uma reação da parte de Lily.

O senhor Gantry semicerrou os olhos.

– O que está dizendo?

– O preço que o senhor pagou, seja quanto for, eu o reembolsarei na íntegra.

No fundo, o plano era mais ou menos esse desde o início, mas antes de saber que Calvin estava sendo explorado.

O senhor Gantry estudou Ellis através da tela. Ainda estava desconfiado, mas tremendamente tentado.

– Seriam vinte dólares.

– Fechado.

A resposta de Ellis foi rápida demais para ter sido refletida, e o fazendeiro percebeu isso. Retorceu o lábio inferior com expressão irônica e calculista.

– Obviamente isso não inclui alimentação, roupas e todas as outras despesas que tivemos. Crianças custam caro, como sabe.

Ellis ficou em silêncio por longos segundos.

– Quanto?

– Bem, eu diria que dobrar para quarenta seria razoável.

Era evidente, pela tensão no maxilar de Ellis, sem falar nos punhos cerrados, que sua polidez estava se esgotando. Era um ser humano, uma criança, que estavam negociando. Mas, se os dois partissem para agressão física, tudo estaria perdido, Lily refletiu.

– Quarenta, o senhor disse? – A pergunta atraiu a atenção do senhor Gantry. Lily falava devagar para dar a impressão de hesitação. – É um tanto... exorbitante, mas acho que podemos dar um jeito.

– Está bem, então. – Fez um gesto arrogante com a cabeça. Em seguida abriu a porta de tela, segurando-a com uma das mãos e gesticulando com a outra. – Podem entrar.

Lily olhou para Ellis. Ele lhe dissera mais cedo que, com a conta do banco bloqueada e depois de abastecer o carro para a viagem, ficara com apenas três dólares. Quanto a ela, não precisava verificar na bolsa para saber que não tinha mais de cinco.

– Na verdade, não temos o dinheiro aqui neste momento – admitiu. – Mas terei prazer em providenciar quanto antes.

Ela entregaria de bom grado o dinheiro que estava guardado na casa de seus pais.

– Foi o que imaginei – o senhor Gantry bufou, pondo um ponto final na negociação. Ou talvez estivesse blefando desde o início. – Saiam da minha propriedade! E não se atrevam a aparecer aqui de novo, nenhum dos dois, ou coloco o xerife atrás de vocês.

Com isso, ele soltou a porta de tela, mas, antes que ela batesse, Ellis a segurou.

– Só um instante, espere...

O senhor Gantry o fulminou com os olhos e falou por entre os dentes cerrados:

– Tire a pata daí, ou a coisa vai ficar feia!

Ellis soltou a porta, deixando-a fechar e formar uma frágil barreira entre ele e o senhor Gantry, mas havia urgência em seu tom de voz quando falou:

– Há uma criança em que precisamos pensar...

– Ada! – o senhor Gantry chamou, sem se virar. – Traga o meu rifle.

Lily segurou o braço de Ellis e o fez recuar.

– Não há necessidade disso, senhor. Estamos de saída. Agora mesmo.

Ellis resistiu por um enervante momento antes de finalmente ceder.

– Sim – concordou. – Estamos saindo.

E saíram.

Ainda assim, o olhar do fazendeiro os seguiu, implacável, até ele ouvir o motor do carro roncar. Quando finalmente a porta da casa se fechou, Ellis e Lily cumpriram a palavra e percorreram de volta o caminho de pedregulhos.

Não tão longe, no entanto, como o senhor Gantry gostaria.

39

– Será que isto está correto mesmo?

A pergunta de Lily atravessou os pensamentos de Ellis e o barulhinho rítmico da chuva. Estavam dentro do carro estacionado na rua, a poucos metros da entrada para a casa dos Gantrys, para pensar e decidir o que fazer. Lily estava relendo a ficha de Calvin, encobrindo o foco da lanterna com a mão para não iluminar o carro.

– Aqui no verso diz que a adoção demora um ano para ser finalizada. Então, significa que ainda não é oficial. Isso deve facilitar as coisas para Geraldine, não?

Absorto, Ellis demorou para responder.

– Espero que sim.

– Bem... de qualquer forma, precisamos formular um plano.

O fato era que um plano estava sendo formulado, mas não incluía "nós".

– Pode me dar o mapa? – ele pediu.

Estava no chão do carro, ao lado dos pés de Lily.

– O mapa? Por quê?

Percebendo que não seria fácil persuadi-la, Ellis respondeu sem olhar para ela.

– Preciso encontrar a estação mais próxima, de ônibus ou de trem.

– Por quê?

Os trocados de ambos juntos seriam suficientes para comprar uma passagem. Logicamente Ellis esperaria com ela até de manhã, quando o primeiro ônibus, ou trem, partisse.

– Você vai voltar para casa.

Ela o fitou, sem entender.

– Como assim?

– Você precisa voltar amanhã cedo. Tem que ir para o jornal de manhã.

– E você, não?

– Lily, por favor... prometo que a manterei atualizada. – Ele estendeu a mão. – Pode me passar o mapa?

Diante do olhar desafiador dela, Ellis se inclinou e esticou o braço para pegar o mapa. Tinha acabado de abri-lo sobre o volante quando Lily apagou a lanterna.

Que o Senhor lhe desse paciência...

– Você vai fazer alguma bobagem, não vai? – Ele se virou para encará-la.

– Você não escutou o que o senhor Gantry disse? Tudo o que ele quer é um motivo para chamar o xerife. Isso se não resolver usar o rifle antes.

– Não precisa se preocupar. Não vou invadir a casa dele nem infringir nenhuma lei.

Ellis não viu sentido em lembrar Lily de que a ideia de entrar pela janela do orfanato tinha sido dela.

– Ótimo! Então, *o que* está pretendendo fazer?

Aquilo não levaria a lugar algum. Para acalmar Lily, ele resolveu contar seu plano... sem mencionar os perigos.

– Como o senhor Gantry vai sair cedo para o campo junto com Calvin, imagino... posso tentar encontrar a mulher dele sozinha. Talvez ela esteja disposta a ajudar, se tiver uma chance. Quem sabe, a portas fechadas, ela tenha alguma influência sobre o marido. De qualquer forma, acho que não custa tentar.

A menos que... o senhor Gantry voltasse para casa inesperadamente. Ou que Ellis estivesse equivocado a respeito da senhora Gantry, da mesma forma como se enganara com os Millstones.

Lily pensou um pouco e acenou com a cabeça, concordando.

Milagre..., pensou Ellis, voltando-se para o mapa e pedindo a Lily que acendesse a lanterna.

– Nesse caso, faz todo o sentido eu ficar – observou ela, obedecendo.

O alívio de Ellis se dissipou na mesma hora.

– Garanto que será mais fácil ela se abrir com uma mulher do que com um homem. Para mim, pelo menos, seria, com um marido como aquele.

Era impossível contra-argumentar, mas Ellis também sabia o que estava em jogo.

– Lily, escute...

– Onde vamos esperar, enquanto isso?

– Lily...

– Eu *não* vou a parte alguma. Me ponha para fora do carro se quiser, mas não vou embora daqui sem aquele menino.

Ela estava sendo orgulhosa, determinada e teimosa, como sempre. Eram traços que faziam Ellis querer beijá-la tanto quanto esganá-la. Mais uma razão para mandá-la embora. Precisava se concentrar em seu objetivo. Ali, no escuro, com apenas poucos centímetros os separando, era difícil concentrar-se em qualquer outra coisa além dela. A chuva tinha deixado o cabelo dela escorrido e lavado a maquiagem de seu rosto, mas ainda assim ela era estonteantemente linda. Curiosamente, mais linda, até! Se não estivesse chovendo tanto, ele sairia do carro e caminharia um pouco para recuperar a lucidez e afastar aqueles pensamentos inadequados. Afinal, Lily estava comprometida. Praticamente noiva.

– Ellis, procure entender... – disse ela após uma pausa. Virou-se para ele, e seu tom de voz se abrandou. – Eu sei que tudo isso é muito perigoso.

Mas você conhece o meu passado, sabe sobre Samuel... portanto, vai entender por que também preciso ver isso solucionado de uma vez por todas.

Aquela súbita vulnerabilidade que ela demonstrava aumentava ainda mais o conflito de Ellis.

– Por favor, diga alguma coisa – ela pediu.

Não se case com ele. As palavras vieram à ponta da língua de Ellis, prontas para serem libertadas. Tudo o que precisava era dizê-las. Mas como poderia fazer isso? Como pedir a ela que não considerasse uma vida com Clayton Brauer? Por mais que quisesse desprezar o rapaz, não conseguia. Com exceção da arrogância que às vezes demonstrava, Clayton era um ótimo partido e seria um marido que poderia dar a Lily e ao filho dela o futuro que mereciam.

Em contraste, ali estava ele, à beira de ficar sem um tostão, sem emprego e sem casa. Sem falar na possibilidade de ser preso. Dependendo do discernimento do juiz, ele poderia em breve ser enviado para uma cela de concreto e tornar-se inútil para a sociedade. Um motivo justo para os pais de Lily gostarem ainda menos dele.

E, no entanto, naquele momento, o que mais temia era não se abrir com Lily; era passar décadas como seu pai, atormentando-se em silêncio e arrependimento.

Lily esperava por uma resposta, a chuva cada vez mais forte, quando Ellis viu algo tremeluzir em sua visão periférica. Uma luz perto da casa.

Havia alguém ali.

– *Abaixe-se.*

Ele empurrou Lily pelo ombro, e os dois se abaixaram dentro do carro. O mapa escorregou para o chão. Teria a luz da lanterna denunciado a presença deles ali?

Ellis imaginou o senhor Gantry avançando pelo caminho de seixos, trazendo na mão o rifle carregado, o dedo no gatilho.

Lily arregalou os olhos, sem entender o que ele tinha visto.

Ele abriu o vidro do lado dela. Novamente, estava tudo às escuras.

– A luz... sumiu.

Havia sido um erro estacionar tão perto.

Lily atreveu-se a levantar a cabeça e dar uma espiada. Ellis já ia ligar o motor, algo preocupante, já que raramente conseguia na primeira tentativa, quando a luz reapareceu. O brilho de uma janela.

– É de dentro do celeiro – disse ele, percebendo que havia se enganado.

A luz vinha do interior, não de fora. Mais cedo, alguém, possivelmente a senhora Gantry, tinha usado a lâmpada de querosene para ir do celeiro até a casa. Mas ele não havia visto nenhum sinal de que alguém voltara ao celeiro depois disso.

– Tem alguma coisa muito estranha – disse Lily.

Ellis também achava que sim.

– É melhor eu ir dar uma olhada.

Lily concordou, e, antes que ele pudesse protestar, ela já estava fora do carro.

– *Lily, não* – ele falou em um sussurro rouco, já que não podia gritar. Mesmo que pudesse, não adiantaria.

Reprimindo a frustração, correu debaixo da chuva sobre os pedregulhos para alcançá-la. Se não tinha como desencorajá-la, pelo menos não ficaria longe dela.

Sem o chapéu, a chuva nublava a visão de Ellis enquanto percorriam o caminho de entrada. Ele lançou um olhar para a casa, confirmando que estava tudo escuro e em silêncio.

– Fique atrás de mim – sussurrou em tom de comando, quando se esgueiraram atrás de uma caminhonete velha.

Para alívio de Ellis, ela não discutiu.

Quando finalmente chegaram ao celeiro, Ellis segurou a maçaneta vertical da porta e empurrou cautelosamente, abrindo uma fresta. Não restava dúvida, havia luz lá dentro. Um facho de luz, direcionado para as vigas no teto. O coração dele disparou, mas o medo não foi suficiente para fazê-lo recuar. Abriu um pouco mais a porta, que rangeu no trilho de metal, e a luz se apagou.

Confuso, ele olhou para trás, para Lily. Ela estava com a lanterna a postos, pronta para acendê-la quando necessário. Naquele momento, Ellis voltou no tempo, para quando era criança e o pai o surpreendia lendo embaixo das cobertas quando já deveria estar dormindo.

Subitamente, Ellis entendeu de onde vinha a luz.

Entrou no celeiro, e Lily o seguiu. Pelo menos o lugar estava seco, mas o ar cheirava a mofo e a pelo de animais, e um calafrio percorreu os braços de Ellis.

– Calvin? – ele chamou baixinho. Em seguida, fechou a porta e falou para Lily: – Acenda a lanterna.

Ela obedeceu, e as sombras em seu rosto pareciam ser um prelúdio do horror que poderiam encontrar. Os dois se separaram, vasculhando o celeiro.

Ellis foi pisando com cuidado entre equipamentos agrícolas espalhados por ali. Sua roupa pingava, molhando o chão. Ele investigou a área ao redor de latões de ordenha e pilhas de feno.

– Calvin? – chamou novamente.

Um cavalo relinchou em resposta. Em uma baia próxima, os olhos pretos brilharam à luz fraca da lanterna. Uma franja branca caía sobre a testa do animal.

– Ellis, aqui!

O sussurro urgente de Lily atraiu Ellis para a única outra baia que havia no celeiro. A lanterna iluminava um prato com migalhas no chão e uma lata que cheirava a urina. Ela estava ajoelhada ao lado de um cobertor amontoado no canto, por baixo do qual aparecia um tufo de cabelos loiros.

– Calvin? – perguntou. – É você?

Dois olhos grandes apareceram aos poucos. Ao reconhecer o rostinho redondo, Ellis ficou paralisado. Fosse aquela a acomodação habitual para o menino dormir, ou um castigo impiedoso, a situação era abominável.

– Está tudo bem, estamos aqui para te ajudar – Lily assumiu um tom maternal e protetor. – Vamos tirar você daqui e te levar para um lugar bem melhor. Posso levar você no colo. Você deixa?

Quando ele não respondeu, ela tocou gentilmente em seu ombro. O contato fez com que ele recuasse de encontro à parede. Não sabia quem ela era, não confiava nela.

E como, em nome de Deus, aquela criança confiaria em alguém?

Mas talvez ajudasse se ele reconhecesse Ellis.

– Ei, Calvin... lembra-se de mim? – A voz de Ellis soou embargada. Ele engoliu em seco e se esforçou para falar com animação. – Sou o repórter amigo de sua mãe. E de sua irmã.

As sobrancelhas de Calvin se arquearam, denotando interesse, mas foi uma reação muito breve em meio à sua atitude cautelosa.

Fazia anos que Ellis desenvolvera a habilidade de coletar detalhes, buscando significado nas menores coisas. Naquele momento, ele precisava mais do que nunca fazer isso. Vasculhou na memória enquanto se aproximava, tentando, a cada passo, transmitir confiança a Calvin.

– Lembra-se, no verão, quando comprei as flores de Ruby?

Ele ainda podia ver a cena em sua mente, da menina com os ramalhetes amarrados, as florzinhas murchas por causa do calor.

Calvin o observava atentamente, desconfiado.

– Você estava sentado no galho da macieira. – Ellis se agachou ao lado de Lily. – Sua mãe estava lavando roupa. Foi no dia em que tirei uma fotografia de vocês na frente de casa, para o jornal... – A voz dele quase falhou nessa hora, ao dar-se conta de que havia sido justamente *aquela* fotografia que trouxera o menino àquele lugar e àquela situação.

Lily interveio:

– Sei que é tudo muito esquisito para você, Calvin. Difícil de entender. Mas você nunca deveria ter vindo para cá. Foi tudo um grande erro. Saiba que sua família verdadeira ama você, nunca deixaram de amar. – Ela falava em ritmo cada vez mais acelerado, um lembrete de que cada minuto a mais naquele lugar poderia ser fatal. – Se quer voltar para perto de sua família, *precisa* vir conosco. Entendeu, Calvin? – Ela estendeu a mão para lhe afagar os cabelos, mas ele se encolheu como se os dedos dela queimassem. – Calvin, por favor...

Ela começou a chorar e virou-se para Ellis.

Se agarrassem Calvin e fugissem com ele no colo, correriam o risco de ele começar a gritar. Sem falar que poderia ser traumatizante para o menino. Ele já estava enrolado no cobertor, a luz de sua lanterna atravessava o tecido de lã.

O que mais poderiam fazer para confortá-lo? O que Geraldine gostaria que eles fizessem? Ela havia cantado para Samuel uma vez, para confortá-lo quando ele estava doente. Valia a pena tentar, mas Ellis não se lembrava da cantiga. Seria *Clementine*? Não... mas era um nome de menina, disso ele tinha certeza. Talvez *Oh! Susanna*?

Não, droga... a melodia ecoava distante em seus ouvidos. Ele quase se lembrava de alguns versos da letra. Falava algo sobre dar uma resposta e estar meio louco... uma bicicleta para dois...

Era *Daisy Bell*!

– Sabe, Cal, aposto que sua mamãe cantaria uma música para você se sentir melhor. Podemos cantar juntos uma que ela gosta muito. Que tal?

Sem esperar, Ellis começou a cantarolar as notas da melodia, alternando com os versos que conhecia. Sabia que estava desafinado e errando algumas palavras, mas, quando terminou, um sorriso curvou os cantos dos lábios do menino. Isso foi suficiente para dar esperança a Ellis.

– Agora, que tal ir encontrar a mamãe?

Calvin o fitou por um longo momento carregado de tensão. Por fim acenou de leve com a cabeça, e os olhos de Lily se encheram de lágrimas outra vez, ao mesmo tempo que ela sorria.

– Vou pegar você agora – disse Ellis, parcialmente aliviado. – Vamos dar um passeio de carro!

Com cuidado, ele passou os braços ao redor de Calvin, que não ofereceu resistência. Quando foi erguê-lo, porém, alguma coisa tiniu em um som metálico, e ele sentiu uma resistência, como se alguma coisa estivesse prendendo Calvin.

Mas o quê?...

Lily afastou o cobertor para identificar a causa. Uma corrente enferrujada, presa à parede, estava amarrada a uma tira de couro grossa... uma algema no tornozelo de Calvin.

Ele estava acorrentado!

Como uma faísca para pólvora, um raio de fúria atravessou Ellis por inteiro, fazendo-o estremecer. A única coisa que o fez manter o controle foi a necessidade de tirar Calvin dali quanto antes e levá-lo para bem longe dali.

Lily tentava freneticamente soltar a amarração, em um pânico crescente.

– Não consigo soltar...

– Me diga, garotão... – Ellis se esforçou ao máximo para soar calmo – ...como é que eles tiram você daqui?

Calvin deu de ombros em um gesto de que não sabia. Ou, se sabia, não estava a fim de falar.

– Tudo bem. Vamos apelar para a criatividade.

Colocou Calvin de volta no chão e foi ajudar Lily a procurar alguma ferramenta, qualquer coisa que pudesse ser usada para cortar a corrente. De repente, porém, ouviram um barulho do lado de fora e pararam, imóveis feito estátuas.

Bem que Ellis gostaria de deixar o canalha entrar, mas não podia arriscar a vida de Calvin e Lily.

Como estava perto da porta, espiou para fora. Não havia nenhuma luz, nenhum movimento. Talvez o barulho tivesse sido provocado pela chuva, ou pelo vento. Retomou a busca, até que Lily o chamou.

– Será que isto serve? – Ela apontou para uma ferramenta que parecia um alicate gigante pendurado em um gancho na parede.

– Vamos tentar.

Lily esticou o braço para pegar, mas estava alto demais, e ela só alcançou a ponta do cabo, derrubando a ferramenta, que ricocheteou na mureta da baia ao lado e caiu no chão, assustando o cavalo. O animal começou a relinchar e coicear, e Lily tentou em vão aquietá-lo, enquanto ele chutava a parede com as patas traseiras.

Ellis se apressou a pegar a ferramenta, antes que aquela barulheira acordasse todos na casa, e voltou para perto de Calvin. O pobre menino estava tremendo, mas não havia tempo para acalmá-lo. Ellis não podia cortar o couro, espesso e duro, sem machucar a perna de Calvin, então experimentou cortar um elo da corrente, já que a ferrugem poderia ter carcomido o metal e o deixado mais frágil, mas também não conseguiu.

Seu coração martelava dentro do peito, batendo contra as costelas. Abaixando-se, segurou o rosto de Calvin para ter certeza de que ele prestaria atenção.

– Escute, preciso que você não se mexa, entendeu? Consegue ficar bem quietinho?

O menino fez que sim com a cabeça, e Ellis viu que o queixo dele estava sujo de terra.

O cavalo tinha parado de chutar, mas ainda relinchava e estava agitado dentro da baia.

Ellis esticou a corrente para longe de Calvin e, com as pernas abertas, como se fosse rachar lenha com um machado, ergueu a ferramenta com as duas mãos e golpeou a corrente.

Clank.

Os elos se moveram, mas permaneceram intatos.

– Droga!

Esticou novamente a corrente enquanto Lily ficava ao lado de Calvin, com o braço sobre os ombros dele. Dessa vez Ellis procurou uma parte da corrente que parecesse mais frágil. Encontrou um elo quase totalmente enferrujado, a ponto de esfarelar entre seus dedos. Com o olhar fixo no alvo, golpeou mais uma vez, com toda a força.

Clank.

O elo se soltou!

– Graças a Deus! – Lily exclamou.

Ellis pegou Calvin no colo enquanto ela pegava a outra lanterna, e todos correram para a porta. Lily a abriu para ele passar, mas, antes de sair, Ellis olhou na direção da casa. No andar de cima, um facho de luz passou por uma janela.

Alguém estava vindo.

Ele falou com voz abafada:

– *Corra.*

Eles dispararam na direção do carro, que parecia estar a mil quilômetros de distância. A chuva caía nos olhos de Ellis, seus pulmões ardiam. Os pedriscos saltavam em seus tornozelos conforme ele corria, mas ele segurava Calvin contra o peito, recusando-se a pô-lo no chão. Lily corria a seu lado.

Estavam quase chegando no carro quando uma voz de homem gritou atrás deles, furiosa:

– Ei! Voltem aqui, vocês!

Um disparo cortou o ar, e Ellis se abaixou instintivamente. Lily cobriu a cabeça.

– Venha, venha! – disse Ellis. – Vamos!

Ela abriu a porta do passageiro, entrou e estendeu os braços para pegar Calvin. Ellis lhe entregou o menino, com o pedaço de corrente ainda preso a ele chacoalhando, e fechou a porta. Deu a volta no carro e sentou-se atrás do volante. A probabilidade de o motor ligar na primeira tentativa era mínima, mas não havia muita escolha. Contando com a sorte, já que o motor ainda devia estar relativamente quente, pisou no acelerador e girou a chave. O motor tossiu e morreu. Mas ia pegar.

– Ellis, ele está vindo!

A distância, os faróis da caminhonete se acenderam ao lado do celeiro. A silhueta do senhor Gantry estava visível atrás do volante.

Ellis deu partida novamente. Um ronco mais longo, e um estalido.

— A caminhonete parou – disse ela.

— Deve ter atolado.

Ellis podia ouvir o motor da caminhonete roncando enquanto o fazendeiro pisava no acelerador.

— Por favor, por favor, por favor... – implorou ao seu amado Modelo T.

Se o carro cooperasse pelo menos daquela vez, ele ficaria com ele para sempre. Trocaria o motor e o reformaria até ficar melhor que um novo.

Pisou novamente no pedal... e o carro vibrou quando o motor ganhou vida!

Com os faróis ligados, Ellis acelerou até a estrada, fazendo espalhafato no caminho de seixos, e virou para o lado de onde haviam vindo. O ruído de estalidos persistentes atrás deles lhe disse para não comemorar. Mas esperava que o caminho pedregoso atrasasse o avanço da caminhonete.

Lily murmurava palavras tranquilizadoras no ouvido de Calvin, embalando-o nos braços, dizendo a ele que tudo iria ficar bem. Ellis rezou em silêncio para que fosse verdade.

Ligou o limpador de para-brisa para enxergar o caminho, mas a respiração deles embaçava o vidro.

Lily virou-se para olhar para trás.

— Ele está vindo!

Pelo espelho retrovisor, Ellis viu dois focos de luz, faróis que os alcançariam sem muita demora. A menos que pensassem em uma maneira de despistar o sujeito, ou conseguissem, de alguma forma, se esconder.

— A saída errada que pegamos na vinda... – lembrou Ellis, pensando em uma opção. – Onde era?

— Qual delas?

— A segunda.

— Fica... à direita... acho que a menos de um quilômetro.

— Me avise quando estivermos perto.

Lily baixou o vidro, atenta.

Ellis passou a manga do paletó no para-brisa para desembaçar, mas o tecido molhado manchou ainda mais o vidro, e ele não conseguia ver nada. Proferiu um impropério em silêncio; baixou o vidro do seu lado e colocou a cabeça para fora, apertando os olhos para enxergar a estrada. A chuva caía impiedosamente em seu rosto, e ele tratou de afastar o pensamento de uma bala atingindo sua nuca.

– Ali! – Lily apontou.

Ellis viu a estradinha. No fim da descida, virou à direita. Quase imediatamente, sentiu o pavimento irregular por onde havia passado na vinda, por engano. Uma loja de ração para animais já estava fechada, mas a entrada para o pátio de estacionamento nos fundos estava aberta. Ele entrou, parou atrás da loja e apagou os faróis. Olhando para trás, conseguia ter uma visão parcial da estrada principal.

Lily apertou a mão dele.

Os segundos se esticavam, afinando-se como fios de bala de caramelo. A escuridão parecia amplificar os sons, a chuva batendo na capota do carro, o motor, que ele não havia desligado, seu coração batendo nos ouvidos.

E o motor da caminhonete. O ronco vinha aumentando, cada vez mais alto, como um foguete preparando-se para ser lançado. Mas Ellis também estava preparado. Enfrentaria o homem com os punhos, se fosse necessário. Não era nenhum Jack Dempsey, mas lutaria até o fim para manter Lily e Calvin em segurança.

Depois de um longo momento, a caminhonete apareceu em seu campo de visão. Primeiro o capô, depois a cabine... a caçamba... e passou direto.

40

Havia algumas decisões a tomar: para onde levar Calvin, o que contar a Geraldine, como contar, quando Lily voltaria para a Filadélfia. A resposta para esta última questão, se dependesse de Lily, era a mais fácil. Ela só iria embora quando as duas crianças estivessem em segurança nos braços da mãe, nem um minuto antes. Isso significaria chegar atrasada no jornal, até mesmo faltar, mas o chefe teria de entender. Se não entendesse, paciência. Depois do que enfrentara naquele dia, não seria qualquer desafio que a faria acovardar-se.

Agora no apartamento de Ellis, ainda não relaxara o suficiente para sentir a exaustão tomar conta. Sua mente continuava a mil por hora. Ela tinha orientado Ellis no caminho da fuga, para evitarem as estradas principais até atravessarem a divisa do estado, e passara a viagem inteira com Calvin no colo e a todo instante olhando para trás.

Fora sensato da parte de Ellis assumir a função de dar o telefonema para Geraldine. No estado de espírito em que Lily se encontrava, ela teria se estendido em detalhes que naquele momento não eram necessários.

Teria sido inadequado sobrecarregar Geraldine com a história toda de uma vez só. Poderiam contar pessoalmente, no dia seguinte, e depois que Ruby também estivesse com eles. Como o combinado com Max era pegar a menina às oito horas, Ellis pediu a Geraldine que chegasse ao apartamento às nove horas, para lhe entregar as crianças.

– Como ela reagiu? – Lily quis saber, quando Ellis desligou.

À luz fraca do abajur, não conseguia distinguir a expressão dele.

– Ficou abalada.

Lily acenou com a cabeça. Claro, todos estavam.

Ellis gesticulou na direção do quarto.

– Ele está dormindo?

– Apagou, coitadinho.

Calvin estava tão grogue quando chegaram que eles não se preocuparam em fazê-lo comer nem tomar banho. Isso poderia esperar, com exceção da algema. A primeira coisa que Ellis fez foi remover cuidadosamente, com uma chave de fenda, a ponta da corrente e, assim, abrir a argola de couro. A marca vermelha no tornozelo sem dúvida desapareceria bem mais rápido que a lembrança do garoto daquela provação.

Ellis tratou de guardar a corrente e a algema na gaveta da mesinha do telefone.

– Prova – explicou, ao perceber o olhar indagador de Lily.

Nenhum dos dois mencionou que, nas circunstâncias atuais, depois de tudo o que acontecera naquele dia, era bem provável que ele não fosse considerado uma testemunha das mais confiáveis.

– Eu terei prazer em explicar tudo à polícia – prontificou-se Lily. – Os Gantrys deveriam ficar proibidos de adotar uma criança novamente. Nunca mais isso pode acontecer.

– Também estou empenhado em garantir que isso não aconteça – disse Ellis, resoluto. – O principal agora é devolver as crianças. Do resto eu cuido depois.

Lily concordou. Com tantas incertezas nos próximos dias e semanas sobre que rumo a vida de Ellis iria tomar, era melhor resolver uma coisa de cada vez.

– Quero lhe agradecer – disse ela.

– Pelo quê?

– Por me deixar ir junto com você buscar Ruby.

Ellis sorriu.

– Achei que seria inútil dizer que não.

Ela pensou um pouco e depois riu.

– Tem razão, seria mesmo.

Ambos riram, e, no silêncio que se seguiu, uma ponta de pesar espiralou no íntimo de Lily. Estavam no final da maratona. Dentro de algumas horas, ela embarcaria no trem, na estação Grand Central, e cada um seguiria seu próprio caminho.

Era uma escolha sensata, claro. E a certa também... apesar da relutância que a incomodava.

– Vá se deitar. – Ellis indicou a direção do quarto com um gesto de cabeça. – Você precisa dormir um pouco.

Parecia injusto a Lily deixar que ele se acomodasse no sofá no próprio apartamento, até porque ela sabia que não pregaria o olho. Tinha certeza disso. Se bem que desconfiava de que ele também não. Mas deitar ao lado de Calvin era a alternativa mais sensata para passar o tempo e esperar a manhã seguinte.

– Bem, boa noite, Ellis.

Ele sorriu novamente.

– Boa noite, Lily.

Porém, ela estava enganada. Depois de acordar sobressaltada, deu-se conta de que havia adormecido. A seu lado, a respiração ritmada de Calvin sem dúvida havia colaborado para transmitir tranquilidade e aumentar o conforto do travesseiro macio de Ellis.

Por quanto tempo teria dormido? A fresta escura entre as cortinas confirmava que ainda não amanhecera.

Então o som de batidas na porta da sala a fez compreender o que a havia acordado. Imaginou o senhor Gantry no hall, enfurecido, de rifle em punho.

Mas ele não tinha como saber onde eles estavam, a menos que tivesse conseguido segui-los!

Lily esgueirou-se para fora da cama, afastando o medo e a sensação de tontura. Espiou para fora do quarto, para descobrir que não era a única que estava desconfiada.

– É ele? – sussurrou para Ellis, vendo a lâmina brilhante de uma faca de cozinha na mão dele. Aproximou-se devagar. – É?

Ellis estendeu o braço com a mão espalmada, em um sinal silencioso para que ela se afastasse. Mais batidas reverberaram com força, e Lily ficou apavorada com as possibilidades de quem poderia ser, além do senhor Gantry. Para Max Trevino, alguns capangas poderiam resolver o problema da irmã dele de outra forma. A promessa de entregar a menina poderia ser um ardil.

Ellis espiou pelo olho mágico. Lily se preparou mentalmente para pegar Calvin. Poderiam fugir pela escada de incêndio externa… se é que havia uma! Céus, como não verificara antes?

Mas então viu Ellis abaixar a mão com a faca e destrancar a porta. Disse alguma coisa para a pessoa que estava ali, mas a porta bloqueava a visão de Lily, até que ele deu um passo para trás e convidou alguém muito familiar para entrar.

Lily abriu um largo sorriso.

– Ah, senhora Dillard! – Em toda a sua vida, Lily nunca sentira tanta felicidade em ver alguém.

Enquanto Ellis trancava a porta, Geraldine olhou em volta, retorcendo as mãos, nervosa.

– Onde ele está?

Um olhar para o relógio confirmou que ela estava várias horas adiantada. Ainda não eram quatro horas da manhã. Lily precisou se lembrar do que Geraldine, como mãe, estava passando. Chegou mais perto e respondeu calmamente:

– Está no quarto, dormindo.

– Ele está bem? Não está machucado? – os olhos de Geraldine se inundaram de lágrimas.

– Ele está bem. – Ou ficaria, pelo menos Lily esperava.

Geraldine virou-se para Ellis, como se quisesse uma confirmação. Quando o olhar dela baixou para a faca na mão dele, ele a colocou sobre a mesinha.

– Era só por precaução – explicou.

– Que surpresa boa ver a senhora! – exclamou Lily, querendo desviar a atenção de Geraldine e evitar uma explicação mais assustadora.

– Depois que o senhor Reed telefonou, eu simplesmente não consegui esperar. A doutora Summers me emprestou o carro dela, porque estou acostumada a dirigir para... – ela se calou quando sua atenção foi desviada para alguma coisa atrás de Lily.

Na soleira da porta do quarto, Calvin estava parado, com sua camisa suja e jardineira surrada, esfregando os olhos. Geraldine suspirou e estremeceu. Deu um passo na direção dele, mas então parou, dobrou os joelhos e abriu os braços, em um misto de anseio e medo de afugentá-lo.

– Cal, meu bebê! Sou eu... a mamãe!

Ele estava atônito ou confuso... ou provavelmente ambas as coisas.

Segundo Ellis, Ruby estivera ciente da doença da mãe o tempo todo. Será que Calvin também? Ou será que achava que a mãe simplesmente não o queria mais?

Teria Sylvia instilado mais mentiras cruéis na cabeça do menino?

O medo dessas dúvidas parecia contrair as feições de Geraldine. Segundos depois, entretanto, as respostas se tornaram aparentes, quando os passos hesitantes de Calvin se apressaram para alcançar a mãe. Ele a envolveu com os braços, e Geraldine fechou os olhos e suspirou. Ficaram ali abraçados, chorando, enquanto ela o balançava no colo, beijava o rosto dele e dizia repetidamente que o amava.

– Eu também amo a senhora, mamãe – disse Calvin.

Eram as primeiras palavras que ele dizia desde que o haviam encontrado, as primeiras que Lily o ouvia falar. E eram perfeitas.

Ellis observava a cena com as mãos dentro dos bolsos da calça. Sua expressão refletia a sensação de cura e desfecho feliz que Lily também sentia, uma energia que preenchia a sala.

Enxugando as lágrimas, Geraldine se ergueu, com Calvin agarrado à sua saia, um gesto que provavelmente seria bastante frequente por muito tempo.

Geraldine virou-se para Ellis.

– Agora preciso ver minha filha. Onde ela está?

– Ela está com os Millstones. Iremos buscá-la às oito horas.

– Não. Eu vou agora. – A firmeza de Geraldine surpreendeu Ellis tanto quanto a de Lily.

– Senhora Dillard – disse ele –, precisa confiar em mim. O parente que arranjou tudo... digamos que não é um homem que aceita que suas ordens sejam ignoradas. Além do mais, acredito que a presença dele na casa poderá ser positiva para nós.

O que Ellis dizia fazia sentido. Presumindo que Sylvia não estivesse de acordo com o arranjo, se Max estivesse lá, ele certamente contornaria a situação.

– Quer dizer que ela está nos esperando às oito horas? – perguntou Geraldine.

Lily acenou com a cabeça.

– Falta pouco – encorajou.

Geraldine cruzou os braços, em uma agitação crescente.

– E o que garante a vocês que essa mulher não fugiu com Ruby? No meu modo de ver, se ela é perturbada, duvido que dê ouvidos ao conselho de alguém. Vejam, eu sou muito grata pelo que vocês fizeram nesta noite, mas sou a mãe de Ruby. Se eu tiver de rodar a cidade inteira para encontrar a casa onde ela está, e até mesmo tirar minha filha de lá sozinha, eu farei isso. Com ou sem vocês.

Lily e Ellis se entreolharam. Aquele dia os havia surpreendido com mais voltas e curvas do que a montanha-russa Cyclone no Luna Park em Coney Island. Não haviam nem mesmo considerado a hipótese de não respeitar o plano de Max. Nem a possibilidade de alguém desafiá-lo.

E se Geraldine estivesse certa? E se Ruby já não estivesse na casa?

– Vamos no meu carro – disse Ellis, pegando os casacos, ainda úmidos, pendurados ao lado da porta.

41

No trajeto para Nova Jersey, Ellis ia refletindo sobre suas opções em contrapartida aos potenciais riscos. Se os Millstones tivessem conseguido fugir com Ruby, as chances de encontrar a menina novamente seriam praticamente nulas. Eles poderiam mudar de nome, de casa, de vida. Tudo de que precisariam para isso seria dinheiro e amigos influentes, e eles tinham ambos. Mas ofender ou contrariar Max Trevino certamente significaria perder todas as possibilidades de contar com a ajuda dele.

E não poder contar mais com a ajuda de Max era o melhor dos cenários, porque poderia ser muito pior, e não era difícil imaginar... A visita ao Royal ainda estava vívida em sua mente: a pancadaria na cozinha, os gemidos chorosos, o brutamontes grandalhão limpando as mãos na toalha ensanguentada.

– As luzes estão acesas! – exclamou Geraldine, animada, no banco de trás, quando Ellis diminuiu a velocidade na frente da casa.

De fato, havia janelas iluminadas no andar térreo e no andar de cima. Algo estranho, na verdade, para aquele horário.

Calvin, aninhado nos braços da mãe como se fosse um gatinho, ergueu a cabeça para ver. No banco do passageiro, Lily virou-se para Geraldine.

– Devem ter acordado cedo para deixar Ruby pronta – disse, conseguindo disfarçar a incerteza na voz.

Ellis também tentou falar com naturalidade:

– Esperem aqui enquanto vou até lá dar uma olhada.

Sem esperar resposta, ele saiu do carro para ir espiar por uma das janelas. Seria mais fácil agora que a chuva dera uma pausa.

Ellis tinha acabado de subir os degraus da frente quando viu um vulto entrando na sala. Abaixou-se rapidamente para não ser visto. Então escutou uma voz, e depois outra. As vidraças fechadas abafavam a conversa, mas o tom intenso era claro. Ele se ergueu alguns centímetros, devagar.

Completamente vestida, Sylvia estava tirando os porta-retratos da cornija da lareira. Alfred parecia estar argumentando com ela, a expressão consternada. Estava com uma calça de pijama xadrez e uma camisa abotoada, com o colarinho amassado.

Ellis murmurou um agradecimento por eles pelo menos ainda estarem ali.

Mas, nesse momento, Alfred segurou os braços de Sylvia, forçando-a a fitá-lo. Ela tentou se desvencilhar, e os porta-retratos caíram no chão e se quebraram, espalhando cacos de vidro no piso de mármore.

– Olhe o que você fez! – ela gritou.

Empurrando-o, Sylvia se ajoelhou e tentou tirar as fotografias de dentro das molduras, cortando os dedos, que começaram a sangrar. Suas tentativas de limpar os retratos pareciam só piorar a situação. Um soluço gutural precedeu um pranto convulsivo.

Alfred agachou-se ao lado dela no chão, onde ela segurava uma fotografia nas mãos, desamparada. Envolveu-a nos braços, e ela aceitou o abraço, deixando cair a fotografia. Alfred afagou suas costas e falou algo em seu ouvido. Por um momento, Ellis sentiu-se intruso demais observando a cena, mas, com um gesto abrupto, Sylvia se pôs de pé e, por um momento, ficou de frente para a janela.

Ellis se abaixou depressa. Daquela distância e no escuro, não conseguia distinguir Lily e Geraldine com nitidez, mas sentia os olhares delas, atentos a cada movimento seu, curiosos, ansiosos.

– Victoria! – A voz de Sylvia soou clara através da vidraça fechada. – Victoria, vamos! Está na hora!

Ah, Cristo...

Não tinha como sentar e esperar. Também não havia tempo para localizar Max. Ellis não podia correr o risco de Sylvia ir embora com Ruby. O acordo estava cancelado.

Pisando duro, foi até a porta da frente e bateu com o punho cerrado, várias vezes.

A porta se abriu, e o brilho de alívio nos olhos de Alfred apagou-se quando ele reconheceu Ellis.

– O que está fazendo aqui? Não era para você vir agora, está muito cedo.

Muito cedo uma ova!

– Onde está Ruby?

– Alfred... – Sylvia chamou. – Quem é? Quem está aí?

Alfred baixou a voz para um sussurro.

– Saia daqui – disse para Ellis. – Vá embora, *vá!* – Ele começou a fechar a porta, mas Ellis colocou um pé na soleira, impedindo-o.

– Se quer que eu vá embora, me entregue Ruby.

Nesse instante, Sylvia apareceu e abriu o restante da porta com força. As lágrimas haviam borrado sua maquiagem, deixando marcas escuras em volta dos olhos. Seu olhar pulou do marido para Ellis e de volta para Alfred.

– Você o avisou... – acusou, exasperada. – Disse para ele vir mais cedo!

– Não, querida. Não fiz nada disso. Pensei que era seu irmão que tinha chegado.

Sylvia balançou a cabeça, recuando, o sentimento de traição escurecendo suas feições. A situação era desesperadora; Ellis sentia como se estivesse à beira de um precipício. Deu um passo na direção dela.

— Senhora Millstone, vamos nos sentar e conversar, pode ser?

Ele precisava que a situação não fugisse ao controle, pelo bem de Ruby. Mas Alfred levantou a mão para detê-lo, em um sinal para que o deixasse conduzir a situação.

— Sylvia, por favor, não dificulte as coisas. Deixe nós dois resolvermos isto, está bem?

— Vocês dois?! — A frase teve um efeito bastante amargo. Sylvia olhava para Alfred, indignada. — Então é isso, não é? É o que você sempre quis, o tempo todo. Livrar-se de Victoria!

Alfred a fitou boquiaberto.

— Que absurdo! Como pode sequer sugerir... Você não sabe o que está dizendo!

— Você me fez dizer que era eu que estava dirigindo porque você tinha bebido! Mas não era eu! — A voz dela era cortante. — Era você! Você planejou tudo!

— O quê?! Claro que não! Eu jamais... foi um acidente! — Alfred pareceu ficar transtornado, as feições contritas, a voz alterada. — A estrada estava molhada... você estava junto, sabe disso. Eu nunca quis que nossa filha se machucasse. Eu a amava...

Para Ellis, aquela surpreendente troca de acusações confirmava que as crianças Dillards não tinham nada a ver com aquelas pessoas. Olhou em volta procurando Ruby, preparado para virar a casa de cabeça para baixo para encontrá-la.

Sylvia gritou rispidamente na direção da escada.

— Claire!

— Querida, me escute...

Alfred deu um passo à frente, mas ela se afastou na direção da escada, como um animal selvagem se esquivando de uma armadilha. O sangue ainda pingava de seus dedos, sujando o piso branco.

A criada apareceu no topo da escada, já de uniforme.

– Senhora?

– Onde está Victoria? Não lhe disse para trazê-la para baixo?!

– Ela está terminando de pegar as coisas. Ainda não... está pronta.

Claire respondeu com os olhos baixos, mas não era só de timidez. Ellis percebeu que ela estava tentando retardar a descida da menina. Imaginou Ruby escondida em um canto, ou dentro de um armário. Será que ela tentaria fugir por alguma porta dos fundos, aventurando-se sozinha no escuro?

– Traga minha filha imediatamente, ou eu mesma irei aí em cima buscá-la! – ordenou Sylvia, incitando Ellis a intervir.

– Claire, não traga a menina, deixe-a onde está! – disse Ellis.

Ele estava indo na direção da escada, esperando que não fosse necessário usar a força para manter Sylvia afastada, quando o rostinho sonolento e sério de Ruby apareceu por trás de Claire.

– Ah, Victoria – disse Sylvia –, aí está você. – Ela sorriu, em uma intrigante mudança de humor. – Venha, meu amor, vamos voltar para a Califórnia, onde fica a nossa casa de verdade.

Sutilmente, Claire passou um braço protetor sobre os ombros de Ruby.

– Victoria! – insistiu Sylvia, claramente tentando combater a impaciência. – Seja boazinha e obedeça à sua mãe.

– Ruby, está tudo bem – Ellis interveio. – Vou levar você de volta para a sua família.

Ruby esfregou os olhos e saiu de trás da moça. Usava um vestido de marinheiro, porém estava só de meias, sem sapatos, e com o cabelo ainda despenteado do sono. Começou a descer devagarinho, relutante, porém no meio do caminho sua expressão se iluminou, e ela acelerou o passo.

Sylvia se adiantou para abraçá-la.

– Minha menina...

Ruby, porém, passou direto por ela, apressada.

– Mamãe! – exclamou e correu para os braços abertos de Geraldine, agora de pé na entrada.

Calvin vinha logo atrás, e Lily, atrás dele.

Os braços de Sylvia penderam ao lado do corpo enquanto ela observava a cena. Com um grunhido rouco, caiu sentada no primeiro degrau da escada e se encolheu ali. Seus dedos ainda sujos de sangue tornavam a imagem desoladora.

– Calvin! – chamou Lily, tentando puxar o menino para trás. – Venha, temos de ficar aqui fora.

Ela lançou a Ellis um olhar que era claramente um pedido de desculpas, uma mensagem de que havia tentado segurar o menino. Provavelmente havia tentado segurar a mãe dele também. Mas como poderiam esperar uma reação diferente?

Então Geraldine segurou as mãos dos filhos e virou-se para Alfred.

– Estou com meus dois filhos e vou levá-los comigo. – Seu tom de voz não era raivoso, nem mesmo continha frieza. Era simplesmente objetivo, confiante de seu direito como mãe.

Alfred parecia completamente perdido. Somente o ruído de um carro passando na rua rompeu o silêncio, enquanto ele assentia com um gesto de cabeça.

Claire tinha descido a escada e estava ao lado de Geraldine. Entregou a ela um pequeno sobretudo de lã e um par de sapatos estilo boneca.

– São da menina. – Com um sorriso melancólico, curvou-se diante de Ruby e tocou de leve a ponta do nariz dela. – Você vai cuidar da sua mamãe agora, não é?

Ruby fez que sim com a cabeça, com veemência.

Quando Claire se virou para Calvin, que estava colado à saia da mãe, deu um passo na direção dele e abriu a boca para falar, mas sua voz não saiu. Ellis percebeu o remorso nas feições dela.

– Até logo, senhorita Claire.

Claire sorriu, com lágrimas nos olhos.

– Até logo, lindinho.

Ellis não fazia ideia de como Max reagiria àquela mudança de planos sem sua aprovação, mas sabia que não era aconselhável esperar para ver.

– Vamos – disse.

Lily acenou gentilmente com a cabeça para Claire, em um agradecimento silencioso, e foi conduzindo a família para a porta, para longe de lembranças que, ela esperava, um dia se tornariam um sonho esquecido para todos.

– Sylvia, não!

A voz aflita de Alfred fez com que Ellis se virasse. Ele olhou primeiro para a escada, agora deserta, antes de avistar Sylvia do outro lado da sala, empunhando um revólver nas duas mãos e apontando para Geraldine. A arma tremia em suas mãos.

– Querida, me dê a arma – pediu Alfred. – Não há necessidade disso...

O olhar dela estava distante, opaco, desconectado.

Geraldine, Lily e Claire imediatamente rodearam as crianças e se curvaram sobre elas, encolhendo-se em um pânico crescente. Ellis deu um passo para a frente em um gesto instintivo para proteger as mulheres e as crianças, embora não conseguisse encobrir todos.

– Ninguém vai tirar minha filha de mim – retrucou Sylvia.

Não havia raiva na voz dela; falava em um tom calmo e natural, desprovido de emoção, o que era ainda mais assustador. Ellis ergueu as mãos.

– Senhora Millstone, se quer culpar alguém, culpe a mim. Só a mim, por favor...

Sylvia não reagiu. Estava trancada em seu mundo, enxergando através dele.

– Senhora Millstone – Ellis insistiu, tentando tirá-la daquela espécie de transe, mas então ouviu-se um clique.

Ela tinha soltado o cão da arma, e seu dedo estava no gatilho. Sem pensar, Ellis avançou para a frente, com a intenção de tirar o revólver da mão dela. Um tiro explodiu do cano curto, e ele sentiu como se um atiçador em brasa estivesse perfurando a lateral de seu corpo. Mas não conseguia parar. Estavam os dois caídos no chão, lutando pela posse do revólver. Cada movimento era como um punhal se enterrando dentro dele. A dor latejava e se alastrava por seu corpo, embaçando sua visão. Ouvia uma confusão de vozes aflitas, mas não conseguia distinguir as palavras. Não podia desistir, mas sua força o estava abandonando, seus membros estavam amolecendo. A sala estava escurecendo, fechando-se em volta dele como um túnel.

A última coisa que Ellis ouviu antes de perder a consciência foi um segundo disparo e um grito horripilante.

42

Do lado de fora da entrada vigiada por seguranças, os repórteres circulavam como lobos famintos. Queriam todos os detalhes do ocorrido, incluindo nomes e idades, em particular das crianças, e, claro, confirmação da ligação daquilo tudo com Max Trevino. Em breve a história seria matéria de primeira página.

A ironia não passou despercebida a Lily.

Na área de espera, sentada na mesma cadeira fazia horas, eram quase duas da tarde, ela ergueu a cabeça quando um médico apareceu. Ele sussurrou algo para uma enfermeira. Seu bigode farto, com fios grisalhos assim como nas têmporas, vibrava enquanto ele falava. Lily encolheu os ombros, temendo ver um olhar que sugerisse o pior. À sua volta, a tensão crescia, todos ali compartilhando a mesma apreensão. O súbito silêncio era ensurdecedor. Mas então o médico se afastou, virando no corredor.

Lily voltou a se recostar no assento.

O ar recendia a desinfetante, alvejante e fumaça de cigarro dos fumantes nervosos. Em meio à névoa mental de Lily, ela viu um homem arrastar uma cadeira em sua direção. Os pelos em sua nuca se arrepiaram, também pelo ruído estridente sobre o piso de ladrilhos. Um policial, ao saber de seu envolvimento no incidente, havia avisado que um investigador a procuraria para conversar.

O homem sentou-se de frente para ela.

– Boa tarde.

Ele tirou o chapéu, como se quisesse descontrair, e colocou-o sobre as pernas. Do terno risca de giz ao corte de cabelo impecável e os dentes brancos e perfeitos, ele parecia um modelo de cartaz de recrutamento para J. Edgar Hoover.

Lily não ouviu o nome dele nem as formalidades de sua apresentação, sua mente estava nublada pelo choque, pelo medo e pela falta de sono. Mas conseguiu entender que tipo de informação ele queria.

Se ao menos pudesse escapar daquele hospital, daquele momento! Como seria bom se pudesse pular uma semana, um mês até, para a frente. Os rumores inconvenientes já estariam enterrados, as poças de sangue limpas, o resultado daquele dia superado. Lily imaginou-se em um canto isolado de uma cafeteria, sendo entrevistada por um jovem repórter enquanto tomavam café. O vigor e o entusiasmo dele a lembrariam da pessoa que ela era quando se mudara para a Filadélfia, com o sonho de ser colunista; quando ainda acreditava que um novo começo em uma cidade grande encobriria seu passado e o senso de não ser uma mãe digna.

"Que alívio", ele diria, "que tudo tenha acabado bem."

Para alguns, claro. Não todos.

Então ela ouviu:

– Pode me contar como tudo começou?

Era uma pergunta básica, que confundia a repórter dentro de Lily com o investigador à sua frente, levando-a a não ter certeza de quem havia perguntado.

E, no entanto, como se através de uma lente, ela de repente enxergou aquele último ano com uma clareza impressionante, viu os caminhos entrelaçados que haviam levado cada um até aquele ponto; cada passo como uma peça de dominó, essencial para derrubar a próxima.

Não sem grande pesar, ela acenou lentamente com a cabeça, relembrando ao responder:

– Começou com uma fotografia.

* * *

Por um curto período, tudo, exceto sua memória, tornou-se um borrão. As paredes do hospital desapareceram; o toque dos telefones, o ranger de sapatos no chão se transformaram em um zumbido distante. Lily só se lembrou de com quem estava falando quando o investigador fez uma pergunta, querendo esclarecer alguns pontos. Ele segurava um lápis sobre seu bloquinho de notas, e a quantidade de folhas dobradas indicava que já fizera um bom número de anotações.

Lily estava respondendo à última pergunta quando o médico de bigode retornou à área de espera.

– Com licença...

Mesmo que ele não tivesse um tom de voz autoritário, cada uma das pessoas ali presentes teria prestado atenção. Se ele trazia notícias boas ou más, sua expressão não deixava transparecer.

– Familiares de Ellis Reed e de Geraldine Dillard, por favor... tenho uma atualização.

Lily se pôs de pé de um pulo, antes de dar-se conta de que não se encaixava na convocação. Em contrapartida, as crianças eram os únicos membros da família ali presentes.

Ela olhou para sua mãe, que cuidava dos pequenos. Ruby, Calvin e Samuel estavam entretidos com um livro de Beatrix Potter que uma enfermeira havia levado para eles.

Quando Lily telefonara para a delicatéssen, depois de todo o terror daquela manhã, desesperada para ouvir a voz de seus pais, garantira repetidamente ao pai que não havia necessidade de eles virem, que as palavras reconfortantes deles eram suficientes. Mas, no momento em que sua mãe e Samuel entraram no hospital, lágrimas de emoção rolaram pelo rosto dela.

– Pode ir, senhora – disse o investigador, levantando-se –, já tenho tudo de que preciso, por enquanto. Vou lhe deixar meu número de telefone, caso se lembre de algo importante ou precise falar comigo.

Ele rasgou uma página do bloco. Absorta, Lily guardou o papel na bolsa, que ela segurava contra o corpo como um escudo.

Sua mãe gesticulou, em um sinal para que fosse com Ruby e Calvin ouvir o que o médico tinha a dizer. As duas crianças já andavam na direção dele, de mãos dadas. Samuel continuava sentado ao lado da avó.

A apreensão no ar era palpável.

Tinha demorado para o hospital entrar em contato com os pais de Ellis. Alguém precisaria atualizá-los quando chegassem. Lily prestaria atenção a cada detalhe, principalmente com esse intuito, dizia a si mesma, embora a verdade fosse que seu interesse era de caráter bem mais pessoal. Já a preocupação maior com Geraldine era por causa das crianças.

Sua relutância sobre até que ponto seria recomendável as crianças saberem dos detalhes era claramente compartilhada pelo médico.

– Crianças – disse ele –, acho melhor vocês continuarem olhando o livro com seu amiguinho enquanto converso com a moça.

Ruby, porém, empertigou-se e passou o braço sobre os ombros do irmão, com um ar de protetora experiente.

– É que nós queremos saber como está nossa mãe.

O médico olhou para Lily em busca de aprovação. Embora não fosse um procedimento comum pôr crianças a par daquele tipo de informação, aquelas estavam longe de ser crianças comuns. Haviam enfrentado a perda do pai e tinham um entendimento maior das adversidades da vida do que a maioria das crianças.

Lily acenou com a cabeça, e o médico prosseguiu.

– Bem, em primeiro lugar, com relação ao senhor Reed, não encontramos vestígios da bala em seu corpo, e nenhum órgão vital foi atingido. Ele teve uma costela fraturada e precisou de transfusão de sangue. Claro que o risco de infecção sempre existe, mas, se os ferimentos forem bem cuidados e desinfetados, o prognóstico é de uma recuperação tranquila.

Ele fez uma pausa, e Lily respirou fundo. Ellis estava fora de perigo! Uma sensação de alívio a percorreu, mas durou pouco.

– E nossa mãe? – Ruby perguntou com olhar preocupado.

O médico virou-se para ela.

– Infelizmente, a bala que atingiu sua mãe nas costas destruiu uma vértebra pequena mas importante. Quando isso acontece, nossa maior preocupação é a possibilidade de dano permanente na medula espinhal.

Os resultados potenciais deixaram Lily arrasada; que a mãe de duas crianças pequenas, a única família que elas tinham no mundo, pudesse ficar paraplégica; que, em uma inversão de papéis, as crianças é que fossem cuidar de Geraldine para o resto da vida.

Talvez fosse um erro ter permitido que as crianças ouvissem aquilo.

– Mas onde estava a bala? – insistiu Ruby, demonstrando impaciência.

Lily perguntou-se até que ponto ela seria capaz de entender os detalhes médicos.

– Bem, um centímetro para a esquerda ou para a direita – respondeu o médico –, a situação seria bem mais grave. Sua mãe teve sorte, e ela é uma mulher forte também.

– Ela... tá bem? – perguntou Calvin, com sua vozinha infantil.

Ruby o aconchegou mais contra o corpo.

– Ela vai sentir um pouco de dor, o ferimento vai inchar, mas a fisioterapia vai ajudar. E, sim, posso dizer com segurança que ela ficará bem.

As duas crianças sorriram. A alegria delas contagiou Lily, e até a mãe dela, que acompanhava tudo de onde estava sentada com Samuel.

– O senhor Reed está acordado – informou o médico. – Mas um pouco sonolento. A senhora Dillard deve acordar a qualquer momento. Assim que possível, a enfermeira virá avisar e poderá acompanhá-los para que vocês os vejam.

Quando o médico se afastou, Ruby envolveu Calvin em um abraço, e os dois começaram a pular. Apesar de tudo o que haviam passado, pelo menos naquele momento estavam dando vazão à euforia própria da inocência das crianças.

Samuel foi juntar-se a eles, formando um trio saltitante; se sabia ou não o que estavam comemorando, não tinha a menor importância. Lily lamentava ter de silenciá-los, mas fez isso carinhosamente, explicando que havia ali perto pessoas doentes, e já ia voltar para sua cadeira quando uma voz soou atrás dela.

– Lily! Aí está você...

Embora ela reconhecesse a voz, a surpresa não a atingiu plenamente até virar-se e ver Clayton se aproximando. Ele a olhou de cima a baixo.

– Você não se feriu – constatou com alívio.

– Não... estou bem.

– Ah, graças a Deus! – exclamou ele. – O chefe não sabia detalhes.

– O chefe?

– Sua mãe telefonou para ele para explicar sua ausência. Eu estava juntando minhas coisas. Vim correndo assim que soube.

Lily nunca deixava de admirar o apoio que recebia de seus pais, independentemente dos efeitos na vida deles. E agora ali estava Clayton, outra pessoa em sua vida para se preocupar com ela, para protegê-la.

– Desculpe-me por tê-lo feito fazer essa viagem até aqui. Eu teria tranquilizado você... se soubesse.

– Meu bem – disse ele com ternura –, o que aconteceu?

Uma pergunta simples com uma resposta complicada.

Lily sentiu-se subitamente exausta. Além de um breve cochilo na cadeira do hospital, parecia fazer uma eternidade desde que descansara de verdade. A ideia de narrar toda a aventura novamente apenas aumentava seu cansaço. Mas ela devia isso a Clayton, tinha de contar tudo a ele.

No fundo do recinto, uma enfermeira passou empurrando um paciente em uma cadeira de rodas ruidosa, visitantes andavam de um lado para o outro, e a mãe de Lily tentava aquietar as crianças, bem-humorada.

– Vamos... encontrar um lugar sossegado – disse Lily.

* * *

O poço deserto da escada amplificava o silêncio no ar que recendia a produtos de assepsia. Um minuto inteiro havia se passado depois que Lily terminara de contar a história, e Clayton continuava parado na frente dela, pensativo, segurando o chapéu nas mãos.

– O que eu não entendo – disse ele por fim – é por que você arriscou a sua vida dessa maneira. Deveria ter me contado, eu teria ajudado.

– Eu sei. Deveria mesmo, e eu ia contar. Eu ia lhe contar sobre a minha possível nova coluna quando...

– Sua coluna? – Clayton franziu a testa. – Como assim?

Lily se encolheu, sentindo que suas justificativas desmoronavam de modo patético. Sim, o pedido de casamento dele a havia desestabilizado. Más ela havia tido outras oportunidades de contar e não o fizera. E não só sobre os Dillards.

Ao longo de meses eles tinham conversado, nas viagens de carro, durante refeições, tanto a sós como com a família dela. No entanto, Lily nunca pensara em contar a ele sobre seu passado, sobre o motivo de seu medo maior. Nunca compartilhara com ele sobre seu sonho de escrever para o jornal, nem mesmo comentara sobre a última vez que Samuel estivera doente.

Poderia culpar seu instinto de defesa, contra qualquer homem com exceção de seu pai, pelo bem de seu filho e de seu próprio coração ferido.

Mas isso não era verdade, percebeu. Não mais.

– Clayton, me perdoe. Tem tanta coisa que eu deveria ter lhe contado. Sinceramente, não tenho como justificar isso.

Ele desviou o olhar, e Lily se viu sem palavras. O silêncio no poço da escada se tornou insuportável.

– Preciso que me diga, Lily – Clayton falou e a fitou em seguida. – Você não vai comigo para Chicago... vai?

Ao notar a resignação na voz dele, Lily apressou-se a dar explicações.

– Eu gosto tanto de você, Clayton... e o que você está me oferecendo é incrível, de verdade, para mim *e* para Samuel...

– Não foi o que perguntei – ele a interrompeu, mas não com rispidez.

Ela estava se esquivando de dizer a verdade, e ambos sabiam disso.

Por mais que Lily não quisesse magoar Clayton, aquele homem atencioso, bem-sucedido, bonito, que estava disposto a lhe oferecer tanta coisa, ela não podia continuar fingindo. Ele merecia mais que isso. Merecia alguém que o desafiasse a olhar para si mesmo, para os outros e para o mundo de uma maneira diferente. Alguém que o inspirasse a ir adiante, além do que ele se considerava capaz. Alguém que precisasse dele na mesma medida em que ele precisava dela. Lily desejava isso para Clayton.

E para si mesma.

Por fim, para dar uma resposta, não só sobre Chicago, mas sobre o futuro deles, ela gentilmente deu voz à sua decisão.

– Não... eu não vou.

Clayton assimilou a resposta e, depois de alguns segundos, suspirou. Lily ficou aliviada ao perceber que havia mais aceitação do que desapontamento no rosto dele. Talvez ele já soubesse... talvez, desde o início, ambos soubessem.

Ela abriu a bolsa e pegou o anel dentro do porta-moedas. Apertou-o entre os dedos por um instante, reconhecendo a resolução e o senso de desfecho, antes de estender a mão. Em silêncio, Clayton colocou a joia no bolso interno do paletó, por baixo do sobretudo.

– Clayton, por favor, saiba que... depois de tudo o que você fez por mim, de todo o tempo que você deve considerar que foi perdido e que eu não soube reconhecer... eu sinto muito.

Os olhos castanhos dele se suavizaram ao fitá-la.

– Eu, não – ele retrucou e segurou o queixo dela, afagando-o com o polegar.

Em seguida, beijou-a no rosto com uma ternura da qual ela se lembraria para sempre.

– Cuide-se, Lily.

Uma onda de emoção a percorreu quando ela retribuiu o sorriso de Clayton.

– Você também – disse, vendo-o afastar-se.

* * *

A pergunta não precisava ser verbalizada. A curiosidade sobre o paradeiro de Clayton estava estampada no rosto de sua mãe quando ela voltou sozinha para a área de espera.

Lily resolveu ser direta.

– Ele foi embora.

A mãe ficou em silêncio, compreendendo.

As crianças brincavam quietinhas ali perto, esperando pacientemente para ver Geraldine.

– Sente-se. – A mãe colocou a mão na cadeira ao lado, uma ordem à qual Lily obedeceu enquanto se preparava para ouvir um sermão.

– Sim, eu sou uma pateta – disse. – Sei que é isso que a senhora pensa de mim.

– O que eu penso – a mãe retrucou – é que você não tem que fazer nada que não queira fazer, ou que sinta que não serve para você.

Lily virou-se para a mãe, sem esconder a surpresa.

– Você é o nosso milagre, Lillian Harper. Seu pai e eu sempre desejamos coisas grandiosas para a sua vida. Mas nada é mais importante do que a sua felicidade.

As palavras trouxeram lágrimas aos olhos de Lily. Seu caminho se desviara tanto das expectativas sensatas que seus pais tinham para ela! A vergonha e a culpa tinham sido um fardo que ela havia carregado durante muito tempo, mas agora ela sentia esse peso se desintegrar, deslizar de cima de seus ombros como migalhas secas.

Ela sorriu e segurou a mão da mãe.

– A senhora sabe quanto eu amo a senhora?

– Sei – respondeu a mãe, e Lily acreditava.

Uma mãe sempre sabia.

43

O revólver, as crianças, os tiros, a cena ia voltando aos poucos. Quando Ellis abriu os olhos em uma cama de hospital, as imagens eram como as anedotas no jornal de domingo, cortadas em tiras e todas misturadas. A maioria delas ele entendeu com a ajuda de uma enfermeira, mas questionou sua lucidez quando viu seus pais entrarem no quarto.

Afinal, a confusão na casa dos Millstones parecia ter acabado de acontecer, e seria impossível seus pais terem chegado tão rápido. Sem falar que Jim Reed era avesso a entrar em hospitais. Ellis sabia disso fazia tempo, embora só recentemente tivesse compreendido o motivo. De qualquer modo, ali estava ele. A preocupação com Ellis parecia superar o desconforto com o ambiente, mas era sua mãe que falava sem parar.

– Quando ligaram do hospital, você não imagina o que passou pela minha cabeça! Viemos o mais rápido possível.

Para ajudar a clarear a névoa mental, Ellis apoiou-se no colchão para se erguer, mas parou quando sentiu uma dor aguda do lado do corpo. Com uma careta, reprimiu um gemido.

– O que foi? – perguntou ela. – Quer que chame uma enfermeira?

– Não, eu estou bem... – Ele levou a mão à lateral do corpo e percebeu que estava enfaixado. Fechou os olhos e respirou fundo.

– Tem certeza? Será que não seria bom tomar um remédio? Você acabou de ser operado...

– Não precisa, estou bem.

– Mas se está com dor...

– Deixe, Myrna... – interveio o pai. – Ele é adulto, sabe do que precisa.

Ellis olhou para o pai com gratidão. Mesmo com a mente atordoada, a importância daquelas palavras não lhe passou despercebida.

A mãe retorceu os lábios e balançou a cabeça, mas afastou-se para o marido se aproximar da cama.

– Que semana você teve, hein... – observou o pai, com expressão sorridente.

– Não posso dizer que foi monótona. – O sonho de Ellis de escrever um artigo que causasse um impacto real poderia ter-se tornado realidade da maneira mais inesperada, mas com muito mais emoções do que ele poderia imaginar. – Pelo menos as crianças estão a salvo.

– Bem, como eu disse, eu sabia que você encontraria uma solução. – Jim Reed olhou para a bolsa de soro pendurada no suporte de metal e a quantidade de tubos que iam e vinham em todas as direções. – Só não achava que você acabaria parecendo um experimento científico.

– Nem eu, papai, acredite...

O pai riu baixinho, e Ellis fez o mesmo, até sentir novamente uma agulhada profunda na altura das costelas.

– Pare de ser engraçadinho, Jim! – A mãe deu um tapinha no braço do marido. – Não piore as coisas.

Nesse instante, uma figura bem-vinda apareceu na porta do quarto. O semblante de Ellis se iluminou, e até a dor pareceu diminuir.

– Oi, Lily! – ele sorriu, e seus pais se viraram para a porta.

A expressão de Lily ficou subitamente séria.

– Oh, perdão! Eu não sabia... deveria ter perguntado... eu volto mais tarde.

– Não! – exclamou Ellis, não querendo que ela se fosse.

Quando tentou dizer algo mais e não conseguiu, a mãe, sempre observadora e mediadora, falou por ele.

– Pode entrar – disse. – Nós já estávamos mesmo de saída, para ir falar com o médico. Você é Lily, não é?

– Sim... sou amiga de Ellis... do jornal. Isto é, do *Examiner*.

A raridade de ver Lily enrubescer causou satisfação a Ellis.

– Mas, por favor, fiquem, eu volto daqui a pouco. Estou com minha mãe e as crianças na área de espera.

– Imagine, por favor, entre – retrucou a mãe de Ellis. – Não se preocupe, nós íamos mesmo falar com o doutor. Não é, Jim?

– Sim, claro. – Jim Reed lançou um olhar eloquente para o filho, e a mãe se inclinou sobre a cama.

– Se precisar de qualquer coisa, meu querido, estaremos logo ali.

– Obrigado, mãe.

Depois de afagar a cabeça do filho, como fazia incontáveis vezes desde que ele era criança, ela saiu do quarto com o marido, deixando Lily a sós com Ellis.

– Eu não queria que eles saíssem por minha causa – disse ela. – É que o doutor disse que você já estava acordado, e eu queria saber como está se sentindo.

– Como se tivesse sido atropelado por um carro de corrida – respondeu ele com sinceridade. – Mas vou ficar bem.

Lily assentiu, aproximando-se mais da cama.

– Já teve notícias de Geraldine?

– Sim. Graças a Deus ela vai ficar bem. Nunca imaginei que...

– Eu sei.

Não havia mais motivo para se preocupar. Os Dillards ficariam juntos novamente, felizes e saudáveis, apesar de tudo o que havia acontecido para levar ao contrário.

– A enfermeira me contou que Sylvia foi presa – disse Ellis, quando Lily se sentou na poltrona ao lado da cama.

– Sim, por enquanto. Um policial disse que acha que vão conseguir um acordo para ela ser internada em uma clínica psiquiátrica. É possível que consigam.

Lily parecia irritada com essa possibilidade, mas Ellis concordava que a cadeia não era o lugar para Sylvia. Era evidente que a mulher precisava de tratamento.

– O lado bom é que qualquer acusação anterior contra você não terá mais validade – disse Lily.

– Será? – Ele ainda não tinha pensado nisso. Então lembrou-se de que sua conta bancária também precisava ser liberada.

– Você *é* o herói da vez.

– Sei... que herói!... – Seu corpo baqueado estava longe de ser o de um guerreiro galante... ainda mais em comparação com o formoso Clayton Brauer.

– Todos os grandes jornais estão de olho em uma matéria exclusiva. Um investigador quer conversar com você primeiro, sobre os Millstones e sobre os Gantrys. Mas depois disso você praticamente pode escolher para quais repórteres conceder entrevista.

Ela estava falando a sério.

Ellis quase deu risada, mas conteve-se a tempo, para evitar outra pontada de dor.

– Bem, se eu puder mesmo escolher, vai ser fácil.

Lily arqueou as sobrancelhas.

– Quem?

– Você.

Ela revirou os olhos.

– Ah, não...

– Por quê?

– Porque eu sou apenas uma colunista, na verdade nem sou ainda.

– Lily...

– Ellis, eu fico lisonjeada, sério. Mas esta história é importante demais, e eu também me envolvi. Deve haver um repórter em quem você confie e que seja imparcial e fiel à verdade.

Ellis pensou um pouco, e uma pessoa lhe veio à mente. Um excelente redator e colega: Dutch Vernon. Não restava dúvida de que Dutch se dedicaria a escrever uma matéria digna dos acontecimentos.

– Mas então me prometa – disse Ellis – que você também vai contar a sua versão. Tudo, do começo ao fim.

Lily ainda parecia indecisa, e ocorreu a Ellis que ela poderia pensar que aquilo era um pretexto para mantê-la por perto, já que havia a perspectiva de ela seguir adiante com sua vida.

Logicamente ele não podia negar que queria mantê-la por perto. Mas havia outro motivo.

– Do modo como eu vejo, se o meu primeiro artigo resultou em tantas doações para os Dillards, certamente haverá muitas mais depois que a história chegar ao conhecimento de todos. Sem dúvida a família terá um bom recomeço de vida.

Talvez, se tivessem sorte, nem precisassem do pagamento de Alfred para viver, apesar de terem esse recurso.

– Verdade – disse Lily, concordando. – Claro que, se você achar melhor, eu posso omitir alguns detalhes.

Ellis demorou alguns segundos para decodificar a oferta, uma referência à substituição da fotografia original, que ocasionara toda aquela sequência de eventos, que no final terminara bem, mas que na ocasião fora desprovida de intenções nobres.

– Sim, pode – disse ele. – Mas eu não quero que você omita.

– Mas e o seu editor no *Tribune*... será que ficaria confortável com isso?

– Provavelmente, não. – Ellis deu um sorriso irônico, já que suas aspirações de carreira eram a menor de suas preocupações. – Mas, ora, deve haver um jornal procurando um repórter qualificado. Ou, quem sabe... quando você for para Chicago, o chefe vai precisar de um assistente, não vai?

Lily ficou subitamente séria. Ellis imaginou que talvez ela ainda estivesse magoada por causa da conversa que haviam tido tempos atrás, sobre a função dela de secretária. Mas, antes que ele pudesse tentar consertar, ela explicou:

– Eu não vou sair do *Examiner*. Não por enquanto, pelo menos. Clayton e eu... nós resolvemos que cada um seguiria seu próprio caminho.

Ellis assimilou as palavras dela, esperando que os medicamentos não tivessem afetado sua audição ou sua cognição. Porque, se fosse verdade, aquele era o tipo de notícia que o faria pular para fora da cama, se pudesse.

Hesitante, ele arriscou:

– E Samuel? E os planos de vocês ficarem juntos, como uma família?

– Eu fiquei fazendo malabarismo com nossas vidas por muito tempo. Todo esse tempo, até agora. Daqui a um ano Samuel irá para a escola – ela deu de ombros. – Até lá terei economizado mais dinheiro. Principalmente se a coluna do jornal fizer sucesso.

– Vai fazer.

– Você acha?

– Tanto quanto as de Nellie Bly.

Os cantos da boca de Lily se curvaram, e Ellis compreendeu que aquela inesperada mudança de planos era uma realidade.

– Eu estive pensando – ela continuou – que talvez nós possamos encontrar um apartamento na cidade, perto de uma praça e de outras famílias. Talvez com espaço para uma mesa ao lado de uma janela, onde eu possa ter uma máquina de escrever e, quem sabe, com uma floreira para eu deixar bem colorida! – Ela fez uma pausa e gesticulou entre ela e Ellis. – Quero dizer, não *nós*... nós... ah, deixe para lá – ela desviou o olhar, enrubescendo.

– Lily... – Quando ela não se virou, Ellis esticou o braço e tocou o rosto dela, forçando-a a fitá-lo. – É um plano perfeito.

Um sorriso se desenhou lentamente nos lábios dela, que eram simplesmente perfeitos. Como tudo o mais em Lily. Ela segurou a mão dele em seu rosto, inclinou-se para a frente e tocou os lábios dele com os seus. O beijo foi longo, terno, caloroso, e, quando ela se afastou, Ellis se sentiu genuinamente grato por cada abençoado erro que havia cometido e pelas respectivas consequências que o haviam conduzido àquela situação e àquele momento.

– Mamãe!

A vozinha infantil ecoou no corredor um segundo antes de Samuel entrar no quarto e correr para Lily. Logo em seguida, a mãe dela apareceu na porta.

– Samuel Ray Palmer, eu lhe disse para não perturbar o senhor Reed!

– Mas ele precisa do meu presente, para melhorar – declarou o menino.

– Está tudo bem, senhora Palmer. De verdade, sem problema.

Com um olhar amável, ela acenou com a cabeça e ficou observando Samuel colocar um objeto sobre a cama.

– Vamos ver, o que temos aqui, rapazinho?

Ellis pegou a pequena toalha, retorcida em um formato indistinto. Samuel olhava, ansioso pela reação dele.

– Por acaso seria... um coelho?

Samuel fez que sim com entusiasmo, o sorriso mostrando suas covinhas.

Como?, Lily perguntou para Ellis apenas movendo os lábios, perplexa por ele ter conseguido decifrar a forma da toalha.

– É o favorito dele – ele lembrou, e os olhos verdes dela brilharam.

– Ele vai ficar bem, mamãe? – Samuel perguntou em um sussurro.

– Vai, sim, formiguinha.

Então Lily deu um beijo na testa do filho e sorriu para Ellis. *Todos nós ficaremos*, ela parecia dizer.

Nota da autora
(Alerta de spoiler)

A aventura dos personagens desta história começa com uma fotografia, e o mesmo pode ser dito do meu empenho em escrever este livro. Quando me deparei pela primeira vez com uma antiga foto de jornal de quatro ir-

mãos sentadinhos nos degraus de um edifício de apartamentos em Chicago, a mãe cobrindo o rosto para não aparecer e a placa com os dizeres "Vendem-se 4 crianças – informe-se aqui", fiquei atônita.

A imagem tinha sido publicada pela primeira vez no *Vidette-Messenger* de Valparaíso, Indiana, em 1948, e uma breve legenda alegava exibir o desespero da família Chalifoux. A imagem me perturbou tanto que eu marquei a página no meu computador. (Uma das muitas compulsões que distinguem os escritores de ficção histórica das pessoas normais.) Como mãe, fiquei imaginando o que poderia ter impelido aquela mãe, e possivelmente também o pai, a chegar a um ponto tão extremo.

Nos tempos mais difíceis, eu poderia pensar que talvez a motivação para tão dolorosa decisão fosse o bem-estar das crianças. Mas, sendo assim, por que pedir dinheiro em troca? Em um café da manhã com um grupo de escritores, fiz essa pergunta, retoricamente apenas, porém minha amiga Maggie respondeu sem titubear: "Porque eles queriam comer".

Havia tanta lógica nessa resposta, e ela estava certa em desafiar minhas suposições. Eu estava julgando a família através da lente dos tempos modernos, bem como pelos meus próprios padrões. Minha mente criou cenários os quais eu poderia compreender sem titubear. Infelizmente, porém, no final a suposta verdade por trás da fotografia não correspondia a nenhum desses cenários.

Enquanto me aprofundava nas pesquisas, encontrei um artigo escrito por Vanessa Renderman, publicado no *Times of Northwest Indiana* em 2013. Era uma continuidade dos irmãos que eram crianças na época da assombrosa fotografia. Um dos elementos mais impressionantes da história era o seguinte: uma acusação, feita por membros da família, de que na verdade a mãe havia recebido dinheiro para encenar a fotografia. Observando novamente a placa, notei como as letras eram perfeitas; inclusive pareciam ter sido retocadas.

E foi assim que surgiu a premissa de escrever este livro, baseada em um inesperado *e se:*... e se a decisão de um repórter, em princípio inofensiva, de encenar uma fotografia levasse a consequências imprevisíveis para todos os envolvidos? Se houve ou não segundas intenções naquela fotografia, eu não sei dizer, mas ela viralizou (para usar um termo contemporâneo). A foto legendada, de maneira muito semelhante à da minha história, logo foi publicada em outros jornais do país e originou uma onda de doações e ofertas de tudo, de dinheiro e propostas de emprego a lares para as crianças.

De qualquer forma, em um período de dois anos, todas as crianças, incluindo o bebê que estava no ventre da mãe na época da foto, foram entregues para adoção, na verdade, vendidas. Uma das meninas relatou lembrar-se de ter sido passada adiante em troca de dinheiro de bingo e de seu irmão ter sido entregue de graça, em parte porque o homem que a mãe namorava não tinha interesse nas crianças. O preço total foi de míseros dois dólares. As crianças receberam outros nomes e foram usadas em trabalhos forçados na fazenda do casal que as comprou, onde eram terrivelmente maltratadas.

Embora várias décadas tenham se passado, não posso deixar de desejar voltar no tempo e alterar esses eventos desastrosos. Portanto, apesar de meus personagens serem totalmente fictícios, não é mentira dizer que este livro agora em suas mãos foi uma tentativa da minha parte de proporcionar às crianças da foto o destino amoroso e compassivo que, em meu coração, senti que mereciam.

Guia de leitura em grupo

1. De qual personagem você mais gostou? E de qual gostou menos? Como as suas opiniões sobre os personagens principais mudaram ao longo da história?
2. No prólogo, a narradora não identificada reflete sobre "os caminhos entrelaçados que haviam levado cada um de nós até aquele ponto; cada passo como uma peça de dominó, essencial para derrubar a próxima". Depois de ler o livro, você concorda com essa visão? Lembra-se de algum incidente significativo que não tenha sido coerente com o resultado final?
3. No Royal, Max Trevino toma uma difícil decisão com relação à irmã. Você concorda com essa escolha? Acredita que ele tinha a intenção de cumprir o acordo?
4. No começo da história, Lily carrega um fardo de vergonha e culpa com relação ao filho, devido a normas sociais e a seu próprio segredo obscuro. Você teria sentido o mesmo no lugar dela? E se fosse nos dias de hoje, acha que teria sido diferente?

5. Como muitos pais e mães durante a Grande Depressão, Geraldine Dillard enfrenta uma escolha quase impossível quando Alfred Millstone aparece em sua casa com uma oferta pelas crianças. Na posição dela, você teria tomado a mesma decisão?
6. As pessoas lidam com o luto de maneiras diferentes, às vezes extremas. Como você se sente sobre o modo como Sylvia Millstone e o pai de Ellis, Jim Reed, lidaram com a perda de um filho? Sua empatia é a mesma para ambos? O que acha das escolhas e ações de Alfred Millstone?
7. Ao longo da história, Lily tenta conciliar a maternidade e o trabalho. Você acha que as ambições de carreira que ela tinha eram exclusivamente pensando no futuro do filho? Se não, acha que ela admitiria isso para si mesma ou para alguém? Essas considerações mudaram na sociedade atual?
8. Na missão de encontrar e resgatar Calvin, Lily e Ellis infringiram várias leis. Você concorda com o que eles fizeram ou discorda? Teria agido de modo diferente se estivesse na mesma situação que eles?
9. De maneiras positivas e/ou negativas, como acha que Ruby e Calvin foram afetados pelas experiências que viveram na história? Como acha que essas experiências moldariam a personalidade deles quando adultos, ou quando tivessem filhos?
10. Como você imagina os personagens logo após o fim da história? E cinco anos depois?

Conversa com a autora

A verdade no jornalismo certamente tornou-se um tópico constante em meio aos eventos atuais. Foi este um dos principais motivos que levaram você a escrever *Vendidos numa segunda-feira*?

Não foi o principal motivo para eu escrever o livro, embora eu tenha tido consciência, logo no início, de que teria relação com isso. Obviamente foi uma decisão infeliz tomada por Ellis, um repórter desesperado, mas bem-intencionado. E, a partir daí, o chefe, junto com milhares de leitores em todo o país, formaram sua própria visão do que havia sido capturado na fotografia de Ellis. Especificamente, a atitude da mãe se desviando da câmera foi vista como uma evidência da vergonha que ela sentia, e Sylvia chegando até a interpretar a foto como um sinal de sua falecida filha.

Acho realmente importante lembrar que, no mundo atual de *posts*, imagens virais e frases de efeito, todos nós temos uma percepção e uma interpretação próprias, que são inevitavelmente moldadas, ou distorcidas, por nossas experiências ou até por um desejo inconsciente de ver o que queremos ver. Mais do que nunca, julgamentos precipitados baseados nesses fragmentos, e certamente ultrapassando a linha moral em uma reportagem, muitas vezes podem ter consequências devastadoras para outras pessoas, como Ellis aprendeu da maneira mais difícil.

Ao imaginar um jornalista na década de 1930, a maioria das pessoas provavelmente visualiza um repórter de terno, do lado de fora de uma sala de tribunal, com um bloco de notas e uma câmera fotográfica nas mãos. No começo da história, por que você retratou Ellis de maneira pouco convencional, responsável pela seção de entretenimento?

Admito que inicialmente não era o trabalho que eu imaginava para ele (desculpe, Ellis!), mas, para tornar mais compreensíveis as ações dele envolvendo a segunda foto, era necessário haver uma razão forte por trás do desespero dele para obter sua grande chance, algo que ia além de pagar o aluguel ou de ganhar uma promoção. Achei que ele ser responsável por uma coluna dirigida a mulheres originaria essa motivação. Naquela época, as "páginas femininas" eram invariavelmente escritas por mulheres, o que, supõe-se, faz sentido, porque os homens eram avessos a esse tipo de função. Assim, seria um trabalho humilhante para Ellis, não só dentro da redação como também diante do pai.

Mas ocorreu algo interessante enquanto eu pesquisava para o livro. Fiquei sabendo sobre Clifford Wallace, o primeiro editor da página feminina do *Toronto Star* e que escrevia sob o pseudônimo "Nellie" (sim, como em Nellie Bly). Parece que, depois de muito insistir, ele foi liberado da função, que passou para Gordon Sinclair, que fez o que pôde para ser demitido ou transferido para outra seção. Isso incluía limitar suas horas diárias de trabalho para apenas três e até copiar de outros jornais a maior parte de seu material. Até um revisor descobrir essa artimanha, Sinclair permaneceu na função por mais de um ano!

Além dos relatos verídicos que você já mencionou, quais são seus outros fatos preferidos da história que estão entrelaçados no livro?

Os artigos reais contidos na história são os que mais me intrigaram. Gostei da notícia da noiva fugitiva voltando para o noivo, principalmente porque foi manchete proeminente em um jornal importante. Também os casais pegos com milhares de notas falsas dentro dos colchões. No lado mais sombrio, o assassinato de Mickey Duffy, conhecido como Mr. Big da Lei Seca, é notório sobretudo por ter atraído milhares de populares curiosos ao funeral.

Quanto aos meus artigos favoritos... acho que são dois. Um é a história de uma sessão espírita conduzida pela viúva de um mafioso na esperança de identificar o assassino do marido, e outro é o lendário navio-fantasma conhecido como *Holandês Voador*. (Na minha história, eu o renomeei de *Gaivota da Sorte*.) Durante a Lei Seca, um repórter chamado Sanford Jarrell, do *Herald Tribune*, escreveu uma matéria protegida por direitos autorais detalhando sua visita ao misterioso bar flutuante clandestino, inclusive com um mapa de sua localização e um menu de preços. A reportagem e suas sequências causaram sensação, a ponto de as autoridades organizarem uma caça ao navio. Mas, logo depois, muitas de suas alegações começaram a desmoronar, e, quando questionado, Jarrell acabou confessando que havia inventado a história toda. Em um pedido de desculpas na primeira página, o jornal relatou a verdade, admitindo que não tinha conhecimento de que a reportagem era enganosa.

Quando se trata de departamentos de redação tumultuados, a cidade de Nova York é talvez a primeira que nos ocorre, especialmente em uma história que envolve clubes noturnos, cassinos clandestinos e mafiosos. Houve um motivo para você escolher a Filadélfia como cenário em vez de uma cidade mais cosmopolita, como Chicago, por exemplo?

Na verdade eu morei perto de Chicago e amo essa cidade de paixão. Como já tinha sido a ambientação em outros livros que escrevi, achei que seria interessante mudar. Anos atrás, eu morei por algum tempo perto da Filadélfia, então já estava familiarizada com a área e sua rica história. Além disso, a diversidade de paisagens e meios de subsistência da Pensilvânia faziam dela o estado ideal para o enredo do livro. A uma distância relativamente curta de toda a atividade de uma cidade grande, há campos extensos, fazendas, cidades mineiras e fábricas têxteis. E logicamente a presença de mafiosos influentes ali durante a década de 1930 propiciou um apelo maior à história.

Quais foram alguns dos recursos mais úteis para a sua pesquisa?

A experiência pessoal de ter crescido familiarizada com uma redação de jornal foi provavelmente o mais útil. Quando criança, tive a oportunidade de apresentar um programa infantil semanal na televisão para uma emissora afiliada à ABC. Gravávamos o programa no estúdio toda quarta-feira à noite, espremidos entre dois noticiários noturnos. Enquanto esperava a edição, eu ficava por ali, conversando com os âncoras, repórteres e locutores esportivos. Mas de quem eu mais gostava era o jornalista que anunciava a previsão do tempo e que me deixava mover as nuvens no mapa meteorológico. (Naquela época isso era tecnologia de ponta!) Posteriormente, na faculdade, e explorando diferentes opções de carreira, fiz um estágio de verão nesse mesmo departamento de redação jornalística.

Claro que, para obter um maior *insight* para a história, eu contei com uma combinação de amigos jornalistas, documentários e vários livros maravilhosos de não ficção. Aqueles que achei mais valiosos foram *Skyline*, de Gene Fowler, *City Editor*, de Stanley Walker, *Nearly Everybody Read It: Snapshots of the Philadelphia Bulletin*, editado por Peter Binzen, e *The Paper: The Life and Death of the New York Herald Tribune*, de Richard Kluger.

Agradecimentos

Com toda a probabilidade, a ideia deste livro ainda seria apenas um sonho em minha mente se não fosse por três amigas muito especiais. Por insistirem repetidamente que eu escrevesse sobre a foto que me assombrava, agradeço demais a Stephanie Dray, Therese Walsh e Erika Robuck, cujas opiniões são sempre meus primeiros testes cruciais para avaliar o potencial de qualquer história.

Aimee Long, minha incrível, hilária e esperta amiga, como posso lhe agradecer o suficiente? Pelas incontáveis horas de *brainstorming*, montagem do enredo e ajustes em cada página deste livro (grande parte do qual você certamente já sabe de cor)! Eu não poderia ter feito isso sem você. Se não fosse minha preocupação em você manter a sua humildade, eu incluiria o seu nome na capa. No mínimo lhe devo um belo Bloody Mary e uma sessão de pedicure com gel cristal.

Obrigada à minha mãe, Linda Yoshida, por guiar meus personagens no caminho certo e por ouvir mais uma vez a leitura em voz alta de um livro inteiro (sim, isso mesmo), me ajudando a aprimorar e retocar quando necessário. Minha sincera gratidão também a Tracy Callan e Shelley McFarland. Meninas, o seu apoio, amor e amizade inabaláveis realmente significam tudo para mim. À minha maravilhosa agente, Elisabeth Weed, agradeço pelo *insight*, por acreditar no meu trabalho e pela compreensão de meus personagens. E à minha editora, a incrível Shana Drehs, sua habilidade profissional e seu entusiasmo por esta história foram valiosíssimos. Como é bom trabalhar com você! Um imenso obrigada a você e à equipe da Sourcebooks pelos incansáveis esforços para levar este livro às mãos dos leitores.

Eu costumo dizer que escrever um romance é como compor uma sinfonia. De modo similar, os produtos finais são meramente páginas marcadas a tinta, até que os músicos, ou leitores, os tragam à vida por meio de suas próprias experiências e interpretações. Sendo assim, obrigada, queridos leitores, por levar minhas histórias para dentro de suas vidas e seus lares e por viver essas aventuras comigo. E obrigada às fabulosas blogueiras, em especial Jenny O'Regan e Andrea Katz, cujo incentivo e apoio são inestimáveis.

Na parte da pesquisa, agradeço a muitas pessoas o tempo e generosidade (quaisquer erros ou liberdades criativas são exclusivamente de minha responsabilidade): ao oficial de polícia de Portland, Sean McFarland, a ajuda com todos os detalhes relacionados à polícia e cadeia; ao editor e presidente de jornal Mark Garber o feedback e entusiasmo; a Claire Organ por, mais uma vez, garantir a autenticidade de meus amados personagens irlandeses; a Renee Rosen pelos detalhes cruciais sobre as redações e fotojornalismo de décadas passadas; a Traci e Parker Wheeler o conhecimento sobre cavalos, relinchos, coices e outras reações desses formosos animais; ao doutor Gordon Canzler por, novamente, dar veracidade a ferimentos, a doenças e às palavras médicas; a Ellen Marie Wiseman por ter sido a primeira a chamar minha atenção para os meninos demolidores das minas e por me ajudar a contar suas histórias; e, claro, a Terry Smoke e Neil Handy a rica contribuição com relação a Modelos T, radiadores e toda a mecânica de automóveis. Neil, você faz muita falta.

Por fim, e acima de tudo, sou grata ao meu marido, Danny, e aos nossos filhos, Tristan e Kiernan. Vocês três juntos, meus queridos, são o meu esteio. Seu amor e confiança não só tornam tudo possível na minha vida, como também, e mais importante, dão a ela todo o sentido.